古文鉴赏

第二版

周啸天 主编

四川辞书出版社

图书在版编目（CIP）数据

古文鉴赏 / 周啸天主编. —2 版. —成都：四川辞书出版社，2022.1

ISBN 978-7-5579-0942-0

Ⅰ.①古… Ⅱ.①周… Ⅲ.①古典散文－鉴赏－中国 Ⅳ.①I207.62

中国版本图书馆 CIP 数据核字(2021)第 248769 号

古文鉴赏 第二版

周啸天 主编

责任编辑 / 肖　鹏
责任印制 / 杨　龙
封面设计 / 众芯源设计
出版发行 / 四川辞书出版社
地　　址 / 成都市槐树街 2 号
邮政编码 / 610031
印　　刷 / 成都国图广告印务有限公司
开　　本 / 880mm×1230mm　1/32
版　　次 / 2022 年 1 月第 2 版
印　　次 / 2022 年 1 月第 1 次印刷
印　　张 / 20
书　　号 / ISBN 978-7-5579-0942-0
定　　价 / 69.80 元

· 发行部电话：(028)87734281　87734332

主　编

周啸天

编写人员

陈　坦　董志刚　管遗瑞　郭扬波　刘　华

梅　红　秦岭梅　舒三友　唐　彦　王　飞

王　涛　吴闻莺　殷志佳　周啸天

前 言

本书的读者对象为中等文化层次的古典文学爱好者，当然也包括在校的大中学生。

对这部分读者来说，谙熟一定数量的古代诗文名篇，非常必要。谙熟的具体要求，一是读懂文本——确切地明了字句的意义，二是理解内涵——掌握名篇的思想内容，三是得到乐趣——从阅读欣赏中提高审美鉴赏的能力。本书也正是从这三个方面入手，努力为读者提供服务。

本书所选名篇，参考了近年来中学教材和市场同类书的选篇情况，在此基础上增强了选篇的系统性，从先秦到近代的重要作家作品，都有所反映。这种系统性能使读者开阔视野，扩大阅读量，触类旁通。

诵读文本，是学习古文极为有效的方式，只要能够流利地诵读，即使对某些字句的意义不能甚解，也能与时俱进，慢慢受用。因此，本书首重注音，以扫除诵读中的障碍。具体做法是，在文本难字后直接注音，以方便诵读，且免检索之劳。

实践证明，以白话翻译古文，对接受者来说，不是一种好的办法。这样做会养成读者对语译的依赖，反而损害读者对古文的审美感受。同时，先秦散文、历代史家著作、名家小品文等中的许多脍炙人口的篇章，都是一读就懂，一一白话翻译，反而多事。因此，本书只对个别难句难字予以注释，不做全文语译。

中国人称诗文鉴赏为“赏析”。“赏析”一词，出于陶渊明“奇文共欣赏，疑义相与析”，即“赏奇析疑”，凡是读者一目了然，无奇、无疑之处，皆勿烦费辞。因此，本书只着重就读者不易读懂、不易理解的地方进行讲解。有话则长，无话则短。具体作品具体对待。析文中，对每一个重要的赏析点，都有凝练概括的主题句，放于段首括号中，以达到提纲挈领的目的。

诗文赏析既有客观性，也有主观性，正因为这个道理，古称“诗无达诂”。所以，本书的撰写目的，是希望对读者有所启发，而不是提供唯一答案。

参加本书撰稿者除本人外，还有陈坦、董志刚、管遗瑞、郭扬波、刘华、梅红、秦岭梅、舒三友、唐彦、王飞、王涛、吴闻莺、殷志佳等。

周啸天

目　录

左传

中国古代第一部断代编年史，又称《春秋左氏传》《左氏春秋》，相传为春秋末年鲁国史官左丘明所作。书中叙述了东周前期二百四十多年各国内政外交、盛衰兴废的一些历史事实，以记人叙事为中心，特别擅长描写战争。作者不把战争看作一种简单的刀光剑影的搏斗，而看作一种极为复杂的社会现象，十分关注交战双方的政治情况、人心向背、军事准备及外交斡旋，而且着重于描述战术的较量，使人感到战争胜负诚非偶然。如“齐鲁长勺之战”“晋楚城濮之战”“秦晋崤之战”“齐晋鞌之战”等，围绕战争刻画人物，莫不情态毕现。

曹刿 guì 论战

十年春，齐师伐我。公将战，曹刿请见。其乡人曰：“肉食者谋之，又何间 jiàn 焉①？”刿曰：“肉食者鄙，未能远谋。”乃入见。

问何以战。公曰：“衣食所安，弗敢专也，必以分人。”对曰：“小惠未遍，民弗从也。”公曰：“牺牲玉帛②，弗敢加也，必以信③。”对曰：“小信未孚 fú④，神弗福也。”公曰：“小大之狱，虽不能察，必以情⑤。”对曰："忠之属也[6]，可以一战。战则请从。"公与之乘，战于长勺[7]。

公将鼓之。刿曰："未可。"齐人三鼓。刿曰："可矣。"齐师败绩[8]。公将驰之。刿曰："未可。"下视其辙，登轼而望之，曰："可矣。"遂逐齐师。

既克，公问其故。对曰："夫战，勇气也。一鼓作气，再而衰，三而竭。彼竭我盈，故克之。夫大国，难测也，惧有伏焉。吾视其辙乱，望其旗靡 mǐ[9]，故逐之。"

注释 ①间：干预。②牺牲：指祭品，祭祀时所用的猪、牛、羊等。③信：诚，指祭祀的虔诚。④孚：取信于人。⑤情：实情。⑥忠之属：指尽心于民之类的事情。⑦长勺：鲁国地名，在今山东曲阜北。⑧败绩：大败，指军队溃败。⑨靡：倒下。

赏析 [长勺之战的缘起] 本篇选自《左传·庄公十年》。齐襄公当政干了一些坏事，其弟公子小白等恐被连累，想离开齐国避祸。前686年，鲍叔牙奉公子小白出奔莒 jǔ 国。同年齐国大臣杀襄公，立公孙无知为国君，管夷吾奉公子纠出奔鲁国。前 685 年，齐国大臣又杀死齐君公孙无知。这时公子小白和公子纠都想回齐国做国君。小白先入齐为君，即齐桓公。鲁国派兵送公子纠回齐国，未能成功。齐桓公遂以此为口实，攻打鲁国，长勺之战就此爆发。

当时的齐国（在今山东中部）是一个大国，鲁国（在今山东南部）是一个小国。当时的情况是弱国抵抗强国，形势对鲁国是不利的。幸而鲁国有一位爱国者曹刿挺身而出，在他的参谋下，鲁庄公赢得了这场战争。本文直接写战斗的只寥寥五十余字，重在“论战”。

[一论人才在野] 曹刿要去见鲁庄公前，遭到乡亲的劝阻，说战争自有当权者去考虑，不在其位，则不谋其政。曹刿发表了“肉食者鄙”的千古名论。一笔勾销了帝王将相、贵族豪门——姜尚为屠父、为钓徒，管仲为车夫，孔子为吹鼓手，陈涉为农夫，韩信为乞儿，叱咤风云的英雄人物有几个当初是肉食者？战争胜负有赖于人才，而人才在野。

[二论人心向背] 曹刿见到庄公后劈头就问“何以战？”——你怎样来打赢这一场战争呢？三问三答，问答的内容都不是军事，而是政治，而政治上是否得人心与军队的士气是直接相关联的。这一论的杰出之处，是指出对左右的小惠和敬奉鬼神的小信，都是琐屑小事，无足挂齿；而关系到国人利益的刑狱才是大事——不出冤假错案，才是政治清明的表现。取得人民的支持，是进行战争的最基本的条件。

[三论战术策略] 是赢得战争以后的追论。临阵时，庄公想贸然出击，贸然追击，而曹刿却从容镇定，举止审慎。他认为战斗须一鼓作气，两军相逢勇者胜；兵不

厌诈，而“大国难测”，须判断准确再乘胜追击。庄公采纳了他的意见，才赢得了这场战争，造成了以弱胜强的著名战例——由此可见曹刿这个人的将略。

[毛泽东评《曹刿论战》] 毛泽东在《中国革命战争的战略问题》中曾引用并加分析说：“春秋时候，鲁与齐战，鲁庄公起初不待齐军疲惫就要出战，后来被曹刿阻止了，采取了‘敌疲我打’的方针，打胜了齐军，造成了中国战史中弱军战胜强军的有名的战例。……当时的情况是弱国抵抗强国。文中指出了战前的政治准备——取信于民，叙述了利于转入反攻的阵地——长勺，叙述了利于开始反攻的时机——彼竭我盈之时，叙述了追击开始的时机——辙乱旗靡之时。虽然是一个不大的战役，却同时是说的战略防御的原则。”《曹刿论战》战略战术原则，对今天军事上还有参考价值。

[叙事写人的技巧] 文中通过一系列的具体情节描写来使所记述的内容故事化。作者不是平铺直叙地记载事情经过，而是具体描写人物的言谈活动，并通过对人物的某些富有特征性的言谈活动和场面性的描写，构成一系列生动的情节，使一个历史事件的曲折过程，能够有声有色地呈现在读者面前，让人们如临其境。

文中把人物放在矛盾冲突当中，来立体地表现出人物的思想和性格。文中写曹刿看到大敌当前，有权位的人未必能应付局面，于是不顾乡人劝阻，挺身而出，与闻国事——由此可见其人的爱国心和责任感；见了鲁庄公，不谈军事而谈政治，谈民情——由此可见其人的见识不凡，等等。尽管作者对这个人物并无直接的议论和赞美，却收到了无声胜于有声的效果。

宫之奇[1]谏假道

晋侯复假道于虞以伐虢[2]，宫之奇谏曰："虢，虞之表也。虢亡，虞必从之。晋不可启，寇不可翫 wán[3]，一之谓甚，其可再乎？谚所谓辅车相依[4]，唇亡齿寒者，其虞虢之谓也。"公曰："晋，吾宗也，岂害我哉？"对曰："大伯、虞仲，大王之昭也[5]。大伯不从，是以不嗣。虢仲、虢叔，王季之穆也[6]。为文王卿士，勋在王室，藏于盟府。将虢是灭，何爱于虞？且虞能亲于桓、庄乎[7]？其爱之也，桓、庄之族何罪？而以为戮。不唯逼乎？亲以宠逼，犹尚害之，况以国乎？"公曰："吾享祀丰絜 jié，神必据我。"对曰："臣闻之，鬼神非人实亲，惟德是依。故周书曰：'皇天无亲，惟德是辅。'又曰：'黍稷非馨，明德惟馨。'又曰：'民不易物，惟德繄 yī 物[9]。'如是，则非德民不和，神不享矣。神所冯依[10]，将在德矣。若晋取虞，而明德以荐馨香，神其吐之乎[11]？"弗听，许晋使。宫之奇以其族行，曰："虞不腊矣[12]！在此行也，晋不更举矣。”……冬，晋灭虢……师还，馆于虞，遂袭虞，灭之，执虞公。

注释 ①宫之奇：虞国大夫。②晋侯：指晋献公。虞、虢：皆国名。③翫：习惯而不留心。④辅：面颊。车：牙床骨。⑤大伯、虞仲：周太王的长子、次子。大，通“太”。昭：宗庙在左的位次。⑥虢仲、虢叔：虢的开国之祖，周王季的次子和三子，文王的弟弟。穆：宗庙在右的位次。⑦桓、庄：桓叔与庄伯，这里指桓庄之族，为晋献公所戮。⑧絜：同“洁”。⑨繄：语气词。⑩冯依：凭依。冯：凭的古字。⑪吐：指不食献祭之物。⑫腊：年终举行的一种祭祀。

赏析 [本篇大意] 本篇选自《左传·僖公五年》。记虞君不听大夫宫之奇谏阻，同意晋国假途伐虢，导致国亡的历史教训。

[宫之奇谏阻假道] 事件缘起晋国假途伐虢，已不是第一次了，但前次未能灭虢，三年后又有假途之说。宫之奇引俗谚“辅车相依，唇亡齿寒”，指出邻邦之间是唇齿相依关系，应相互支持；出卖邻邦的利益，就等于挖自己墙脚。然而虞君屈服于晋的压力，又对晋抱有幻想，用“晋，吾宗也，岂害我哉”自宽自解。宫之奇针对这一点以无情的事实予以驳斥：晋、虞、虢三国都是姬姓，晋的始封君与虢的始封君都是王季（周文王

父）的后人，而虞的始封君则是王季的二哥虞仲之后，直系和旁系，到底谁亲呢？更加无情的事实是，晋献公对同气连枝的，属于同一曾祖（桓叔）、祖父（庄伯）的近亲，仅仅因为感到权力受到威胁，就不惜动杀机。近亲尚且如此，远亲就不用说了。

［虞公心存侥幸］虞公自我蒙蔽的意识太深，还是不相信晋会伐虞，于是又用“吾享祀丰絜，神必据我”来自欺。宫之奇仍针锋相对，广引书证，说明所谓神明并不偏袒祭祀者，有德之君才能得到福佑。如果晋伐虞而又修德，晋也不会遭到神明拒绝的。然而虞君始终听不进去。于是宫之奇遂携族而行，并预言虞君将不能等到岁终祭祀就会成为阶下囚。虞君拒谏自取灭亡，事实证实了宫之奇的预见。

［本篇在语言上的特点］在写作上，记事简洁，记言详尽，通过人物对话，成功地写出了两个主要人物形象——清醒而富于政治远见的贤大夫宫之奇，和颟顸而又固执己见的庸君虞公的形象。语言精警，多用引证，好些常用成语出自本篇。

烛之武退秦师

晋侯、秦伯围郑，以其无礼于晋，且贰于楚也[①]。

晋军函陵，秦军氾南。佚之狐言于郑伯曰："国危矣，若使烛之武见秦君，师必退。"公从之。辞曰："臣之壮也，犹不如人；今老矣，无能为也已。"公曰："吾不能早用子，今急而求子，是寡人之过也。然郑亡，子亦有不利焉。"许之。

夜缒而出，见秦伯，曰："秦、晋围郑，郑既知亡矣。若亡郑而有益于君，敢以烦执事。越国以鄙远，君知其难也。焉用亡郑以陪邻②？邻之厚，君之薄也。若舍郑以为东道主③，行李之往来④，共其乏困⑤，君亦无所害。且君尝为晋君赐矣，许君焦、瑕，朝济而夕设版焉⑥，君之所知也。夫晋，何厌之有？既东封郑，又欲肆其西封⑦，若不阙秦⑧，将焉取之？阙秦以利晋，唯君图之。"秦伯说，与郑人盟。使杞子、逢孙、扬孙戍之，乃还。

子犯请击之，公曰："不可！微夫人之力不及此⑨。因人之力而敝之，不仁；失其所与，不知；以乱易整，不武。吾其还也！"

注　释　①贰于楚：指郑国与楚国亲近，对晋国有二心。贰：有二心。②亡郑以陪邻：以灭亡郑国的办法来增加晋国的土地。陪：通"倍"，增加。③东道主：东道上接待客人的主人。④行李之往来：（你们的）使者来来往往。行李：出使的使者。⑤共其乏困：（郑国）供给他们所不足的钱粮。共：通"供"。⑥朝济而夕设版：早上渡河归国，晚上就开始修筑工事（防御您）。济：渡河。设版：筑墙。⑦肆其西封：扩展它西面的疆界。肆：扩展。封：疆界。⑧阙秦：掠夺秦国的土地。阙：亏损。⑨微夫人之力不及此：不是依靠那个人（指秦穆公）的力量我们不能到这个地步。微：非，不是。夫人：那个人。

赏析 [秦晋围郑的历史背景] 本篇选自《左传·僖公三十年》。晋文公曾因晋国内乱而在外流亡，途经郑国时，郑文公没有以礼相待；晋国与楚国发生战争，郑文公派兵援楚。晋文公便以此为借口，联合秦穆公围攻郑国，时在公元前630年。

[佚之狐荐贤] 秦国和晋国都是当时的大国。两国兵临城下，郑国形势确实是危急万分。如何挽救？郑文公也没了主意。大臣佚之狐向他推荐烛之武，认为烛之武有办法让秦穆公退兵。可见烛之武的能力是早有口碑，而郑文公却懵然不知，看来他确实算不上明君。

[烛之武受命] 对自己年轻时未受到郑文公的重用，烛之武心中不满："臣之壮也，犹不如人；今老矣，无能为也已"。好在郑文公还不是刚愎之君，赶紧道歉，再动以大义："郑亡，子亦有不利焉。"大敌当前，郑国上下必须同舟共济，共赴国难，烛之武深明此理，于是临危受命，去游说秦穆公退兵。

[一论郑国不可灭] 要想打动秦穆公，就要从他的立场考虑问题。烛之武给秦穆公分析利弊，指出郑国不可灭：秦郑之间隔着晋国，灭郑，"越国以鄙远"，秦国

得不到实际的利益；晋国是灭郑的实际受益者，晋实力“厚”了，秦的实力自然就“薄”了。灭郑于秦有害无利。再向秦穆公描绘了不灭郑的好处：“若舍郑以为东道主，行李之往来，共其乏困。”多个朋友多条路。

[二论晋国不可信] 光指明利害还不足以达到使秦退兵的目的，烛之武在秦晋联盟间烧了一把大火，用秦国在与晋交往中上当受骗的往事来说明晋文公是不可信的。又进一步推测晋向东灭了郑国，下一步就该向西扩张了，而西面第一个就是秦国，“若不阙秦，将焉取之?”提醒秦穆公警惕自己成为晋国的下一个目标。

秦晋崤之战①

冬，晋文公卒②。庚辰，将殡于曲沃。出绛，柩有声如牛③。卜偃使大夫拜④，曰：“君命大事⑤，将有西师过轶我，击之，必大捷焉。”

杞子自郑使告于秦曰⑥：“郑人使我掌其北门之管⑦，若潜师以来，国可得也。”穆公访诸蹇叔⑧。蹇叔曰：“劳师以袭远，非所闻也。师劳力竭，远主备之，无乃不可乎？师之所为，郑必知之，勤而无所，必有悖心。且行千里，其谁不知?”公辞焉，召孟明、西乞、白乙⑨，使出师于东门之外。蹇叔哭之曰：“孟子，吾见

秦穆用贤兴霸

师之出而不见其入也!”公使谓之曰:“尔何知?中寿,尔墓之木拱矣[10]!”

蹇叔之子与师。哭而送之曰:“晋人御师必于崤。崤有二陵焉:其南陵,夏后皋之墓也[11];其北陵,文王之所辟风雨也。必死是间,余收尔骨焉!”秦师遂东。

三十三年春秦师过周北门。左右免胄而下,超乘者三百乘[12]。王孙满尚幼[13],观之;言于王曰:“秦师轻而无礼,必败。轻则寡谋,无礼则脱。入险而脱,又不能谋,能无败乎?”

及滑,郑商人弦高将市于周,遇之。以乘韦先[14],牛十二犒师曰:“寡君闻吾子将步师出于敝邑,敢犒从者。不腆敝邑[15],为从者之淹,居则具一日之积,行则备一夕之卫。”且使遽告于郑。

郑穆公使视客馆,则束载、厉兵、秣马矣[16]。使皇武子辞焉[17],曰:“吾子淹久于敝邑,唯是脯资饩 xì 牵竭矣[18]。为吾子之将行也,郑之有原圃,犹秦之有具囿也[19],吾子取其麋鹿,以闲敝邑若何?”杞子奔齐,逢孙、杨孙奔宋[20]。孟明曰:“郑有备矣,不可冀也。攻之不克,围之不继,吾其还也。”灭滑而还。

....

晋原轸曰:“秦违蹇叔而以贪勤民,天奉我也。奉不可失,敌不可纵。纵敌患生,违天不祥,必伐秦师。”栾枝曰:“未报秦施而伐其师,其为死君乎?”先轸曰:

"秦不哀吾丧而伐吾同姓，秦则无礼，何施之为？吾闻之：一日纵敌，数世之患也。谋及子孙，可谓死君乎？"遂发命，遽兴姜戎。……

夏四月辛巳，败秦师于崤。获百里孟明视、西乞术、白乙丙以归。遂墨[21]以葬文公。晋于是始墨。文嬴请三帅，曰："彼实构[22]吾二君，寡君若得而食之不厌。君何辱讨焉？使归就戮于秦，以逞寡君之志若何？"公许之。先轸朝，问秦囚。公曰："夫人请之，吾舍之矣。"先轸怒曰："武夫力而拘诸原，妇人暂[23]而免诸国。堕军实而长寇仇，亡无日矣。"不顾而唾。

公使阳处父追之。及诸河，则在舟中矣。释左骖以公命赠孟明。孟明稽首曰："君之惠，不以累臣衅鼓，使归就戮于秦；寡君之以为戮，死且不朽。若从君惠而免之，三年，将拜君赐。"

秦伯素服郊次，向师而哭曰："孤违蹇叔以辱二三子，孤之罪也。"不替孟明。"孤之过也，大夫何罪？且吾不以一眚 shěng[24]掩大德。"

注　释　①崤：山名，在今河南洛宁北。②冬：指鲁僖公三十二年（前 628）冬。晋文公：名重耳。③殡：下葬前停柩受吊之仪式。曲沃：地名。晋君祖坟所在之地，在今山西闻喜。绛：晋都。故城在今山西翼城东。④卜偃：晋卜筮之官，名偃。⑤大事：指战事。⑥杞子：秦国大夫。⑦管：钥匙。⑧蹇叔：秦国的贤臣。⑨孟明：姓百里，名视，字孟明。西乞：

姓西乞，名术。白乙：姓白乙，名丙。三人均为秦国大夫。⑩中寿：一般老年人的寿命。拱：两手合抱。⑪后：帝王，天子。皋：夏帝皋，桀的祖父。⑫超乘：跳上战车。超：跳。⑬王孙满：周共王的第四代孙姬满。⑭乘：古代一辆车驾四匹马为一乘。因此，“乘”常作“四”的代称。韦：熟牛皮。⑮腆：丰厚。⑯束载：捆束行装。厉：磨刀。兵：兵器。秣：饲养。⑰皇武子：郑大夫。⑱脯：干肉。资：粮食。饩：已宰杀的牛羊。牵：活牛羊。⑲原圃：郑国围畜禽用来狩猎的地方，在今河南中牟西。具囿：作用同郑国的“原圃”。在今陕西省华阴市南。⑳逢孙、扬孙：秦国大夫。㉑墨：着黑色丧服。㉒构：挑拨。㉓暂：仓促，突然。㉔眚：过失。

赏析 ［崤之战的背景］本篇选自《左传·僖公三十三年》。秦晋崤之战涉及三国——秦、晋、郑，背景关系比较复杂。秦、晋原是盟国，前 630 年这两个大国曾联合对郑国用兵。当时郑国请出老臣烛之武向秦国做离间工作，使秦对晋生了二心，单独与郑媾和，派杞子、逢孙、杨孙三人以军事代表身份驻扎于郑，秦国于是撤军。事过两年，晋文公新死，加之杞子派人向秦穆公报告说可以在郑国做内应，只要秦国出兵，就可以轻易取胜。秦穆公利令智昏，欲借此扩张领土，称霸诸侯，不听老臣蹇叔劝谏，贸然出兵，结果不但攻郑未能得逞，反而遭到晋国的伏击，大败而回。晋国保住了文公在世时的霸主地位。“螳螂捕蝉，黄雀在后。”这就是崤之战的梗概。

[蹇叔哭师] 从“晋文公卒”到“秦师遂东”，写秦师东征，中心内容是蹇叔哭师。晋文公死，柩发声如牛，卜偃预言将有西师过境，袭之必胜。这件事带有浓厚的迷信色彩，但晋人杜预注谓当是“卜偃闻秦密谋，故因柩声以正众心”。秦驻郑武官杞子向国内发送谍报，谓伐郑时机成熟，机不可失。然从秦到郑，中间要经过晋国、周王朝，“潜师以来”是根本不可能的。秦穆公征求蹇叔的意见，蹇叔力陈“劳师以袭远”之不可、“潜师以来”之不能，料定郑必知之、必备之，是能知彼；“勤而无所，必有悖心”就军心士气而言，是能知己。总之，袭郑必不成功，是蹇叔第一个预见。但这不合穆公心意，所以穆公扫兴告辞。

蹇叔哭师分两层写。一是对主将孟明（百里奚之子）哭，并直截了当说“吾见师之出而不见其入也”，这话说得很晦气，很不吉利——实际上是做最后的劝谏，做晚辈的孟明虽不以为然，也无如之何。秦穆公却很生气，叫人拐着弯骂他老不死。二是对儿子哭，并继续发表意见，指出秦军此行不败于郑而将败于晋——这是蹇叔的第二个预见。他还具体指明秦军遭晋伏击的地点必在崤山南北陵间的唯一通道。“其南陵，夏后皋之墓也”，暗示亦将为秦兵死所；“其北陵，文王之所辟风雨也”，暗示那是可以伏兵的地方。“必死是间”，也就是料定晋必设伏于此。这等于是对孟明等人发出警告。“秦师遂东”一句简直是春秋笔法，贬义在一“遂”字上，意味深长——尽管蹇叔讲得那样透彻，秦国还是出师东征去了。

［弦高犒师］从“三十三年春”到“灭滑而还”，写袭郑计划破产，中心内容是弦高犒师。王孙满议秦师，从另一角度——秦军的放肆，看出其粗疏，料定其必败。弦高犒师是崤之战中很有意思的插曲。弦高是郑国商人，他无意中撞上了秦师，由于他非常爱国，对曾经大兵压境的秦国怀有警惕，所以估计到来者不善。于是采取试探性的犒师行动和外交辞令。弦高讲的一番话表面上彬彬有礼，骨子里语带双关，口气软中有硬。意思是，我们郑国已做好准备，至少有足够的物资，要打的话，乐意奉陪。他一面采用缓兵之计，一面派人赶紧向国内送信。这是一个机智、勇敢的爱国者形象。这件事证实了蹇叔“师之所为，郑必知之”的预见。

郑穆公得到情报，先派人侦察秦国驻军的行动，发现他们果然厉兵秣马，图谋不轨。然后派皇武子对杞子等人照会下逐客令。这段外交活动也写得十分生动，郑国虽不示弱，但也不愿激怒强秦，所以皇武子并不直接挑明事由，宣布对方为不受欢迎的人；而是用致歉的婉辞照会，使对方感到阴谋败露，不得不自动逃跑。弦高犒师和皇武子逐客，打乱了秦国原定的计划，孟明的话不免有些泄气。“郑有备矣”，秦师劳而无功，证实了蹇叔的第一个预见。“灭滑而还”也是春秋笔法，只一笔就把秦国的师出无名和恃强欺弱的本质暴露无遗。

〔先轸骂朝〕从“晋原轸曰”到篇末写秦晋崤之战，中心内容是秦伯哭师。先写晋国朝臣就袭击秦师事进行论证，有激进的和稳健的两种意见。先轸是主战的，故着重写之。从“秦违蹇叔”等语看，晋国的情报相当灵通，同时表明秦国丧师是从拒绝蹇叔之谏时就决定了的。先轸的一番话先强调袭秦的正义性，其次是必要性——机不可失、纵敌遗患。以秦晋之好，尚有此说，可见外交上只有永久的利益，没有永久的朋友。栾枝代表另一种意见，但只就秦晋关系，对出兵质疑，当先轸指出秦之师出无名、无礼，也就不再坚持。尚未即位的晋襄公遂戴孝出征，大出秦人意外。崤之战是一场速决战，关于战争本身写得比长勺之战还简单，差不多只记下时间、地点和战争结果。晋国战胜后始葬文公，大有“灭此朝食”的意味。晋襄公的嫡母文嬴是秦穆公的女儿，在她的要求下，晋襄公放了秦国被俘的三帅。先轸问秦囚，可能是听到风声。当他听到人已放了，就忍不住破口大骂：“武将们拼死拼活从战场上抓来，妇道人家一句话就给放了。灭自己军心，长敌人志气——这样子搞，要垮台的！”一面说一面吐唾沫。晋国的追兵晚来一步，孟明等刚好脱险。追者急中生智，设计相赚；逃者是虎口余生，岂会上钩？文中的情节很有戏剧性。孟明对阳处父的答词，表面上客客气气，实际上话中有话，“三年，将拜君赐”实际上是说“君子报仇三年不晚”。

［秦伯哭师］这一结尾之妙，在于以秦伯哭师照应了蹇叔哭师。秦穆公亲自穿了素服哭迎孟明于郊外，并承担了责任。秦伯检讨丧师的原因是“孤违蹇叔”，与先轸说“秦违蹇叔”呼应，使得本篇后半蹇叔不需出场，而影响仍在——这表明蹇叔是本篇的一个中心人物。

［人物形象鲜明］本篇是《左传》最具代表性的文字。本篇不仅是记一次战事，而且力图揭示其中的因果关系。文中以蹇叔哭师为中心，组织了众多的史事片断——人物众多（篇中涉及三国有名姓者 20 人之多）、事件纷繁（有主要事件，有插入的相关事件）、关系复杂（包括国际和人际的关系）、内容丰富，而无一事不印证蹇叔的预见，所以纲举目张、有条不紊，使主题得到突出——秦穆公排斥正确意见而错误估计形势，违背军事规律必然导致失败。蹇叔富于政治远见，敢于犯颜直谏，及其公忠体国，也是随着事件的发展及其预见一

一应验，才越来越鲜明，越来越令人钦敬的。次要人物如秦伯、先轸的形象，也是相当鲜明的。

［人物语言合乎情理］本篇所记人物语言，多是外交和国事活动中的辞令，写得合情得体。如弦高犒劳秦师的一段辞令，表面上是热情欢迎，实质上是试探和虚张声势，以达到迷惑阻止秦军的目的；皇武子照会杞子的一段辞令，表面上是致歉意，实质上是谴责，以达到驱逐间谍的目的；孟明答阳处父，表面上是谢恩，实质上表示怀恨。这三人的辞令，皆柔中有刚，言在此而意在彼，既表明了针锋相对的立场，又避免话太露骨，不过分刺激对方，所以委婉得体，各尽其情。此外，秦伯骂蹇叔的刻薄和后来检讨时的沉痛、文嬴请释三帅的婉转、先轸讲话的专断和激动，无不各具情态，令人如闻其声。

战国策

一部战国末年和秦汉之间人所编的历史著作，又名《国策》。今本三十三篇，为汉朝学者刘向所辑。这部书以国别编次，记言为主。书中侧重记载战国策士纵横捭阖的活动和蛊惑人心的辞令，如《苏秦始将连横》《冯谖客孟尝君》《鲁仲连义不帝秦》等篇，人物个性鲜明，语言铺张扬厉，已具小说手段。

苏秦始将连横[1]

苏秦始将连横，说 shuì 秦惠王曰："大王之国，西有巴、蜀、汉中之利[2]，北有胡貉 hé、代马之用，南有巫山、黔中之限，东有肴、函之固[3]。田肥美，民殷富，战车万乘，奋击百万[4]，沃野千里，蓄积饶多，地势形便，此所谓天府，天下之雄国也。以大王之贤，士民之众，车骑之用，兵法之教，可以并诸侯，吞天下，称帝而治。愿大王少留意，臣请奏其效。"秦王曰："寡人闻之：毛羽不丰满者，不可以高飞，文章不成者不可以诛罚[5]，道德不厚者不可以使民，政教不顺者不可以烦大臣。今先生俨然不远千里而庭教之，愿以异日。”

…………

说秦王书十上而说不行，黑貂之裘弊，黄金百斤尽，资用乏绝，去秦而归，羸 léi 縢 téng 履蹻 juē，负书担橐，形容枯槁，面目犁黑，状有归 kuì 色[⑥]。归至家，妻不下纴 rèn[⑦]，嫂不为炊，父母不与言。苏秦喟叹曰：“妻不以我为夫，嫂不以我为叔，父母不以我为子，是皆秦之罪也[⑧]。”乃夜发书，陈箧数十，得太公阴符之谋，伏而诵之，简练以为揣摩[⑨]。读书欲睡，引锥自刺其股，血流至足，曰：“安有说人主不能出其金玉锦绣，取卿相之尊者乎？”

期 jī 年揣摩成。曰：“此真可以说当世之君矣。”于是乃摩燕乌集阙[⑩]，见说赵王于华屋之下。抵 zhǐ 掌而谈，赵王大悦。封为武安君，受相印。革车百乘，锦绣千纯[⑪]，白璧百双，黄金万溢以随其后，约纵散横以抑强秦，故苏秦相于赵而关不通。当此之时，天下之大，万民之众，王侯之威，谋臣之权，皆欲决苏秦之策。不费斗粮，未烦一兵，未战一士，未绝一弦，未折一矢，诸侯相亲，贤于兄弟。夫贤人在而天下服，一人用而天下从，故曰：式于政不式于勇；式于廊庙之内，不式于四境之外[⑫]。当秦之隆，黄金万溢为用，转毂 gǔ 连骑，炫熿 huáng 于道[⑬]，山东之国从风而服，使赵大重。且夫苏秦，特穷巷掘门桑户棬 juǎn 枢之士耳[⑭]，伏轼撙衔[15]，横历天下，廷说 shuì 诸侯之王，杜左右之口，天下莫之能伉。

将说楚王，路过洛阳，父母闻之，清宫除道，张乐 yuè 设饮，郊迎三十里。妻侧目而视，倾耳而听。嫂蛇行匍伏[16]，四拜自跪而谢。苏秦曰："嫂何前倨而后卑也？"嫂曰："以季子之位尊而多金。"苏秦曰："嗟乎，贫穷则父母不子，富贵则亲戚畏惧。人生世上，势位富贵，盖可忽乎哉？"

注　释　①苏秦：字季子，战国时洛阳人。连横：战国时代，合齐、楚、燕、赵、韩、魏六国以抗秦，称为合纵，秦与齐、楚等国个别联合以打击其他国家，称为连横。②巴：今四川东部和重庆一带。蜀：今四川。汉中：今陕西秦岭以南地。③胡貉、代马：胡，这里指匈奴族所居地区，其地产貉，形似狸，毛皮可以为裘。代，今河北、山西二省北部，其地产马。巫山：山名，在今重庆市巫山县东。黔中：地名，在今湖南省沅陵县西。肴：山名，即崤山，在今河南洛宁北。函：函谷关，在今河南灵宝西南一里许。④奋击：奋力作战的武士。⑤文章：法令。⑥羸：通"缧"，缠绕。縢：绑腿布。蹻：草鞋。犁：通"黧"，黑色。归：通"愧"。⑦纴：织布的丝缕。此指织布机。⑧秦：指苏秦自己。⑨箧：指书箱。太公：吕尚。阴符之谋：兵书。简：选择。练：煮缣使其洁白曰练。揣摩：揣量摩研以探求其真义。⑩摩：切近。燕乌集：阙名。阙：君主所居之处，下有二坛，上有门楼者曰阙。⑪纯：匹。⑫式：用。这句是说，运用政治，不运用武力。廊庙之内：庙，君主祭祖之处。其余为廊。⑬转毂连骑：谓随从车骑。熿：通“煌”。⑭掘门：同窟门，窑门。桑户：以桑板为门扉。棬枢：把树条圈起来作为门枢。棬，通“卷”。⑮伏轼撙衔：伏在车前横木之上，拉着马的勒头。⑯匍伏：爬行。

赏析 [这篇文章的主要内容] 本篇选自《战国策·秦策一》，写苏秦为策士从事游说活动，初以连横说秦惠王而落魄，终以约纵而并相六国的整个变泰发迹过程，生动再现了战国时代的某些历史风貌，和活跃在政治舞台上的策士的风采，以及当时的世态人情。

[苏秦始以连横说秦惠王] 苏秦以满腔热情自荐于秦王，苏秦先着力赞美秦国的地理环境、物产资源等自然条件之优越，经济、军事实力之雄厚，认为有足够的优势征服六国，称帝而治。这番说辞虽然铺张夸饰，不免有投其所好之意，但其用意正在于感动秦王，兜售自己。然而他没想到居然受到秦王的冷落。苏秦唱高调，秦王故意唱低调；苏秦盛称秦国实力已足，秦王却自谓毛羽未丰；苏秦大谈车骑之用、兵法之教，秦王却故意谈文章、道德、政教的重要；苏秦希望秦王前席深谈，秦王却请他改日再谈。正是一个巴掌拍不响。据《史

记·苏秦列传》说，秦孝公死后，秦惠王刚杀了商鞅，有些讨厌辩士。

[苏秦发愤苦读终成大器] 苏秦生在洛阳一个小私有者家庭，家境并不宽裕，本人又不事产业，有志于做策士。持黄金百斤，著貂裘，岂容易哉。因此当他落魄回家，不免垂头丧气，一家子都气得不行，故有妻不下机、嫂不为炊、父母不与言之态。苏秦把在秦国的挫折归结为真才实学不够，于是潜心一年，苦研太公兵法，刻苦到锥刺股的份儿上。他坚信做策士以取功名富贵的路子不错。苍天不负有心人，他终以约纵散横之策，往说燕、赵之君，打开局面，然后带领庞大的使团，行穿梭外交于韩、魏、齐、楚，《史记》本传谓“于是六国纵合而并力焉，苏秦为纵约长，并相六国”——苏秦成了中国历史上独一无二的并掌六国相印的人。文中论赞苏秦，充分肯定了他以囊中之策，开创了时代新局面，在战国史上写下辉煌的一页。

[通过家人态度的变化讽刺世态炎凉] 苏秦以百乘车队路过洛阳，家中亲人既惊异又惭愧，各有一番表演。做父母的亲奉箕帚，清室除道，张乐设饮，亲到郊外远迎。曾经为丈夫羞愧，不肯下机的妻子，现在为自己羞愧，有些担心和害怕，对丈夫不敢正眼看，正面听。嫂子更是怕得不行，蛇行匍伏，四拜跪地请罪。苏秦拿她开玩笑，她竟认真回答说因为弟弟官大钱多，今

非昔比，使得苏秦由衷感喟道："贫穷则父母不子，富贵则亲戚畏惧。人生世上，势位富贵，盖可忽乎哉？"一家父子、夫妻、亲眷尚炎凉如此，世上的势利眼比近视眼还多，此节妙于穷尽世相，大有喜剧意味。《史记》本传记苏秦发迹后嗟叹道："且使我有洛阳负郭田二顷，吾岂能佩六国相印乎？"那又是另一种感慨，反映了封建时代士人发愤攻书、投身政治，其初始动机常常是迫切希望改变自身的境遇。

[这篇文章的艺术造诣] 本篇通过苏秦始以连横说秦、终以约纵相六国的传奇般的经历，对战国时代秦与六国对峙的政治风云，和活跃在当时政治舞台上的策士追名逐利的思想境界、纵横捭阖的谋略口才、朝秦暮楚的政治行径，以及社会崇尚势利的世态人情，都有形象生动的反映。本篇记言叙事并重，大体前半偏于记言，后半偏于叙事。前半记苏秦对秦王的说辞洋洋洒洒，滔滔不绝，有口若悬河之感，其说虽不行，其言不可谓不辩。文中具体描写了苏家老少对于苏秦前后截然不同的两种态度，揭开了封建时代笼罩在家庭关系上的温情脉脉的面纱，极具喜剧意味和讽刺效果。本篇文笔铺张扬厉，纵横驰骋，句式整饬，笔墨酣畅，出现大量骈辞俪句，对赋体文学有一定影响。

邹忌讽齐王纳谏[1]

邹忌修八尺有余[2]，而形貌昳 yì 丽[3]。朝 zhāo 服衣冠，窥 kuī 镜谓其妻曰："我孰与城北徐公美[4]？"其妻曰："君美甚！徐公何能及也。"城北徐公，齐国之美丽者也。忌不自信，而复问其妾曰："吾孰与徐公美？"妾曰："徐公何能及君也！"旦日，客从外来，与坐谈，问之客曰："吾与徐公孰美？"客曰："徐公不若君之美也！"

明日，徐公来。孰视之，自以为不如；窥镜而自视，又弗如远甚。暮寝而思之，曰："吾妻之美我者，私我也[5]；妾之美我者，畏我也；客之美我者，欲有求于我也。"

于是入朝见威王，曰："臣诚知不如徐公美。臣之妻私臣，臣之妾畏臣，臣之客欲有求于臣，皆以美于徐公[6]。今齐地方千里，百二十城，宫妇左右莫不私王，朝廷之臣莫不畏王，四境之内莫不有求于王：由此观之，王之蔽甚矣。"王曰："善。"

乃下令："群臣吏民能面刺寡人之过者，受上赏；上书谏寡人者，受中赏；能谤议于市朝，闻寡人之耳者，受下赏。"令初下，群臣进谏，门庭若市。数月之后，时时而间 jiàn 进。期 jī 年之后[7]，虽欲言，无可进者。燕、赵、韩、魏闻之，皆朝于齐。此所谓战胜于朝廷。

注　释　①邹忌：齐国人，善鼓琴，曾以琴说齐威王，三月而为齐相。②修：长。③昳丽：光艳美丽。④孰与：何如。两者相比，择其一。⑤私：偏爱。⑥皆以美于徐公：都以为臣比徐公美。⑦期年：满一年。

赏析　[这篇文章的中心意思]　本篇选自《战国策·齐策一》。希望得到旁人肯定，是人所共有的心理需求，由此产生共有的心理期待。迎合这样的心理期待，“报喜不报忧”，当事人就会遭蒙蔽，犯错误。在日常生活中是如此，在国家政治生活中也是如此。所以这篇文章的中心意思是，统治者纳谏，可以免遭蒙蔽。

[镜的象征意义]　文中两次提到窥镜，乃是古人所用的铜镜，此“镜”在文中有象征意义：对邹忌来说，是“以铜为镜以正衣冠”；对齐王来说，则是“以人为镜以知得失”。

[这篇文章的艺术特色]　这篇文章取譬连类，见微知著。谈政治大事，却以闺房小语破之。现身说法，则有说服力。文章两段，一主一从，结构分明，叙事则多做三层铺陈。末言燕、赵、韩、魏皆朝于齐，所谓战胜于朝廷，不免夸张，却表现了策书的风采。

齐欲伐魏

齐欲伐魏，淳于髡 kūn[①] 谓齐王曰："韩子卢[②] 者，天下之疾犬也；东郭逡 qūn[③] 者，海内之狡兔也。韩子卢逐东郭逡，环山者三，腾山者五[④]。兔极[⑤] 于前，犬废[⑥] 于后；犬兔俱罢 pí[⑦]，各死其处。田父见之，无劳倦之苦，而擅其功。今齐魏久相持，以顿其兵，弊其众，臣恐强秦大楚承其后，有田父之功。"齐王惧，谢将休士也[⑧]。

注　释　①淳于髡：战国时代齐国的说客。②韩子卢：犬名。③东郭逡：兔名。④环山者三，腾山者五：绕着山追了三圈，跳过山头追了五次。⑤极：力尽。⑥废：困倦。⑦罢：通"疲"。⑧谢将休士：辞去将领，使士兵休息。

赏析 [还有一个鹬蚌相争的故事] 本篇选自《战国策·齐策三》。《战国策·燕策》还有一个鹬蚌相争的故事，与这个犬兔相逐的故事寓意相同，可以参看。故事说鹬啄住蚌的肉，蚌钳住鹬的嘴，谁也不肯放掉谁，渔人看到了，就把它们都捉住了。后世以此比喻双方相持不下而第三方从中得利。

[淳于髡反对齐王伐魏的理由] 淳于髡的话表明齐魏两国之间应该停止战争，休养生息，以免强大的秦、楚等国坐收渔人之利。

冯谖xuān客孟尝君

齐人有冯谖者，贫乏不能自存。使人属zhǔ孟尝君，愿寄食门下。孟尝君曰："客何好hào?"曰："客无好也。"曰："客何能?"曰："客无能也。"孟尝君笑而受之，曰："诺。"左右以君贱之也，食sì以草具[①]。居有顷[②]，倚柱弹其剑，歌曰："长铗jiá归来乎[③]，食无鱼。"左右以告。孟尝君曰："食之，比门下之客。"居有顷，复弹其铗，歌曰："长铗归来乎，出无车。"左右皆笑之，以告。孟尝君曰："为之驾，比门下之车客。"于是乘其车，揭其剑[④]，过其友，曰："孟尝君客我!"后有顷，复弹其剑铗，歌曰："长铗归来乎，无以为家。"左右皆恶wù之，以为贪而不知足。孟尝君问："冯公有亲乎?"对曰："有老母。"孟尝君使人给其食用，无使乏。于是冯谖不复歌。

后孟尝君出记，问门下诸客："谁习计会kuài，能为文收责zhài于薛者乎[⑤]?"冯谖署曰："能。"孟尝君怪之，曰："此谁也?"左右曰："乃歌夫'长铗归来'

者也！”孟尝君笑曰：“客果有能也，吾负之，未尝见xiàn也。”请而见之。谢曰：“文倦于事，愦kuì于忧，而性懧nuò愚[6]，沉于国家之事，开罪于先生。先生不羞，乃有意欲为收责于薛乎？”冯谖曰：“愿之。”于是约车治装，载券quàn契而行，辞曰：“责毕收，以何市而返[7]？”孟尝君曰：“视吾家所寡有者。”

博古叶子·孟尝君

驱而之薛。使吏召诸民当偿者悉来合券。券遍合，起矫命以责赐诸民[8]。因烧其券。民称万岁。长驱到齐，晨而求见。孟尝君怪其疾也，衣冠而见之，曰："责毕收乎？来何疾也！"曰："收毕矣！""以何市而反？"冯谖曰："君云'视吾家所寡有者'，臣窃计：君宫中积珍宝，狗马实外厩 jiù，美人充下陈[9]；君家所寡有者，以义耳。窃以为君市义。"孟尝君曰："市义奈何？"曰："今君有区区之薛，不拊爱子其民，因而贾 gǔ 利之。臣窃矫君命，以责赐诸民，因烧其券，民称万岁。乃臣所以为君市义也。"孟尝君不悦曰："诺，先生休矣！"

后期 jī 年，齐王谓孟尝君曰："寡人不敢以先王之臣为臣。"孟尝君就国于薛。未至百里，民扶老携幼，迎君道中。孟尝君顾谓冯谖："先生所为文市义者，乃今日见之！"冯谖曰："狡兔有三窟，仅得免其死耳。今君有一窟，未得高枕而卧也。请为君复凿二窟。"

孟尝君予车五十乘 shèng、金五百斤西游于梁，谓惠王曰："齐放其大臣孟尝君于诸侯。诸侯先迎之者富而兵强。"于是梁王虚上位，以故相为上将军，遣使者黄金千斤、车百乘往聘孟尝君。冯谖先驱，诫孟尝君曰："千金重币也，百乘显使也，齐其闻之矣！"梁使三反，孟尝君固辞不往也。

齐王闻之，君臣恐惧。遣太傅赍 jī 黄金千斤，文车二驷，服剑一[10]，封书谢孟尝君曰："寡人不祥，被于宗庙之祟 suì，沉于谄谀 chǎnyú 之臣，开罪于君。寡人不足为也，愿君顾先王之宗庙，姑反国统万人乎！”冯谖诫孟尝君曰：“愿请先王之祭器，立宗庙于薛[11]。”庙成，还报孟尝君曰：“三窟已就，君姑高枕为乐矣！”孟尝君为相数十年无纤 xiān 介之祸者[12]，冯谖之计也。

注　释　①食：给东西吃，动词。草具：装盛粗劣食物的餐具，此处代粗劣的食物。②有顷：不久。③铗：剑把。长铗，这里指长剑。④揭：举。⑤习：熟悉。计会：会计。责：通“债”。薛：地名，孟尝君的封地，今山东滕州一带。⑥懧：通“懦”。⑦何市：买什么。⑧矫：假托。⑨实：满，与空相对。厩：马房。充：充满。下陈：后列。⑩太傅：官名，古代职位很高的三公之一。赍：拿东西送人。文车：绘有文彩的四马车。驷：量词，马四匹曰驷。服剑：佩带的剑。⑪祭器：祭祀用的礼器。立：建立。⑫纤：细小。介：通“芥”，小草。

赏析　[这篇文章的主要内容]　本篇选自《战国策·齐策四》。文章主要写了三件事情：第一件事情，是写冯谖初到孟尝君门下再三闹待遇，显得很特殊，而孟尝君却以宽厚的态度，一一满足了他的要求。第二件事是写冯谖替孟尝君往薛地去收债务，却自作主张当众把债券烧了，为孟尝君收买民心，其效果在孟尝君下台时得到证实。第三件事是写孟尝君在齐国失去相位后，冯谖就替他内外斡旋，说服梁惠王用重礼聘请孟尝君，造成“出口转内销”——使孟尝君恢复齐国相位，随后又建议孟尝君在薛地立宗庙以长远保留其封地，是谓“狡兔三窟”。文章最后点出：“孟尝君为相数十年无纤介之祸者”，全赖冯谖的计谋。

［出人意料的回答］文章是从冯谖初到孟尝君门下做门客的时候写起的。当孟尝君问：“客何好？”“客何能？”回答却是：“客无好也。”“客无能也。”这种故做平庸的回答，恰给人以一种难以捉摸、莫测高深的印象。

［冯谖弹铗的作用］冯谖弹铗，后来成为最常用的典故之一。在这篇文章中的作用有三：一是写出冯谖在做门客之初，未能得到孟尝君的重视，这从“孟尝君笑而受之”和“左右以君贱之也”两句可以看出，为后文冯谖深得孟尝君器重做了铺垫。二是写出冯谖后来为孟尝君竭心尽力的原因。他每一次闹待遇，同时也都成为对孟尝君所谓爱士的这种诚意的考验。“士为知己者死”，是当时策士的一种道德信条。正因为冯谖感于孟尝君的恩遇，也才肯竭尽自己的才智为其服务。三是展现了冯谖这个人物的奇士风采，使人感到冯谖这人个性鲜明。

［冯谖的政治卓见］接着写的是冯谖入薛，为孟尝君焚券市义，这一段是全文的中心情节。通过对冯谖言谈举止的描写，通过一起一伏的情节，对冯谖的思想、性格做了十分深刻的刻画，充满了引人入胜的故事性，同时也颂

扬了冯谖的政治卓见。冯谖的所谓焚券市义，实际上是一种争取民心的活动。冯谖的明智之处在于他清醒地认识到一个统治者，尽管一时可以占有大量的财富，很有权势，但如果失去了民心，则是一件非常危险的事情。具体到孟尝君身上，便是他当时虽然势位煊赫，但是如果不抚爱其民，一旦在统治者内部的倾轧当中失势，那就没有立足之地。冯谖的这种焚券市义的动机，虽然是为孟尝君着想，但也体现出他对人民力量的认识。

从写作上看，这段文字写得非常曲折细致，富有故事性。它基本上是由三个生动的情节组成的，那就是冯谖署记、矫命焚券、市义复命。情节是人物性格的历史，文章通过这样一些情节，通过一起一伏的描写，构成生动的故事性，极为引人入胜，而冯谖的机智、果敢和出众的政治识见，都由此得到生动的凸现。

[冯谖解除孟尝君的后顾之忧] 孟尝君因受齐王猜忌罢相之后，冯谖设计使之复位，再设计使之固位。冯谖西游于梁，说梁惠王以重金显使往聘孟尝君，作用是使孟尝君“墙里开花墙外香”，用外来的礼聘引起齐王的重视；其次是通过梁使三返，而孟尝君不往，故做姿态，向齐王表现孟尝君的忠心。在孟尝君行将复位之际，又抓住时机，抓住齐王“愿君顾先王之宗庙”一句话，向齐王提出条件“愿请先王之祭器，立宗庙于薛”——因为齐王有顾宗庙的话，既立宗庙于薛，将来

就不便夺其国而毁之；若有他国来伐，齐亦不能不救。这是冯谖为孟尝君做的安身立命之计。

触龙说赵太后

赵太后新用事，秦急攻之。赵氏求救于齐。齐曰："必以长安君为质 zhì，兵乃出。"太后不肯，大臣强谏。太后明谓左右："有复言令长安君为质者，老妇必唾其面。"

左师触龙言愿见太后，太后盛气而揖之[①]。入而徐趋[②]，至而自谢[③]，曰："老臣病足，曾不能疾走，不得见久矣，窃自恕，恐太后玉体之有所郄 xì 也[④]，故愿望见太后。"太后曰："老妇恃 shì 辇 niǎn 而行[⑤]。"曰："日食饮得无衰乎？"曰："恃粥耳。"曰："老臣今者殊不欲食，乃自强步，日三四里，少 shǎo 益耆 shì 食[⑥]，和于身。"太后曰："老妇不能。"太后之色少解。

左师公曰："老臣贱息舒祺，最少 shào，不肖；而臣衰，窃爱怜之，愿令得补黑衣之数[⑦]，以卫王宫。没死以闻！"太后曰："敬诺。年几何矣？"对曰："十五岁矣。虽少，愿及未填沟壑 hè 而托之[⑧]。"太后曰："丈夫亦爱怜其少子乎？"对曰："甚于妇人。"太后笑曰："妇人异甚！"对曰："老臣窃以为媪 ǎo 之爱燕 yān 后[⑨]，贤于长安君。"曰："君过矣，不若长安君之甚！"左师公曰："父母之爱子，则为之计深远。媪之送燕后也，持其踵为之泣，念悲其远也，亦哀之矣。已行，非弗思也，祭祀必祝之，祝曰：'必勿使反[10]！'岂非计久长，有子孙相继为王也哉？"太后曰："然。"

左师公曰："今三世以前，至于赵之为赵，赵王之子孙侯者，其继有在者乎？"曰："无有。"曰："微独赵，诸侯有在者乎？"曰："老妇不闻也。""此其近者祸及身，远者及其子孙。岂人主之子孙则必不善哉？位尊而无功，奉厚而无劳，而挟重器多也[11]。今媪尊长安君之位，而封之以膏腴 yú 之地，多予之重器，而不及今令有功于国；一旦山陵崩[12]，长安君何以自托于赵？老臣以媪为长安君计短也，故以为其爱不若燕后。"太后曰："诺，恣君之所使之[13]！"

于是为长安君约车百乘，质于齐，齐兵乃出。

子义闻之，曰："人主之子也，骨肉之亲也，犹不能恃无功之尊，无劳之奉，而守金玉之重也，而况人臣乎？"

注 释 ①盛气而揖之：怒气冲冲地等待着他。②徐趋：慢慢地小步跑。趋，小步跑，当时臣见君的一种礼节。③谢：道歉，告罪。④恐太后玉体之有所郄：担心太后贵体有什么不舒服的地方。郄，不舒服。⑤恃辇而行：凭借车子行动。⑥少益耆食：稍稍喜欢吃了。耆，同"嗜"。⑦黑衣：王宫卫士。⑧填沟壑："死"的意思。⑨媪：老太太。燕后：此指赵太后的女儿，嫁给燕国国君。⑩必勿使反：古时诸侯的女儿嫁到别国，只有被休或者国灭，才返回本国。⑪挟重器多：拥有很大的权力。重器，礼器，象征国家权力。⑫山陵崩：古代指国君去世的一种礼貌说法。⑬诺，恣君之所使之：行，任凭您的意思派遣他。

赏析 [进谏的缘由] 本篇选自《战国策·赵策四》。公元前266年，赵惠文王死，其子孝成王继位。因为年幼，由他的母亲赵太后掌权。赵国的宿敌秦国抓住这一机会向赵国发起了进攻。赵国向齐国求救，齐国要求赵太后先将她所疼爱的小儿子长安君送到齐国去做人质方肯出兵相救。赵太后不肯，拒绝接受群臣劝谏，双方形成僵局。

[质子制度] 质，抵押。当时诸侯间结盟，常常把自己的子孙交给对方做抵押，作为保证，以取得信任。因多为王子或世子，故称质子。《战国策》《左传》中对此均有大量记载。质子生活在异国他乡，有些甚至终生不得归国。秦始皇的父亲异人就曾质于赵，全靠大商人吕不韦的帮助才得保生活无忧。后来因秦赵交兵，赵王要杀异人，异人又靠吕不韦而逃归秦国。长安君作为太后的幼子，太后自然不肯让他去冒生命的危险。后来经触龙劝说，赵太后终于同意，但她要“约车百乘”，至少让长安君生活得到保障，慈母之心随处可见。

[触龙迂回说太后] 由于赵太后已明确表态："有复言令长安君为质者，老妇必唾其面。"触龙要想说动太后，其艰难程度可想而知。如果一言不和，很可能被盛怒的赵太后赶将出去。触龙不愧是老臣，采用了迂回包抄、渐入正题的方法，分三个步骤达到了"说"的目的。

[闲话琐事破僵局] 触龙主动请见，太后知其来意，"盛气而揖之"，想以此打消他的劝谏之心。触龙心知肚明，视若不见，只以老臣身份同太后拉起了闲话。问候生活起居，介绍健身经验，消除了太后的戒备，使谈话气氛渐趋缓和，由此打破僵局。

[请托爱子达共识] 长安君是赵太后的幼子，触龙就谈自己的幼子。说自己年老体衰，爱怜少子舒祺，请求太后让舒祺入宫为侍卫，"愿及未填沟壑而托之"。用自己对幼子的疼爱引起赵太后的共鸣，将话题引向长安君，提出了"父母之爱子，则为之计深远"的论点，并举赵太后对女儿嫁作燕后后"为之计深远"的事实，阐述怎样才算真正爱子，从道理上与太后达成共识。

[直入主题劝谏成功] 既然赵太后已认可了"父母之爱子，则为之计深远"这一道理，触龙就列举历代赵王之子孙未能相继为侯的事实，指出其原因在于"位尊而无功，奉厚而无劳，而挟重器多也"。赵太后如果真爱长安君，就应该让他"有功""有劳"于赵国，而不

能只靠母后的偏爱。否则，“一旦山陵崩，长安君何以自托于赵?”如何让长安君如今有功于国，以便日后“自托于赵”，正是赵太后应该为之“计深远”的问题，爱子之心应该体现在这里。话说及此，其意已明：今让长安君到齐国去做人质以换取齐国出兵相救，正是让长安君“有功于国”的大好时机。因此，作为执政者的赵太后最终接受了触龙的劝谏：“恣君之所使之”。

［重在对话和神态描写］既是“说”赵太后，自然以对话为主。触龙沉着机智，迂回进攻，让赵太后在不知不觉中解除了武装。文中对太后的神态描写表明了太后心理的变化：“盛气而揖之”，“色少解”，“笑”。对话中太后语气的变化也勾画出了一条清晰的线条。

唐雎不辱使命

秦王使人谓安陵君曰：“寡人欲以五百里之地易安陵，安陵君其许寡人[①]?”安陵君曰：“大王加惠[②]，以大易小，甚善。虽然，受地于先王，愿终守之，弗敢易。”秦王不说。安陵君因使唐雎使于秦。

秦王谓唐雎曰：“寡人以五百里之地易安陵，安陵君不听寡人，何也?且秦灭韩亡魏，而君以五十里之地存者，以君为长者，故不错意也[③]。今吾以十倍之地，请广于君[4]，而君逆寡人者，轻寡人与？”唐雎对曰：“否，非若是也。安陵君受地于先王而守之，虽千里不敢易也，岂直五百里哉[5]？”

秦王怫 fú 然怒[6]，谓唐雎曰：“公亦尝闻天子之怒乎？”唐雎对曰：“臣未尝闻也。”秦王曰：“天子之怒，伏尸百万，流血千里。”唐雎曰：“大王尝闻布衣之怒乎？”秦王曰：“布衣之怒，亦免冠徒跣 xiǎn，以头抢地耳[7]。”唐雎曰：“此庸夫之怒也[8]，非士之怒也[9]。夫专诸之刺王僚也，彗星袭月；聂政之刺韩傀 guī 也，白虹贯日；要离之刺庆忌也，仓鹰击于殿上[10]。此三子，皆布衣之士也。怀怒未发，休祲 jìn 降于天[11]，与臣而将四矣。若士必怒，伏尸二人，流血五步，天下缟 gǎo 素[12]。今日是也。”挺剑而起。

秦王色挠[13]，长跪而谢之曰：“先生坐，何至于此？寡人谕矣[14]：夫韩、魏灭亡，而安陵以五十里之地存者，徒以有先生也。”

注　释　①其：句中表示希望的语气词。②加惠：给予恩惠。③以君为长者，故不错意也：把安陵君看作忠厚长者，所以不打他的主意。错，通“措”。④请广于君：让安陵君扩大领土。广，扩充。⑤直：只，仅仅。⑥怫然：盛怒的样子。⑦亦免冠徒跣，以头抢地耳：也不过是摘了帽子，光着脚，把头往地下撞罢了。⑧庸夫：平庸无能的人。⑨士：这里指有才能有胆识的人。⑩仓：通“苍”。⑪怀怒未发，休祲降于天：心里的愤怒还没发作出来，上天就降示征兆。⑫缟素：白色的丝织品，这里指穿丧服。⑬秦王色挠：秦王变了脸色。挠，屈服。⑭谕：明白，懂得。

赏析 [秦王的骗局] 本篇选自《战国策·魏策四》。战国末期，秦国独大，六国奄奄待毙。公元前230年和前225年，秦国先后灭亡了韩国和魏国。安陵国本是魏国的附属国，倾巢之下，岂有完卵？但秦王（就是后来的秦始皇）这次却不想用武力，而是用骗术。巧言令色于前，武力威胁盾后。安陵以区区五十里之地能否继续保持独立，显然是个问题。

[接受与拒绝的两难] 安陵君不傻，当然知道这是秦王设的骗局。自愿上当当然不甘，但拒绝又岂能轻言。连韩、魏这样的大国都不是强秦的对手，何况安陵。安陵君以委婉的语言表达了坚决的态度，令“秦王不说（悦）”。正是在这样的背景下，唐雎奉命出使秦国。

[弱国办外交的典范] 没有实力做后盾，弱国要办外交当然极难。但若谓弱国无外交则不尽然。唐雎即以其机智果决折服秦王，不辱使命，成为弱国办外交的成功典范。唐雎的成功要诀有三点：

一在有理有节。唐雎的出使，是为了缓和秦王的不悦，并进一步打消秦王的吞并图谋。既不能示弱，也不能示威，语言分寸的把握非常关键。当秦王表示对安陵君的责备时，唐雎彬彬有礼地解释："安陵君受地于先王而守之"，并非故意违背秦王的意旨，话说得不卑不亢，有理有节。

二在针锋相对。对付奸诈的秦王，只凭合理的解释与语言的谦恭显然不能解决问题。唐雎走了一着险棋，即以攻为守。当秦王以威胁的口吻说出："公亦尝闻天子之怒乎?"其潜台词且不言而喻，唐雎却偏不买账："臣未尝闻也"，激怒秦王，为反攻创造条件。三个排比句举出历史上三位勇士刺杀诸侯的事例对秦王进行反威胁，并进一步明确："与臣而将四矣。"这是唐雎暗示秦王，他将效法专诸、聂政、要离三人，刺杀秦王。这并非鲁莽之举，而是抓住了秦王贪生怕死的要害。

三在正气凛然。为了挽救国家危亡，唐雎身负重任出使，早已置生死于度外。在表示了自己决意效法专诸、聂政、要离之后，唐雎以行证言，"挺剑而起"。虽然从全局上来说，秦国、秦王是当然的强者，但在这朝堂之上，咫尺之间，强者的优势无法施展。而唐雎舍生取义，决心以死相拼，"伏尸二人，流血五步"。其凛然正气，可感天地而泣鬼神。

［胜利属于正义］秦王是一个骄横奸诈、色厉内荏的典型。先前看起来气势汹汹，威胁安陵君，威胁唐雎，那是以秦国的武力做后盾。当唐雎不为所动，拔剑

而起，对他进行人身威胁时，秦王的胆怯卑劣就暴露无遗了。“秦王色挠，长跪而谢……”古人席地而坐，坐时两膝着地，臀部靠在脚跟上。跪时耸身挺腰，身体看上去比坐着时长了一些，所以叫“长跪”。谢，道歉。还说了一长串言过其实的话来恭维唐雎：“安陵以五十里之地存者，徒以有先生也。”唐雎的使命终于达成，正义获得了胜利。

[历史与文学的完美结合]《战国策》是历史著作，以历史事实为依据，又充分运用了文学创作的多种手段，将历史与文学有机地结合，完美地再现了历史上那曾经发生的一幕幕。本文约500字，刻画了秦王、安陵君、唐雎三个人物形象，故事情节曲折，首尾完整，完全可作为小说来读。

论语

孔门弟子及再传弟子记录孔子言行的一部书，为先秦儒家经典之一。全书共二十篇，内容涉及哲学、政治、教育、文学以及立身处世的道理，几乎无所不谈。尤其可贵之处在于它的实录和语体，不但如实记下人物的实话真话，而且能再现其仪态举止、音容笑貌，语言洗练、警策。

吾十有五而志于学

子曰："吾十有五而志于学，三十而立，四十而不

孔子圣迹图·删述六经

惑，五十而知天命①，六十而耳顺②，七十而从心所欲不逾矩③。”

注　释　①知天命：指顺应自然规律。②耳顺：指闻言而知其微旨。③从心所欲不逾矩：指超越必然，得到自由。

赏析 [反映人生经验积累过程] 孔子自述其进修过程和认识能力提高的阶段，虽然杂有宿命论的神秘成分，但在一定程度上也反映了人生经验不断积累的过程。

[这段语录的含义] 十有五而志于学，古人十五岁为入学之年，故云。而立，立指立足于礼。知天命即顺应天命（自然），孔子的知天命与学《易》有关。耳顺，郑玄认为指耳闻其言而知其微旨。从心所欲不逾矩，指由必然进入自由，完全适应周边环境。

[对后世的影响] 古人在书面上特别喜欢委婉的表达法，如以“志学”代指十五岁，“而立”代指三十岁，“不惑”代指四十岁，“知命”代指五十岁等等，皆出于此则。

孔子像

诲汝知之乎

子曰："由[1]，诲女知之乎？知之为知之，不知为不知，是知也。"

注　释｜①由：子路姓仲名由，孔子的学生。

赏析［治学的格言］孔子教导学生要以老老实实的态度去对待知识，知道就是知道，不知道就是不知道，不要不懂装懂。

［孔子的幽默和机警］孔子对学生说话很随便，没有一点架子。这是把子路叫到面前，耳提面命的样子，话却说得很简单，就在一个知字上做文章，有点绕口令的趣味，但里面包含着真知，包含着孔子的机警。

宰予昼寝

宰予昼寝[1]。子曰："朽木不可雕也，粪土之墙不可杇 wū[2] 也，于予与何诛[3]。"子曰："始吾于人也，听其言而信其行；今吾于人也，听其言而观其行。于予与改是。"

注　释　①宰予：字子我，孔子的学生。②杇：粉刷。③诛：这里指责备。

赏析　[为人要言行一致]　这则语录中，孔子骂了一位大白天睡觉的学生宰予，他从宰予的言行不一得出了一个结论，评价一个人，不光看他怎么说，还要看他怎么做。也就是说，孔子强调为人要言行一致。

[孔子是个性情中人]　大白天睡觉当然是不对的。但青春期犯困，上课打瞌睡的事有时是难免的，不一定就是“朽木不可雕”。但孔子是性情中人，不高兴骂人也是常有的事，特别是在不开心的时候，宰予倒霉撞上了，所以被骂得很惨。不必认真地看作是孔子对宰予的盖棺论定。

闻斯行诸

子路①问：“闻斯行诸②？”子曰：“有父兄在，如之何其闻斯行之？”

冉有③问：“闻斯行诸？”子曰：“闻斯行之。”

公西华④曰：“由也问闻斯行诸，子曰‘有父兄在’；求也问闻斯行诸，子曰‘闻斯行之’。赤也惑，敢问。”子曰：“求也退，故进之；由也兼人，故退之。”

孔子圣迹图·子路问津

注　释　①子路：姓仲名由，故下文称“由”，孔子的学生。②闻斯行诸：听到了就付诸行动吗。③冉有：字子求，故下文称“求”，孔子的学生。④公西华：名赤，孔子的学生。

赏析　[同一个问题不同的对待] 子路和冉有请教孔子，问的是同一个问题：是不是听到就可以付诸行动？孔子对子路说的是，有父兄在，怎么可以听到就做呢。对冉有说的是，听到了就可以做。公西华很不理解，于是请教孔子。孔子说：冉有性格谦退，所以要让他勇于进取；子路性格好胜，所以要让他三思而行。

[因材施教和中庸思想] 这一段对话表现了孔子因材施教的教育思想。有人认为，这是孔子的中庸思想在教育方面的表现。

子贡问政

子贡①问政。子曰："足食②，足兵，民信之矣。"子贡曰："必不得已而去，于斯三者何先③？"曰："去兵。"子贡曰："必不得已而去，于斯二者何先？"曰："去食。自古皆有死，民无信不立④。"

注　释　①子贡：孔子的学生。②足食：使粮食充足。下文"足兵"意思是……使武器充足。③于斯三者何先：在这三者中先去掉哪一项呢。④民无信不立：如果人民对政府没有信心，政府就站不住脚。

赏析 [政权的巩固靠人民拥护] 孔子认为一个国家的统治者如果得不到人民的支持和拥护，国家政权就不能巩固。而武装力量和粮食，都是次要的东西。

[政府应取信于民] 孔子讲的是一面的道理，还有另一面的道理，那就是"民以食为天"，也就是孟子所说的"民无恒产，因无恒心"。统治者一定要注意"制民之产"的问题，也就是让人民得到温饱，否则政权就

不能稳固。不过，孔子这里强调的是政府应取信于民，是有针对性的议论。

楚狂接舆

楚狂接舆歌而过孔子曰①："凤兮凤兮②，何德之衰？往者不可谏，来者犹可追。已而已而，今之从政者殆而③！"孔子下，欲与之言。趋而辟之④，不得与之言。

注释 ①接舆：楚人，佯狂避世者。②凤：讽喻孔子。③殆：危险。④辟：通"避"。

赏析 [这则短文的时代背景] 从《论语》记载看，在孔子当时，隐士颇不乏人。隐士的处世，消极而言，是逃避现实；积极而言，是不与统治者合作。

[这则短文的内容] 楚狂接舆，有人说他姓陆名通字接舆。曹之升《四书摭余说》认为："《论语》所记隐士皆以其事名之。门者谓之晨门，杖者谓之丈人，津者谓之沮、溺，接孔子之舆者谓之接舆。"这个说法有道理。这人一面唱着歌，一面从孔子的车前走过，当然是有意让孔子听到。传说凤凰这种神鸟只在圣君治世时出现，世无道则隐没，孔子生当乱世而不肯隐退，所以接

舆用凤鸟德衰来讥讽和规劝他说：过去的无法挽回，但往后还来得及补救；算了吧，算了吧，当今从政者都是不可救药的了。于是孔子下车，想同这人谈谈，但这人急行避开，就没能谈成。

［这则短文的含义］这件事本身没个什么结果，孔子连意见都没来得及发表，似乎还有点煞风景。可见《论语》对关于孔子的事迹取材很广，没有什么避忌，对孔子的窘态也能予以实录，这是它的难得之处。这楚国的狂人，对孔子唱的歌用的是《诗经》常见的比兴手法，孔子当然是一听就懂的。对于接舆提出的问题，他当然是有自己的看法的，而且很想和对方谈谈，即使不能说服对方，也可以增进一些了解。然而接舆却不愿深谈，他挑起话端，却又回避了。文中先说“欲与之言”，再说孔子“不得与之言”，就表现出孔子无可奈何的怅惘和些许的窘态，是很传神的。

［这则短文的影响］后来，陶渊明在著名的《归去来兮辞》中写道：“归去来兮，田园将芜胡不归？既自以心为形役，奚惆怅而独悲？悟已往之不谏，知来者之可追。实迷途其未远，觉今是而昨非。”李太白在《庐山谣》写道：“我本楚狂人，凤歌笑孔丘。手持绿玉杖，朝别黄鹤楼。五岳寻仙不辞远，一生好入名山游。”他们用同一典故，表达各自的心情。

君子之过也

子贡曰："君子之过也，如日月之食焉：过也，人皆见之；更也，人皆仰之。"

赏析 [人不可以文过饰非] 子贡认为一个人犯了错误，不要文过饰非，而应该坦然承认。就像日食和月食一样，用不着隐瞒，只要正视错误并加以改正，仍会得到人们的尊敬。这个道理在今天依然是正确的。

阳货欲见孔子

阳货欲见孔子①，孔子不见，归 kuì 孔子豚②。孔子时其亡也③，而往拜之，遇诸涂④。谓孔子曰："来！予与尔言。"曰："怀其宝而迷其邦，可谓仁乎？"曰："不可。""好从事而亟失时⑤，可谓知乎？"曰："不可。""日月逝矣，岁不我与。"孔子曰："诺。吾将仕矣。"

注释 ①阳货：名虎字货，春秋时鲁国大夫季平子的家臣，季平子死后，阳货专权鲁国政事。②归：同"馈"，馈赠。③孔子时其亡也：孔子趁着他不在家。这里的"时"作"伺"讲，"亡"指外出。④遇诸涂：遇之（阳货）于途。⑤亟失时：屡次失去机会。

赏析 [孔子对权贵的厌恶] 阳货把持鲁国的政事，想利用孔子帮助他。孔子不情愿这样做，却又不便正面拒绝，只好敷衍他。文中一连串的“不可”“诺”，都是孔子的应答，完全是虚与委蛇的口气。这则记事表现出孔子对权贵的厌恶。

子路曾皙 xī 冉有公西华侍坐①

子路、曾皙、冉有、公西华侍坐。子曰：“以吾一日长乎尔，毋 wú 吾以也②。居则曰③：‘不吾知也。’如或知尔，则何以哉?”子路率尔对曰④：“千乘 shèng 之国，摄乎大国之间，加之以师旅，因之以饥馑 jǐn⑤；由也为之，比及三年⑥，可使有勇，且知方也。”夫子哂 shěn 之⑦。

“求，尔何如?”对曰：“方六七十，如五六十⑧，求也为之，比及三年，可使足民。如其礼乐，以俟君子。”

“赤，尔何如?”对曰：“非曰能之，愿学焉。宗庙之事，如会同，端章甫，愿为小相焉⑨。”

“点，尔何如?”鼓瑟稀，铿 kēng 尔，舍瑟而作⑩，对曰：“异乎三子者之撰 zhuàn。”子曰：“何伤乎，亦各言其志也。”曰：“莫 mù 春者，春服既成，冠者五六人[11]，童子六七人，浴乎沂 yí，风乎舞雩 yú[12]，咏而归。”夫子喟 kuì 然叹曰：“吾与点也！”

孔子圣迹图·俎豆礼容

三子者出，曾皙后。曾皙曰：“夫三子者之言何如？”子曰：“亦各言其志也已矣。”曰：“夫子何哂由也？”曰：“为国以礼，其言不让，是故哂之。”“唯求则非邦也与？”“安见方六七十如五六十而非邦也者？”唯赤则非邦也欤？“宗庙会同，非诸侯而何？赤也为之小，孰能为之大？”

注 释 ①子路、曾皙、冉有、公西华：四人皆孔子的学生。子路姓仲名由；曾皙名点，皙是他的字；冉有名求，字子有；公西华名赤，字子华。②以：因为。

乎：介词，于，表示比较。尔：你们。毋：不要。③居：指平时。则：每每，往往。④率尔：轻率急忙的样子。⑤千乘：一千辆兵车。摄乎：夹在。加：加上。师旅：军队。这里指战争。因：继，紧接着。饥馑：饥荒。⑥为：治理。比：等。及：到。⑦哂：微笑。⑧方：纵横，见方，方圆。如：或者。⑨宗庙：古代帝王、诸侯、大夫祭祀祖先的地方。会同：泛指外交活动。会，诸侯会盟。同，诸侯共同朝见天子。端：玄端，古代的一种礼服。章甫：古代的一种礼帽。相：傧相，在诸侯盟会或祭祀时，主持赞礼和司仪的人。⑩鼓：用作动词，犹“弹”。瑟：一种与琴相近的弦乐器。铿尔：拟声词，形容曲终的余音。舍：放下。作：起。⑪莫：通“暮”。冠者：成年男子。古时男子二十岁成年，行加冠礼。⑫乎：于。沂：水名，在今山东曲阜南。风：乘凉，吹风。舞雩：鲁国祭天求雨的地方，在今山东曲阜内。

赏析 [本篇的中心内容] 本篇记载孔子和四位学生子路、曾皙、冉有、公西华的一次谈心。座中孔子请几位学生就从业意向发表意见，首先让各位学生放松一些，不要介意师生间年龄的差距。这一番开场白语气平易近人，所谓“仁义之人，其言蔼如也”，是孔子可亲之处。

［子路率先发言］“率尔”二字十分扼要地把子路那副冒冒失失、不加考虑的样子活画出来。他描绘说，一个夹在两个大国之间，又有战祸和饥荒，即严重内忧外患的中小国家，只要三年时间，我可以使国人做到勇敢而有教养。真是谈何容易！无怪孔子一笑置之，分明是不以为然的意思。

［冉有回答较有分寸］冉有回答的大意是：约六十里见方的小国，我去抓农业，也用三年时间，可以使那里的百姓解决温饱问题；至于礼乐一道，还得另请高明。其态度比子路要谦虚得多，显然他已经观察到孔子对子路不以为然的一笑，所以注意讲话留有余地。

［公西华过分谦虚］公西华说：我不敢逞能，只是愿学；当着宗庙里举行祭祀典礼或诸侯举行盟会的时候，我愿穿戴礼服礼帽，做一个低级的司仪。

［曾皙得到孔子的赏识］曾皙一面鼓着瑟，一面听别人谈话，当孔子点名，他才缓缓带住，在弦上铿地一拨，结束鼓瑟。他先不直接回答问题，只声明一句“异乎三子者之撰”，显得成竹在胸的样子。“莫春者，春服既成”一段话好像说着春游。然而恰恰是这番话，得到孔子的啧啧赞赏。

［曾皙一段话的真实含义］曾皙并没有跑题。表面看他说的是春游，其实指的是文教。春服就是礼服。冠者五六人，是年龄较大的学生；童子六七人，是年龄较小的学

生。沐浴，本是儒者礼仪活动。舞雩为乞雨坛，本是举行礼仪活动的场所。咏而归，即唱着诗回来。这段话从头到尾，包含着丰富的寓教于乐的内容。顺便说，曾皙和他的儿子曾参，都是孔子的学生，而曾参还是孔学的传人之一。曾皙的话不但说到孔子心坎上，而且说得那样轻松，那样随意，那样富于诗意，不是真心热爱教育事业的人说不出来，所以孔子对他独表佩服，大加赞赏。

[孔子评点其他三人的发言] “为国以礼，其言不让”八字，是批评子路言行矛盾，他既说要使民“知方”，但他自己就不谦虚，而且热衷打仗。所以有些好笑。冉有呢，他讲的难道不是治国么？他就比较谦虚。虽不精彩，无可挑剔。公西华又不然了，自称只配做小司仪，那么谁还能做大司仪？他太谦虚，孔子希望他胆子再大一点。

[生动展示了孔子的风采] 本篇通过孔子与学生的一次有关志向的谈心讨论，主要通过人物对话，生动再现了大教育家孔子诲人不倦而又循循善诱、和蔼可亲的风采，同时也成功地表现出几个学生不同的志趣和性格（子路急躁，冉有机灵，公西华谦卑，曾皙潇洒）。行文随笔实录，自入妙境。最妙的是正在三子讲论兵农礼乐、治国安邦时，忽来一段曾皙舍瑟而作的“莫春者，春服既成”的情景妙语，别开生面，令人神往。

季氏将伐颛臾 zhuānyú①

季氏将伐颛臾。冉有、季路见于孔子②，曰："季氏将有事于颛臾。"孔子曰："求，无乃尔是过与③？夫颛臾，昔者先王以为东蒙主，且在邦域之中矣④，是社稷之臣也，何以伐为？"

冉有曰："夫子欲之⑤，吾二臣者皆不欲也。"孔子曰："求，周任有言曰⑥：'陈力就列，不能者止。'危而不持，颠而不扶，则将焉用彼相 xiàng 矣⑦？且尔言过矣，虎兕 sì 出于柙 xiá，龟玉毁于椟 dú 中⑧，是谁之过与？"

冉有曰："今夫颛臾固而近于费 bì⑨，今不取，后世必为子孙忧。"孔子曰："求，君子疾夫舍曰欲之而必为之辞⑩。丘也闻有国有家者，不患寡而患不均，不患贫而患不安。盖均无贫，和无寡，安无倾。夫如是，故远人不服，则修文德以来之⑪。既来之，则安之。今由与求也，相夫子，远人不服而不能来也，邦分崩离析而不能守也，而谋动干戈于邦内。吾恐季孙之忧，不在颛臾，而在萧墙之内也⑫。"

注 释 ①季氏：季孙氏，此指季康子，名肥。他是鲁国最有权势的贵族。颛臾：鲁国的附属国，相传是伏羲之后，风姓。故城在现在的山东费县西北。②冉有：名求，字子有。季路：即仲由，字子路。两人都是孔子的弟子，季氏的家臣。③无乃：岂不是，莫非，表推测的固定结构。尔：你，指冉求。过：动词，责备，批评。与：疑问语气词。④先王：指周朝早期统治者。东蒙主：祭祀东蒙山的主持人。东蒙山，在今山东蒙阴境内。邦：国。域：疆土。⑤夫子：指季康之子。⑥周任：商代的太史。⑦危：不稳，这里指站不稳。持：扶持。颠：跌倒。焉：何必。相：扶着瞎子走路的人，引申为助手。⑧兕：独角犀牛。柙：关猛兽的笼子。龟：龟板，用于占卜。龟玉，是古代珍贵的宝物。椟：匣子，柜子。⑨固：坚固。费：季氏封邑，在今山东费县。⑩君子：这里指有学问道德的人。疾：憎恨。夫：代词，那。欲之：贪其利。辞：托词，辩解之词，理由。⑪来：使……来。⑫萧墙：门屏，古代宫室用以分隔内外的当门小墙，比喻内部，宫廷之内，此隐指鲁哀公。

赏析 [这篇文章的中心内容] 冉有、子路是孔子的学生，后为鲁国大夫季氏的家臣。季氏在鲁国掌权，颛臾是鲁国的附属国。有一次季氏打算攻打颛臾，冉有、子路不但不劝止，反而为之辩解。孔子一不高兴，就把他们俩严厉批评了一顿。

[事情的起因] 冉有、子路见孔子，冉有站出来对话，可见他才是事件的积极支持者。“季氏将伐颛臾”

和“季氏将有事于颛臾”在语气上是有区别的，“将有事于”是迂回的遣词，出于冉有之口，是轻描淡写，以期逃避责难。冉有话音刚落，孔子马上做了针锋相对的批评：“求，无乃尔是过与?”语气很重。鲁国先君曾经授权颛臾主持东蒙山的祭祀，这是一种礼遇；颛臾地处鲁境之内——是个国中之国，对鲁国构不成威胁；颛臾是鲁国的属国，没有僭越行为。所以孔子认为季氏将伐颛臾毫无道理。

［孔子的一段名言］于是冉有推卸责任，说是“夫子欲之，吾二臣者皆不欲也”。孔子针对冉有的辩解，而引周任关于职责的话来批评冉有等未尽为臣的责任。进而以护理盲人为喻，进行类比论证，用虎兕出于柙、龟玉毁于椟中为喻，说明季氏越轨和颛臾蒙祸，皆是冉有等人的过失。

［孔子最后的警告］冉有无奈之下只得承认他是同意季氏去攻打颛臾的，但又辩解道：颛臾靠近季氏的采邑费，即使现在不构成威胁，后世亦必为子孙祸患。孔子在对他反驳前，先批评他不老实：“君子疾夫舍曰欲之而必为之辞。”然后针对“后世必为子孙忧”这话进行批驳。说明治理国家和为贵、安为贵。既使对不肯归附的远人，也应修文德以招徕；对于颛臾这样的国中国、社稷臣，更不可“动干戈于邦内”。孔子最后警告道：要说季孙有忧的话，恐怕不在颛臾，而在鲁国宫廷

之内。原来鲁国国君与季氏之间的矛盾很大，季氏要攻打颛臾以自重，恐怕首先就会遭到鲁君疑忌的。

［本篇的论证方法及其他］全文围绕季氏伐颛臾之不可这个中心论点，通过正反两方的论难，正方步步进逼，逐层驳论，直到反方理屈词穷为止。全文批中有论，论中有批，批和论融为一体。“虎兕”二句有双重喻义，上句喻季氏用兵伐颛臾，下句喻颛臾在鲁境中被伐，两句各隐含一喻。两句又把冉求、子路比作虎兕、龟玉的看护人，谓其未能尽到应尽的职责，是两句共同的喻义。

老子

一名《道德经》，相传为老子所作。老子的时代和生平，向来没有定论。《史记》本传中说他是楚国人，姓李名耳字伯阳，谥聃，曾任周守藏室之史。孔子到周，曾向他问礼。后来周朝衰微，老子就西行，著此五千言，不知所终。此书文字简约，内容相当丰富，包含着朴素的辩证观点和许多人生智慧。

道可道

道可道，非常道①；名可名，非常名。无名，天地之始；有名，万物之母。故常无，欲以观其妙；常有，欲以观其徼 jiào②。此两者③同出而异名，同谓之玄。玄之又玄，众妙之门。

注释 ①常道：永恒的道。下文“常名”指永恒的名。②徼：归宿。③此两者：指无名和有名。

赏析 [老子提出了一个最高哲学范畴] 道，是一个终极的范畴。老子的智慧是一种终极智慧，他所关心的问题是终极问题。什么是终极问题？就是它不限制在你的生活经验范围之内，如世界的起源，世界的未来，一切的主宰，一切的基本规律等等。

［道可道非常道］可以说出的道，就不是永恒的道。有人借电脑用语说，所有东西都是道的一个下载，但不是道的本身。可以叫出的名，不是永恒不变的名。先秦的名家有一个命题叫“犬可以为马”，就是这个意思。

老子骑牛图

［为什么有名是万物之母］命名是认识的产物，不通过命名，你就没法把万物区分开来，无法认识它；通过命名，将万物区分开来，就可以认识了。我们认识一个人，叫得出名字才算认识，名字都叫不出，就不算认识。这样说来，命名就是万物之母。

［怎样才能对大道有一个全面的认识］探索宇宙之奇。如探索宇宙起源，当然要在无名的状态下。如探索物种的遗传和变异，当然要在有名的状态下。从时间上讲，既探索来龙，又探索去脉。从空间上讲，既探索宏观，又探索微观。通过来龙去脉、宏观微观的双向探索，才能对大道有一个全面的认识。

［什么是玄］有人说，“玄”的古字像漩涡，引申为旋转、深不可测，引申为抽象。“玄之又玄”，抽象加抽象，是通往一切奥妙之门，是一把无形的钥匙，是芝麻开门，可以得道。

天下皆知美之为美

天下皆知美之为美，斯恶已；皆知善之为善，斯不善已。故有无相生，难易相成，长短相较，高下相倾，音声相和，前后相随。是以圣人处无为之事，行不言之教。万物作焉而不辞[①]，生而不有[②]，为而不恃，功成而弗居。夫唯弗居，是以不去。

注 释　①万物作焉而不辞：一本作“万物作而不为始”，意思是让万物自然生长，不越俎代庖。②生而不有：生成了万物而不占有它。

赏析 [矛盾的双方是相辅相成的] 前十句十分简明地阐明了事物包含的对立统一的道理。有了美，就有恶；有了善，就有不善。有无、难易、长短、高下、强弱、前后等等，都是相比较而存在，失去了一方，另一方就没有存在的根据。

[理想的政治也应取法自然] 后八句大意是理想的政治也应取法自然，听其自然。最后几句说功成不居，正因为不居，也才不会抹杀——这种无意得之、以予为夺的思想，也来自对世事经验的总结，和以屈为伸一样，属于中国的智慧。

曲则全

曲则全，枉则直[①]，洼则盈[②]，敝则新，少则得，多则惑。是以圣人抱一为天下式[③]。不自见[④]，故明；不自是，故彰；不自伐，故有功；不自矜，故长。夫唯不争，故天下莫能与之争。古之所谓曲则全者，岂虚言哉！诚全而归之。

注释 ①枉则直：矫枉才能正。②洼则盈：有坑才能装满水。③天下式：天下的范式。④见：表现。

赏析 [老子的人生哲学是低调哲学] 能屈能伸，才不易折断。矫枉必须过正，不过正不能矫枉。水往低处流，有坑，水就能往里边流，如果是个坡，水就往别处流了。旧的不去新的不来。少一点你就抓在手里了，太多了就挑花眼了——比如说，有人一晚上都拿着遥控器换频道，结果一个电视节目也没看好。

[越不显摆，别人越是看重] 有句成语叫“欲盖弥彰”，反过来，你越是显摆，别人越不买你的账。不自以为是，你的成绩才容易彰显出来。不把一切功劳计在自己账上，别人才承认你的功劳。不骄傲，别人才拥戴你。你不带头争，别人也不会跟你争。“夫唯不争，故天下莫能与之争”，这也是千古名言。赵朴初悼周恩来诗说：“无私功自高，不矜威益重。”就是这个道理。

大成若缺

大成若缺，其用不弊。大盈若冲，其用不穷。大直若屈，大巧若拙，大辩若讷。静胜躁①，寒胜热。清静为天下正②。

注释 ①躁：动。②正：君长。

赏析 [事物发展到极点就会走向反面] 老子的哲学命题中有一个模式：大 A 若非 A，就是说事物的某个方面发展到极致，会具有反面的特征。“大成若缺”，如十六的月亮过圆，就走向缺。“大盈若冲”，如空气具有弥漫性，反倒像什么都没有。“大巧若拙”，如傻瓜相机，其实是智能型相机，电脑的技术含量很高，但操作却相当简单。

[邓小平说“不争论”] 大辩若讷，真正的智者懂得，不跟人瞎掰，不争论。邓小平有句名言叫：不争论——争论就把最好的时机耽误了。“清静为天下正”就是这个道理。

知者不言

知者不言，言者不知。挫其锐，解其纷，和其光，同其尘，是谓玄同[①]。故不可得而亲，不可得而疏；不可得而利，不可得而害；不可得而贵，不可得而贱。故为天下贵。

注 释 | ①玄同：同于大道。

赏析 [什么是和光同尘] 老子讲处世原则曰“和其光，同其尘”，简称“和光同尘”，就是说把你的光芒要适当地压低一点，你要和尘世的生活、世俗的生活、日常的生活接近一点。这个处世原则还有一种说法，叫“韬光养晦”。韬是剑套，把剑放在套里，不要让它光芒四射、锋芒毕露；晦是暗，养晦是保持一个不扎眼、不起眼的状态。

［虚心使人进步］明明心明眼亮，但走到哪儿都表现的是知之不多，一方面是为了学到一些东西，虚心使人进步；另一方面也是为了不成为众矢之的。王蒙阐释说：“你千万别说你什么都知道，你哪怕有一次说，这个事我还闹不太明白，对这个事我还没有什么把握，立马你的公信力就增加了。因为你只有承认你不知的时候，别人才能相信你的真知。”

老子授经图

治大国若烹小鲜

治大国，若烹小鲜[①]。以道莅[②]天下，其鬼不神；非其鬼不神，其神不伤人；非其神不伤人，圣人亦不伤人。夫两不相伤，故德交归焉。

注　释｜①小鲜：小鱼。②莅：临。

赏析［有举重若轻的意思］老子的意思是，治国的事应该举重若轻，应该充满信心，不要弄得一惊一乍的。按，周恩来曾经问薄一波，你看刘伯承与邓小平办事风格如何，薄一波没回答，周恩来说：刘伯承是举轻若重，邓小平是举重若轻，我自己也是举轻若重；还是举重若轻的好。治大国若烹小鲜，就是举重若轻。

［有不折腾的意思］河上公注《老子》说：“烹小鲜不去肠不去鳞不敢挠，恐其糜也。治国烦则下乱，治身烦则精散。”也就是不折腾的意思。还有掌握分寸、掌握节奏的意思。一个国家或者一个社会，政府不提出点任务，不提出什么问题来是不可能的，也是不可行的，但你不断提出新口号、新任务、新方向也让人晕，所以要掌握分寸，掌握节奏，掌握力度，掌握火候。

［这是老子的一个政治理想］“以道莅天下，其鬼不

神；非其鬼不神，其神不伤人；非其神不伤人，圣人亦不伤人。夫两不相伤，故德交归焉。”大体意思是说，如果做到这样，连鬼神都不闹腾了。就是提倡在管理一个诸侯国时，应该营造一种邪不压正、戾不侵和、假不乱真的气氛。

其安易持

其安易持，其未兆易谋，其脆易泮 pàn①，其微易散。为之于未有，治之于未乱。合抱之木，生于毫末；九层之台，起于累土；千里之行，始于足下。

注　释 | ①泮：融解。

赏析 [防患于未然] 在相对安定的时候就容易保持安定，要珍惜这个安定。一个情况还未充分显示出它的兆头来，要有预见性，要有危机处理的预案。事情已经发生了，临时再订方案就晚了一些。要防患于未然，因为“未兆易谋”。冰很脆弱的时候容易融化，冰冻三尺就很难了。要防微杜渐，不要等事情闹大以后再去解决。

[要积少成多] 万里长征是一步一步走过来的，走一步算一步，事情做一件少一件，由量变可以达到质

变，要积少成多，渐变可以产生突变，也就是哲学上说的飞跃。

小国寡民

小国寡民，使有什伯之器而不用[①]，使民重死而不远徙[②]。虽有舟舆[③]，无所乘之；虽有甲兵，无所陈之[④]。使人复结绳而用之，甘其食，美其服，安其居，乐其俗。邻国相望，鸡犬之声相闻，民至老死不相往来。

注 释 ①什伯之器：效率达到十倍百倍的工具。②重死：指珍惜生命。③舟舆：船和车。④陈之：指摆列阵势。

赏析 [老子的社会理想] 老子及道家也把希冀的目光投向往古，他们所幻想和追求的理想社会，是比儒墨理想更为古远的“小国寡民”的原始时期，取消一切技术和文化，返璞归真，无为而治。这种思想和现今 21 世纪的反全球化、反现代或者批判现代性的思潮有近似之处。

[老子思想的特点] 老子思想不是社会的主流思想，他带有一种逆向思维的特点，他对这个社会实际上是有所批评的。在战国时代，物质文明迅速发展，历史在大踏步前进，人欲随财富成倍地增长，文明进步所带来的罪恶和苦难也令人触目惊心。不过，面对同样的现实，儒墨是积极入世，而欲有所为；道家则力求解脱，而不欲有为。

墨子

墨翟、墨家弟子及后学编纂而成的一部书，原收文章七十一篇，今本分十五卷收文章五十三篇。书中主张兼爱、非攻、尚贤、节约，重经世致用，长于类比推理，逻辑性强，语言质朴无华，缺少文采。其中《公输》一篇，颇近小说。

公输①

公输盘为楚造云梯之械成，将以攻宋。子墨子闻之，起于齐，行十日十夜，而至于郢 yǐng②，见公输盘。公输盘曰："夫子何命焉为？"子墨子曰："北方有侮臣者，愿借子杀之。"公输盘不说。子墨子曰："请献千金。"公输盘曰："吾义固不杀人！"子墨子起，再拜，曰："请说之。吾从北方闻子为梯，将以攻宋。宋何罪之有？荆国有余于地③，而不足于民。杀所不足而争所有余，不可谓智；宋无罪而攻之，不可谓仁；知而不争，不可谓忠；争而不得，不可谓强。义不杀少而杀众，不可谓知类④。"公输盘服。

子墨子曰："然，胡不已乎？"公输盘曰："不可，吾既已言之王矣。”子墨子曰：“胡不见我于王？”公输盘曰：“诺！”子墨子见王，曰：“今有人于此，舍其文轩，邻有弊轝 yú[5]，而欲窃之；舍其锦绣，邻有短 shù 褐 hè[6]，而欲窃之；舍其粱肉，邻有糠糟[7]，而欲窃之。此为何若人？”王曰：“必为窃疾矣。”子墨子曰：“荆之地方五千里，宋之地方五百里，此犹文轩之与敝轝 yú 也；荆有云梦，犀兕 sì 麋鹿满之，江汉之鱼鳖 biē 鼋 yuán 鼍 tuó[8]，为天下富，宋所谓无雉兔狐狸者也[9]，此犹粱肉之与糠糟也；荆有长松、文梓、楩 pián、楠、豫章[10]，宋无长木，此犹锦绣之与短褐也。臣以三事之攻宋也，为与此同类。臣见大王之必伤义而不得。”王曰：“善哉！虽然，公输盘为我为云梯，必取宋。”

于是见公输盘。子墨子解带为城，以牒 dié 为械[11]，公输盘九设攻城之机变，子墨子九距之；公输盘之攻械尽，子墨子之守御有余。公输盘诎 qū。而曰：“吾知所以距子矣，吾不言。”子墨子亦曰：“吾知子之所以距我，吾不言。”楚王问其故。子墨子曰：“公输盘之意，不过欲杀臣；杀臣，宋莫能守，可攻也。然臣之弟子禽滑 gǔ 釐 xī 等三百人[12]，已持臣守御之器，在宋城上而待楚寇矣。虽杀臣，不能绝也。”楚王曰：“善哉！吾请无攻宋矣。”

子墨子归，过宋，天雨，庇其闾中[13]，守闾者不内也。故曰：“治于神者，众人不知其功；争于明者，众人知之[14]。”

三才图会插图・云梯

注　释　①公输：名盘，一作般，或作班。鲁国人，也称鲁班。②郢：楚国都城，今湖北宜昌。③荆国：楚国。④知类：懂得类推。⑤文轩：华美的车。弊轝：破旧的车。⑥短褐：短是“裋 shù”的假借字。裋褐，贫贱者所穿的粗布衣。⑦梁肉：指美食。糠糟：指粗食。⑧鳖：龟属，甲鱼。鼋：似鳖，而形体较大。鼍：扬子鳄。⑨雉：野鸡。⑩文梓、楩、楠、豫章：皆大树。豫章：即樟树。⑪牒：小木札。⑫禽滑釐：人名，墨家弟子。⑬庇：躲避。

闾：里门。⑭治于神者：以大智大勇济世者，指类似墨子那样的人。争于明者：急于表现小聪明者，指类似公输盘那样的人。

赏析

本篇集中叙述墨子救宋一事，是墨子“非攻”思想的具体表现，原为《墨子》第五十篇，为墨家后学所记。全篇颇类小小说，与他篇不同，分四段。

[墨子以理屈公输盘] 宋国有难，与在齐国的墨子风马牛不相关，然而他闻风而动，行十日十夜到达郢都，表现了墨子急人之难、舍己为人的精神，是“兼爱”思想的实践。墨子一见公输盘，先将来意避而不谈，而以千金诚聘公输盘做杀手，引出对方“吾义固不杀人”一语，使其陷入自相矛盾的境地，自然理屈而词穷。这一笔很精彩，颇类小说家言，再现了逻辑学家的风采。然后言归正传，以排比语句，进行一连串指责：“杀所不足（人民）而争所有余（地盘），不可谓智。”“宋无罪而攻之，不可谓仁。”“知而不争，不可谓忠。”“争而不得，不可谓强。”“义不杀少而杀众，不可谓知类（明辨是非）。”公输盘无言以对，只好推卸责任。

[墨子以理屈楚王] 墨子见楚王，采取譬喻或寓言的方式，讲了一个荒诞的盗窃故事，使楚王得出“必为窃疾”（那人有病）的结论，而再一次达到“请君入瓮”的目的。进而墨子指出以楚攻宋与前述荒谬的盗贼的神

似处，使楚王陷于“不知类”的难堪境地。楚王无理便不讲理，“公输盘为我为云梯，必取宋”——这是典型的唯武器论。

［唯武器论的破产］墨子与公输盘就云梯之攻防进行模拟演示，使楚王的“唯武器论”破产。按，《墨子》有《备城门》等篇，墨子也应是精于器械制造的，在纸上谈兵的同时，他当然要对反云梯技术做一些说明，使公输盘大出意料，感到无法取胜。公输盘因不胜而动杀机，再一次表现了其不义。墨子却防患未然，早派弟子禽滑釐等三百人带了反云梯器械，到宋国做防御准备去了，杀他也无济于事了。可见，外交上的斡旋，单凭道理是很难取得进展的，最起作用的还是具体的利害关系。侵略者不会被道理说服，只能被形势逼退。墨子是懂得这一点的，他的斡旋是有坚强后盾的。所以救宋大功终于告成。这是本篇写得最成功之处。

［墨子归途过宋淋雨逸事］这结尾的一笔，做说理文看，似乎不必有。然做文艺小说看，却是妙到毫颠的神来之笔。如果请墨子吃闭门羹、挨雨淋的是其他国家，写下来就没有多大意义。正因为不是其他国家，而是宋国，才耐人寻味。墨子救宋，乃出于道义出于自觉，本来就是不计事功，不图回报的。宋国守闾者不接纳墨子，则是“不知者不为过”。通过这一笔，更见墨子利他精神的可爱。

孟子

孟子（约前372—前289）及其门人万章等撰写的一部书，共七篇。书中充分展现了孟子雄辩的风采，为仁政王道勾勒蓝图。书中提出“舍生取义”等重大命题，莫不譬喻警策，说理透辟，气势磅礴，词锋犀利，擒纵自如。

汤放桀①

齐宣王问曰：“汤放桀，武王②伐纣，有诸？”孟子对曰：“于传有之③。”曰：“臣弑④其君，可乎？”曰：“贼仁者谓之贼⑤，贼义者谓之残，残贼之人谓之一夫。闻诛一夫纣矣，未闻弑君也。”

注释 ①汤：商汤，商朝开国君主。桀：夏桀，夏朝的亡国君主。②武王：周武王。③于传有之：在文献上有这件事。④弑：杀的贬义词，专指臣、子杀君、父。⑤贼：前一个指破坏，后一个指破坏者。

赏析 [怎样看待两段历史] 根据历史记载，夏桀是被商汤放逐而死的，商纣王是被周武王武装起义推翻了的，按传统观念，汤放桀、武王伐纣都是以下犯上，是

“臣弑其君”。然而孟子认为，推翻暴政，杀死暴君，是合于正义的，不能称为弑君。

[激进的民主思想] 反映了孟子的民本思想，他认为君王如果伤仁害义残害人民，就是人民公敌，就不配称君主，人民就可以推翻他。从这一则对话中，读者可以看到孟子的雄辩，实源于其思想的激烈。

书经版画图说

天时不如地利

天时不如地利，地利不如人和。三里之城[①]，七里之郭，环而攻之而不胜[②]；夫环而攻之，必有得天时者矣，然而不胜者，是天时不如地利也。

城非不高也，池非不深也[③]，兵革非不坚利也[④]，米粟非不多也，委而去之[⑤]，是地利不如人和也。

故曰：域民不以封疆之界[⑥]，固国不以山溪之险[⑦]，威天下不以兵革之利[⑧]。得道者多助，失道者寡助；寡助之至，亲戚畔之[⑨]；多助之至，天下顺之。以天下之所顺，攻亲戚之所畔，故君子有不战，战必胜矣[⑩]。

注　释　①三里之城：周围三里（那样小）的城。②环：围。③池：护城河。④兵革：泛指武器装备。⑤委而去之：意思是弃城而逃。委，放弃。去，离开。⑥域民不以封疆之界：使人民定居下来而不迁到别的地方去，不能靠划定的边疆的界限。域，界限，这里意思是限制。⑦固国不以山溪之险：巩固国防，不能靠山河的险要。⑧威天下不以兵革之利：震慑天下，不能靠武力的强大。⑨畔：通“叛”。背叛。⑩故君子有不战，战必胜矣：所以君子不战则已，战就一定能胜利。君子，指上文所说的“得道者”。

赏析 [孟子的仁政主张] 孟子生活在社会动荡不安的战国时代，目睹了诸侯国间无休止的战争，因此主张统治者行“仁政”，靠行仁政使天下归心，而不是凭借武力。本文即鲜明地体现了他的这一主张。

[天时、地利与人和] 孟子在“天时”“地利”“人和”三者中进行了两组比较。先将“地利”与“天时”比较，说明“地利”重于“天时”。接着从城高、池深、兵革坚利、米粟充足四个方面说明守城一方充分占据“地利”，但结果仍是“委而去之”，证明“地利”不足凭，由此推论出“人和”才是最重要的。

[怎样才能人和] 那么，怎样才能做到“人和”呢？孟子用“域民不以封疆之界，固国不以山溪之险，威天下不以兵革之利”三个排比句进一步论证了优越的物质条件并不可靠，从而得出“得道者多助，失道者寡助”这一结论，阐明人心的向背才是战争胜败的关键。“道”是什么？就是孟子所主张的“王道”，即行“仁政”。统治者如果行“仁政”，就能“人和”，就能使天下归心，赢得战争的胜利也就是顺理成章的了。其实不仅孟子有此认识，《曹刿论战》中曹刿所论战争的基本条件就是取得人民支持。

[运用排比以增气势] 文章虽短，孟子仍大量运用排比，使文章气势磅礴，词锋犀利，反映了孟子文章的

一贯风格。

[抓住听众心理宣传自己主张] “仁政”由谁来施行？统治者。孟子的话是讲给统治者听的，他们能不能听得进去，这就需要把握听者的心理。看来孟子在这方面是下了番功夫的。本来孟子是反对战争的，但为了迎合当时诸侯普遍好战的心理，从赢得战争胜利的根本条件这一角度切入，宣传自己的“仁政”主张。这是一种谈话手段，孟子在《梁惠王上》中说：“王好战，请以战喻。”与此相同。

什一去关市之征

戴盈之①曰：“什一②，去关市之征③，今兹未能。请轻之，以待来年，然后已，何如？”孟子曰：“今有人日攘其邻之鸡者④，或告之曰：‘是非君子之道。’曰：‘请损之，月攘一鸡，以待来年，然后已。’如知其非义，斯速已矣，何待来年。”

注 释 ①戴盈之：戴不胜，宋国大夫。②什一：税制，即按田亩总产量的十分之一征收租税。③关市之征：关口和商场的捐税。④攘：窃取。“日攘”是每天偷，“月攘”是每月偷。

赏析 [孟子主张减轻人民的经济负担] 从这一章里可以看出孟子是主张减轻人民经济负担的，这是他的仁政思想的表现。

[通过寓言来说理] 对于宋国大夫不愿减税的托词，孟子没有直接加以批驳，而是讲了一个寓言故事——一个小偷明知道偷鸡是不道德的，却不打算彻底改掉恶习，只打算把日偷一鸡改为月偷一鸡，这是非常可笑的。这则寓言的寓意是，发现错误就要立刻、彻底地加以改正。寓言的作用是把一个抽象的道理，表达得形象而易懂。

弈之为数

今夫弈之为数[1]，小数也；不专心致志，则不得也。弈秋[2]，通国之善弈者也。使弈秋诲二人弈，其一人专心致志，惟弈秋之为听。一人虽听之，一心以为有鸿鹄

明皇会棋图

将至，思援弓缴 zhuó 而射之[3]，虽与之俱学，弗若之矣。为是其智弗若与？曰：非然也。

注　释　①弈之为数：下棋这种技术。②弈秋：下棋的名手叫秋的。③缴：有绳子系在矢上的射具。

赏析 ［这段话的写作背景］孟子认为齐王不致力为善，未能达到王道，不是因为他不智的缘故，而是由于他亲近小人、自己不肯努力的缘故。

［这则寓言的含意］通过“弈秋诲二人弈”的故事，说明一个人能不能学好，聪明不聪明并不十分重要，最重要的是看他是否专心致志，是否刻苦努力。

鱼我所欲也

孟子曰：“鱼我所欲也，熊掌亦我所欲也，二者不可得兼，舍鱼而取熊掌者也。生亦我所欲也，义亦我所欲也，二者不可得兼，舍生而取义者也。生亦我所欲，所欲有甚于生者，故不为苟得也[1]；死亦我所恶，所恶有甚于死者，故患有所不辟也[2]。如使人之所欲莫甚于生，则凡可以得生者何不用也[3]？使人之所恶莫甚于死者，则凡可以辟患者何不为也？由是则生而有不用也，由是则可以辟患而有不为也[4]。是故所欲有甚于生者，所恶有甚于死者[⑤]，非独贤者有是心也，人皆有之，贤者能勿丧耳[⑥]。

一箪食[⑦]，一豆羹，得之则生，弗得则死；呼尔而与之[⑧]，行道之人弗受；蹴尔而与之，乞人不屑也[⑨]。

万钟则不辨礼义而受之，万钟于我何加焉[⑩]？为宫室之美，妻妾之奉，所识穷乏者得我与[⑪]？乡 xiàng 为身死而不受⑫，今为宫室之美为之；乡为身死而不受，今为妻妾之奉为之；乡为身死而不受，今为所识穷乏者得我而为之：是亦不可以已乎[⑬]？此之谓失其本心[⑭]。

注　释　①苟得：苟且取得，为求利益而不择手段。②故患有所不辟也：所以对有的祸害我不躲避。辟，通“避”。③如使人之所欲莫甚于生，则凡可以得生者何不用也：如果人们所喜欢的没有超过生命的，那么凡是可以用来求得生存的方法，哪有不使用的呢？④由是则生而有不用也，由是则可以辟患而有不为也：（然而有些人）由此而行，便可以得到生存，却不去做；由此而行，便可以避免祸害，却不去干。⑤是故所欲有甚于生者，所恶有甚于死者：由此可见，（世上）有比生命更值得喜欢的东西，也有比死亡更令人厌恶的东西。⑥贤者能勿丧耳：只不过贤人能够保持它罢了。丧，丧失。⑦一箪食：一筐饭。箪，古代盛饭的竹器。后文中的“豆”，也是古代盛食品的器皿。⑧呼尔而与之：（轻蔑地）呼喝着给他（吃）。尔，助词。⑨蹴尔而与之，乞人不屑也：脚踢过去给他（吃），就是乞丐也不愿意接受。蹴，践踏。不屑，认为不值得。⑩万钟：指优厚的俸禄。钟，古代的容量单位。何加：（有）什么益处。⑪得我：感激我的恩德。得，通“德”。⑫乡：通“向”。⑬是亦不可以已乎：这些不是可以罢手了吗？已，停止。⑭此之谓失其本心：这就叫作丧失了他的本性。

赏析 [两利相权取其重] 本篇的主旨是讲人生的抉择。开篇即给出全文中心命题——舍生取义。不过，这一命题并不直接给出，而是由一个比喻自然引出：在美食上，面临熊、鱼的选择，人们是毫不含糊地舍鱼而取熊掌。这里遵行的是一个明快的价值判断——物以稀为贵。在物质利益的选择上，人们总是舍小从大。当人生面临重大抉择——在生与义之间进行选择的时候，按照同样的原则，即应毫不犹豫地舍生而取义。

[两害相权就其轻] 文章接着从反面引入与“欲”相对的范畴——“恶”，和与“生亦我所欲”的逆命题，即“所恶有甚于死者，故患有所不辟也”。这就使说理更深入、更透彻、更周密。

[羞恶之心人皆有之] 前两层表述的价值判断，还有一个有待说明的问题，即何以见义高于生，道德自律高于生物本能？文中采用反证法，即先假设没有比生命更可贵、没有比死亡更可恶的东西，即义贱于生，由此推出，任何人都该贪生怕死，为了求生，为了免死，叫

我干什么都行；再说事实上人们并不是这样的——而是有所不为，有所不避的。由此可见上述假设是不成立的，所以中心命题是正确的。

本层还提出了一个与中心命题相关的命题，即羞恶之心“人皆有之”，也就是人性本善。这里作者举了具体的生活事例——即嗟来之食，路人、乞儿有所不受，路人、乞儿都有羞恶之心，可见此心真是人皆有之了。为了缜密起见，作者又补上一句“贤者能勿丧耳”，说明也有例外——那就是人性之丧失。

[论本性之失] 前三层是讲大道理，最后一层是全文结穴所在，表现出文章的现实针对性。那就是对社会上层普遍存在的见利忘义的现象的抨击。孟子先已通过推理得出“义＞利”的命题，而在现实社会中又存在“利＞义”的命题，前文已说明前一命题之真，则后一命题自然为伪了。这里运用的是归谬法。

[这篇文章的艺术造诣] 这篇文章说理围绕中心，层层深入，做到了说理充分、透彻和周密。更为难能可贵的是同时做到文笔的洗练，当说处直说到底，不言而喻的则留给读者思索，做到无一长语，要言不烦。开篇的熊鱼之喻，既家常，又新颖，又精警，特别是与中心命题排比而出，更令人耳目一新，后世千引不厌，成为最著名的比喻之一。

孟子文章总的特色是感情充沛、气势磅礴，本篇很有代表性，这不仅是因为它有大道理，说理高屋建瓴，而且与其多用善用铺张排比的句式紧密相关。本篇四层大体由排比的句式组成，前面是成组的长句，两两出之，四层则有三个“乡为身死而不受，今为……为之”成群而出，语势劲健，句句紧追，咄咄逼人；而文中亦间用奇句散行，配合文意的转折，又使行文具有一种腾挪跌宕之美。

嫂溺则援之以手

淳于髡曰[1]：“男女授受不亲[2]，礼与?”孟子曰：“礼也。”曰：“嫂溺则援之以手乎?”曰：“嫂溺不援，是豺狼也。男女授受不亲，礼也；嫂溺援之以手者，权也[3]。”曰：“今天下溺矣，夫子之不援，何也?”曰：“天下溺，援之以道；嫂溺，援之以手。子欲手援天下乎?”

注释 ①淳于髡：战国人，滑稽家。②授：给予。受：接受。③权：变通，灵活。

赏析 [礼的变通性]“男女授受不亲”指男女交往中不能有肢体的接触，这是封建礼教中的一条戒律，但孟子认为，在具体操作中，允许有一定的灵活性。否则，就会造成“嫂溺不援”一类不近情理的、不人道的蠢事。

[淳于髡问话的用意] 淳于髡就抓住这一点，劝说孟子在“天下溺矣”的情况下，挺身而出以“援天下”——因为按照礼法，孟子的身份是不在其位，不谋其政的，所以淳于髡劝孟子变通一下。但孟子认为“援天下”应该以道，也就是王道。所以他反问淳于髡：“子欲手援天下乎?”这里表现了孟子的机警和善辩。

舜发于畎亩之中

舜发于畎 quǎn 亩之中①，傅说 yuè 举于版筑之间②，胶鬲 gé 举于鱼盐之中③，管夷吾举于士④，孙叔敖举于海⑤，百里奚举于市⑥。

故天将降大任于是人也，必先苦其心志，劳其筋骨，饿其体肤，空乏其身⑦，行拂乱其所为⑧，所以动心忍性，曾益其所不能⑨。

人恒过，然后能改；困于心，衡于虑⑩，而后作；征于色，发于声⑪，而后喻。入则无法家拂 bì 士⑫，出则无敌国外患者，国恒亡。然后知生于忧患，而死于安乐也。

注释 ①畎亩：田亩。舜原来在历山耕田，为尧所举，后继尧为帝。②傅说：殷人，原在傅岩做泥水匠，后被武丁举为相。③胶鬲：殷周时人，起初贩鱼盐为生，西伯举荐于纣，后辅佐周武王。④管夷吾：管仲，初下狱，齐桓公举以为相。举于士：从狱官手里释放并举用。士，指狱官。⑤孙叔敖：楚人，隐居海滨，楚庄王举为令尹。⑥百里奚：春秋时虞人，逃到秦国隐居都市，为秦穆公所用。⑦空乏：资财缺乏，这里是“使……资财缺乏”的意思。⑧行拂乱其所为：使他所做的事不顺。⑨曾益：增益。⑩衡于虑：被思虑所梗塞。⑪征于色：意思是形容憔悴。发于声：意思是忍不住叹息。⑫法家拂士：指有法度之臣和辅弼之士。拂，通“弼”。

书经版画图说

赏析 [生于忧患，死于安乐] 这篇文章大意是说，穷困挫折能磨炼人的意志，使人奋发有为；处境安逸则能使人意志消沉，以至亡国。文章最末的话——“生于忧患，而死于安乐”，是作者提出的命题。

[论证的方法] 文章论证的方法是列举中外的一些事例和人们容易理解的道理，来证明作者命题的正确性。先举舜等六人的事例来证明凡是做大事的人，都必须经历种种不同寻常的磨难，以成就其不同寻常的本领。“天将降大任于是人也”一段不失为千古名言。接着提出与上述意思紧密相连的事物对立统一的道理，由此引出“生于忧患，而死于安乐”的结论。文章紧凑，神完气足。

齐桓晋文之事①

齐宣王问曰：“齐桓晋文之事，可得闻乎？”孟子对曰：“仲尼之徒无道桓文之事者②，是以后世无传焉，臣未之闻也。无以，则王 wàng 乎③？”曰：“德何如则可以王矣？”曰：“保民而王，莫之能御也。”

曰：“若寡人者，可以保民乎哉？”曰：“可。”曰：“何由知吾可也？”曰：“臣闻之胡龁 hé 曰，王坐于堂上[④]，有牵牛而过堂下者，王见之曰：‘牛何之？’对曰：‘将以衅 xìn 钟[⑤]。’王曰：‘舍之！吾不忍其觳觫 húsù[⑥]，若无罪而就死地。’对曰：‘然则废衅钟与？’曰：‘何可废也？以羊易之。’不识有诸？”曰：“有之。”曰：“是心足以王矣！百姓皆以王为爱也，臣固知王之不忍也。”王曰：“然，诚有百姓者。齐国虽褊 biǎn 小，吾何爱一牛！即不忍其觳觫，若无罪而就死地，故以羊易之也。”曰：“王无异于百姓之以王为爱也。以小易大，彼恶 wū 知之？王若隐其无罪而就死地，则牛羊何择焉？”王笑曰：“是诚何心哉！我非爱其财而易之以羊也，宜乎百姓之谓我爱也。”曰：“无伤也，是乃仁术也！见牛未见羊也。君子之于禽兽也，见其生不忍见其死，闻其声不忍食其肉，是以君子远庖 páo 厨也[⑦]。”

王说 yuè[⑧]，曰：“诗云：‘他人有心，予忖度 cǔnduó 之。’夫子之谓也。夫我乃行之，反而求之，不得吾心。夫子言之，于我心有戚戚焉。此心之所以合于王者，何也？”曰：“有复于王者曰：‘吾力足以举百钧，而不足以举一羽；明足以察秋毫之末，而不见舆薪[⑨]。’则王许之乎？”曰：“否！”“今恩足以及禽兽，而功不至于百姓者，独何与？然则一羽之不举，为不用力焉；舆薪之不见，为不用明焉；百姓之不见保，为不用恩焉。故王之不王 wàng，不为也，非不能也。”曰：“不为者与不能者之形，何以异？”曰：“挟太山以超北海，语人曰：‘我不能。’是诚不能也。为长者折枝[10]，语人曰：'我不能。'是不为也，非不能也。故王之不王，非挟太山以超北海之类也；王之不王，是折枝之类也。老吾老，以及人之老；幼吾幼，以及人之幼。天下可运于掌。诗云：'刑于寡妻，至于兄弟，以御于家邦[11]。'言举斯心加诸彼而已。故推恩足以保四海，不推恩无以保妻子。古之人所以大过人者，无他焉，善推其所为而已矣！今恩足以及禽兽，而功不至于百姓者，独何与？权然后知轻重，度 duó 然后知长短。物皆然，心为甚。王请度之。抑王兴甲兵，危士臣，构怨于诸侯，然后快于心与？"

王曰："否，吾何快于是！将以求吾所大欲也。"曰："王之所大欲，可得闻与？"王笑而不言。曰："为 wèi 肥甘不足于口与？轻暖不足于体与？抑为采色不足视于目与？声音不足听于耳与？便嬖 piánbì 不足使令于前与[12]？王之诸臣，皆足以供之，而王岂为是哉？"曰："否，吾不为是也。"曰："然则王之所大欲可知已：欲辟土地，朝秦楚，莅 lì 中国而抚四夷也。以若所为，求若所欲，犹缘木而求鱼也。"王曰："若是其甚与？"曰："殆有甚焉。缘木求鱼，虽不得鱼，无后灾；以若所为，求若所欲，尽心力而为之，后必有灾。"曰："可得闻与？"曰："邹人与楚人战[13]，则王以为孰胜？"曰："楚人胜。"曰："然则小固不可以敌大，寡固不可以敌众，弱固不可以敌强。海内之地，方千里者九，齐集有其一；以一服八，何以异于邹敌楚哉？盖亦反其本矣！今王发政施仁，使天下仕者皆欲立于王之朝，耕者皆欲耕于王之野，商贾 gǔ 皆欲藏于王之市，行旅皆欲出于王之涂，天下之欲疾其君者，皆欲赴诉于王——其若是，孰能御之？”

王曰：“吾惛 hūn，不能进于是矣！愿夫子辅吾志，明以教我。我虽不敏，请尝试之！”曰：“无恒产而有恒心者，惟士为能。若民则无恒产，因无恒心。苟无恒心，放辟 pì 邪侈⑭，无不为已。及陷于罪，然后从而刑之，是罔民也⑮。焉有仁人在位，罔民而可为也？是故明君制民之产，必使仰足以事父母，俯足以畜妻子，乐岁终身饱，凶年免于死亡；然后驱而之善，故民之从之也轻。今也制民之产，仰不足以事父母，俯不足以畜妻子，乐岁终身苦，凶年不免于死亡；此惟救死而恐不赡 shàn，奚暇治礼义哉⑯！王欲行之，则盍反其本矣：五亩之宅，树之以桑，五十者可以衣帛矣；鸡豚 tún 狗彘 zhì 之畜 xù⑰，无失其时，七十者可以食肉矣；百亩之田，勿夺其时，八口之家，可以无饥矣；谨庠 xiáng 序之教，申之以孝悌之义，颁白者不负戴于道路矣⑱。老者衣帛食肉，黎民不饥不寒，然而不王者，未之有也。”

注　释　①齐桓：齐桓公，春秋时齐国国君，姓姜名小白，于前 679 年开始称霸。晋文：春秋时晋国国君，姓姬名重耳，于前 632 年开始称霸。②仲尼：孔子字仲尼。道：谈、说、称道。③无以：即不停止，不得已。王：实行王道，以统一天下。④胡龁：齐宣王左右的近臣。⑤衅：古代新制成重要器物如钟、鼓、鼎等，杀牲畜取其血涂抹在器物的缝隙处，是上古的一种祭祀方式。⑥觳觫：恐惧发抖的样子。⑦庖厨：厨房。⑧说：通“悦”。⑨钧：古代重量单位，三十斤为一钧。察：看清楚。秋毫：鸟兽在秋天新生出的非常纤细的毫毛。末：尖端。舆：车。薪：柴。⑩折枝：一说“枝”即“肢”，即按摩；一说攀折草木之枝。⑪刑：通“型”，动词，示范，做榜样。寡妻：谦辞，“寡德人之妻”，国王的正妻。御：治理。家邦：家和国。⑫便嬖：地位不高而亲近君王受到宠爱的人。⑬邹：当时的一个小诸侯国，在今山东省邹城东南。⑭放：放荡。辟：与“邪”同义，指思想、行为不正。侈：与“放”同义。⑮罔：用作动词，通“网”。⑯惟：只。赡：足。奚：何，哪里。暇：空闲，闲暇。⑰豚：小猪。彘：猪。畜：饲养。⑱谨：重视，谨慎。庠序：地方上的学校，殷代叫序，周代叫庠。申：重复，反复。悌：敬爱兄长。义：道理。颁白：斑白。负：背。戴：用头顶。

赏析 [王道问题的提出] 本文记叙孟子说服齐宣王弃霸道、行仁政的经过，是《孟子》中有代表性的一篇。齐桓公、晋文公是春秋五霸中的两位佼佼者，齐宣王问“齐桓晋文之事”，兴趣在霸道。所谓霸道，也就是攻战之道。孟子说孔子之徒没有谈过“桓文”，“桓文”之事后世无传，他本人没听说过，都不是事实。孔子本人对管仲就有过批评和赞美，像孟子那样博学的人怎能不知“桓文”呢？只是委婉表示霸道免谈，而把话题转向王道。

[从恻隐之心说起] 人之初，性本善。孟子有针对性地提到齐宣王本人的一桩旧事——以羊代牛衅钟。一件平平常常的小事，孟子却把它提到可以“保民而王”的高度，齐宣王是没有想到的。孟子又引导他进一步思考这样做的动机。说明因为在杀生衅钟这一点上牛羊无别，因而这样做容易被人误会为吝啬，然而实际上是出于恻隐之心，即“见牛未见羊也”，使宣王茅塞顿开，大大提高了谈话的兴趣。“诗云：‘他人有心，予忖度之。’夫子之谓也。夫我乃行之，反而求之，不得吾心。夫子言之，于我心有戚戚焉。”这段话把宣王受到启发的愉快心情表现得很生动。从而宣王提出“此心之所以合于王者何也”的问题，谈话就可以深入了。

[由恻隐之心说到推恩] 孟子进而提出“推恩”的概念，所谓推恩，就是指将恻隐之心推广，加以发展。又用挟太（泰）山以超北海和为老者折枝两个比喻来说明“王之不王，不为也，非不能也”。比喻之妙，在于：一有通俗性，通俗才易懂；二有生动性，生动才吸引人；三有无可争辩性，无可争辩才站得住。这一段的主题句是“推恩足以保四海，不推恩无以保妻子”，具体的演绎则是“老吾老，以及人之老”“幼吾幼，以及人

之幼”以及诗云“刑于寡妻，至于兄弟，以御于家邦”。

[孟子论霸道没有好下场] 孟子以“王请度之。抑王兴甲兵，危士臣，构怨于诸侯，然后快于心与”的反诘，逼出齐宣王“将以求吾所大欲”的真实思想。所谓大欲，就是统治天下。孟子用了一个经典性的比喻——“缘木求鱼”以证明其荒谬性。进而，孟子以邹、楚这两个力量对比悬殊的国家进行军事较量做实际的比方，指出齐国与其他所有国家作对，“以一服八，何以异于邹敌楚哉。”说明霸道之不可取。施行仁政，天下归心，变少为多，可王天下。

[孟子为王道仁政勾画蓝图] 最后孟子正面阐述自己的政治主张。他主张重视农耕，认为没有一定的物质基础，就不可能要求人民保持一定道德水准：“民无恒产，因无恒心”。因而统治者应该“制民之产，必使仰足以事父母，俯足以畜妻子，乐岁终身饱，凶年免于死亡”，即先解决人民温饱问题。具体的办法是，发展生产，发展农业、林业、畜牧业，使人民免于饥寒，让上了年纪的人吃好穿好，进而实施文教、礼教。这就是王道的具体内容，也就是“保民而王”的详细阐释。孟子的这一政治理想，大致相当于《礼记·礼运》所说的“小康”社会。孟子特别强调尊老，这正是孔子仁学首重血缘纽带，把社会秩序建立在日常亲子之爱的基础之上的表现，也是儒学具有人情味的表现。

庄周梦蝶

庄子

先秦道家典籍。庄子（约前 369—前 286）名周，宋之蒙（今河南商丘东北）人，曾做过蒙漆园吏，与齐宣王、梁惠王同时。《汉书·艺文志》著录《庄子》为 55 篇，今存 33 篇，分内 7 篇、外 15 篇、杂 11 篇。内篇的思想、结构、风格都比较一致，是书中的精华部分，一般认为是庄子自著。其余各篇内容驳杂，当是其门徒和后学所为。

庖丁解牛①

庖丁为文惠君解牛②，手之所触，肩之所倚，足之所履，膝之所踦 yǐ，砉 huā 然响然，奏刀騞 huō 然，莫不中 zhòng 音③。合于桑林之舞，乃中经首之会④。文惠君曰："嘻，善哉，技盖至此乎？"

庖丁释刀对曰："臣之所好者道也，进乎技矣。始臣之解牛之时，所见无非牛者。三年之后，未尝见全牛也。方今之时，臣以神遇而不以目视，官知止而神欲行。依乎天理，批大郤 xì，导大窾 kuǎn⑤，因其固然。技经肯綮 qìng 之未尝，而况大軱 gū 乎⑥！良庖岁更刀，割也；族庖月更刀⑦，折也。今臣之刀十九年矣，所解数千牛矣，而刀刃若新发于硎 xíng⑧。彼节者有间 jiàn，而刀刃者无厚；以无厚入有间，恢恢乎其于游刃必有余地矣，是以十九年而刀刃若新发于硎。虽然，每至于族⑨，吾见其难为，怵 chù 然为戒，视为止，行为迟。动刀甚微，謋 huò 然已解⑩，如土委地。提刀而立，为之四顾，为之踌躇满志，善刀而藏之。"文惠君曰："善哉，吾闻庖丁之言，得养生焉。"

注 释 ①庖丁：名叫丁的厨师。②文惠君：战国时魏惠王，于前362年从安邑迁都大梁（今开封），所以又称梁惠王。③踦：用一条腿的膝盖顶住。砉然：皮骨相离声。騞然：刀裂物声。④桑林：传说中商汤时的乐曲名。乃：而。经首：传说中唐尧时的乐曲名。会：节奏。⑤窾：空。⑥肯：紧附在骨头上的肉。綮：筋肉相结处。軱：骨。⑦族：众。⑧硎：磨刀石。⑨族：筋骨交错聚结处。⑩謋然：拟声词，形容牛体解开的声音。

赏析 [这篇寓言的主要内容] 本篇节选自《庄子·养生主》。“养生主”即养生之道，原文用了五个寓言故事说明，应以“无厚入有间”的方法来处世，以养生尽年，本篇是其中第一个寓言故事。

[先写庖丁解牛的技巧] 正面描写庖丁高超的解牛技术，说他手按之处、肩靠之处、脚踏之处、膝顶之处，发出有节奏的声响，进刀霍霍有声，具备音乐之美，可谓绘声绘色。进而以文惠君的赞语顶住上文，引出以下庖丁的一席宏论。

[进而说明庖丁解牛之道] 庖丁的确比一般厨子高明，这从他第一句话就表现出来，他说他的技术之所以能达到目前水平，是因为他好“道”胜于好“技”。然后纵向比较自己解牛的三个阶段：一是始解牛时，看到的是牛；二是三年之后，看到的不是全牛，而是很多块牛肉的组合；三是方今之时，已经不是靠视觉而是凭直觉、心灵去感知了。刀连结缔组织都不会碰到，更不用说大骨头了。

进而通过牛刀寿命的不同，做横向比较——良厨以刀割肉，所以岁更一刀；众厨用刀砍骨头，所以月更一刀；而庖丁解牛得间而游刃有余，所以历十九年而刀刃若新磨好一般。即使已经达到这样的程度，该小心的地方，还是要谨慎从事，就像完成一件作品，从中也能得到精神上的满足。

[这篇寓言的含义] 本篇通过寓言形式，揭示养生处世的方法。庄子以刀喻人，以牛体组织喻复杂的社会，以刀解牛喻人在社会上处世。庄子认为，人应当找到一条能够适应社会的生存道路，回避现实生活中的种种矛盾，就不会受到伤害。

然而，这个寓言故事本身，却能给读者以更大的启发，它形象地说明了，人只要掌握了客观规律，灵活运用，就能从必然中解放出来，获得真正的自由。

[这篇寓言的艺术性] 庖丁解牛过程的描写，既有动作的描摹，也有声音的形容，绘声绘色，备极形象。通过庖丁解牛之全身心投入，和解牛完毕后的踌躇满志的描写，将人物的自信、自得、自许的心态表现得入木三分，塑造出生动的人物形象。

秋水

秋水时至，百川灌河，泾 jīng 流之大，两涘 sì 渚 zhǔ 崖之间不辨牛马[①]。于是焉河伯欣然自喜[②]，以天下之美为尽在己。顺流而东行，至于北海，东面而视，不见水端。于是焉河伯始旋其面目，望洋向若而叹曰[③]：“野语有之曰，‘闻道百，以为莫己若’者[④]，我之谓也。

南华秋水

且夫我尝闻少 shǎo 仲尼之闻而轻伯夷之义者[5]，始吾弗信；今我睹子之难穷也，吾非至于子之门则殆矣，吾长见笑于大方之家[6]。"

北海若曰："井蛙不可以语于海者，拘于虚也[7]；夏虫不可以语于冰者，笃于时也；曲士不可以语于道者，束于教也。今尔出于崖涘，观于大海，乃知尔丑[8]，尔将可与语大理矣。天下之水，莫大于海。万川归之，不知何时止而不盈；尾闾泄之[9]，不知何时已而不虚；春秋不变，水旱不知。此其过江河之流，不可为量数。而吾未尝以此自多者，自以比形于天地，而受气于阴阳。吾在天地之间，犹小石小木之在大山也，方存乎见少，又奚以自多？计四海之在天地之间也，不似礨 lěi 空之在大泽乎[10]？计中国之在海内，不似稊米之在太仓乎？号物之数谓之万，人处一焉；人卒九州，谷食之所生，舟车之所通，人处一焉，此其比万物也，不似毫末之在于马体乎？五帝之所连，三王之所争，仁人之所忧，任士之所劳[11]，尽此矣。伯夷辞之以为名，仲尼语之以为博，此其自多也[12]，不似尔向之自多于水乎？"

注释 ①涘：岸。渚：水中的小块陆地。崖：高的河岸。②河伯：河神，相传姓冯，名夷。③望洋：即"茫洋"，仰视的样子。若：海神名。④野语：俗语。道：道理。百：泛指事物之多。莫己若：莫若己之倒装。⑤少：意动用法。闻：见闻，学问。伯夷：殷诸侯孤竹君的长子，武王伐纣时，他认为臣伐君是不义的，故和他的弟弟叔齐避居首阳山，并表示不食周粟，于是饿死在首阳山里。⑥殆：危险。大方之家：指有很高道德修养的人。方，道。⑦虚：通"墟"，青蛙生存的地方。⑧丑：鄙陋。⑨尾闾：传说中海水归宿地。⑩礨空：石块上的小孔。⑪任士：指不畏艰难，责任感极强之士。⑫自多：自夸。

赏析 [这篇寓言的主要内容] 本篇节选自《庄子·秋水》，为原篇第一部分。写河伯见北海若——如小巫见大巫，从而使其虚骄化为乌有的故事，说明认识的不可穷尽性。

[关于河伯的故事] 涨水季节到了，黄河河面加宽，居然两岸之间分辨不清牛马，河伯感到自己十分伟大，不禁沾沾自喜；当其尽情往下游漂去，突然看见了大海的恢宏，于是茫然自失，向北海若表示由衷的佩服。

[北海若所讲的道理] 北海若比河伯的势力大得多，也比河伯要虚怀若谷得多。他讲了三层意思：一是井蛙不可语于海，夏虫不可语于冰，是受生存时空的限制；二是海比江河为大，而比天地为小；三是人类在万物中只是一部分，个人在全人类中非常渺小，不足以自满。换言之，也就是天外有天，山外有山，“欲穷千里目，更上一层楼”的道理。宇宙是不可穷尽的，人类的认识也是不可穷尽的；小固不可以自多，大亦不足以自多。在无限广大的宇宙中，个人的认识和作为十分有限。客观上给人以学无止境的启迪，使人不满足于已有的成就而力求上进。

[这篇寓言的艺术性] 善于援譬设喻。全文就是一篇寓言，而北海若的对答中又运用了一连串比喻，大大增强了说理的形象性和说服力。文章开篇先写黄河涨大

水、两岸开阔的景象，再写大海无边无际、尤为开阔的景象，境界是拓展的，这对表现河伯由自满到自失、自谦的心理活动即认识过程，提供了具体形象的背景，起到了烘托的作用，有利于揭示寓言的主题。

荀子

（约前313—前238），名况，又称荀卿，赵国人，是战国后期重要思想家和学者。他曾游学齐国稷下，后来做过楚国的兰陵令，晚年就定居在那里，直到老死。荀子是继孟子之后又一个儒学大师，而著名的法家人物韩非和李斯也出于他的门下。

劝学

君子曰：学不可以已。青，取之于蓝而青于蓝[①]；冰，水为之而寒于水。木直中 zhòng 绳，輮 róu 以为轮，其曲中规；虽有槁暴 pù，不复挺者，輮使之然[②]也。故木受绳则直，金就砺则利，君子博学而日参 sān 省 xǐng 乎己，则知明而行无过矣[③]。

故不登高山，不知天之高也；不临深溪，不知地之厚也；不闻先王之遗言，不知学问之大也。……吾尝终日而思矣，不如须臾之所学也。吾尝跂 qǐ 而望矣[④]，不如登高之博见也。登高而招，臂非加长也，而见者远；顺风而呼，声非加疾也，而闻者彰。假舆马者，非利足也，而致千里；假舟楫者，非能水也，而绝江河。君子生 xìng 非异也，善假于物也。……

积土成山，风雨兴焉；积水成渊，蛟龙生焉；积善成德，而神明自得，圣心备焉。故不积跬 kuǐ 步⑤，无以至千里；不积小流，无以成江海。骐骥 qíjì 一跃，不能十步；驽马十驾，功在不舍。锲 qiè 而舍之，朽木不折；锲而不舍，金石可镂 lòu。蚓无爪牙之利，筋骨之强，上食埃土，下饮黄泉，用心一也。蟹六跪而二螯 áo⑥，非蛇鳝 shàn 之穴无可寄托者，用心躁也。

注释 ①青：青色，此指靛青，一种染料。于（前）：从。蓝：蓝草，提取靛青的原料。于（后）：过。表示比较。②中：合乎。绳：指木工用的墨线。𫐓：用火烤木材，使它弯曲。规：圆规。槁：干。暴：晒。③受：接受。砺：磨刀石。参：三。知：智。④跂：踮起脚。⑤跬步：古人以跨出一脚为跬，再跨一脚为步。⑥六跪：“六”疑为“八”，蟹有八条腿。跪，蟹的腿。螯：蟹的钳夹，形如钳子。

赏析 [这篇文章的主旨] 《论语》以《学而》为首篇，《荀子》则以《劝学》为首篇。“劝学”，就是劝勉学习的意思。作者从朴素的唯物主义反映论出发，认为人的知识、品德、才能，不是先天就有的，而是后天学习培养的。本篇即讨论有关学习的方方面面的问题。

[谈学习的重要性] 文中以许多精彩比喻阐明了学习的重要性，说明学习可以提高人的素质，改造人的不

善，使之就善。用蓝草和青色染料做比喻，用冰和水做比喻，用木头和轮做比喻，用金属的磨砺来做比喻，都十分通俗，而且相当贴切。

［通过学习超越前人］文中还强调学习的实质是善假于物，这里主要指借助学习来丰富自己的头脑，避免不必要的重复，才能事半功倍，才能超过前人。作者用了许多精彩贴切的比喻，如登高的比喻、顺风而呼的比喻、用车马代步的比喻、用舟船渡江河的比喻，说明人要迅速增长知识才能，只有学习前人总结下来的文化知识；有了知识才能，就有了征服世界的工具；后人要超过前人，只有站在前人已经达到的高度上面进行再创造。总之得学。

［学习贵在坚持］文中还强调学习贵在坚持，贵在积累，贵在循序渐进。以良马、驽马、螃蟹、蚯蚓等正反设喻，说明在学习上面没有捷径可走，欲速则不达，同时还应戒骄戒躁。作者仍用大量比喻来说明问题，如积土成山的比喻、积水成渊的比喻、积善成德的比喻、积跬步以至千里的比喻、积小流以成江海的比喻、良马和驽马对照的比喻、雕刻东西的比喻等等。

［这篇文章的艺术造诣］诸子散文多用比喻，但像本篇这样集中、灵活使用比喻的并不多见。本篇中比喻多连类而发，数喻并举，用一连串形象来表达一件事物的一个方面或一种状态，却又不使人感到堆砌和生硬；

作者把一篇讲道理的文章写得如此形象生动，如此花团锦簇，真是很不容易。篇中连续使用排比手法，显得笔墨恣肆，气势雄浑，整齐流畅，美于诵读，便于记忆，已开骈俪先河。其中许多句子，已经变成我们熟悉的格言或成语了——如“积土成山”“积水成渊”“不积跬步，无以至千里”“锲而不舍，金石可镂”等等，至今还常为人引用。

马骇舆①

马骇舆，则君子不安舆；庶人②骇政，则君子不安位。马骇舆，则莫若③静之；庶人骇政，则莫若惠之。选贤良，举笃敬，兴孝弟④，收孤寡，补贫穷，如是，则庶人安政矣。庶人安政，然后君子安位。传曰：“君者，舟也；庶人者，水也。水则载舟，水则覆舟。”此之谓也⑤。

注　释　①舆：车。②庶人：老百姓。③莫若：不如。④弟tì：通“悌”。⑤此之谓也：即谓此也，说的就是这个道理。

赏析　[荀子看到了人民的力量]　荀子把君主比作船，把老百姓比作水，在当时敢于大胆地提出“水则载舟，水则覆舟”，这是很不容易的。后来唐太宗就把这两句当作座右铭，他在位期间，开创了贞观之治，不是偶然的。

［通过比喻来说理］荀子这里用了一个比喻，就是马惊了车。在这种情况下，有两种处理方法：一种是鞭笞、暴力镇压，其结果有可能导致翻车；另一种是安抚、顺其自然，其结果可能使情况得到缓和。当然，荀子是站在统治阶级的立场上，奉劝统治者要照顾一些人民的利益，来缓和矛盾，以巩固统治地位。这是一种改良的办法，改良付出的社会成本较小，所以也有其积极的意义。

韩非

（约前 280—前 233）即韩非子，出身于战国时韩国王室，与李斯同为荀子的学生，是战国后期法家学派的集大成者。曾受知于秦王嬴政，后因李斯进谗，下狱而死。后人辑其著述为《韩非子》。

扁鹊见蔡桓公

扁鹊见蔡桓公，立有间[①]，扁鹊曰："君有疾在腠còu理[②]，不治将恐深[③]。"桓侯曰："寡人无疾[④]。"扁鹊出，桓侯曰："医之好治不病以为功[⑤]。"居十日[⑥]，扁鹊复见，曰："君之病在肌肤，不治将益深。"桓侯不应yìng。扁鹊出，桓侯又不悦。居十日，扁鹊复见，曰："君之病在肠胃，不治将益深。"桓侯又不应。扁鹊出，桓侯又不悦。

居十日，扁鹊望桓侯而还xuán走[⑦]。桓侯故使人问之[⑧]，扁鹊曰："疾在腠理，汤tàng熨wèi之所及也[⑨]；在肌肤，针石之所及也[⑩]；在肠胃，火齐jì之所及也[⑪]；在骨髓，司命之所属，无奈何也[⑫]。今在骨髓，臣是以无请也[13]。”居五日，桓侯体痛，使人索扁鹊[14]，已逃秦矣。桓侯遂死。

扁鹊施针图

注释 ①有间：有一会儿。②腠理：皮肤的纹理。③将恐：恐怕要。将，要。深：甚，厉害。④寡人：古代君主谦称自己。⑤医之好治不病以为功：医生喜欢给没病（的人）治病，把（治好“病”）作为（自己的）功劳！⑥居：停留，经历。⑦还走：转身就跑。还，通“旋”，回转，掉转。⑧故：特意。⑨汤熨之所及也：（是）汤熨（的力量）所能达到的。汤，通“烫”，用热水焐。熨，用药物热敷。⑩针石：金属针和石针。这里指用针刺治病。⑪火齐：火齐汤，一种清火、治肠胃病的汤药。齐，通“剂”。⑫司命之所属，无奈何也：（那是）司命所管的，（医药已经）没办法了。司命，传说中掌管生死的神。属，管。奈何，怎么办，怎么样。⑬是以：就是“以是”，因此。无请：不问，意思是不再说话。请，问。⑭索：寻找。

赏析 [扁鹊其人其事] 传说黄帝时有一位神医叫扁鹊，但本文中的扁鹊并不是指他，而是战国时的一位名医，秦越人，因为医术高明，人们就称他为扁鹊。扁鹊首创的望、闻、问、切四诊法，两千多年来成为中医传统诊断法。在中医的历代名医中，扁鹊的年代最早。

[警策动人说寓言] 扁鹊劝桓公治病的故事并不是一个历史故事，而是韩非子借用来说明道理的寓言故事。韩非的高明在于将自己想要说明的道理完全寓于人物事件的生动描述之中。故事给人留下的印象愈深，其所承载的哲理也就愈耐人寻味。这种手法对后人影响甚深，可惜后人不如韩非子沉得住气，往往忍不住跳将出来发一通议论，以为是画龙点睛，殊不知却使故事变为了点缀。

[讳疾忌医蔡桓公] 故事的主人公不是扁鹊，而是蔡桓公。本文以蔡桓公的病情发展为线索，以扁鹊和桓公的四次见面为顺序组织材料。在前三次见面中，扁鹊一次又一次诚心劝谏，蔡桓公却一次又一次粗暴拒绝。第一次见面，扁鹊“立有间”，这是望和闻；做出病情

判断："疾在腠理"；并指出后果："不治将恐深。"然而蔡桓公并不领情，一句"寡人无疾"让扁鹊无言而退。尤其是当扁鹊退出后，桓公颇有深意地说了一句："医之好治不病以为功"，表现了他对医生的猜忌，可见这种态度并不仅仅是针对扁鹊的。第二次，第三次，扁鹊再三恳请，苦口婆心。但扁鹊的好心并没有让桓公醒悟，"不应""又不悦""又不应""又不悦"，生动地描画出了蔡桓公讳疾忌医的形象。

［病入骨髓终不治］蔡桓公拒绝医生的良言，致使病情由腠理而至肌肤，由肌肤而至肠胃，虽然桓公自己没有感觉到，其病情却在不断地发展恶化。终于发展到骨髓，由量变而质变，被扁鹊宣告："无奈何也。"这第四次见面有戏剧性。"扁鹊望桓侯而还走"，只从远处望见就转身跑掉。从情理上讲，既然桓公病已不治，扁鹊自然要考虑自己的退路。从情节上看，扁鹊这一跑，引出了桓公"使人问之"，也引出了扁鹊关于医理的一番精辟见解。但蔡桓公似乎仍未觉醒，因为他听了报告后仍未采取任何行动。其结局也就可想而知了。

［防微杜渐莫固执］本文所讲述的故事给了我们极为深刻的启示。其意义有二：一是一切问题的出现都有一个从隐蔽到显著的发展过程，必须防微杜渐，争取主动；二是不能固执，应察纳雅言，不然，再高明的主意也发挥不了作用。

蔡桓公死了，却给后人留下了“讳疾忌医”这个成语，用来比喻那些掩饰自己的缺点错误，害怕批评拒绝改正的人和行为。扁鹊逃到了秦国，表现了他的机智有远见。但他后来仍然被嫉妒的同行谋杀了，此为后话。

宋人有耕者

宋人有耕者，田中有株①，兔走触株，折颈而死，因释其耒 lěi 而守株②，冀复得兔。兔不可复得，而身为宋国笑。今欲以先王之政，治当世之民，皆守株之类也。

注释 ①株：木桩。②因：于是。释：放下。耒：一种农具。

赏析 [讽刺经验主义] 这个守株待兔的故事，讽刺那些不知变通的经验主义者。

吕不韦

（？—前 235）战国时秦阳翟巨商，助秦公子异人即位，为庄襄王，因任相国，封文信侯。秦始皇年幼即位，尊之为仲父，主持国政。秦始皇亲政后罢相，流放四川，途中自杀。曾组织其门客各著所闻，集论成书，即《吕氏春秋》。

人有亡铁者

《吕氏春秋·去尤》

人有亡𫓧 fǔ 者①，意其邻之子②。视其行步，窃𫓧也；颜色，窃𫓧也；言语，窃𫓧也；动作态度，无为而不窃𫓧也。抇 hú 其谷而得其𫓧③。他日复见其邻之子，动作态度无似窃𫓧者。其邻之子非变也，己则变矣。变也者无他，有所尤也④。

注释 ①𫓧：斧。②意：怀疑。③抇：掘。谷：坑。④尤：蒙蔽。

赏析 ［讽刺主观唯心主义者］这则疑人偷斧的故事，意在讽刺那些主观唯心主义者不从实际出发，不肯调查研究，只凭个人主观臆想做判断，其结果必然会犯错误。

楚人有涉江者

《吕氏春秋·察今》

楚人有涉江者，其剑自舟中坠于水，遽契其舟[①]，曰："是吾剑之所从坠。"舟止，从其所契者入水求之。舟已行矣，而剑不行。求剑若此，不亦惑乎？以故法为其国[②]，与此同。时已徙矣[③]，而法不徙，以此为治，岂不难哉！

注　释　①遽：立刻，马上。契：刻。②为其国：治理他的国家。③徙：改变。

赏析　[讽刺形而上学的观点]　这则刻舟求剑的故事，讽刺了把事物看成静止的、一成不变的形而上学的观点。

贾谊

（前 200—前 168）洛阳（今属河南）人，西汉政论家、文学家。少年以博学多才为汉文帝赏识，力主改革政制，揭露时弊，为权贵中伤，出为长沙王太傅。后人辑其文为《贾长沙集》。

过秦论

秦孝公据殽 xiáo 函[①]之固，拥雍州[②]之地，君臣固守，而窥周室；有席卷天下、包举宇内、囊括四海之意，并吞八荒[③]之心。当是时，商君[④]佐之，内立法度，务耕织，修守战之备；外连衡[⑤]而斗诸侯。于是秦人拱手而取西河[⑥]之外。

孝公既没，惠王、武王蒙故业，因[⑦]遗册，南兼汉中，西举巴蜀，东据膏腴之地，收要害之郡。诸侯恐惧，会盟而谋弱秦，不爱珍器重宝肥美之地，以致天下之士，合从 zòng 缔交，相与为一。当是时，齐有孟尝，赵有平原，楚有春申，魏有信陵。此四君者，皆明知而忠信，宽厚而爱人，尊贤而重士，约从离衡，并韩、魏、燕、楚、齐、赵、宋、卫、中山之众。于是六国之士，有宁越、徐尚、苏秦、杜赫之属为之谋，齐明、周最、陈轸 zhěn、昭滑、楼缓、翟景、苏厉、乐毅之徒通其意，吴起、孙膑、带佗、倪 ní 良、王廖、田忌、廉颇、赵奢之朋制其兵。常[8]以十倍之地，百万之众，叩关而攻秦。秦人开关延[9]敌，九国之士逡 qūn 巡[10]遁逃而不敢进。秦无亡矢遗镞之费，而天下诸侯已困矣。于是从散约解，争割地而赂秦。秦有余力而制其弊，追亡逐北[11]，伏尸百万，流血漂卤[12]。因利乘便，宰割天下，分裂河山。强国请服，弱国入朝。

延及孝文王、庄襄王，享国之日浅，国家无事。及至始皇，续六世之余烈，振长策[13]而御宇内，吞二周而亡诸侯，履至尊[14]而制六合，执棰 chuí 拊 fǔ[15]以鞭笞天下，威震四海。南取百越[16]之地，以为桂林、象郡。百越之君，俯首系颈[17]，委命下吏。乃使蒙恬北筑长城，而守藩篱[18]，却[19]匈奴七百余里。胡人不敢南下而牧马，士不敢弯弓而报怨。

于是废先王之道，焚百家之言，以愚黔 qián 首[20]。堕 huī[21]名城，杀豪俊，收天下之兵聚之咸阳，销锋镝 dí[22]，以为金人十二，以弱黔首之民。然后斩华为城，因河为津[23]，据亿丈之城，临不测之溪以为固。良将劲弩，守要害之处；信臣精卒，陈利兵而谁何[24]！天下已定，秦王之心，自以为关中之固，金城千里，子孙帝王万世之业也。

三才图会插图·秦始皇

始皇既没，余威振于殊俗[25]。陈涉，瓮牖 yǒu 绳枢[26]之子，氓隶[27]之人，而迁徙之徒[28]，才能不及中人，非有仲尼、墨翟之贤，陶朱、猗顿之富；蹑足行 háng 伍之间[29]，而倔起阡陌之中[30]，率罢 pí 散[31]之卒，将数百之众，而转攻秦，斩木为兵，揭竿为旗，天下云集响应，赢粮而景 yǐng 从[32]，山东[33]豪俊遂并起而亡秦族矣。

且夫天下非小弱也。雍州之地，殽函之固，自若也。陈涉之位，非尊于齐、楚、燕、赵、宋、卫、中山之君；锄櫌 yōu 棘矜 qín[34]，非銛 xiān 于钩戟长铩 shā[35]也；适 zhé 戍之众，非抗于九国之师；深谋远虑行军用兵之道，非及乡时之士也。然而成败异变，功业相反也。试使山东之国与陈涉度长絜 xié 大，比权量力，则不可同年而语矣。然秦以区区之地，千乘之权，招[36]八州而朝同列，百有余年矣。然后以六合为家，殽函为宫。一夫[37]作难而七庙[38]堕，身死人手[39]，为天下笑者，何也？仁义不施，而攻守之势异也。

秦并海内，兼诸侯，南面称帝，以养[40]四海。天下之士，斐然[41]向风。若是者，何也？曰：近古之无王者久矣！周室卑微，五霸既没，令不行于天下。诸侯力征，强侵弱，众暴寡。兵革不休，士民罢弊。今秦南面而王 wàng[42]天下，是上有天子也。既[43]元元之民，冀得安其性命，莫不虚心而仰上。当此之时，守威定功，安危之本，在于此矣。

秦王怀贪鄙之心，行自奋之智，不信功臣，不亲士民，废王道，立私权，禁文书而酷刑法，先诈力而后仁义，以暴虐为天下始。夫兼并者，高诈力；安定者，贵顺权；此言取与守不同术也。秦离[44]战国而王天下，其道不易，其政不改，是其所以取之守之者无异也。孤独[45]而有之，故其亡可立而待也。借使秦王计上世之事，并殷周之迹[46]，以制御其政，后虽有骄淫之主，而未有倾危之患也。故三王之建天下，名号显美，功业长久。

今秦二世立，天下莫不引领而观其政。夫寒者利裋 shù 褐而饥者甘糟糠，天下之嗷嗷[47]，新主之资也；此言劳民之易为仁也。向使二世有庸主之行，而任忠贤，臣主一心而忧海内之患，缟 gǎo 素[48]而正先帝之过；裂地分民，以封功臣之后，建国立君，以礼天下；虚囹 líng 圄 yǔ[49]而免刑戮，除收孥 nú 污秽之罪[50]，使各反其乡里；发仓廪，散财币，以振孤独穷困之士；轻赋少事，以佐百姓之急；约法省刑，以持其后，使天下之人，皆得自新，更节修行，各慎其身；塞[51]万民之望，而以威德与天下，天下集矣。即四海之内，皆欢然各自安乐其处，唯恐有变。虽有狡猾之民，无离上之心，则不轨之臣无以饰其智，而暴乱之奸止矣。二世不行此术，而重之以无道，坏宗庙与民，更始作阿 ē 房 páng 宫；繁刑严诛，吏治刻深；赏罚无当，赋敛无度。天下多事，吏弗能纪；百姓穷困，而主弗收恤。然后奸伪并起，而上下相遁，蒙罪者众，刑戮相望于道，而天下苦之。自君卿以下至于庶人，怀自危之心，亲处穷困之实，咸不安其位，故易动也。是以陈涉不用汤武之贤，不借公侯之尊，奋臂于大泽，而天下响应者，其民危也。故先王见始终之变，知存亡之机。

是以牧民之道，务在安之而已，天下虽有逆行之臣，必无响应之助矣。故曰：安民可与行义；而危民易与为非。此之谓也。贵为天子，富有天下，身不免于戮杀者，正倾非也。此二世之过也。

秦并兼诸侯，山东三十余郡，缮津关，据险塞，修甲兵而守之。然陈涉以戍卒散乱之众数百，奋臂大呼，不用弓戟之兵，锄耰白梃 tǐng，望屋而食，横行天下。秦人阻险不守，关梁不阖 hé，长戟不刺，强弩不射。楚师深入，战于鸿门，曾无藩篱之艰。于是[32]山东大扰，诸侯并起，豪俊相立。秦使章邯将而东征。章邯因以三军之众，要 yāo 市[33]于外，以谋其上。群臣之不信，可见于此矣。

子婴立，遂不寤。藉使子婴有庸主之才，仅得中佐，山东虽乱，秦之地可全而有，宗庙之祀未当绝也。秦地被山带河以为固，四塞之国也。自缪公以来至于秦王，二十余君，常为诸侯雄。岂世世贤哉？其势居 jù[34]然也。且天下尝同心并力而攻秦矣。当此之世，贤智并列，良将行其师，贤相通其谋，然困于险阻而不能进，秦乃延入战而为之开关，百万之徒逃北而遂坏。岂勇力智慧不足哉？形不利，势不便也。秦小邑并大城，守险塞而军，高垒毋战，闭关据厄，荷戟而守之。诸侯起于匹夫，以利合，非有秦王之行也。其交未亲，其下未附，名为亡秦，其实利之也。彼见秦阻之难犯也，必退师。安土息民，以待其敝，收弱扶罢，以令大国之君，不患不得意于海内。贵为天子，富有天下，而身为禽者，其救败非也。

秦王足己不问，遂过而不变。二世受之，因而不改，暴虐以重祸。子婴孤立无亲，危弱无辅。三主惑而终身不悟，亡，不亦宜乎？当此时也，世非无深虑知化之士也；然所以不敢尽忠拂 bì 过[55]者，秦俗多忌讳之禁，忠言未卒于口，而身为戮没矣。故使天下之士，倾耳而听，重足而立，钳口而不言。是以三主失道，忠臣不敢谏，智士不敢谋，天下已乱，奸不上闻，岂不哀哉！先王知雍蔽之伤国也，故置公卿大夫士，以饰 chì 法[56]设刑，而天下治。其强也，禁暴诛乱而天下服；其弱也，五伯征而诸侯从；其削也，内守外附而社稷存。故秦之盛也，繁法严刑而天下振；及其衰也，百姓怨望而海内叛矣。故周五序[57]得其道，而千余岁不绝；秦本末并失，故不长久。由此观之，安危之统相去远矣！

野谚曰："前事之不忘，后事之师也。"是以君子为国，观之上古，验之当世，参以人事，察盛衰之理，审权势之宜，去就有序，变化应时，故旷日长久，而社稷安矣。

注　释　①殽函：即秦函谷关。殽，即崤山。②雍州：古九州之一，今陕西、甘肃、青海一带。③八荒：八方荒远之地。荒，远。④商君：秦政治家商鞅。⑤连衡：政治斗争策略之一。东西为横，南北为纵。处于西方的秦与东方的齐、楚联合，以打击别国，叫连横。东方各国与南方各国联合起来抗秦的策略，叫合纵。衡，通"横"。⑥西河：魏国在黄河以西的广大土地。⑦因：遵循。⑧常：通"尝"，曾经。⑨延：引他进来。⑩逡巡：背行而后退貌。⑪追亡逐北：追赶败逃者。北，败走。⑫卤：大盾牌。⑬长策：长鞭。⑭履至尊：登基做皇帝。履，登上。至尊，指皇帝位。⑮棰拊：杖和大棒。⑯百越：也叫百粤，古越族种类繁多，故称百越，是散居今浙江、福建、广东、广西等地的古少数民族。⑰俯首系颈：指屈服投降。系颈，脖子上系着绳子。⑱藩篱：篱笆，引申为边疆。⑲却：使退却。⑳黔首：老百姓。黔，黑色。㉑堕：毁坏。㉒销锋镝：销毁兵器。锋，指兵器的锋刃。镝，指箭头。㉓华：指华山。河：指黄河。㉔谁何：指关上士兵盘问出入者。何，是呵问。㉕殊俗：不同的风俗。这里指边远的部族。㉖瓮牖绳枢：以破瓮做窗户，以草绳系门板。指出身寒微。㉗氓隶：对农民和奴隶的贱称。㉘迁徙之徒：罚到边地服劳役的人。㉙蹑足行伍之间：混迹于军队中。蹑足，有插脚的意思。行伍，古代军队下层组织名，这里代指军队。㉚倔起阡陌之中：从田野中起义。倔起，突起。阡陌，指田间小路。㉛罢散：疲劳散乱。罢，通“疲”。㉜赢粮而景从：挑着粮食像影子一样跟随。赢，指担负。景，通“影”。㉝山东：指函谷关、崤山之东的地方。㉞锄耰棘矜：意指陈涉军队武器的拙劣。耰，指锄柄。锄耰，指锄头。棘，棘木。矜，木杖。㉟铦：锋利。铩：长矛。㊱招：招致，攻下。㊲一夫：指陈涉。㊳七庙：祖先七代的庙。㊴身死人手：指秦王子婴被项羽所杀。㊵养：取。㊶斐然：有文采的样子。㊷王：统一。㊸既：尽，凡是。

㊹离：吞并。㊺孤独：指把权力集中于个人。㊻并：比较。迹：往事。㊼嗷嗷：愁怨之声。㊽缟素：服丧时穿的白色织物。㊾囹圄：监牢。㊿除收孥污秽之罪：除去一人犯法，株连全家的那些乱七八糟的刑法。孥，指儿女。51塞：满足。52于是：就在这时。53要市：即约市。指订立契约做买卖。54居：占据。55拂过：纠正错误。拂，通“弼”。56饰法：整顿法度。饰，通“饬”。57五序：指天子、公、卿、大夫、士各尽其职。

赏析 [贾谊写作《过秦论》的目的] 贾谊生活在西汉初年，此前历经春秋战国、七雄争霸而秦统一天下，到楚汉相争，汉朝建立，五百年战乱破坏，因而西汉初期，社会经济凋敝，人口减少。前事不忘，后事之师，秦朝的覆灭，令贾谊深刻地感受到要总结历史，让汉朝统治者吸取教训，要施“仁政”，要“安民”，民安方得维持汉王朝统治。于是，才有了这篇古今第一“气盛”的讲错误的文章。

[极力渲染秦国统一天下的大势] 秦国的覆灭之所以令人心痛，那是因为它有一个辉煌的过去。只有突出了它的强大，才能更加让人意识到总结教训的必要。秦的发迹史要追溯到秦孝公，他任用商鞅，建立新法，发展农业，巩固边防，为秦的崛起打下了牢固的基础。再经过惠王、武王的经营，秦国的版图已经伸向了东方诸

国。六国恐惧了，拥有那么多人才，拥有那么多土地，也拥有那么多战士，难道“狼进来”了，还挡不住？他们真挡不住了！六国只知道“谋弱秦”，天天在算计人家，不知要从本身出发，改变过时的法度，发展经济。秦国却不断在“富国强兵”，最终令六国“从散约解”，“割地而赂秦”。等到秦始皇，他灭二周，亡诸侯，取百越，击匈奴，威震四海，不可一世。六国更加不堪一击，秦统一天下，则理所当然了。

［煊赫表象下的阴影］太刚易折，任何强大的王朝，它碾压尸骨的车轮也有破损之时。贾谊看到了秦始皇南征北战留下的后遗症。为了满足膨胀的野心，秦始皇发动的拓边战争，不仅消耗了大量国力，也令死者不可胜数，百姓疲敝，士民哀怨，埋下了自取灭亡的祸根。

［仁义不施，攻守之势异］这是秦国灭亡的主因。秦统一天下，老百姓以为可以过个太平富裕日子了，不想秦始皇刚愎自用，不随攻守之势的改变而改变自己的策略，还一味把攻打天下时的政策拿来治理天下，“废先王之道，焚百家之言”，毁名城，杀豪杰，加重了刑罚、赋税和徭役，不施仁政施暴政。秦二世并没有纠正老子的错误，反而变本加厉，狠上加狠。三世子婴羸弱而执迷不悟，自然无力回天，秦帝国的那轮夕阳恹恹地下山了。最后的结局是讽刺的，六国那么多的风流才子，那么多的谋臣智士，费尽脑力体力也没有干成的

事，却被一个小人物陈涉和他带领的一群手拿农具的农民做到了！原因就在于，此一时彼一时也，仁义不施所带来的攻守之势不同了啊。最后，作者向汉朝统治者提出了建议，取得了天下，还要善于“守”天下：施仁政，安人民。

［论证方法和语言上的特点］论证方面，文章能够层层铺设，层层推进文章主旨，以史实为论据，做到“义理、考据、辞章”美妙结合，全文气势充沛，笔力雄健，一气呵成。语言上明显地带有赋的特色，讲究铺排渲染，行文又多用骈偶，造语多排比对偶，节奏感强烈，读起来铿锵有声，豪情万丈。比如“有席卷天下、包举宇内、囊括四海之意，并吞八荒之心”。以上“宇内”“四海”“八荒”均为“天下”之意，一串排比下来，秦国逼人的气势喷薄而出。

史记

司马迁（约前145或前135—?）著，《史记》既是一部伟大的历史著作，又是一部纪实性、史诗式的文学巨著。其主要组成部分的“本纪”“世家”和“列传”，具有很高的史传文学价值，展示了一道丰富多彩的历史人物画廊。《史记》在塑造人物形象和语言艺术上，为后世古文、小说和戏剧积累了诸多成功经验，堪称“史家之绝唱，无韵之离骚”（鲁迅）。《史记》开创的纪传体，为班固《汉书》所继承，成为历代正史沿用的体裁。

三才图会插图·司马迁

陈涉世家

陈胜者，阳城人也，字涉。吴广者，阳夏人也，字叔[1]。陈涉少 shào 时，尝与人佣耕，辍 chuò 耕之垄上，怅 chàng 恨久之，曰："苟富贵，无相忘！"庸者笑而应曰："若为庸耕，何富贵也？"陈涉太息曰："嗟乎！燕雀安知鸿鹄之志哉[2]！"

二世元年七月，发闾 lǘ 左，适 zhé 戍 shù 渔阳九百人，屯大泽乡。陈胜、吴广皆次当行，为屯 tún 长。会天大雨，道不通，度 duó 已失期。失期，法皆斩[3]。陈胜、吴广乃谋曰："今亡亦死，举大计亦死；等死，死国可乎？"陈胜曰："天下苦秦久矣，吾闻二世少 shào 子也，不当立，当立者乃公子扶苏。扶苏以数谏故，上使外将兵。今或闻无罪，二世杀之。百姓多闻其贤，未知其死也。项燕为楚将，数有功，爱士卒，楚人怜之。或以为死，或以为亡。今诚以吾众诈自称公子扶苏、项燕，为天下唱，宜多应者。"吴广以为然[4]。乃行卜 bǔ。卜得知其指意，曰："足下事皆成，有功。然足下卜之鬼乎？"陈胜、吴广喜，念鬼，曰："此教我先威众耳。"乃丹书帛曰"陈胜王 wàng"，置人所罾 zēng 鱼腹中。卒买鱼烹食，得鱼腹中书，固以怪之矣。又间 jiàn 令吴广之次所旁丛祠中，夜篝 gōu 火，狐鸣呼曰："大楚兴，陈胜王。"卒皆夜惊恐。旦日，卒中往往语，皆指目陈胜[5]。

吴广素爱人，士卒多为用者。将尉醉，广故数言欲亡，忿恚 huì 尉，令辱之以激怒其众。尉果笞广。尉剑挺，广起夺而杀尉[⑥]。陈胜佐之，并杀两尉。召令徒属曰："公等遇雨，皆已失期，失期当斩。藉第令毋斩，而戍死者固十六七。且壮士不死即已，死即举大名耳，王侯将相宁有种乎！"徒属皆曰："敬受命[⑦]。"乃诈称公子扶苏、项燕，从民欲也。袒 tǎn 右，称大楚。为坛而盟，祭以尉首。陈胜自立为将军，吴广为都尉[⑧]。攻大泽乡，收而攻蕲 qí。蕲下，乃令符离人葛婴将 jiàng 兵徇 xùn 蕲以东。攻铚 zhì、酂 cuó、苦、柘 zhè、谯 qiáo，皆下之。行收兵，比至陈，车六七百乘，骑 jì 千余，卒数万人。攻陈，陈守令皆不在，独守丞与战谯门中，弗胜，守丞死。乃入据陈[⑨]。数日，号令召三老、豪杰，与皆来会计事。三老、豪杰皆曰："将军身被坚执锐，伐无道，诛暴秦，复立楚国之社稷，乃宜为王。"陈涉乃立为王，号为张楚[⑩]。

当此时，诸郡县苦秦吏者，皆刑其长吏，杀之以应陈涉[⑪]。乃以吴叔为假王，监诸将以西击荥阳。令陈人武臣、张耳、陈余徇赵地，令汝阴人邓宗徇九江郡。当此时，楚兵数千人为聚者，不可胜数。

…………

陈胜王凡六月，已为王，王陈。其故人尝与庸耕者闻之，之陈，扣宫门曰："吾欲见涉。"宫门令欲缚之，自辩数，乃置，不肯为通。陈王出，遮道而呼涉。陈王闻之，乃召见，载与俱归。入宫，见殿屋帷帐，客曰：

"夥颐，涉之为王沉沉者！"楚人谓多为夥，故天下传之，"夥涉为王"由陈涉始。客出入愈益发舒，言陈王故情。或说陈王曰："客愚无知，颛妄言，轻威。"陈王斩之。诸陈王故人皆自引去，由是无亲陈王者。陈王以朱房为中正，胡武为司过，主司群臣。诸将徇地，至，令之不是者，系而罪之，以苛察为忠。其所不善者，弗下吏，辄自治之。陈王信用之。诸将以其故不亲附，此其所以败也。

陈胜虽已死，其所置遣侯王将相竟亡秦，由涉首事也。高祖时，为陈涉置守冢三十家砀，至今血食。

注　释　①阳城：地名，旧址在今河南登封县东南三十五里的告成镇。阳夏：在今河南太康县。②尝：曾经。佣耕：被人雇用去替人耕地。辍：停止。垄：田埂。怅恨：因失意叹恨。鸿鹄：天鹅，善于高飞。③二世：秦二世胡亥。元年：指公元前209年。闾左：穷人，平民。"闾"是里巷的大门，秦时二十五家为一闾，富人居右，穷人居左。适：通"谪"。戍：防守。渔阳：在今北京市密云区西南。屯：驻兵防守，驻扎。度：推测，估计。④举：发动。等死：同是死。死国：为国家大事而死，即为起义而死。苦秦：苦于秦的暴政。少子：小儿子，指胡亥。谏：直言规劝，多用于下对上。上：皇帝。二世杀之：指秦始皇死于巡行途中，赵高勾结胡亥，胁迫李斯伪造遗诏，逼扶苏自杀的事。⑤行卜：占卜，卜卦。古人对某事有疑时用来预测吉凶的一种迷信做法。念：思考。威众：在群众中树立威信，使众人服从。丹：朱砂。帛：白绢。罾：渔网。间：暗中。丛祠：密树荫蔽的神祠。篝火：把火放在竹笼里（假做鬼火）。篝，竹笼。⑥将尉：押送戍卒的军官。忿恚：恼怒。⑦徒属：部下，部属。敬受命：愿听从你的号令。⑧袒：露。都尉：位次于将军的军官。⑨蕲：地名，在今安徽宿州南。符离：地名，今安徽宿州。葛婴：人名。将：率领。徇：巡行时宣布军令，号召各地起义。铚：地名，在今安徽宿州西南四十里处。酂：地名，在今河南永城西南。苦：地名，在今河南鹿邑东十里。柘：地名，在今河南柘城北。谯：地名，在今安徽亳州。乘：量词，辆。古时四匹马驾一辆车为一乘。⑩三老：乡官。秦制十里一亭，亭有长；十亭一乡，乡有三老，掌教化。社稷：代指国家。社，土地神；稷，五谷神。封建君主重视祭祀社、稷，祈求丰年，后来就用社稷代称国家。张楚：国号，取张大楚国的意义。⑪苦：痛恨。刑：判罪，惩治。

赏析 [将陈胜破例列入“世家”] 在《史记》中“世家”本是记述诸侯世系，包括春秋战国时代的诸侯国，汉代分封的诸侯王和封侯的开国功臣，大致相当于先秦时代的国别史。只有两个人物的记述是破例，一个是开民办教育先例的孔子，另一个就是农民革命领袖陈胜。作者概括秦汉之际的政治变迁是“初作难，发于陈涉；

虐戾灭秦，自项氏；拨乱诛暴，平定海内，卒践帝祚，成于汉家”（《秦楚之际月表》）。从这里可以看出司马迁对陈胜历史地位的肯定。

［人看从小，见微知著］通过典型细节描写来刻画人物，是文学作品塑造艺术形象的重要手段，所谓“颊上添毫”而益见神似。《史记》一书的文学性也表现在这里。有些看起来只是琐事，在文中如同闲笔，无关宏旨的细节，在展示人物性格上却起着重要作用。文中写陈涉少时佣耕而谈吐不凡，人看从小，见微而知著。这样的细节充分表现了陈胜这个人素有大志，很自负，同时也不大瞧得起人——“苟富贵，无相忘”六字后来未能落实，也是因为这个缘故。这一细节所表现的性格，与陈胜一生事业成败是有因果关系的。

［英雄与时势］关于陈胜、吴广起义，在文中占有重要位置。作者令人信服地写出了英雄与时势的关系。首先是征戍渔阳的役夫九百人遇雨失期，按秦法当斩，陈胜、吴广作为役夫中的头儿，号召役夫揭竿而起，是官逼民反，是时势造英雄。同时，陈胜有吴广做帮手，并实施了一系列谋略，并打出正义的旗号，以唤起群众，也是大泽乡起义能够获得成功的重要原因。而当时人民苦于秦王朝的暴政，怀怒未发，所以各地纷纷响应，造成秦末农民起义风起云涌的壮观局面，则是英雄造时势。

[陈胜失败的原因之一在于脱离群众] 写陈涉为王后，旧时伙伴来看他，见其宫殿非常豪华、众多，惊讶地说："夥颐，涉之为王沉沉者！"字里行间，无形中表现出这位农民起义领袖被胜利冲昏头脑，已经发生了质变。接下来，陈胜又因为听信谗言，认为这些乡亲丢尽了他这位大王的脸，竟然把他们给杀了，更表现出他脱离人民群众到了何等地步。则其后来的失败，遭致杀身之祸，看似偶然，实有其必然性在。

[善于描摹人物语言] 文学作品有两种语言，一是作者叙述的语言，一是笔下人物的语言。作者叙述的语言应有自己的风格，一以贯之。而笔下人物的语言，则必须合乎人物的身份、性格和特定环境，切忌千人一腔。而《史记》作者是善于描摹人物语言的，特别是善于传达人物对话的语气，有时甚至直录口语入文，如上面提到的陈胜旧时伙伴的一段话中，"夥颐"在楚地方言中是很多的意思，"沉沉"是形容宫殿广大深邃的意思，就是说：好家伙，这么多啊，这么深邃的院落啊。活脱脱是一副未见过世面的农民的口气。生动地表现了说话者惊讶的神态和质朴的性格，及他们与陈涉之间现有的差距。

屈原列传

屈原者名平，楚之同姓[1]也。为楚怀王左徒。博闻强志[2]，明于治乱，娴[3]于辞令。入则与王图议国事，以出号令；出则接遇宾客，应对诸侯。王甚任之。

上官大夫与之同列，争宠而心害其能。怀王使屈原造为宪令，屈平属 zhǔ[4] 草稿未定。上官大夫见而欲夺之，屈平不与，因谗之曰："王使屈平为令，众莫不知，每一令出，平伐其功，以为'非我莫能为'也。"王怒而疏屈平。

屈平疾王听之不聪也，谗谄之蔽明也，邪曲之害公也，方正之不容也，故忧愁幽思而作《离骚》。"离骚"者，犹离忧也。夫天者，人之始也；父母者，人之本也。人穷则反本，故劳苦倦极，未尝不呼天也；疾痛惨怛 dá，未尝不呼父母也。屈平正道直行，竭忠尽智以事其君，谗人间 jiàn 之，可谓穷矣。信而见疑，忠而被谤，能无怨乎？屈平之作《离骚》，盖自怨生也。……上称帝喾 kù，下道齐桓，中述汤武，以刺世事。明道德之广崇，治乱之条贯，靡不毕见 xiàn。其文约，其辞微，其志絜，其行廉，其称文小而其指极大，举类迩 ěr[5] 而见 xiàn 义远。其志絜，故其称物芳；其行廉，故死而不容。自疏濯 zhuó 淖 nào 污泥[6]之中，蝉蜕于浊秽，以浮游尘埃之外，不获世之滋[7]垢，皭 jiào 然[8]泥而不滓 zǐ[9]者也。推此志也，虽与日月争光可也。

屈平既绌 chù[10]，其后秦欲伐齐，齐与楚从 zòng 亲[11]，惠王患之，乃令张仪详 yáng[12]去秦，厚币[13]委质[14]事楚，曰："秦甚憎齐，齐与楚从亲，楚诚能绝齐，秦愿献商於 wū 之地六百里。"楚怀王贪而信张仪，遂绝齐，使使如秦受地。张仪诈之曰："仪与王约六里，不闻六百里。"楚使怒去，归告怀王。怀王怒，大兴师伐秦。秦发兵击之，大破楚师于丹、淅，斩首八万，虏楚将屈匄 gài，遂取楚之汉中地。怀王乃悉发国中兵以深入击秦，战于蓝田。魏闻之，袭楚至邓。楚兵惧，自秦归。而齐竟怒不救楚，楚大困。

明年，秦割汉中地与楚以和。楚王曰："不愿得地，愿得张仪而甘心焉。"张仪闻，乃曰："以一仪而当汉中地，臣请往如楚。"如楚，又因厚币用事者臣靳尚，而设诡辩于怀王之宠姬郑袖。怀王竟听郑袖，复释去张仪。是时屈平既疏，不复在位，使于齐，顾反，谏怀王曰："何不杀张仪？"怀王悔，追张仪不及。

其后诸侯共击楚，大破之，杀其将唐眜。时秦昭王与楚婚，欲与怀王会。怀王欲行，屈平曰："秦虎狼之国，不可信，不如毋行。"怀王稚子子兰劝王行："奈何绝秦欢！"怀王卒行。入武关，秦伏兵绝其后，因留怀王，以求割地。怀王怒，不听。亡走赵，赵不内 nà[15]。复之秦，竟死于秦而归葬。长子顷襄王立，以其弟子兰为令尹。

四库馆补绘萧氏离骚图 • 涉江

楚人既咎子兰以劝怀王入秦而不反也；屈平既嫉之，虽放流，眷顾[16]楚国，系心怀王，不忘欲反，冀幸君之一悟，俗之一改也。其存君兴国而欲反覆之，一篇之中三致志焉。然终无可奈何，故不可以反。卒以此见怀王之终不悟也。

人君无愚智贤不肖，莫不欲求忠以自为 wèi，举贤以自佐；然亡国破家相随属 zhǔ[17]，而圣君治国累世而不见者，其所谓忠者不忠，而所谓贤者不贤也。怀王以不知忠臣之分，故内惑于郑袖，外欺于张仪，疏屈平而信上官大夫、令尹子兰。兵挫地削，亡其六郡，身客死于秦，为天下笑。此不知人之祸也。《易》曰："井泄 xiè[18] 不食，为我心恻。可以汲。王明，并受其福。"王之不明，岂足福哉！

令尹子兰闻之大怒，卒使上官大夫短屈原于顷襄王，顷襄王怒而迁之。

屈原至于江滨，被 pī[19] 发行吟泽畔。颜色憔悴，形容枯槁。渔父见而问之曰："子非三闾大夫欤？何故而至此？"屈原曰："举世混浊而我独清，众人皆醉而我独醒，是以见放。"渔父曰："夫圣人者，不凝滞于物，而能与世推移。举世混浊，何不随其流而扬其波？众人皆醉，何不餔 bū 其糟而啜 chuò 其醨 lí[20]？何故怀瑾握瑜而自令见放为？"屈原曰："吾闻之，新沐者必弹冠，新浴者必振衣。人又谁能以身之察察[21]，受物之汶 mén 汶[22] 者乎！宁赴常流而葬乎江鱼腹中耳，又安能以皓皓之白而蒙世之温蠖 huò[23] 乎！"乃作《怀沙》之赋。……于是怀石，遂自投汨 mì 罗以死。

屈原既死之后，楚有宋玉、唐勒、景差之徒者，皆好辞而以赋见称；然皆祖[24] 屈原之从容辞令，终莫敢直谏。其后楚日以削，数十年，竟为秦所灭。

…………

太史公曰：余读《离骚》《天问》《招魂》《哀郢》，悲其志。适长沙，观屈原所自沉渊，未尝不垂涕，想见其为人。及见贾生吊之，又怪屈原以彼其材，游诸侯，何国不容，而自令若是。读《服鸟赋》，同死生，轻去就，又爽然㉕自失矣。

注释 ①楚之同姓：屈原是楚国先王的后代子孙，他的祖先被封于屈地，就以屈为姓。②强志：记忆力好。③娴：熟悉。④属：撰写。⑤迩：近。⑥濯淖污泥：污秽的环境。⑦滋：通“兹”，黑的意思。⑧皭然：洁白的样子。皭，通“皎”。⑨滓：黑。⑩绌：通“黜”，罢免。⑪从亲：合纵亲善。从，通“纵”，指合纵。⑫详：通“佯”，假装。⑬厚币：丰厚的礼物。⑭委质：呈献信物。委，呈献。质，通“贽”，指信物。⑮内：通“纳”，指接受容纳。⑯眷顾：怀恋。⑰随属：接连发生。⑱泄：通“渫”，淘去井中污泥。⑲被：通“披”。⑳餔：通“哺”，吃的意思。糟：酒渣。啜：吸。醨：指淡酒。㉑察察：干净貌。㉒汶汶：浑浊的样子。㉓温蠖：积满污秽的样子。㉔祖：效法。㉕爽然：黯然。

赏析 [屈原悲剧的一生] 屈原是我国古代第一位伟

大诗人，他的国家楚国，是战国七雄中实力仅次于秦国的强国。屈原才智超群，竭力主张楚怀王革新政治，联齐攻秦。楚怀王听信谗言，把屈原逐出朝廷，而他自己也尝到了苦果，客死于秦。楚顷襄王上台，进一步迫害屈原，把他流放。屈原虽屡受打击，仍忠心不改，始终不肯离开祖国，最后，怀着对楚国人民、山川的爱，沉江而死。他那坚持真理、永不妥协的崇高精神，感动了遭遇相似的司马迁，司马迁怀着崇敬而悲痛的心情，为屈原立传，也为自己找到了情感的寄托。

[屈原由“任”而“疏”] 屈原出身高贵，才华横溢，卓而不凡，受到了楚怀王的信任和重用，这也是遭到同僚嫉恨的原因。上官大夫向楚怀王进谗言，昏庸而反复无常的楚怀王“怒而疏”之。屈原被疏远的结果，对楚国来说是不幸的，它日益衰落了，而对中国文学史来说那是大幸了，与日月争辉的《离骚》产生了。司马迁用了长篇大论来分析屈原写《离骚》的原因，赞美它的思想艺术成就，对它推崇至极。

[屈原由“黜”而“迁”] 就算被疏远，屈原仍怀着赤胆忠心，不断向楚怀王进谏。昏庸的怀王不听忠言，不辨贤愚，“不知人”，造成了楚国在政治、军事、外交上一连串的失利。最后，客死他国，为天下笑。屈原被疏远了，楚国衰弱了，屈原的个人遭遇与楚国命运是息息相关的。顷襄王继位，屈原的政治生命彻底结束，被

放逐到了穷山恶水。他不会再“烦”任何人了。但“眷顾楚国，系心怀王”的情怀，怎能忘记？一步一回头，他是何等痴心。对祖国的爱恋和忠心换来的是猜忌和流放，这是屈原最大的悲剧。

［屈原自沉汨罗］在江边，一个以渔父身份出现的隐士对屈原大加劝解，要他随波逐流，与世浮沉。高贵忠贞的诗人发出了死前的最强音：宁愿葬身鱼腹，也不同流合污苟且偷生！他纵身跃入清澈的江水，与之融为一体。这可能是他最好的归宿吧。据说，这也是端午节的来历。

［夹叙夹议的行文风格］本文叙议结合，既叙写了屈原的不幸遭遇，又议论了屈原高尚的人格，《离骚》的伟大成就。从中抒发了作者感同身受的不平之气。叙事多用散句，简洁明了。议论部分则像诗，多用平仄、对偶，语言华美凄清，很有《离骚》的味道。

鸿门宴①

《项羽本纪》

行略定秦地。函谷关有兵守关②，不得入。又闻沛公已破咸阳③。项羽大怒，使当阳君等击关。项羽遂入，至于戏西④。沛公军霸上⑤，未得与项羽相见。沛公左司马曹无伤使人言于项羽曰：“沛公欲王关中，使子婴为相[6]，珍宝尽有之。”项羽大怒曰：“旦日飨士卒，为击破沛公军！”当是时，项羽兵四十万在新丰鸿门，沛公兵十万在霸上。范增说项羽曰：“沛公居山东时，贪于财货，好美姬。今入关，财物无所取，妇女无所幸，此其志不在小。吾令人望其气，皆为龙虎，成五采，此天子气也。急击勿失！”

楚左尹项伯者，项羽季父也，素善留侯张良[7]。张良是时从沛公。项伯乃夜驰之沛公军，私见张良，具告以事，欲呼张良与俱去，曰：“毋从俱死也。”张良曰：“臣为韩王送沛公，沛公今事有急，亡去不义，不可不语。”良乃入，具告沛公。沛公大惊曰：“为之奈何？”张良曰：“谁为大王为此计者？”曰：“鲰 zōu 生说我曰[8]：‘拒关毋内 nà 诸侯，秦地可尽王也。’故听之。”良曰：“料大王士卒足以当项王乎？”沛公默然，曰：“固不如也，且为之奈何？”张良曰：“请往谓项伯，言沛公不敢背项王也。”沛公曰：“君安与项伯有故？”张良曰：“秦时与臣游，项伯杀人，臣活之。今事有急，故幸来告良。”沛公曰：“孰与君少长[9]？”良曰：“长于臣。”沛公曰：“君为我呼入，吾得兄事之。”张良出，要 yāo 项伯。项伯即入见沛公。沛公奉卮 zhī 酒为寿，约为婚姻[10]，曰：“吾入关，秋豪不敢有所近，籍吏民[11]，封府库，而待将军。所以遣将守关者，备他盗之出入与非常也。日夜望将军至，岂敢反乎！愿伯具言臣之不敢倍德也。”项伯许诺，谓沛公曰：“旦日不可不蚤自来谢项王！”沛公曰：“诺。”于是项伯复夜去。至军中，具以沛公言报项王。因言曰：“沛公不先破关中，公岂敢入乎？今人有大功而击之，不义也。不如因善遇之。”项王许诺。

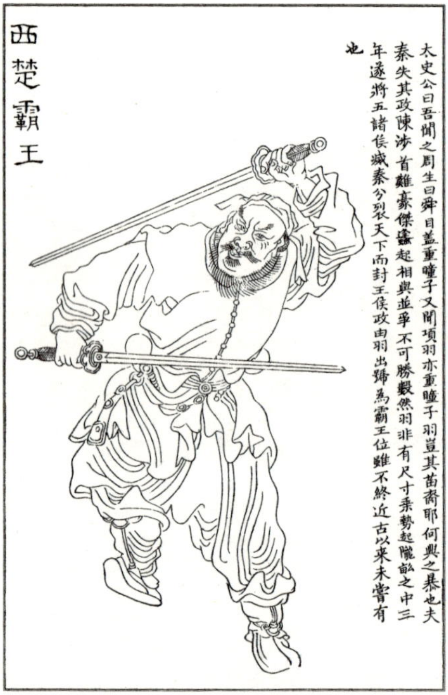

晚笑堂竹庄画传版画

沛公旦日从百余骑来见项王，至鸿门谢曰：“臣与将军戮力而攻秦，将军战河北，臣战河南，然不自意能先入关破秦，得复见将军于此。今者有小人之言，令将军与臣有郤 xì[32]。”项王曰：“此沛公左司马曹无伤言之，不然籍何以至此。”项王即日因留沛公与饮。项王、项伯东向坐，亚父南向坐——亚父者，范增也，沛公北向坐，张良西向侍。范增数目项王，举所佩玉玦 jué 以示之者三。项王默然不应。范增起，出召项庄，谓曰：“君王为人不忍，若入前为寿，寿毕，请以剑舞，因击沛公于坐，杀之。不者，若属皆且为所虏。”庄则入为寿，寿毕曰：“君王与沛公饮，军中无以为乐，请以剑舞。”项王曰：“诺。”项庄拔剑起舞，项伯亦拔剑起舞，常以身翼蔽沛公，庄不得击。

于是张良至军门，见樊哙 kuài[13]。樊哙曰：“今日之事何如?”良曰：“甚急！今者项庄拔剑舞，其意常在沛公也。”哙曰：“此迫矣！臣请入，与之同命!”哙即带剑拥盾入军门。交戟之卫士欲止不内 nà，樊哙侧其盾以撞，卫士仆地。哙遂入，披帷西向立，瞋 chēn 目视项王，头发上指，目眦 zì 尽裂[14]。项王按剑而跽 jì 曰[15]：“客何为者?”张良曰：“沛公之参乘樊哙者也。”项王曰：“壮士！赐之卮酒!”则与斗卮酒。哙拜谢，起，立而饮之。项王曰：“赐之彘 zhì 肩[16]!”则与一生彘肩。樊哙覆其盾于地，加彘肩上，拔剑切而啖之。项王曰：“壮士！能复饮乎?”樊哙曰：“臣死且不避，卮酒安足辞！夫秦王有虎狼之心，杀人如不能举，刑人如恐不胜，天下皆叛之。怀王与诸将约曰先破秦入咸阳者王之。今沛公先破秦入咸阳，豪毛不敢有所近，封闭宫室，还军霸上，以待大王来。故遣将守关者，备他盗出入与非常也。劳苦而功高如此，未有封侯之赏而听细说[17]，欲诛有功之人，此亡秦之续耳，窃为大王不取也。”项王未有以应，曰：“坐。”樊哙从良坐。坐须臾，沛公起如厕，因招樊哙出。

百将图·鸿门闯宴席

沛公已出，项王使都尉陈平召沛公。沛公曰：“今者出，未辞也，为之奈何？”樊哙曰：“大行不顾细谨，大礼不辞小让。如今人方为刀俎[18]，我为鱼肉，何辞为？”于是遂去。乃令张良留谢。良问曰：“大王来何操?”曰：“我持白璧一双，欲献项王。玉斗一双，欲与亚父。会其怒，不敢献。公为我献之。”张良曰：“谨诺。”当是时，项王军在鸿门下，沛公军在霸上，相去四十里。沛公则置车骑，脱身独骑，与樊哙、夏侯婴、靳强、纪信等四人持剑盾步走，从骊山下，道芷阳间行[19]。沛公谓张良曰：“从此道至吾军，不过二十里耳。度我至军中，公乃入。”沛公已去，间至军中，张良入，谢曰：“沛公不胜杯杓 sháo，不能辞。谨使臣良奉白璧一双，再拜献大王足下；玉斗一双，再拜奉大将军足下。”项王曰：“沛公安在？”良曰：“闻大王有意督过之，脱身独去，已至军矣。”项王则受璧，置之坐上。亚父受玉斗，置之地，拔剑撞而破之，曰：“唉！竖子不足与谋[20]！夺项王天下者，必沛公也。吾属今为之虏矣！”沛公至军，立诛杀曹无伤。

注　释　①鸿门：阪名。在新丰东十七里，今名项王营。新丰在今陕西省西安市临潼区。②函谷关：在今河南灵宝西南。③沛公：刘邦。咸阳：秦京城，在今陕西省咸阳市东。④戏西：戏水以西。戏水：在今陕西省西安市临潼区东。⑤霸上：即霸水西之白鹿原，在今陕西省西安市。⑥子婴：秦始皇长子扶苏的儿子，当时已投降刘邦。⑦张良：字子房，刘邦谋臣。⑧鲰生：浅陋小人。⑨孰与君少长：和你的年纪谁大谁小。⑩卮：盛酒圆器。为寿：进酒于尊长前，祝其长寿。约为婚姻：攀做儿女亲家。

⑪籍：登记。⑫郤：通“隙”，嫌隙。⑬樊哙：沛人，原以屠狗为业，和刘邦一同起义。⑭瞋目：睁大眼睛怒目而视。上指：直竖。眦：眼眶。⑮跽：古人席地而坐，以两膝着地，两股贴在两脚跟上；直身，股不着脚跟为跪；跪而挺腰耸身为跽。⑯彘肩：猪的前腿。⑰细说：小人之言。⑱俎：切肉的砧板。⑲骊山：在鸿门西。芷阳：在今陕西省西安市长安区东白鹿原霸川上的西阪。⑳竖子：小子。骂人的话。

赏析 [刘、项积怨的经过] 项梁兵败后，怀王用诸老将言，派刘邦西进，而使项羽辅宋义救赵，又相约先入关中者为关中王，明显地偏袒刘邦，使项羽积怨。

刘邦入关后听信鲰生“拒关毋内诸侯，秦地可尽王”的话，派兵守函谷关，但未能阻止项羽，这时刘邦手下出了内奸向项羽告密，而范增对刘邦有一番更为透彻的分析。可惜项羽并未把范增的话听在耳里，却被曹无伤的告密激怒。当时刘、项兵力比为一比四，如按范增的主意“急击勿失”，刘邦的处境相当危险。

[鸿门宴的起因] 由于项伯与张良有旧，便向张良透风。张良马上向刘邦报告了这一情况，刘邦十分惊恐。但他很快镇定下来，一问张良与项伯关系深浅，二问项伯年纪大小，三为项伯摆酒祝寿打亲家，拉拢关系。于是由项伯向项羽疏通，刘邦则于次日亲到项羽军

驻地鸿门来谢罪，争取主动，一场惊心动魄的政治斗争就此拉开帷幕。

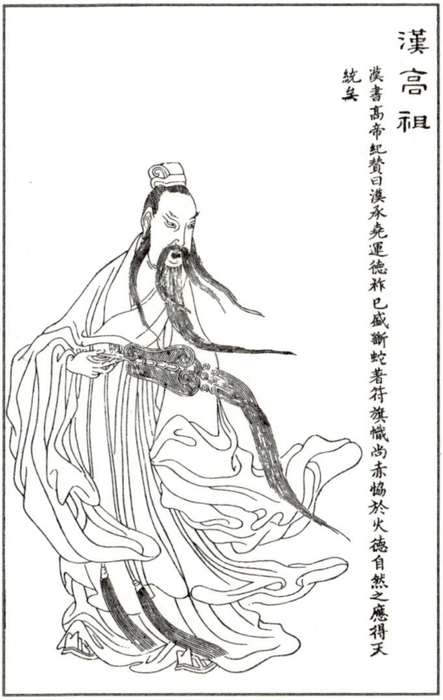

晚笑堂竹庄画传版画

［宴会就是战场］这宴席就是战场，是两个政治集团的斗智斗勇、生死较量。项羽一边组织涣散，互相掣肘。范增力劝项羽除掉刘邦，并在暗中策划了“项庄舞剑，意在沛公”的险剧。但项伯却丧失政治立场，成为刘邦的辩护士和保护伞。与此相反，刘邦一边上下一心，配合行动。张良导演，樊哙唱戏，收买项伯，争取项羽，而孤立范增。一切有理有节，最终化险为夷。刘

邦集团的每一步行动都经过周密安排，如到鸿门时刘邦集团恭维项羽、自我开脱的话前后讲了三遍，假话说三遍就真了。而项羽思想上不但完全解除了武装，还轻易出卖了有钱难买的内线——曹无伤，无异帮助了敌人。

［楚汉相争在鸿门宴上已决胜负］故事生动地表明项羽在政治上的幼稚，及刘邦在政治上的成熟。刘邦不仅利用张良与项伯的生死之交来渡过难关，而且倚重他的足智多谋，对张良言听计从；项羽有一个范增，却把他的忠告当耳边风，气得范增直骂“竖子不足与谋”。刘邦脱险回营，第一个行动就是诛除内奸曹无伤。而项羽对项伯的所作所为则相当麻木，还无意中出卖了曹无伤。可以说刘项胜负，在鸿门宴上就已决出。

刘向

（约前77—前6）西汉沛县（今属江苏）人，本名更生，字子政。汉皇族楚元王（刘交）四世孙，刘歆父。官终中垒校尉，故世称“刘中垒”。著有《说苑》《新序》等。

师旷论学

《说苑·建本》

晋平公问于师旷曰[①]：“吾年七十，欲学，恐已暮矣！”师旷曰：“何不炳烛乎[②]？”平公曰：“安有为人臣而戏其君乎？”师旷曰：“盲臣安敢戏其君乎？臣闻之：少而好学，如日出之阳；壮而好学，如日中之光；老而好学，如炳烛之明。炳烛之明，孰与昧行乎[③]？”平公曰：“善哉！”

注释 ①晋平公：春秋时晋国国君。师旷：字子野，晋国乐师。②炳烛：点燃蜡烛。③孰与昧行乎：跟在黑暗中行走比怎么样。昧行：在黑暗中行走。

赏析 [用比喻说明道理] 学习如逆水行舟，不进则退。所以要活到老，学到老。人生步入老年，视力、听力、记忆力衰退，是不利于学习的。但老年人有丰富的人生经验，较强的理解能力，则是他的优势。师旷的意思是，早学比迟学好，迟学比不学好。

班固

(32—92)字孟坚，扶风安陵（今陕西咸阳东北）人，东汉史学家、文学家。其父班彪撰《史记后传》未成而卒。固归里继承父业，被诬入狱。获释后任兰台令史，升迁为郎，典校秘书，奉诏完成其父所著书，此即《汉书》。后死于狱。《汉书》分十二纪、八表、十志、七十列传，共一百篇，其中八表及《天文志》由其妹班昭及马续补撰。

苏武传

《汉书》

武字子卿。少以父任，兄弟并为郎[①]。稍迁至栘 yí 中厩监[②]。时汉连伐胡，数通使相窥观。匈奴留汉使郭吉、路充国等前后十余辈。匈奴使来，汉亦留之以相当。天汉元年，且 jū 鞮 dī 侯单 chán 于初立，恐汉袭之。乃曰："汉天子，我丈人行也[③]。"尽归汉使路充国等。武帝嘉其义，乃遣武以中郎将使持节送匈奴使留在汉者[④]，因厚赂单于，答其善意。

武与副中郎将张胜及假吏常惠等，募士斥候百余人俱。既至匈奴，置币遗 wèi 单于。单于益骄，非汉所望也。方欲发使送武等，会缑 gōu 王与长水虞常等谋反匈奴中[5]。缑王者，昆 hún 邪王姊子也[6]，与昆邪王俱降汉，后随浞野侯没胡中[7]。及卫律所将降者[8]，阴相与谋劫单于母阏 yān 氏 zhī 归汉[9]。会武等至匈奴。虞常在汉时，素与副张胜相知，私候胜曰："闻汉天子甚怨卫律，常能为汉伏弩射杀之。吾母与弟在汉，幸蒙其赏赐。"张胜许之，以货物与常。后月余，单于出猎，独阏氏子弟在。虞常等七十余人欲发，其一人夜亡告之，单于子弟发兵与战，缑王等皆死，虞常生得。

单于使卫律治其事。张胜闻之，恐前语发，以状语武。武曰："事如此，此必及我，见犯乃死，重负国。"欲自杀。胜、惠共止之。虞常果引张胜。单于怒，召诸贵人议，欲杀汉使者。左伊秩訾曰[10]："即谋单于，何以复加？宜皆降之。"单于使卫律召武受辞。

武谓惠等："屈节辱命，虽生，何面目以归汉？"引佩刀自刺。卫律惊，自抱持武，驰召医。凿地为坎，置煴 yūn 火覆武其上[11]，蹈其背以出血。武气绝，半日复息。惠等哭，舆归营。单于壮其节，朝夕遣人候问武，而收系张胜。

武益愈，单于使使晓武，会论虞常，欲因此时降武。剑斩虞常已，律曰："汉使张胜谋杀单于近臣，当死，单于募降者赦罪。"举剑欲击之，胜请降。律谓武曰："副有罪，当相坐。"武曰："本无谋，又非亲属，何谓相坐？"复举剑拟之，武不动。律曰："苏君，律前负汉归匈奴，幸蒙大恩，赐号称王，拥众数万，马畜弥山，富贵如此。苏君今日降，明日复然。空以身膏 gào 草野[12]，谁复知之?”武不应。律曰：“君因我降，与君为兄弟。今不听吾计，后虽欲复见我，尚可得乎?”武骂律曰：“女为人臣子，不顾恩义，畔主背亲，为降虏于蛮夷，何以女为见？且单于信女，使决人死生，不平心持正，反欲斗两主，观祸败。南越杀汉使者，屠为九郡；宛王杀汉使者，头悬北阙[13]；朝

苏武牧羊图

鲜杀汉使者，即时诛灭。独匈奴未耳。若知我不降明，欲令两国相攻，匈奴之祸，从我始矣。”律知武终不可

胁，白单于。单于愈益欲降之。乃幽武置大窖中，绝不饮食。天雨雪，武卧啮雪与旃 zhān 毛并咽之[14]，数日不死，匈奴以为神。乃徙武北海上无人处，使牧羝，羝乳乃得归[15]。别其官属常惠等，各置他所。

武既至海上，廪 lǐn 食不至，掘野鼠、去草实而食之。杖汉节牧羊，卧起操持，节旄尽落。积五六年，单于弟於 wū 靬 qián 王弋射海上[16]。武能网纺缴 zhuó，檠弓弩，於靬王爱之，给其衣食。三岁余，王病，赐武马畜、服匿、穹庐。王死后，人众徙去。其冬，丁令盗武牛羊，武复穷厄。

初武与李陵俱为侍中。武使匈奴明年，陵降，不敢求武。久之，单于使陵至海上，为武置酒设乐。因谓武曰："单于闻陵与子卿素厚，故使陵来说足下，虚心欲相待。终不得归汉，空自苦亡人之地，信义安所见 xiàn 乎？前长君为奉车从至雍棫 yù 阳宫[17]，扶辇下除，触柱折辕，劾大不敬，伏剑自刎，赐钱二百万以葬。孺卿从祠河东后土[18]，宦骑与黄门驸马争船，推堕驸马河中溺死。宦骑亡，诏使孺卿逐捕，不得，惶恐饮药而死。来时大 tài 夫人已不幸，陵送葬至阳陵。子卿妇年少，闻已更嫁矣。独有女弟二人，两女一男，今复十余年，存亡不可知。人生如朝露，何久自苦如此？陵始降时，忽忽如狂，自痛负汉，加以老母系保宫[19]，子卿不欲降，何以过陵？且陛下春秋高[20]，法令无常，大臣亡罪夷灭者数十家，安危不可知，子卿尚复谁为乎？愿听陵计，勿复有云。”武曰：“武父子亡功德，皆为陛下所成就，位列将，爵通侯，兄弟亲近，常愿肝脑涂地。今得杀身自效，虽蒙斧钺 yuè 汤镬 huò[21]，诚甘乐之。臣事君犹子事父也，子为父死，无所恨。愿勿复再言。”

陵与武饮数日，复曰：“子卿壹听陵言。”武曰：“自分已死久矣。王必降武，请毕今日之欢，效死于前。”陵见其至诚，喟然叹曰：“嗟乎，义士！陵与卫律之罪，上通于天。”因泣下沾衿，与武决去。陵恶 wù 自赐武，使其妻赐武牛羊数十头。后陵复至北海上，语武：“区 ōu 脱捕得云中生口[22]，言太守以下吏民皆白服，曰：‘上崩。’”武闻之，南乡号哭欧血，旦夕临，数月。

昭帝即位，数年，匈奴与汉和亲。汉求武等，匈奴诡言武死。后汉使复至匈奴，常惠请其守者与俱，得夜见汉使，具自陈道。教使者谓单于，言天子射上林中得雁[23]，足有系帛书，言武等在某泽中。使者大喜，如惠语以让单于。单于视左右而惊，谢汉使曰：“武等实在。”于是李陵置酒贺武曰：“今足下还归，扬名于匈奴，功显于汉室，虽古竹帛所载，丹青所画，何以过子卿！陵虽驽怯，令汉且贳 shì 陵罪[24]，全其老母，使得奋大辱之积志，庶几乎曹柯之盟[25]，此陵宿昔之所不忘也。收族陵家，为世大戮，陵尚复何顾乎？已矣，令子卿知吾心耳。异域之人，壹别长绝！”陵起舞，歌曰：

"径万里兮度沙幕，为君将兮奋匈奴。路穷绝兮矢刃摧，士众灭兮名已隤。老母已死，虽欲报恩将安归?"陵泣下数行，因与武决。单于召会武官属，前以降及物故，凡随武还者九人。

苏武牧羊图

武以始元六年春至京师[26]。诏武奉一太牢谒武帝园庙。拜为典属国[27]，秩中二千石。赐钱二百万，公田二顷，宅一区。常惠、徐圣、赵终根皆拜为中郎，赐帛各二百匹。其余六人老，归家，赐钱人十万，复终身。常惠后至右将军，封列侯，自有传。武留匈奴凡十九岁，始以强壮出，及还，须发尽白。

注 释 ①以父任：因为父亲职位的关系而任官。郎：官名，皇帝近侍。②移中厩监：汉宫廷移园中掌管鞍马鹰犬射猎用具的官。③丈人：家长。行：行辈。④中郎将：官名。节：使臣所持的信物。⑤会：适逢，恰值。缑王：匈奴的一个贵族。长水：在今陕西省西安市鄠邑区东。虞常当时为长水的"胡骑"。

⑥昆邪王：匈奴贵族。⑦浞野侯：汉将赵破奴。⑧卫律：其父为长水胡人，其本人生于汉。⑨阏氏：匈奴称单于妻为阏氏。⑩左伊秩訾：匈奴王号。王号有左右之分。⑪煴火：无焰之火。⑫膏：滋润。⑬南越杀汉使者：南越王相吕嘉杀死南越王、王太后及汉使者，汉武帝遣将征讨。屠为九郡：平定后设为九郡。宛王：大宛国王（大宛，西域国名）。北阙：汉宫的北阙。⑭旃毛：毡毛。⑮北海：今俄罗斯西伯利亚贝加尔湖，为当时匈奴的北境。羝：公羊。乳：生育，此处指生小羊。⑯於靬王：单于弟封为王者。弋射：射猎。⑰长君：指苏武兄苏嘉。奉车：奉车都尉，官名。雍：地名，春秋秦都，在今陕西省凤翔县南。棫阳宫：宫名。⑱孺卿：苏武之弟苏贤之字。⑲保宫：汉代官署名。⑳春秋：指年龄。㉑钺：大斧。镬：大锅。都是古代刑具。㉒区脱：边地。此处指匈奴与汉交界地区。云中：郡名。在今内蒙古自治区。生口：指俘虏。㉓上林：汉上林苑。㉔贳：宽恕。㉕曹：曹沫，春秋时鲁人。㉖始元：汉昭帝年号。始元六年即公元前 81 年。㉗典属国：官名，掌管降服于汉朝的外族。

赏析 [苏武奉使匈奴的原委] 起初，汉使郭吉、路充国等为匈奴扣留，汉朝也相应扣押对方的人质。武帝天汉元年（前 100）且鞮侯初立，恐汉袭之，遂遣返汉使路充国等，以改善汉匈关系。汉武帝也做出相应的姿态，派遣苏武等作为友好使臣前往匈奴访问，并厚赂单于。

[苏武无辜被扣及其不屈不淫的高风亮节] 苏武被扣留表面上看完全是被一个偶发事件所连累，那就是匈奴缑王和虞常谋反，而苏武的副将张胜被牵连进去。当时汉匈对立的历史背景复杂，双方既来往，又斗争，都搞招降纳叛及收买活动，胡中有汉，汉中有胡。虞常主动投靠，愿为汉天子除掉卫律，所以张胜予以默认。但对此事苏武本人并不知情。虞常东窗事发，张胜预感不妙，向苏武汇报。苏武首先想到的不是个人安危，而是国格问题——“事如此，此必及我，见犯乃死，重负国”“屈节辱命，虽生，何面目以归汉?”这就是他两欲自杀的原因。这一大义凛然的行动，使单于对苏武另眼相看，于是有了一系列招降的活动。

卫律接受了招降苏武的任务，采用的是软硬兼施的办法。先来硬的，即借审处虞常，虚张声势，施加压力，因而胁降。结果肇事者张胜惧死变节。而苏武却不为所动，并对卫律“副有罪，当相坐”的指控予以针锋相对的驳斥，维护了大国使者的尊严。于是卫律不得不变一副嘴脸来软的，即通过现身说法，以高官厚禄、富贵荣华为诱饵，来打动苏武。然而卫律又错了。

苏武越是不肯投降，单于越是不肯死心。改用幽囚的办法，企图以饥寒和痛苦来瓦解苏武的意志。然而意志坚强的人生命力的旺盛也不同寻常，苏武数日不死，如有神佑。于是匈奴将他转移到贝加尔湖上，令其放羊，奚落道：等公羊下了崽儿就放你回去，企图用苦寒和孤寂来消磨苏武的意志。一过就是七八年。

文中特别写到“杖汉节牧羊，卧起操持，节旄尽落”这样一个细节，生动地写出苏武是怎样自始至终念念不忘祖国，念念不忘自己的使命。这个细节就成为后世画“苏武牧羊”这一题材的画家共同参照的蓝本。

[李陵奉命劝降苏武] 李陵与苏武有旧，早在苏武出使第二年即降匈奴，但他知道苏武的表现，故一直不敢见苏武。此时出面系奉单于之命。李陵与卫律不同，他受过正统的儒家思想教育，有廉耻观念，他对苏武的劝降是动之以情——以苏武兄亡母死、妻离子散的变故，来动摇他的人生信念和希望，并通过现身说法，指出汉武帝年老昏庸，喜怒无常，不值得为他效忠。然而苏武不为所动。

李陵劝降未成，反而大受良心的谴责，捶胸嗟叹道：“嗟乎，义士！陵与卫律之罪，上通于天。”全盘否定和收回先前说过的话。这一鲜明对比和结论不是由作者直接道出，而是由李陵本人道出，更为有力。文中对李陵的言行与心理刻画，衬托出苏武崇高人格所具有的道德力量，此种笔墨力透纸背。

[苏武幸得归汉] 匈、汉和亲，于是有关于遣返人质的交涉。与苏武同时被扣的副使常惠设法接触汉使，并口授计谋，说“天子射上林中得雁，足有系帛书，言武等在某泽中”。言之凿凿，单于一时词穷，不得不承认事实。

苏武归国后，官拜典属国，秩中二千石。唐代王维《陇西行》云：“苏武才为典属国，节旄空尽海西头。”谓汉室寡恩，代为不平，然而这并非苏武心情。能荣幸回国，而受到承认，苏武应是很满意的了。末了，“武留匈奴凡十九岁，始以强壮出，及还，须发尽白”，为总结语，感慨深矣。

[文中也写活了一个李陵] 苏武幸得归汉，再一次在李陵的胸中激起涟漪。“今足下还归，扬名于匈奴，功显于汉室，虽古竹帛所载，丹青所画，何以过子卿”，进而李陵向苏武剖白了自己的心曲，真实深刻地刻画了李陵复杂的内心世界，与苏武形成鲜明对照。李陵之歌自怨自艾、楚楚可怜，表现出内心的痛苦，与苏武饱经风霜而心怀坦荡又形成一番对照。《苏武传》的写作成功，在于它不仅写活了一个苏武，而且写活了一个陪衬人物李陵，两人有不同格调的命运之歌，一个悲壮慷慨，一个哀伤低回，一个使人感奋，一个令人嗟伤。苏武和李陵这两个人物都为古典文学人物画廊增添了光彩，各自成为典型和共名，具有不同的教育和审美意义。

王粲

(177—217)字仲宣，东汉山阳高平（今山东邹城）人。建安七子之一。汉末避乱往依荆州刘表。后归曹操，辟丞相掾，迁军师祭酒。魏立，拜侍中。有明辑本《王侍中集》。

登楼赋

登兹楼以四望兮，聊暇 jiǎ 日以销忧[①]。览斯宇之所处兮[②]，实显敞而寡仇[③]。挟清漳之通浦兮[④]，倚曲沮之长洲[⑤]。背坟衍之广陆兮[⑥]，临皋隰 xí 之沃流[⑦]。北弥陶牧[⑧]，西接昭丘[⑨]，华实蔽野，黍稷盈畴[⑩]。虽信美而非吾土兮，曾何足以少留！

遭纷浊而迁逝兮[⑪]，漫逾纪以迄今[⑫]。情眷眷而怀归兮，孰忧思之可任？凭轩槛以遥望兮，向北风而开襟。平原远而极目兮，蔽荆山之高岑[⑬]。路逶迤而修迥 jiǒng 兮，川既漾而济深[⑭]。悲旧乡之壅隔兮，涕横坠而弗禁。昔尼父之在陈兮[⑮]，有归欤之叹音。钟仪幽而楚奏兮[⑯]，庄舄 xì 显而越吟[⑰]。人情同于怀土兮，岂穷达而异心！

惟日月之逾迈兮，俟河清其未极。冀王道之一平兮[18]，假高衢而骋力[19]。惧匏 páo 瓜之徒悬兮[20]，畏井渫 xiè 之莫食[21]。步栖迟以徙倚兮[22]，白日忽其将匿。风萧瑟而并兴兮，天惨惨而无色。兽狂顾以求群兮，鸟相鸣而举翼。原野阒 qù 其无人兮[23]，征夫行而未息。心凄怆以感发兮，意忉怛 dāodá 而憯 cǎn 恻[24]。循阶除而下降兮，气交愤于胸臆。夜参半而不寐兮，怅盘桓以反侧。

注 释 ①暇：通“假”。②斯宇：此楼，指麦城（今湖北当阳）城楼。③寡仇：很少可以匹敌。④漳：水名，在今当阳境内。⑤沮：水名，也在今当阳境内，与漳水会合流入长江。⑥坟衍：地势高起为坟，广平为衍。⑦皋：水边之地。隰：低湿的地方。⑧陶：乡名。相传为陶朱公范蠡葬地。牧：郊外。⑨昭丘：楚昭王的坟墓，在今当阳郊外。⑩黍、稷：粮食。⑪纷浊：纷扰污秽，喻乱世。⑫逾纪：

超过了十二年。⑬荆山：在今湖北南漳。⑭漾：长。济：渡。⑮尼父：孔子。⑯钟仪：楚国乐官。幽：囚禁。⑰庄舄：越国人，在楚做官。⑱王道：王政。⑲高衢：大道。⑳匏瓜：葫芦的一种。㉑渫：除去污浊。㉒栖迟：游息。徙倚：行止不定。㉓阒：寂静。㉔忉怛：悲痛。憯恻：凄伤。憯，同“惨”。

赏析 [这篇赋的影响] “王粲依刘”是文学史上著名的典故，《登楼赋》则是一篇因政治失意而怀念故乡的抒情之作。元人郑光祖据此编了一出杂剧《王粲登楼》，可见它对后世的影响。

[一段写登览所见] 全篇逐韵分段。先说登楼是为了“销忧”。“览斯宇之所处兮”以下十句写楼头所见的景物，同时交代了楼的地点方位——处在荆州漳、沮二水之侧，靠近范蠡之坟（陶牧）、楚昭王之墓（昭丘）。从望中所见“华实蔽野，黍稷盈畴”看，是秋成的季节，故有“信美”之叹。末句点明欲销之忧乃故乡之思。

[二段写归思难收] 首二句先回顾作者经历——适逢董卓之乱（纷浊）避至荆州，迄今已逾十二年。“情眷眷而怀归兮”以下写远望当归而荆山障目，从而宣泄因旧乡壅隔而不能北归的悲思。接着用孔子困于陈时曾叹息“归欤，归欤”（《论语·公冶长》），楚人钟仪被囚

于晋而操南音，越人庄舄在楚任职显要而喜越声等故实，引出末二句穷达迹异而思乡情同的感叹，进一步衬托自己对故土的强烈的思念。

[三段自伤不遇] 首先提出自己的期待——盼天下大治早些到来，希冀王道普施，自己才可以乘时（假高衢）以施展抱负才能，改变如徒悬的匏瓜和无人取饮的水井那样长期被弃置埋没的处境。看到日落时分原野之上孤兽索群、归鸟相呼、征夫未息的情景，更引起何处是归程的感慨。因而登楼后不但未能“销忧”，内心反而更不平静。

[这篇赋的写作背景] 赋中写的不单纯是兵戈阻绝，有家难回的哀思，最后归结到不遇的感慨上来。按王粲出身名门，其祖王畅、曾祖王龚都曾位列三公，在汉末极重门第的风气中，他自少即出入洛阳、长安，很得势要者赏识。他初访蔡邕，邕即倒屣以迎，而以“此王公孙也”相介绍，使在场众宾肃然起敬。因此王粲对功名一向怀有很强的信心。他到荆州依刘表，是怀着很大政治热情的。然而刘表其人外貌儒雅，心多疑忌，又以貌取人。随着岁月的迁延，一个政治上不甘寂寞的人，就有备受冷落之感。所以“虽信美而非吾土兮，曾何足以少留”，这话有一半是从政治处境上讲的。赋中还说“惧匏瓜之徒悬兮，畏井渫之莫食”，深望“假高衢而骋力”，都包含着由功名不遂而生的怀才不遇的思想内容。

正因为如此，当曹操挟战胜之威，长驱直入占领荆州，辟王粲为丞相掾，赐爵关内侯，满足了他的功名心后，他就不再思乡，而愁云一扫了。

［这篇赋的推陈出新］两汉大赋，对景物环境的描写讲究夸张扬厉，面面俱到。《登楼赋》完全舍弃了那种传统，多胸臆语而适当描绘景物，虽名为赋体，实近于楚辞而远于汉赋。如“览斯宇之所处兮”十句固然“局面阔大”（姚范）而且形象清新，却不专事铺张文采，这里有北而略南，取东而舍西，看似不够全面对称，实际上是以必要为限度，删繁就简，清新可喜。《登楼赋》成功地表明，一旦辞赋摆脱臃肿的辞藻和呆板的程式，犹如甩掉了因袭的包袱，将会变得多么地富于抒情性和艺术的魅力。

［写法上的情景交融］从王粲《登楼赋》到陶渊明《归去来兮辞》，标志着辞赋在魏、晋时代发展的新的里程碑。赋中表现的思想感情有三个层次，而其中的景物描写也表现出不同的色调和风貌。一段如实写登览所见江山信美，所以有通浦长洲、广陆沃流、华实蔽野、黍稷盈畴之景；二段引起怀乡之思，配合写景为平原无际、高岑障目、路迥川深等等；三段写政治上的失意，配合写景为日薄西山、北风萧瑟、鸟兽狂顾、征夫行色匆匆等等。这种紧密配合感情发展的、有层次的景物描写，表现出高超的技巧。

[关于这篇赋的评价] 关于此赋，晋人即有“《登楼》名高，恐未可越尔”（陆云《与兄平原书》）的赞语。梁代刘勰论魏晋赋也以此居第一，宋代朱熹亦认为此赋“犹过曹植、潘岳、陆机愁咏、闲居、怀旧众作，盖魏之赋极此矣”。

诸葛亮

（181—234）三国蜀汉政治家、军事家。字孔明，琅邪阳都（今山东沂南南）人，东汉末隐居邓县隆中（今湖北襄阳西），因刘备三顾茅庐而出任蜀汉政要，刘备称帝后为丞相，一生鞠躬尽瘁。有《诸葛亮集》。

出师表

先帝创业未半，而中道崩殂[①]。今天下三分，益州疲弊[②]，此诚危急存亡之秋也[③]。然侍卫之臣不懈于内，忠志之士忘身于外者，盖追先帝之殊遇[④]，欲报之于陛下也。诚宜开张圣听[⑤]，以光先帝遗德[⑥]，恢弘志士之气[⑦]；不宜妄自菲薄，引喻失义[⑧]，以塞忠谏之路也。

宫中府中[⑨]，俱为一体，陟罚臧否，不宜异同[⑩]。若有作奸犯科及为忠善者[⑪]，宜付有司论其刑赏[⑫]，以昭陛下平明之理，不宜偏私，使内外异法也[⑬]。侍中、侍郎郭攸之、费祎 yī、董允等，此皆良实，志虑忠纯，是以先帝简拔以遗陛下[⑭]。愚以为宫中之事，事无大小，悉以咨之，然后施行，必能裨补阙漏[⑮]，有所广益。将军向宠，性行淑均[⑯]，晓畅军事，试用于昔日，先帝称之曰能，是以众议举宠为督。愚以为营中之事，悉以咨

之，必能使行阵和睦，优劣得所[17]。亲贤臣，远小人，此先汉所以兴隆也；亲小人，远贤臣，此后汉所以倾颓也。先帝在时，每与臣论此事，未尝不叹息痛恨于桓、灵也。侍中、尚书、长史、参军，此悉贞良死节之臣[18]，愿陛下亲之信之，则汉室之隆，可计日而待也。

臣本布衣，躬耕于南阳，苟全性命于乱世，不求闻达于诸侯。先帝不以臣卑鄙[19]，猥自枉屈[20]，三顾臣于草庐之中，咨臣以当世之事，由是感激，遂许先帝以驱驰[21]。后值倾覆[22]，受任于败军之际，奉命于危难之间，尔来二十有一年矣[23]！先帝知臣谨慎，故临崩寄臣以大事也。受命以来，夙夜忧叹[24]，恐托付不效，以伤先帝之明。故五月渡泸，深入不毛[25]。今南方已定，兵甲已足，当奖率三军，北定中原，庶竭驽钝[26]，攘除奸凶[27]，兴复汉室，还于旧都。此臣所以报先帝而忠陛下之职分也。至于斟酌损益[28]，进尽忠言，则攸之、祎、允之任也。

愿陛下托臣以讨贼兴复之效，不效则治臣之罪，以告先帝之灵。若无兴德之言，则责攸之、祎、允等之慢，以彰其咎[29]。陛下亦宜自谋，以咨诹善道[30]，察纳雅言，深追先帝遗诏。臣不胜受恩感激。今当远离，临表涕零，不知所言！

注　释　①崩殂：死。崩，古时指皇帝的死亡。殂，死亡。②益州：现在四川省一带。这里指蜀汉。③秋：这里是"时"的意思。④殊遇：特别厚待。⑤开张圣听：扩大圣明的听闻。意思是要后主广泛地听取别人的意见。⑥光：发扬光大。⑦恢弘：这里是动词，意思是发扬扩大。⑧引喻失义：说话不恰当。⑨府中：指朝廷中。⑩陟罚臧否，不宜异同：奖惩功过、好坏，不应该因在宫中或在府中而异。臧否，善恶。⑪作奸犯科：做奸邪事情，犯科条法令。

⑫宜付有司论其刑赏：应该交给主管的官，判定他们受罚或者受赏。有司，职有专司，就是专门管理某种事情的官。刑，罚。⑬内外异法：宫内和朝廷刑赏之法不同。⑭简拔：选拔。⑮必能裨补阙漏：一定能够补救缺点和疏漏之处。⑯性行淑均：性情品德善良平正。淑，善。均，平。⑰优劣得所：好的差的各得其所。⑱此悉贞良死节之臣：这些都是坚贞可靠，能够以死报国的忠臣。⑲卑鄙：身份低微，出身鄙野。⑳猥：辱，这里有降低身份的意思。㉑驱驰：奔走效劳。㉒后值倾覆：后来遇到兵败。指汉献帝建安十三年（208）刘备被曹操战败的事。㉓尔来：那时以来。㉔夙夜忧叹：早晚忧愁叹息。㉕不毛：不长庄稼（的地方）。意思是荒凉的地方。毛，苗。㉖驽钝：比喻才能平庸。㉗攘除：排除，铲除。㉘斟酌损益：处理事务斟情酌理，掌握分寸。损，减少。益，增加。㉙彰其咎：揭示他们的过失。彰，表明、显扬。㉚咨诹善道：询问（治国的）好道理。诹，询问。

赏析 [上表的缘起] 由于刘备的一意孤行，蜀与吴的联盟破裂，荆州落入孙权之手。攻吴大败之后，刘备于223年病死于白帝城。临死托孤，请诸葛亮辅佐后主刘禅。227年，曹丕死，司马懿被贬。诸葛亮决心抓住这个时机，出师北伐。

[诸葛亮的心态] 三国虽号称鼎立，但魏国占有黄

淮流域，是当时的发达地区；吴国据有江南，地大物博；蜀国虽以正统相号召，但偏于一隅，实力不厚。对此，诸葛亮有着清醒的认识："今天下三分，益州疲弊，此诚危急存亡之秋也。"诸葛亮的北伐，是抱着"不伐贼，王业亦亡；帷坐而待亡，孰与伐之"的心情而进行的一场知其不可而为之的战争。于是，文中便少了吊民伐罪的义正词严意气风发，多了"鞠躬尽瘁，死而后已"的沉重与悲壮。

[三条忠谏] 后主刘禅，小名阿斗，昏庸无能，后世讥讽他是"扶不起的刘阿斗"。诸葛亮深知刘禅的毛病，深恐自己前方打仗，朝廷后院起火，于是有针对性地提出了三条忠谏。

一谏开张圣听。后主昏庸而轻信，偏听则暗。所以首要之举是广开言路，虚心听取大臣意见。并指出这是为了弘扬先帝遗德，启发后主效仿先帝。

二谏严明刑赏。指出要赏罚公正，内外一体。不应偏私左右，使宫廷内外"异法"。强调后主要遵循"平明之理"，亦即法度的统一。

三谏亲贤远佞。谁是贤臣，谁是小人，因标准不同，得出的结论自然不同。与其空洞地提出建议，不如具体地举荐贤才。文臣，诸葛亮推荐了郭攸之、费祎、董允等，并特意指出这是经过先帝选拔专门留给后主的，要求后主"宫中之事，事无大小，悉以咨之，然后

三顾茅庐图

施行”。武将则推荐向宠，要后主将“营中之事，悉以咨之”。继而，总结两汉“亲贤远佞”正反两方面的经验教训，进一步证明了这一建议的重要。又引先帝对桓灵二帝的叹息，暗含希望刘禅引以为戒之意。并将后主是否信任上面所列举的那些贤臣与“汉室之隆”结合起来，激励后主发愤图强。

［以身许国剖忠心］从“臣本书衣”起笔，自叙生平，剖白自己二十一年来辛劳奔走，完全是因为要报答先帝的“殊遇”，此番北伐亦属报答之举。以这样的表白来表明自己出师的缘由，坚定后主支持北伐的决心。

［由己及人言谆谆］出于对后主的深切了解，即将出征的诸葛亮自立军令状，由律己开始对自己、对群臣、对后主三方面提出要求，以期君臣同心，共成大业。其侧重仍在对后主的叮嘱。

［亦师亦臣情深深］作为受先帝托付又感恩图报的老臣，诸葛亮对刘禅的无能看得很清楚。刘备给后主的遗诏中说：“勿以恶小而为之，勿以善小而不为。惟贤惟德，能服于人。”这些告诫证明刘禅这些毛病是确实存在的。但自己既受命辅佐，自当尽心尽力。因此文中既有师傅、长辈对受托照顾的晚辈的殷殷期盼，又有臣对君的耿耿忠心。文中所流露出的深厚感情，完全发自内心，在历来奏章中无有其匹。正如陆游所说：“出师一表其名世，千年谁堪伯仲间。”

诫子书

夫君子之行，静以修身，俭以养德，非澹泊无以明志，非宁静无以致远[①]。夫学须静也，才须学也，非学无以广才，非志无以成学。淫慢则不能励精[②]，险躁则不能治性[③]。年与时驰，意与日去，遂成枯落[④]，多不接世[⑤]，悲守穷庐，将复何及。

注　释　①澹泊：淡泊，安静而不贪图名利。宁静：安静，指集中精神，不分散精力。致远：实现远大目标。②淫慢：过度享乐。慢，怠惰。③险躁：暴躁。治性：陶冶性情。④枯落：像树叶一样凋落。⑤接世：接触社会，有所承担。

赏析 [这是一篇家训] 中国古人十分重视家训，即家教，此文的主旨是劝儿子诸葛瞻勤学立志，静下心来学习，后半主要说明“少壮不努力，老大徒伤悲”的道理。

李密

(224—287)字令伯，一名虔，犍为武阳(今四川省眉山市彭山区)人。曾仕蜀为郎官。晋武帝时征为太子洗马，以祖母老病不赴，后任洗马、温令、汉中太守等。被谗免官，卒于家。

陈情表

臣密言：臣以险衅[①]，夙[②]遭闵 mǐn 凶[③]。生孩[④]六月，慈父见背[⑤]；行年四岁，舅夺母志[⑥]。祖母刘，悯臣孤弱，躬亲抚养。臣少多疾病。九岁不行[⑦]。零丁孤苦，至于成立[⑧]。既无叔伯，终鲜兄弟。门衰祚 zuò 薄[⑨]，晚有儿息。外无期 jī 功强 qiǎng 近之亲[⑩]，内无应门[⑪]五尺之僮。茕 qióng 茕孑立，形影相吊。而刘夙婴[⑫]疾病，常在床蓐 rù；臣侍汤药，未尝废离。

逮奉圣朝，沐浴清化。前太守臣逵，察臣孝廉；后刺史臣荣，举臣秀才。臣以供养无主，辞不赴命。诏书特下，拜臣郎中。寻[⑬]蒙国恩，除臣洗 xiǎn 马。猥以微贱，当侍东宫，非臣陨首[⑭]所能上报。臣具以表闻，辞不就职。诏书切峻，责臣逋 bū 慢[15]。郡县逼迫，催臣上道。州司临门，急于星火。臣欲奉诏奔驰，则刘病日笃；欲苟顺私情，则告诉不许。臣之进退，实为狼狈。

伏惟[16]圣朝以孝治天下，凡在故老，犹蒙矜 lián 育[17]；况臣孤苦，特为尤甚。且臣少仕伪朝[18]，历职郎署，本图宦达，不矜[19]名节。今臣亡国贱俘，至微至陋。过蒙拔擢，宠命优渥[20]，岂敢盘桓，有所希冀。但以刘日薄西山，气息奄奄，人命危浅，朝不虑夕。臣无祖母，无以至今日；祖母无臣，无以终余年。母孙二人，更相为命。是以区区[21]不能废远。臣密今年四十有 yòu 四，祖母今年九十有六，是臣尽节于陛下之日长，报养刘之日短也。乌鸟[22]私情，愿乞终养！臣之辛苦[23]，非独蜀之人士及二州牧伯所见明知，皇天后土，实所共鉴[24]。

愿陛下矜悯愚诚，听臣微志。庶[25]刘侥幸，卒保余年。臣生当陨首，死当结草[26]。臣不胜犬马怖惧之情[27]，谨拜表以闻！

注释 ①险衅：命运坎坷，罪孽深重。衅，罪过。②夙：指幼年时。③闵凶：忧伤不幸之事。闵，通“悯”。④生孩：婴孩。⑤见背：死的委婉说法。⑥夺母志：强迫母亲改嫁。⑦不行：不能走路。⑧成立：成人自立。⑨祚：福。⑩期功：都是古代服丧的名称。期，指服丧一年。功，指大功小功。大功服丧九个月，小功服丧五个月。强近：勉强算接近。⑪应门：照看门户。⑫婴：环绕，指缠上了。⑬弓：

不久。⑭陨首：杀身。⑮逋慢：怠慢。逋，逃避。⑯伏惟：伏在地上想。敬辞。⑰矜育：怜悯养育。矜，通“怜”。⑱伪朝：指蜀汉。⑲矜：自夸。⑳优渥：优厚。㉑区区：指区区之心，即孝顺祖母的私心。㉒乌鸟：即乌鸦。据说乌鸦能反哺其亲，常用来比喻人的孝道。㉓辛苦：辛酸苦楚。㉔鉴：察。㉕庶：或许。㉖结草：表示报恩。《左传·宣公十五年》记载：晋人魏颗与秦军作战，看到一个老人结草绊倒秦将，晋军因此生擒秦将。魏颗后来才知，曾有恩于此老。㉗犬马怖惧之情：封建臣子以犬马自比，表示小心自卑。

赏析 [李密作《陈情表》的背景] 司马集团灭蜀后，为了笼络西蜀人士，收拢民心，对三国文士采取怀柔政策，大力征召西蜀名贤到朝中做官。具有相当外交才能又以“孝”闻名乡里的李密，自然成了晋朝廷征召的对象。

身为蜀汉旧臣的李密深知仕途险恶，也不想做西晋王朝的官，更由于要侍奉年老的祖母，所以，他屡次拒绝晋武帝的征召。逼得狠了，他才以“孝”情为主题，写了这篇《陈情表》。

[陈述祖母厚恩，表报恩之情] 作者从小无父，母又改嫁，全靠祖母刘氏一手养大。现在祖母老了，疾病缠身，常年卧床，自己当然要担负起侍奉的责任。言下之意，当然更没空当官了。

［陈述祖母病危，表狼狈之情］朝廷征召不断，急如星火还责备自己怠慢。而祖母卧病在床，现在病情加重，自己更走不开了。真是进退两难，狼狈啊狼狈。

［陈述祖孙相依，表反哺之情］作者表示，自己乃蜀汉旧臣，屡辞征召，深感忧惧，但自己并不是为了什么名节，有所希冀，而是因为祖孙相依为命，“臣无祖母，无以至今日；祖母无臣，无以终余年”。自己决心奉养祖母终老，以尽一片孝心。忠孝不能两全，“尽节于陛下之日长，报养刘之日短也”。等把祖母养老送终之后，再向朝廷尽忠吧，这让提倡“以孝治天下”的晋武帝也无话可说了。

［以情动人的艺术特征］本文以那种不加雕饰的纯真孝情为主干行文，处处围绕它来展开，大肆渲染，有很强的感染力。比如祖母多病，“常在床蓐，臣侍汤药，未尝废离”。寥寥几句，就写出了自己对祖母的孝顺之情。而祖母病危，作者用了“日薄西山，气息奄奄，人命危浅，朝不虑夕”几句，就突出了祖母的可怜，让人不禁黯然心酸。而“臣尽节于陛下之日长，报养刘之日短”，更让人心动不已，难怪连晋武帝也长叹道：“士之有名，不虚然哉!”停止了征召，满足了李密对祖母的终养之情。

宋朝真德秀在《文章正宗》中评价道：“按令伯之表，反复谆朴，出于真诚。至今读之，犹足使人感动，况当时之君乎!”

向秀

（约 227—272）字子期，河内怀县（今河南武陟西南）人。竹林七贤之一，官至黄门侍郎、散骑常侍。有《庄子注》。

思旧赋并序

余与嵇康、吕安居止接近，其人并有不羁之才[①]；然嵇志远而疏，吕心旷而放，其后各以事见法[②]。嵇博综技艺，于丝竹特妙。临当就命[③]，顾视日影，索琴而弹之。余逝将西迈，经其旧庐。于时日薄虞渊[④]，寒冰凄然。邻人有吹笛者，发声寥亮。追思曩 nǎng 昔游宴之好，感音而叹，故作赋云。

将命[⑤]适于远京兮，遂旋反而北徂 cú[⑥]。济黄河以泛舟兮，经山阳之旧居。瞻旷野之萧条兮，息余驾乎城隅。践二子之遗迹兮，历穷巷之空庐。叹《黍离》之愍 mǐn[⑦]周兮，悲《麦秀》于殷墟。惟古昔以怀今兮，心徘徊以踌躇。栋宇存而弗毁兮，形神逝其焉如？昔李斯之受罪兮，叹黄犬而长吟。悼嵇生之永辞兮，顾日影而弹琴。托运遇于领会[⑧]兮，寄余命于寸阴。听鸣笛之慷慨兮，妙声绝而复寻[⑨]。停驾言其将迈[⑩]兮，遂援翰[⑪]而写心！

注　释　①不羁之才：比喻人才智俊逸，不可以羁绊。②见法：指被杀。③就命：就死。④日薄虞渊：太阳落山。虞渊，传说太阳落山的地方。⑤将命：奉命。⑥徂：行。⑦愍：哀悯。⑧领会：本指衣领相合处。这里指命运的偶然巧合。⑨寻：继续。⑩迈：出发。⑪援翰：执笔。

竹林七贤与荣启期

赏析 [笛声，又闻琴声]“竹林七贤”中，向秀与嵇康、吕安交情深厚，他曾同嵇康打铁，也曾与吕安种花，共同享受着精神自由的乐趣。后来吕安和嵇康被司马氏所杀，向秀被迫应举。在应举归来的途中，经过了嵇康的旧居。当邻人嘹亮的笛声传来时，作者仿佛又回到了从前相处的日子，笛声渐渐化为了悠悠的琴声。那是嵇康在弹奏呢。

[物在，笛声在，人何在?] 夕阳西下，旷野萧条，

站在昔时的旧庐边，庐还完好，只是空空，邻人那嘹亮的笛声还在，房屋的主人何在？昔日的朋友何在？向秀面对这一切，不禁悲从中来，感受到了《黍离》《麦秀》诗篇中哀伤的情绪，它们是多么真切啊。人世的沧桑，是多么无奈，我们应怎么面对呢？

［人灭音灭神不灭］ 本文成功之处在于塑造了嵇康清刚劲健的形象。手挥五弦，目送归鸿；顾视日影，笑对生死。那是何等潇洒，何等风流。才华横溢的朋友走了，他那绝世的琴音再也听不到了。但他对生死的坦然态度，对生命的超脱精神，不正是我们面对人世沧桑时，所应保持的吗？不信，你听，那悠扬的笛声还在继续，那就是朋友精神的延续！

［寓情于景的写作特征］ 本文是抒情小赋，采用寓情于景的手法，仅用了“日薄虞渊，寒冰凄然”“瞻旷野之萧条”“历穷巷之空庐”“听鸣笛之慷慨”几句景语，竟产生了巨大的艺术魅力。凄清的环境，孕育着悲凉的心境，悲凉的心境，又包容在这凄清的环境中。在这“只有寥寥的几行，刚开头却又煞了尾”（鲁迅语）的小赋中，这些景语内蕴是深刻的。

王羲之

（321—379，一说 303—361）字逸少，东晋书法家。琅邪临沂（今属山东）人，居会稽山阴（今浙江绍兴），官至右军将军、会稽内史，人称王右军。有《王右军集》。

兰亭集序

永和九年，岁在癸丑，暮春之初，会于会稽山阴之兰亭，修[①]禊 xì[②]事也。群贤毕至，少长咸集。此地有崇山峻岭，茂林修竹；又有清流激湍，映带左右，引以为流觞 shāng[③]曲水，列坐其次[④]。虽无丝竹管弦之盛，一觞一咏，亦足以畅叙幽情。是日也，天朗气清，惠风和畅，仰观宇宙之大，俯察品类之盛，所以游目骋怀，足以极视听之娱，信可乐也。

夫人之相与[⑤]，俯仰一世。或取诸怀抱，晤言[⑥]一

唐摹墨迹神龙本

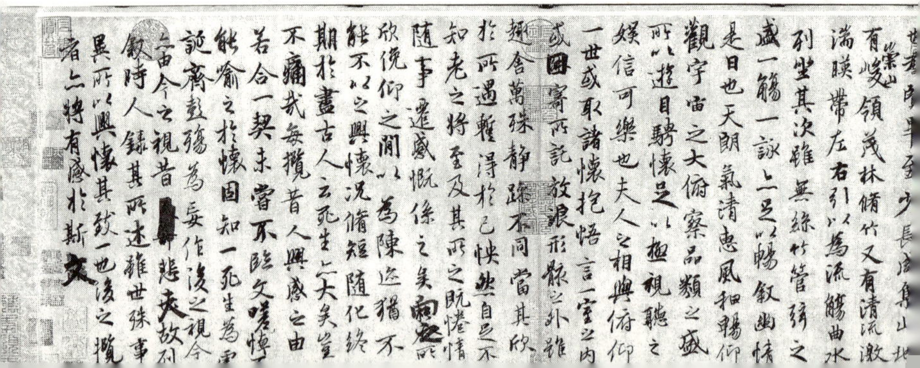

室之内；或因寄所托，放浪形骸之外。虽趣（qū）舍万殊[7]，静躁不同，当其欣于所遇，暂得于己，快然自足，曾（zēng）不知老之将至[8]。及其所之既倦，情随事迁，感慨系之矣。向之所欣，俯仰之间，已为陈迹，犹不能不以之兴怀。况修短随化，终期于尽。古人云："死生亦大矣。"岂不痛哉！

每览昔人兴感之由，若合一契[9]，未尝不临文嗟悼，不能喻之于怀。固知一[10]死生为虚诞，齐彭殇[11]为妄作。后之视今，亦由今之视昔[12]。悲夫！故列叙时人，录其所述，虽世殊事异，所以兴怀，其致[13]一也。后之览者，亦将有感于斯文。

注　释　①修：治，引申为举行。②禊：古代一种风俗，每年三月三日，到水边用草药沐浴，以祓除不祥。③流觞：修禊时的一种活动。将盛酒的杯子放在水上，让其顺水漂流，到谁面前谁就取而饮之。觞，酒杯的意思。④次：处所。这里指水边。⑤相与：相处。⑥晤言：面对面谈话。⑦趣：通"趋"，往，取。⑧曾：乃，竟。⑨契：符合。⑩一：等同，同一。⑪彭：彭祖。殇：夭折的儿童。⑫由：通"犹"。⑬致：情趣。

赏析　[兰亭诗会] 公元353年，东晋著名的文人王羲之、谢安、孙绰等41人，在浙江绍兴的兰亭举行了盛大的诗会。大家饮酒为乐，赋诗起兴。据记载，当时参会的 41 人中，12 人各赋诗 2 首。九岁的王献之等 16 人拾句不成，各罚酒三杯。王羲之将 37 首诗汇集起来，编成一本集子，并借酒兴写了这篇《兰亭集序》，生动地记叙了本次集会的盛况，抒发了个人的感慨。王羲之用行草写的《兰亭集序》，被后人称为“天下第一行书”。

[追叙兰亭集会的情况] 开篇就点明了集会的时间、地点、缘由，和与会者的众多。青山、绿树、修竹、清流，构成了此次集会优美之环境。集会的内容是在这青山绿水间，“一觞一咏”，“畅叙幽情”。更巧的是，天公作美，风和日丽，如此良辰美景，人怎么不乐呢？

[抒发欢乐背后的感慨] 面对大自然的永恒，作者感受到了人与人相处的短暂，不管你是在室内当面谈心，还是独善其身，当为自己得到满足而欣喜时，不知一切都已成为陈迹！生命是多么美好，死亡又多令人恐惧。生死虽然短暂，但仍是件大事，而古人所谓的等同生死，又是多么虚妄。这里，作者明显抒发了对生命的眷恋和执着。最后，作者说明了辑录诗集和作序的原因：不同时代人的著作，他们的情致是相通的，把自己

兰亭修禊图(局部)

的感受写下来，留给后人，求得他们的感发。

[辞采清亮的艺术特征] 两晋是骈文盛行时期，文人多追求辞藻的华丽与侈靡，但本文语言却骈散结合，以散为主，质朴自然，格调清奇亮丽，潇洒超脱，一改魏晋士族文人的淫靡与颓废，为当时文坛注入一股新鲜空气。难怪林云铭在《古文析义》中赞道："笔意疏旷淡宕，渐近自然，如云气空蒙，往来纸上。"

裴启

东晋河东（今山西夏县）人，一名荣，字荣期。著有《语林》等。

魏武杀人

《语林》

魏武云[①]：“我眠中不可妄近，近辄斫人不觉[②]，左右宜慎之！”后乃阳冻眠[③]，所幸小儿窃以被覆之[④]，因便斫杀。自尔莫敢近之。

注释 ①魏武：曹操，死后追封魏武帝。②斫人：拿剑砍人。③阳冻：佯冻，装作受冻。④窃以被覆：偷偷给他盖上被子。

赏析 [通过一事刻画曹操的性格] 曹操性格多疑，对左右的人也不放心，所以先打招呼，后行测试，处置犯忌者（所幸小儿）心狠手辣，毫不留情。全文虽短，力透纸背。

郭澄之

东晋太原阳曲（今山西太原北）人，刘裕引为相国参军，官至相国从事中郎，封南丰侯。著有《郭子》等。

二陆优劣

《郭子》

卢志于众中问陆士衡："陆抗是卿何物[①]？"答曰："如卿于卢毓[②]。"士龙失色[③]。既出户，谓兄曰："何至于此！彼或有不识。"士衡正色曰："我祖父名播海内，宁有不知？"识者疑两陆优劣，谢安以此定之。

陆机像

注释 ①卢志：字道子，西晋书家。陆士衡：陆机，字士衡，西晋文学家。陆抗：陆机之祖父，三国东吴名将。何物：何人。②卢毓：卢志的祖父，魏时为吏部尚书。③士龙：陆云，字士龙，陆机之弟。

赏析 [两兄弟个性不同] 魏晋时代崇尚清谈，有品评人物的风气，往往通过逸闻趣事来比较人物优劣。卢志在众人面前不小心说了陆机祖父的名讳，陆机即当面报复，其弟陆云认为太过分了。陆氏兄弟，一个是眼睛里容不得沙子，一个则比较宽容。结尾说谢安以此定二陆优劣，却没有说谁优谁劣，给读者留下了品味的余地。

西京杂记

东晋葛洪著，托名汉刘歆。历史笔记小说集。

文君当垆

司马相如初与卓文君还成都，居贫愁懑 mèn[①]，以所着鹔 sù 鹴 shuāng 裘就市人阳昌贳 shì 酒[②]，与文君为欢。既而文君抱颈而泣曰："我平生富足，今乃以衣裘贳酒！"遂相为谋，于成都卖酒。相如亲著犊鼻裈 kūn 涤器[③]，以耻王孙[④]。王孙果以为病，乃厚给文君，文君遂为富人。

文君姣 jiāo 好[⑤]，眉色如望远山，脸际常若芙蓉[⑥]，肌肤柔滑如脂。十七而寡，为人放诞风流，故悦长卿之才而越礼焉[⑦]。长卿素有消渴疾[⑧]，及还成都，悦文君之色，遂以发痼疾[⑨]。乃作《美人赋》，欲以自刺[⑩]，而终不能改，卒以此疾至死。文君为诔 lěi[⑪]，传于世。

注　释　①司马相如：字长卿，四川成都人。汉代著名赋家。懑：愤闷。②鹔鹴：鸟名。鹔鹴鸟的羽毛制成的衣裘，名鹔鹴裘。贳：赊，借贷。③犊鼻裈：长不过膝的围裙。④以耻王孙：使王孙因此蒙受耻辱。⑤姣好：美好。⑥芙蓉：荷花。⑦越礼：超越封建礼法范围。⑧消渴疾：今称糖尿病。⑨痼疾：日久不愈的病。⑩刺：讽刺，警戒。⑪诔：祭文的一种。

赏析 [司马相如与卓文君的故事] 司马相如、卓文君是正式载入史册的我国历史上第一对自由恋爱的夫妇，影响很大。其本事见《史记·司马相如列传》。传称临邛富豪卓王孙召临邛令与司马相如饮，酒酣，临邛令前曰："窃闻长卿好琴，愿以自娱。"时卓王孙有女文君新寡，美而好音，相如即以琴心挑之，文君窃从户窥之，悦而好之。宴罢，相如乃使人重赐文君侍者牵线，文君夜奔相如。本则所记，就是两人以后的生活逸事。

[文君当垆故事的意义] 文君追随司马相如从临邛跑到成都，发现并不是终日里琴棋书画，卿卿我我，因为手头拮据，囊中羞涩。而这桩婚姻没有得到老头子的承认，文君也就失去了经济援助，相如竟典当了昂贵的时装鹔鹴裘，弄得卓文君抱住他脖子哭了一场。没奈何，小两口开了个夫妻店，一个当垆卖酒，一个下厨房洗碗。其目的虽有气气封建家长的意思，但他们敢于从事劳动，自食其力，也值得赞扬，故历来传为佳话。

文章后半点明文君悦相如之才，相如悦文君之色，是才子佳人式的结合。结尾关于相如之死的记载，或是当时流传的说法，不足为凭。

搜神记

东晋干宝撰。干宝字令升，新蔡（今属河南）人，东晋元帝时以著作郎身份领国史，以家贫，求补山阴令，迁始安太守。王导请为司徒右长史，迁散骑常侍。著《晋纪》20卷，时人称之“良史”。

李寄

东越闽中有庸岭，高数十里[①]。其西北隙中有大蛇，长七八丈，大十余围，土俗常惧。东治都尉及属城长吏多有死者[②]。祭以牛羊，故不得祸。或与人梦，或下谕巫祝，欲得啖童女年十二三者。都尉令长并共患之，然气厉不息[③]，共请求人家生婢子，兼有罪家女养之。至八月朝祭，送蛇穴口，蛇出吞啮之。累年如此，已用九女[④]。

尔时预复募索，未得其女。将乐县[⑤]李诞家有六女，无男。其小女名寄，应募欲行。父母不听。寄曰：“父母无相[⑥]，唯生六女，无有一男，虽有如无。女无缇tí萦济父母之功[⑦]，既不能供养，徒费衣食，生无所益，不如早死。卖寄之身，可得少钱，以供父母，岂不善耶?”父母慈怜，终不听去。寄自潜行，不可禁止[⑧]。

寄乃告请好剑及咋蛇犬，至八月朝，便诣庙中坐，怀剑将犬。先将数石米餈 cí，用蜜灌之，以置穴口[9]。蛇便出，头大如囷 qūn[10]，目如二尺镜，闻餈香气，先啖食之。寄便放犬，犬就啮咋；寄从后斫得数创。疮痛急，蛇因踊出，至庭而死。寄入视穴，得其九女髑 dú 髅，悉举出，咤言曰："汝曹怯弱，为蛇所食，甚可哀愍。"[11] 于是寄女缓步而归。

越王闻之，聘寄女为后，拜其父为将乐令，母及姊皆有赏赐。自是东冶无复妖邪之物。其歌谣至今存焉[12]。

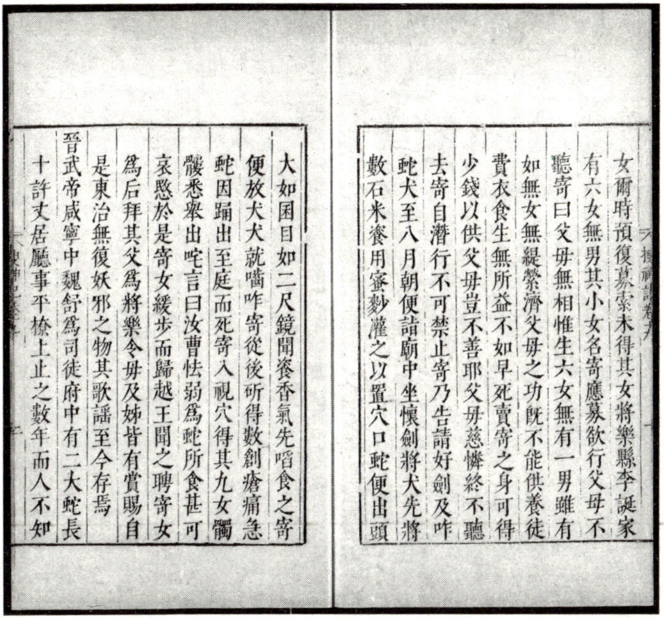
女爾時預復募索未得其女將樂縣李誕家
有六女無男其小女名寄應募欲行父母不
聽寄曰父母無相惟生六女無有一男雖有
如無女無緹縈濟父母之功既不能供養徒
費衣食生無所益不如早死賣寄之身可得
少錢以供父母豈不善耶父母慈憐終不聽
去寄自潛行不可禁止寄乃告請好劒及咋
蛇犬至八月朝便詣廟中坐懷劒將犬先將
數石米餈用蜜麨灌之以置穴口蛇便出頭
大如囷目如二尺鏡聞餈香氣先啗食之寄
便放犬犬就嚙咋寄從後斫得數創瘡痛急
蛇因踊出至庭而死寄入視穴得其九女髑
髏悉舉出咤言曰汝曹怯弱爲蛇所食甚可
哀愍於是寄女緩步而歸越王聞之聘寄女
爲后拜其父爲將樂令母及姊皆有賞賜自
是東治無復妖邪之物其歌謡至今存焉
晉武帝咸寧中魏舒爲司徒府中有二大蛇長
十許丈居廳事平橑上止之數年而人不知

搜神记书影

注　释　①东越：古国名，故地在今福建、浙江一带。闽中：古郡名，旧城在今福建省福州市。②土俗：当地百姓。东冶：古地名。旧址在福州。都尉：官名，辅佐郡守掌管军事。属城：郡下所属的县城。长吏：县上高级官吏。③与人梦：俗谓托梦于人。巫祝：用歌舞娱神的人，古人认为他们可以沟通人神之间的关系。令长：县的长官。气：指大蛇的气焰。④家生婢子：古代奴婢所生的子女，男称家生奴，女称家生婢。朝祭：初一祭祀。啮：咬、吞吃。⑤将乐县：在今福建南平。⑥无相：没有福相。⑦缇萦：汉太仓令淳于意的小女儿，卖身救父。⑧潜行：暗暗出走。⑨告请：访求。咋：咬。米餈：米制食品。⑩囷：圆形的谷仓。⑪髑髅：死人的头骨。咤：痛惜。汝曹：你们。⑫聘：娶。拜：授予官职。

赏析 [这篇小说的主题] 这篇小说塑造了李寄这个善良、机智、勇敢的少女形象，对重男轻女的传统观念做了有力的批驳。

[闽中的蛇患与陋俗] 以“土俗常惧”，“都尉令长并共患之”，“共请求人家生婢子，兼有罪家女”养以祭蛇，充分表现了大蛇的可怕，有司的无能，及陋俗之愚昧。大蛇亦专欺弱女，蛇的托梦，和陋俗对巨蛇的牵就，实是社会重男轻女的反映。

[李寄应募的意义] 李诞当系“有罪之家”。李寄引缇萦事请行不得，遂毅然潜行应募，乃是要为天下女子

争一口气。这个故事具有象征意蕴：求人不如求己，求救曷如自救，被动挨打不如主动出击，而李寄胜于缇萦。

[李寄智斩巨蛇] 李寄的成功在于机智勇敢，胆大心细，绝非鲁莽行事。斩蛇后入视穴，得九女髑髅，叹惜道："汝曹怯弱，为蛇所食，甚可哀愍。"这也是告诫善良的人们：要不信邪，才能免为邪恶所害；斗则存，不斗则亡。"自是东冶无复妖邪之物"，李寄为民除害，相形之下，东越官吏"更无一个是男儿"矣。

[作者对李寄的表彰] 最后越王聘李寄为后，李氏一门沾光，可谓"遂令天下父母心，不重生男重生女"了。作者的观念虽明显地具有历史局限性，但也是对李寄的最高赞赏。

[小说的艺术性] 故事结构完整，人物形象鲜明，在艺术表现上，对蛇的巨大凶残的渲染，同李寄斩蛇后言语步态的从容舒缓前后映衬，突出了人物智勇的性格。

三王墓

楚干将莫邪 yé 为楚王作剑，三年乃成[①]。王怒，欲杀之。剑有雌雄。其妻重身当产[②]，夫语妻曰："吾为王作剑，三年乃成。王怒，往必杀我。汝若生子是男，大，告之曰：‘出户望南山，松生石上，剑在其背。’”于是即将雌剑，往见楚王。王大怒，使相之③：“剑有二，一雄一雌，雌来雄不来。”王怒，即杀之。

莫邪子名赤，比后壮，乃问其母曰：“吾父所在？”母曰：“汝父为楚王作剑，三年乃成。王怒，杀之。去时嘱我：‘语汝子出户望南山，松生石上，剑在其背。’”于是子出户南望，不见有山，但睹堂前松柱下④，石砥之上，即以斧破其背，得剑。日夜思欲报楚王。

王梦见有一儿，眉间广尺，言欲报仇。王即购之千金⑤。儿闻之亡去。入山行歌。客有逢者，谓：“子年少，何哭之甚悲耶？”曰：“我干将莫邪子也。楚王杀吾父，吾欲报之。”客曰：“闻王购子头千金。将子头与剑来，为子报之。”儿曰：“幸甚。”即自刎，两手捧头及剑奉之，立僵⑥。客曰：“不负子也。”于是尸乃仆⑦。

客持头往见楚王，王大喜。客曰：“此乃勇士头也。当于汤镬煮之⑧。”王如其言。煮头三日三夕，不烂。头踔 chuō 出汤中，踬 zhì 目大怒⑨。客曰：“此儿头不烂，愿王自往临视之，是必烂也。”王即临之。客以剑拟王，王头堕汤中⑩。客亦自拟己头，头复堕汤中。三首俱烂，不可识别。乃分其汤肉葬之，故通名“三王墓”。今在汝南北宜春县界。

注 释 ①干将莫邪：是夫妻俩，楚国的铸剑工人。②重身：怀孕。③即：就，便。将：拿。相：审视，察看。④堂：正屋。⑤广：宽。购：悬赏缉拿。⑥幸甚：太好了。刎：割颈部。⑦仆：倒下。⑧汤：热水。镬：煮肉的无足大锅。⑨踔：跳。踬目：瞪眼。⑩拟：比画，做砍的样子。形容剑极锋利。

赏析 [这是一篇较早的武侠小说] 这篇小说叙述巧匠干将为楚王铸剑被害，其子长大成人后，在一无名侠客帮助下为父报仇的故事。虽然只粗陈梗概，然故事结构完整，人物性格鲜明，情节离奇，有简单的对话描写，小说的各种要素已具，而且引人入胜。

[干将为什么被楚王杀害] 楚王之杀干将，文中既说是因铸剑“三年乃成，欲杀之”，又说是因“雌来雄不来”“即杀之”。如果提前完成，又将两剑同时献出，会不会被杀？鲁迅答复是肯定的，他演绎道：“大王是向来残忍的。这回我给他炼成了世间无二的剑，他一定要杀掉我，免得我再去给别人炼剑”。于是干将成为第一个用血来祭自己炼成的剑的人。干将留下遗言是“出户望南山，松生石上，剑在其背”，后来赤“出户南望，不见有山，但睹堂前松柱下，石砥之上，即以斧破其背，得剑”。这说明赤足够聪明，增加故事的曲折和趣味。

[眉间广尺的意蕴] 行刺能否成功，关键在于行动要隐秘，不得走露风声。楚王“梦见有一儿，眉间广尺，言欲报仇”，似乎是天意要“行拂乱其所为”，使故

事又生曲折。“眉间广尺”或非赤的写真，而是梦中变相，隐射着此人名“赤”。楚王靠巫析梦，故有“购之千金（悬赏千金捉拿赤）”的举措。赤的计划败露，故哭之甚悲。于是引出一客。

［侠客的出现］这个道逢之客是个神秘人物，但也有传统文化的根据，在此人的身上再现着古代游侠为人排难解纷，重然诺、轻生死的侠义精神。他的出现给报仇心切的赤带来希望。一言投机，即自刎，居然“两手捧头及剑奉之，立僵。客曰：‘不负子也。’于是尸乃仆”，这是志怪小说家特有的神来之笔，引人入胜，这种现实生活中根本不可能有的事，其真实性只在于人们确信正义的精神不死，和精诚所至、金石为开的观念。

［奇特的行刺］客以奇特的行刺方式使小说达到了浪漫主义的高潮，这个设计是匪夷所思的，但行刺一国之君，力取不如智取。客以献头而取得楚王信任，又以煮头而诱使楚王靠近。煮头三日不烂，“头踔出汤中，踬目大怒”，再一次表现了复仇者的精神不死，必得等到楚王头亦落汤中，才得俱烂。更出人意料的是客为伸张正义，也献出了自己的头。最后的结局是“三首俱烂，不可识别。乃分其汤肉葬之，故通名‘三王墓’”。大仇既报，尊卑不分，刺客与楚王俱得安葬，名封“三王”。就楚宫廷而言，这是无可奈何，对人民来说则是聊慰于情，对为正义献身者则是一种奖赏和礼赞。

[鲁迅的故事新编] 鲁迅据此创作了《故事新编》中颇为精彩的一篇——《铸剑》，他在致徐懋庸的一封信中说："《铸剑》的出典，现在完全忘记了，只记得原文大约二三百字，我是只给铺排，没有改动的。"可见鲁迅再创造是凭记忆而为的，反过来可见它给鲁迅的印象之深。"只给铺排，没有改动"，可见原著本身已很精彩，改写只需把细节再丰富一下而已。

陶渊明

(365—427) 一名潜，字元亮，晋宋间浔阳柴桑（江西九江西南）人。东晋名臣陶侃曾孙，一生三仕三隐，于彭泽令任内弃官归里，隐居田园，遂不复仕。于宋文帝时卒，友人私谥曰靖节先生。有《陶渊明集》。

游斜川序

辛酉正月五日①，天气澄和，风物闲美，与二三邻曲，同游斜川②。临长流，望曾 céng 城③，鲂 fáng 鲤跃鳞于将夕，水鸥乘和以翻飞。彼南皐者④，名实旧矣，不复乃为嗟叹；若夫曾城，傍无依接，独秀中皋，遥想灵山，有爱嘉名。欣对不足，率尔赋诗。悲日月之遂往，悼吾年之不留。各疏年纪乡里，以纪其时日。

注释 ①辛酉：义熙十年（414）。②斜川：在今江西省庐山市。③曾城：同层城，这里指鄣山，山在庐山北。④南皐：南山，指庐山。

赏析 [这是一篇诗序] 诗序的目的是说明作诗的由来，春天的大自然充满勃勃生机，山川的秀丽激发了作者的游兴，也激发了他的创作激情。这篇短序写斜川风物之美，简淡有致。序末慨叹岁月流逝，人生苦短，乃是诗文永恒的主题。

桃花源记

晋太元中，武陵人捕鱼为业[①]。缘溪行，忘路之远近。忽逢桃花林，夹岸数百步，中无杂树，芳草鲜美，落英缤纷；渔人甚异之。复前行，欲穷其林。林尽水源，便得一山。山有小口，仿佛若有光；便舍船从口入。初极狭，才通人；复行数十步，豁然开朗[②]。土地平旷，屋舍俨然，有良田美池桑竹之属；阡陌交通，鸡犬相闻[③]。其中往来种作，男女衣着，悉如外人；黄发垂髫 tiáo，并怡然自乐。见渔人，乃大惊；问所从来，具答之。便要还家[④]，设酒杀鸡作食。村中闻有此人，咸来问讯[⑤]。自云先世避秦时乱，率妻子邑人来此绝境，不复出焉；遂与外人间隔[⑥]。问今是何世，乃不知有汉，无论魏晋。此人一一为具言所闻，皆叹惋。余人各复延至其家，皆出酒食。停数日，辞去。此中人语云："不足为外人道也[⑦]。"既出，得其船，便扶向路，处处志之[⑧]。及郡下，诣太守说如此。太守即遣人随其往，寻向所志，遂迷不复得路。南阳刘子骥，高尚士也；闻之，欣然规往。未果，寻病终。后遂无问津者[⑨]。

桃源图（局部）

注　释　①晋：东晋。太元：孝文帝司马曜的年号。武陵：郡名，今湖南常德一带。②豁然：开朗的样子。③阡陌：田间小路。交通：交错相通。④要：通“邀”，邀请。还家：回家，到家里。⑤咸：都。问讯：问候，招呼。⑥先世：祖先。秦时乱：秦末的战乱，影射晋宋交替时的战乱。邑人：同乡。绝境：与外界隔绝的地方。⑦不足：不值得，不可以。⑧扶：沿着。向路：旧路。志：标记。⑨刘子骥：名驎之，《晋书》有传，说他“好游山泽”，故此处说高尚士也。问津：此指探访、访求。

赏析 [写作背景] 这是陶渊明晚年的代表作，亦是流传千古之作。桃花源的故事有它的历史现实背景，也有文化传统的背景。盖自汉末以来，国内屡经战乱，人民往往自动起来归附于某一有威望的大姓，筑坞壁以自保，此即所谓坞堡。晋宋时代的江南也有类似事件发生，《宋书·夷蛮传》谓刘宋时民有逃入夷蛮以避征徭的事。桃花源可能就是这种现实加以理想化构想而成的。而传统儒家经典《礼记·礼运》关于大同世界的描绘，道家经典《老子》中小国寡民的思想，以及由此发展而成的魏晋时嵇康、阮籍、鲍敬言等人的无君论，则给这一构想提供了理论依据。然而，本篇中具有浓厚生活气氛的农村情景及桃花源中人纯朴的精神世界，则是源于陶渊明本人田园生活的体验。

[桃花源的发现] 从“晋太元中”到“豁然开朗”为引子，叙述桃花源的发现。故事发生的时间是东晋孝武帝太元中，发现桃花源的则是一个捕鱼为业的武陵人，便使故事带有传说色彩；“忘路之远近”“忽逢桃花林”“仿佛若有光”“豁然开朗”等语，尤能状出奇异之感；写桃花林“夹岸数百步，中无杂树，芳草鲜美，落英缤纷”，景物之美引人入胜。

[渔人在桃花源的见闻] 从“土地平旷”到“不足为外人道也”是中心段落，写渔人在桃花源的所见所闻。“土地平旷，屋舍俨然，有良田美池桑竹之属；阡陌交通，

鸡犬相闻”，显示着桃花源世界的人间性，即不同于传说中不食人间烟火的仙境；另一方面，联及后文“其中往来种作，男女衣着，悉如外人；黄发垂髫，并怡然自乐”，又显示着桃花源的世外性，即不同于世间满目疮痍的民生凋敝的景象。“便要还家，设酒杀鸡作食”，“余人各复延至其家，皆出酒食”，则意味着桃花源中人之富于人情味。“自云先世避秦时乱，率妻子邑人来此绝境，不复出焉，遂与外人间隔”及“此中人语云：‘不足为外人道也’”，更表现了桃花源中人对自由的热爱，对传统的忠诚。“问今是何世，乃不知有汉，无论魏晋”最为妙语，暗示了桃花源与世间在文化上的隔膜。

［桃花源的不可再寻］从“既出”到“后遂无问津者”是尾声，桃花源的不可再寻，愈增记文扑朔迷离的传奇色彩，也暗示了桃花源是一个憧憬。总之，这篇记文具有丰富的诗意和想象力，它既有传奇的色彩和魅力，又具有浓郁的农村生活实感，叙述语言极其准确洗练，达到了思想性与艺术性的统一。

［本篇的中心思想］《桃花源记》展示的桃花源社会，其主要特点，在于人人劳动，自食其力，没有剥削，没有压迫，自由和平（只差进步，几乎就是一个完美的理想社会）。这是对充满动乱、篡夺、杀戮，民不聊生的现实社会的根本否定。作为一种文化理想，桃花源模式对传统文化思想有所继承，也有所扬弃。它吸取

了《礼记·礼运》大同社会“天下为公”，“人不独亲其亲，不独子其子，使老有所终，壮有所用，幼有所长”等思想，而扬弃了其“选贤举能”的成分；吸取了《老子》“小国寡民，虽有什伯之器而不用”，“甘其食，美其服，安其居，乐其俗”等思想，而扬弃了其“民至老死不相往来”及“绝仁弃义（古礼）”的成分，因而在思想上是推陈出新的。

归去来兮辞并序

余家贫，耕植不足以自给。幼稚盈室，瓶无储粟，生生所资，未见其术。亲故多劝余为长吏，脱然有怀[①]，求之靡途。会有四方之事，诸侯以惠爱为德，家叔以余贫苦[②]，遂见用于小邑。于时风波未静，心惮远役。彭泽去家百里[③]，公田之利，足以为酒，故便求之。及少日，眷然有归欤之情。何则？质性自然，非矫厉所得。饥冻虽切，违己交病。尝从人事，皆口腹自役；于是怅然慷慨，深愧平生之志[④]。犹望一稔 rěn[⑤]，当敛裳宵逝。

归去来兮辞图

寻程氏妹丧于武昌，情在骏奔，自免去职。仲秋至冬，在官八十余日。因事顺心，命篇曰归去来兮。乙巳岁十一月也。

归去来兮，田园将芜胡不归[6]？既自以心为形役，奚惆怅而独悲？悟已往之不谏，知来者之可追。实迷途其未远，觉今是而昨非。舟摇摇以轻扬，风飘飘而吹衣。问征夫以前路，恨晨光之熹微。

乃瞻衡宇[7]，载欣载奔。僮仆欢迎，稚子候门。三径就荒，松菊犹存。携幼入室，有酒盈樽。引壶觞以自酌，眄 miàn 庭柯以怡颜[8]。倚南窗以寄傲，审容膝之易安。园日涉以成趣，门虽设而常关。策扶老以流憩，时矫首而遐观。云无心以出岫 xiù[9]，鸟倦飞而知还。景翳翳以将入[10]，抚孤松而盘桓。

归去来兮，请息交以绝游。世与我而相违，复驾言兮焉求！悦亲戚之情话，乐琴书以消忧。农人告余以春及，将有事于西畴[11]。或命巾车[12]，或棹 zhào 孤舟[13]。既窈窕以寻壑[14]，亦崎岖而经丘。木欣欣以向荣，泉涓涓而始流。善万物之得时，感吾生之行休[15]。

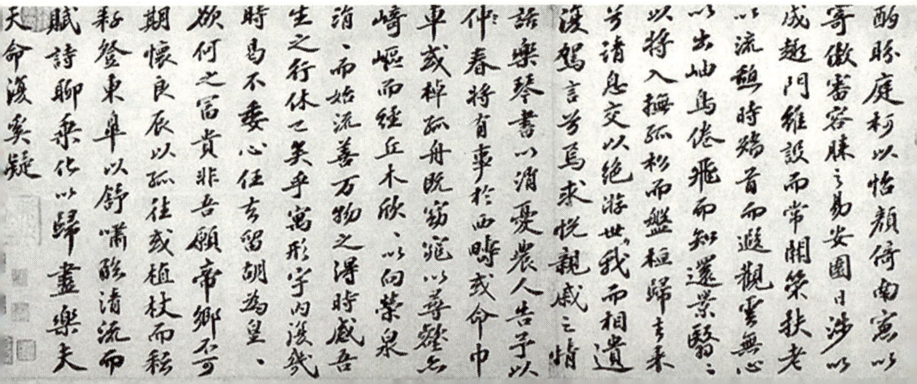

已矣乎，寓形宇内复几时[16]！曷不委心任去留，胡为乎遑遑欲何之？富贵非吾愿，帝乡不可期。怀良辰以孤往，或植杖而耘耔 zǐ。登东皋以舒啸[17]，临清流而赋诗。聊乘化以归尽[18]，乐夫天命复奚疑！

注释 ①脱然：豁然。②家叔：陶渊明的叔父。③彭泽：县名，在今江西省湖口东。④平生之志：指隐居的向往。⑤稔：谷物成熟叫稔，一稔指收获一次。⑥胡：何。⑦瞻：望见。衡宇：衡门，指贫贱者的居处。⑧眄：闲散地观看。柯：树枝。⑨岫：山峰。⑩景：日光，这里指太阳。⑪畴：田亩。⑫巾车：有布蓬的车子。⑬棹：划船的长桨。⑭窈窕：山路幽深之状。⑮行休：将要结束，指死亡。⑯寓行宇内：犹言“活在世上”。⑰皋：田泽边的高地。啸：撮口发出长而清越的声音。⑱聊：姑且。尽：死亡。

赏析 [关于辞前的序] 本篇是作者与官场和旧我诀别的宣言书，也是陶渊明人生境界的写照，作于义熙元年（405）。辞前有序，是一篇优美的小品文。大致分为

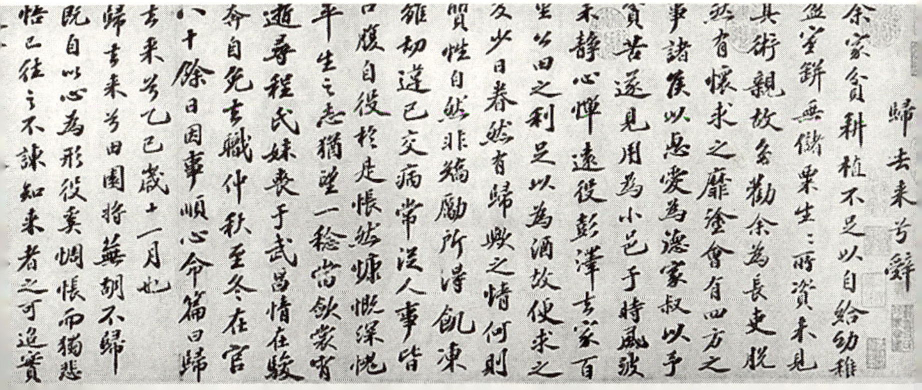
歸去來兮辭
余家貧耕植不足以自給幼稚
盈室缾無儲粟生生所資未見
其術親故多勸余為長吏脫
然有懷求之靡途會有四方之
事諸侯以惠愛為德家叔以予
貧苦遂見用為小邑于時風波
未靜心憚遠役彭澤去家百
公田之利足以為酒故便求之
及少日眷然有歸歟之情何則
質性自然非矯厲所得飢凍
雖切違己交病嘗從人事皆
口腹自役於是悵然慷慨深愧
平生之志猶望一稔當斂裳宵
逝尋程氏妹喪于武昌情在駿
奔自免去職仲秋至冬在官
八十餘日因事順心命篇曰歸
去來兮乙巳歲十一月也
歸去來兮田園將蕪胡不歸
既自以心為形役奚惆悵而獨悲
悟已往之不諫知來者之可追實

四层，从“余家贫”到“求之靡途”，叙家贫思仕，然求官无门。从“会有四方之事”（或谓指刘裕讨伐桓玄的战争，或谓指义熙元年为刘敬宣参军时奉命出使京都建康之事）到“故便求之”，叙家叔陶夔代为谋求到彭泽令的职务。从“及少日”到“敛裳宵逝”，写到官不久即有怀归之情，而准备忍耐到年底。从“寻程氏妹丧于武昌”以下，叙提前弃官的经过。“乙巳岁十一月”即东晋安帝义熙元年旧历十一月。

［写归庄之初的心情］辞分四段。从开篇到“恨晨光之熹微”写启程归庄及一路心情。前八句写对以往的反思。“归去来兮”二句以呼告起，表现了对人生的彻悟。在作者的潜意识中，田园与自然具有同一性，“质性自然”与耽爱田园也是互为表里的，“田园将芜”就意味着本性的失落、自由的丧失，怪谁？——只能怪自己。“悟已往之不谏”二句骈偶，一笔挽上，一笔起下。“知来者之可追”——与其沉湎于悔恨，不如告别过去，一切重新开始。两句偏重否定过去，以表达对新生活的信心，进而对今日采取的行动做出明确的肯定：“实迷途其未远，觉今是而昨非！”以“今是”对“昨非”，实际上也是悟往知来的反复。以上八句先做棒喝，再做沉痛反思，继而否定已往，做决绝语，最后肯定今是以为断案，极有思致有韵味。这里的一悟、一知、一觉，表明弃官归隐绝非一时感情冲动，而是经过认真反思之后

对生活道路的理性抉择。写归途情事仅四句：一路先登水程，再走陆路，舟之轻扬，风之吹衣，表现出弃官如释重负；向征夫问路，恨天亮得太迟，则流露出归心似箭的迫切心情。本段描写详于心理而略于情事，着墨不多，已见满心欢喜。

[写农村生活的愉快] 从“乃瞻衡宇”到“抚孤松而盘桓”写归庄之喜及家居生活的愉悦。前八句，写到家的场面。一见家门，兴奋得奔跑起来，仿佛找回了失去的天真，接着又写家人尤其是孩子们的快乐，着墨不多，但极富生活气息。“三径就荒”可慨田园将芜，“松菊犹存”可喜迷途未远，是写景，也是关合前文。后十二句，写闲适的乐趣。人不过七尺躯，一张嘴，“鼹鼠饮河，不过满腹；鹪鹩栖树，不过一枝”“千年田换八百主，一人口插几张匙？”（辛弃疾），不必食禄千钟，也不必阅尽人间春色。只要壶中长满（“有酒盈樽”“引壶觞以自酌”），只要有一个生存空间（“审容膝之易安”），只要有一个好的环境（“眄庭柯以怡颜”），只要不面对上司，还我做人的尊严（“倚南窗以寄傲”）。作者的心灵与生活，已对世俗关闭，而向着自然开放——“园日涉以成趣，门虽设而常关。策扶老以流憩，时矫首而遐观”，实在是太好了。说到观景，作者描绘了夕阳西下、白云出山、宿鸟归飞的景色，一个有意味的景色，两个优美的骈句！在这“景翳翳以将入”的时刻，

手抚孤松，心里充满感喟，诗人面对晚霞与归鸟，既有得其所哉的愉悦，又有时序流逝的感喟。

［写回归自然的乐趣］从“归去来兮”到“感吾生之行休”，着重写徜徉于田园山水，回归自然的乐趣。在读者感到美不胜收，而作者意犹未尽的当儿，重复一下开篇的呼告，换一换气，稍事休息，以迎接新的印象，很有必要。“请息交以绝游”重复了“门虽设而常关”，无意中流露出弃官归田的另一潜在原因，那就是“世与我而相违”。陶渊明也曾有过兼济之志，可惜生不逢辰，“归去来”是件没商量的事儿。“悦亲戚之情话，乐琴书以消忧”是又一组优美的骈句，这一悦一乐，在天伦，在人文，在自然外，又在自然内。“农人告余以春及”八句点出农事，写田园风光之美，这里有对自然本身的赞美，有对开发自然的农业劳动的赞美，有对滋生万物的春天的赞美。“农人告余以春及，将有事于西畴”，表明作者与农人的声息相通，下段中“怀良辰以孤往，或植杖而耘耔”二句，更直接写下地劳动，乃是渊明归耕生活相当值得重视的一个内容。此外，还有探幽访胜之喜，看他穿行于崎岖、窈窕的丘壑中，心中是多么喜悦。“木欣欣以向荣，泉涓涓而始流”是又一组优美的骈句，春天是多么富于生机啊！“欣欣向荣”一语将愉悦之情推向了高潮。前两段一样，仍然以感喟做结：“善万物之得时，感吾生之行休。”朱光潜说得好：

“他（陶渊明）的《时运》诗序中最后一句话是‘欣慨交心’，这句话可以总结他的精神生活。他有感慨，也有欣喜；惟其有感慨，那种欣喜是由冲突调和而彻悟人生世相的欣喜，不只是浅薄的嬉笑；惟其有欣喜，那种感慨有适当的调剂，不只是奋激佯狂，或是神经质的感伤。他对于人生悲喜剧两方面都能领悟。”本篇每一段的抒情，实际上都“欣慨交心”，内含丰富，耐人回味。

［作者的人生感慨］从“已矣乎”到篇终，有感于人生短暂而强调顺应自然。前四句从上段的结句说起，照应篇首，谓去日苦多，“心为形役”的状况不能继续下去，总是“今是昨非”之感，一篇之中，不惜三致意焉。“富贵非吾愿，帝乡不可期”二句，既否定了世俗的功名富贵，又否定了宗教的彼岸世界，这在士风忙官、佛老盛行的东晋时代，境界不可谓不高。陶渊明的人生态度是任真的、实际的，他要通过劳动和咏吟，用双手和心灵，求得人生的意义，实现生命的价值。农闲可以出游，农忙则悉心耕作，丘壑万象，奔赴眼底，皆为诗材。下地能劳动，登高能赋诗。自然—劳动—艺术，构成陶渊明全幅充实的人生。“乘化以归尽”即顺应自然潇洒过一生，是陶渊明人生哲学的概括。

［这篇作品的成就与影响］全辞四段基本上合于起、承、转、合的节奏。艺术表现上颇具特色，概括起来有以下几点：抒情的欣慨交心；形象的疏朗饱满（自然的

和人事的）；结构的反复唱叹（欣与慨的内容于一篇中皆三致意）；行文的骈散有致（骈偶处多为佳句）；语言的平易流畅；风格的自然妍美。它为后世所重是理所当然的。欧阳修谓“晋无文章，唯陶渊明《归去来辞》而已”，《容斋随笔》载：“建中靖国间，东坡和《归去来》，初至京师，其门下宾客从而和者数人，皆自谓得意也。陶渊明纷然一日满人目前矣。”

五柳先生传

先生不知何许人也，亦不详其姓字①。宅边有五柳树，因以为号焉。闲静少言，不慕荣利。好读书，不求甚解②。每有会意，便欣然忘食。性嗜酒，家贫不能常得。亲旧知其如此，或置酒而招之。造饮辄尽，期在必醉，既醉而退，曾不吝情去留③。环堵萧然，不蔽风日。短褐穿结，箪瓢屡空，晏如也④。常著文章自娱，颇示己志。忘怀得失，以此自终⑤。赞曰：

黔娄之妻有言，不戚戚于贫贱，不汲汲于富贵。极其言兹若人之俦乎？酣觞 shāng 赋诗，以乐其志。无怀氏之民欤？葛天氏之民欤⑥？

注　释　①何许：何处，什么地方。字：姓名，字号。②甚解：深入理解。③旧：老友。辄：每，总是。吝情：拘泥。④环堵：四周的墙壁。萧然：冷落。短褐：粗毛布短衣。穿结：破损，打补丁。箪：圆竹篮。瓢：饮器。屡：经常。晏如：安然自得的样子。⑤忘怀：不在意。⑥赞：评说。黔娄：春秋时鲁国的清高贫士。戚戚：感伤、忧愁的样子。汲汲：竭力求取的样子。俦：类。觞：酒杯。无怀氏、葛天氏：传说中上古的帝王。

赏析 [别致的开篇] 先叙姓名、里贯本是传记惯例，而此传一起就说“先生不知何许人也，亦不详其姓字”，什么地方人不重要，姓什么也不重要。重要的是“宅边有五柳树，因以为号焉”，表现出作者对自然的情有独钟，字里行间散发出田园气息。钟嵘《诗品》谓其“文体省净，殆无长语”。

[陶渊明为自己画像] 第一笔是“闲静少言，不慕荣利”，朱熹说“晋宋人物虽曰尚清高，然个个要官职。这边一面清谈，那边一面招权纳货。陶渊明真个能不要，此所以高于晋宋人物”。第二笔是“好读书，不求甚解”，为乐趣而读，不是为功利而读，读得连饭也不想吃。第三笔是“性嗜酒”：嗜饮一层，家贫一层，赖有亲故一层，一醉即退、毫不介怀一层，《晋书·陶潜传》云：“贵贱造之者，有酒辄设。潜若先醉，便语客：我醉欲眠，卿可去。其真率如此。”可与本节文字相互发明。第四笔是安贫乐道，“环堵萧然”即四壁空空，“短褐穿结”即粗布短衣还打补丁，“晏如”即处之泰然

渊明醉归图

的样子，鲁迅说：陶渊明非常之穷，穷到衣服也破烂不堪，还在东篱下采菊，偶然抬起头来，悠然地见了南山，这是何等自然！第五笔是创作的态度，没有功利目的，只有自我娱悦，其传世不朽，乃是不期然而然的结果。

［点评画龙点睛］最后作者仿史传体式而作赞（评语），进一步揭示五柳先生的精神和拓展文章的境界。黔娄是古代齐国高士，其妻的话见于《列女传》，“戚戚”是忧愁的样子，“汲汲”是热衷的样子，这四句话对传文有画龙点睛的作用。“无怀氏”见于《庄子》，“葛天氏”见于《吕氏春秋》，都是传说中远古帝王。

［本篇的写作特点］此文在写作上很有特点。它在体裁上仿自史传，但不同于史传，因为史传属于纪实文学，写法也比较严谨，《五柳先生传》则是纯文学传记，不那么重事实，不那么一本正经。比如开头并不写“某某，字某某”，而完全悠谬其词。然而它却比《晋书·隐逸传》更能展现陶渊明的精神风貌。其次，此文对人物的描写，大都是总结性语言，概括性结论，没有一件具体的事实，但每一项内容都让人感到是从大量事实中提炼出来的，好像是为一位熟人做鉴定，又好像画家做速写，只有寥寥几笔，但抓住特点并以几根流畅的线条准确地把它突现出来。文中所列各项内容，都做这样的线条，含有丰满的生活意境，逐一写出，又构成诗一般的韵律，使人感到每一笔都是充分情态化、形象化和诗化的。文章在语言上接近口语，以四言句为主，间以杂言，长短其句，作者对语感和声气的驾驭达到了随心所欲的境地。

范晔

(398—445)字蔚宗，南朝宋顺阳（今河南淅川东南）人，少年好学，博通经史，善为文章，著《后汉书》。

乐羊子妻

《后汉书》

河南乐羊子之妻者，不知何氏之女也。

羊子尝行路，得遗金一饼①，还以与妻。妻曰："妾闻志士不饮盗泉之水②，廉者不受嗟来之食③，况拾遗求利以污其行乎！"羊子大惭，乃捐金于野④，而远寻师学。

一年来归，妻跪问其故，羊子曰："久行怀思，无它异也⑤。"妻乃引刀趋机而言曰⑥："此织生自蚕茧，成于机杼zhù⑦。一丝而累⑧，以至于寸，累寸不已，遂成丈匹。今若断斯织也⑨，则捐失成功⑩，稽jī废时月⑪。夫子积学⑫，当日知其所亡⑬，以就懿yì德⑭；若中道而归，何异断斯织乎？"羊子感其言，复还终业⑮。

注释 ①遗金一饼：一块丢失的金子。②志士不饮盗泉之水：有志气的人不喝盗泉的水。盗泉，泉名。③廉者不受嗟来之食：方正的人不接受侮辱性的施舍。廉，方正。④捐：丢弃。⑤无它异也：没有别的事。

⑥引刀趋机：拿起刀来，走到织布机前。趋，快步走。⑦机杼：泛指织布的工具。⑧一丝而累：一根丝一根丝地积累起来。⑨斯：此，这。⑩捐失成功：失去成功的机会。⑪稽：迟延。⑫夫子：这里是古代妇女对丈夫的尊称。⑬日知其所亡：每天学到自己所不知道的东西。亡，通“无”。⑭以就懿德：用以成就你的美德。懿，美好（多指德行）。⑮终业：修完自己的学业。

赏析 [远见卓识的女性] 本文的主人公不是乐羊子，而是乐羊子之妻，虽然她只是一位普通的女性，连其姓氏都无人知晓，但范晔仍将其列入《烈女传》，可见对她的推崇。乐羊子在文中成了一个反面衬托，用以表现其妻的高洁品行与远见卓识。她的品行和见识，主要通过两件典型事例表现出来。

[劝夫捐金] 乐羊子在路上拾得一块别人遗失的金子，心里想必有些得意，赶紧回家向妻子请功。不料妻子却引用了“志士不饮盗泉之水”“廉者不受嗟来之食”的古训来规劝丈夫，劝夫君不要因贪图钱财而污了自己的品行。其品行的高洁通过这一番言辞得以体现。乐羊子被妻子的一席话说得不好意思起来，把金子复扔回路上，出门求学去了。

[劝夫复学] 乐羊子出门久了，难免起了思乡之情，当然也包括对妻子的思念，忍不住回家看看。其妻又以

织布比喻求学，以割断织物比喻中断学业，勉励丈夫不要半途而废。

［织布与跪坐之俗］在传统的农业社会中，男耕女织是家庭基本的生产方式，在中国更是延续了几千年。乐羊子出门求学，妻子依旧在家纺织，既是当时社会生活的写照，也是儒家“耕读传家”思想的体现。

唐朝以前没有桌椅，古人都是席地而坐。坐姿是以两膝着地，臀部靠在自己的脚后跟上。当需要向对方表示敬意时，便使臀部离开大腿，上身挺直，这就叫“跪”，不是行跪拜礼。乐羊子妻“跪问其故”，表明她庄重识礼，合乎规范。

世说新语

南朝宋刘义庆撰，是一本主要记载东汉后期到晋宋间一些名士言行逸事的笔记小说。刘义庆(403—444)，是宋武帝刘裕的侄辈，出嗣给临川烈武王刘道规，袭封临川王，曾任荆州、江州等地刺史。

华歆王朗

华歆、王朗俱乘船避难①，有一人欲依附，歆辄难之。朗曰："幸尚宽②，何为不可？"后贼追至，王欲舍所携人。歆曰："本所以疑，正为此耳。既已纳其自托③，宁可以急相弃邪？"遂携拯如初④。世以此定华、王之优劣。

注释 ①华歆：字子鱼，由汉入魏，官至太尉。王朗：字景兴，入魏官至司空。②幸尚宽：好在还宽。③纳其自托：接受了他的请托。④携拯：搭救。

赏析 [救人须救彻] 有人要求搭船避难，一个先不同意，一旦同意了就坚持义务到底；一个本来同意了的，后来因情况紧急又产生动摇。谚云："一不做，二不休。""杀人须见血，救人须救彻。"这里有中国人传统的道德信条。人们当然能据此判断华、王优劣。

[批评对事不对人] 关于华歆的另一个有名的故事是所谓"管宁割席"："管宁、华歆共园中锄菜，见地有片金，管挥锄与瓦石不异；华捉而掷去之。又尝同席读书，有乘轩冕过门者，宁读如故，歆废书出看。宁割席分坐曰：'子非吾友也。'"在这则故事中，华歆是相形见绌的一个，可见《世说新语》的批评是对事不对人的。

过江诸人

过江诸人①，每至美日，辄相邀新亭②，藉卉饮宴。周侯③中坐而叹曰："风景不殊，正自有山河之异！"皆相视流泪。唯王丞相愀 qiǎo 然变色曰④："当共戮 lù 力王室⑤，克复神州，何至作楚囚相对！"⑥

注　释　①过江诸人：指刘曜入侵中原，随晋室南渡的士大夫。②新亭：在今南京市南。③周侯：名颉字伯仁，世袭侯爵。④王丞相：指王导，字茂弘，东晋元帝时为丞相。⑤戮力：努力。⑥楚囚：语出《左传》，一般泛指囚徒。

赏析 [面对国难两种截然不同的态度] 此文妙于剪裁，只记南渡诸人在聚会中的一段对话，就写出了面对国破家亡两种不同的思想情绪。一种是感慨哀时，而无所作为；一种是化悲痛为力量。自有消极和积极的不同。在国家危急存亡的紧要关头，消极的思想情绪足以瓦解斗志，所以是很危险的倾向，难怪王丞相要愀然变色，大声呵止了。

[千古名言]《世说新语》中《言语》门所录，皆当时名士的名言。王导的一席话不失为千古名言。这一则故事也非常著名，为南宋爱国诗词作家所乐用。如辛弃疾："长安父老，新亭风景，可怜依旧!"（《水龙吟》）目的也在于克服感伤，振奋精神，昂扬斗志。

周处年少时

周处年少时凶强侠气，为乡里所患[①]，又义兴水中有蛟，山中有白额虎，并皆暴犯百姓，义兴人谓为三横，而处尤剧[②]。或说 shuì 处杀虎斩蛟，实冀三横唯余其一[③]。处即刺杀虎，又入水击蛟。蛟或浮或没，行数十里，处与之俱，经三日三夜。乡里皆谓已死，更相庆。竟杀蛟而出[④]，闻里人相庆，始知为人情所患，有自改意，乃入吴寻二陆⑤。平原不在，正见清河⑥。具以情告，并云欲自修改，而年已蹉跎，终无所成。清河曰："古人贵朝闻夕死，况君前途尚可；且人患志之不立，亦何忧令名不彰邪⑦！"处遂改励，终为忠臣孝子⑧。

注　释　①周处：字子隐，晋朝义兴（今江苏宜兴）人。②横：祸害。尤：尤其。剧：极，甚。③或：有人。说：劝说。冀：希望。④竟：结果，终于。⑤吴：今江苏一带，此指今江苏省苏州市吴中区。二陆：陆机、陆云兄弟。东吴大将陆逊的孙子，当时著名的文学家。⑥平原：陆机，曾任平原内史。清河：陆云，曾任清河内史。⑦朝闻夕死：取之《论语》，意思是如果早晨明白了道义，即便晚上死去，也是可以的了。令名：美名。彰：显。⑧改励：改过自勉。终为忠臣：周处后任晋朝御史中丞，后英勇战死。

赏析

本篇讲的是周处这个历史人物"放下屠刀，立地成佛"的传说故事。

[本篇所记当为民间传说] 这个故事显然是出自传说，不仅因为故事中有江蛟，更内在的标志就是对三的数字崇拜，义兴有三害（江中蛟，山中虎，周处为人中霸），而周处击蛟历时三日三夜，合于民间故事程式（他如三兄弟、三姊妹等）。

百将图·长桥搏蛟

[周处性格的二重性] 有人劝周处为民除害，必先谀之英雄，而真实想法却是希望把三害减为一害。从周处很容易上圈套，可知其头脑简单，而本质不坏。只是平日霸道惯了，只道乡里怕他，不知人们恨他。除害英雄之死，在乡里引起的反应不是悲痛而是庆幸，这一偶然的发现，使周处大受刺激，幡然醒悟，也表明了其性格中可爱的一面。

[这个故事的教育意义] 周处欲痛改前非，又怕觉

悟太晚，往投名师，陆云以“朝闻夕死”予以开导，这才完全觉悟了。人非圣贤，孰能无过，过而能改，善莫大焉。故事还说明人的立志，任何时候都不嫌晚；还说明应以发展的眼光看人，既往不咎。

王子猷居山阴

王子猷居山阴[①]，夜大雪，眠觉，开室命酌酒，四望皎然。因起彷徨，咏左思招隐诗。忽忆戴安道[②]。时戴在剡 shàn，即便夜乘小舟就之。经宿方至，造门不前而返。人问其故，王曰：“吾本乘兴而行，兴尽而返，何必见戴？”

注　释　①王子猷：名徽之，王羲之的儿子。山阴：今浙江绍兴。②戴安道：名逵，晋隐士。

赏析　[王子猷其人] 王子猷是一个追求任性放达而不务实际的人，《世说新语·任诞》篇写他爱竹，暂居之处亦令人种之，还说了一句名言：“何可一日无此君!”而《简傲》篇写他任骑兵参军，上司问他在哪个部门工作，他回答说：“不知何署，时见牵马来，似是马曹。”从这两则已大体知道他是个什么样的人了。本则记述他访隐者戴逵，经宿到门不前而返的事，是更广为人知的事。

雪夜访戴图

[王子猷访戴安道为什么过门而不入] 这事看起来很任性怪诞，其实不过是意图和行为的中止，在日常生活中是很普遍的事，王子猷自有他的道理。这次访问本来就是单方面的心血来潮，没有请帖，也没有功利目的，完全是因为夜雪的美景引起诗兴，再由吟咏左思《招隐诗》（诗云“白雪停阴岗，丹葩耀阳林”“非必丝与竹，山水有清音”）而引起对戴逵的思念，是贸然的行动。经一夜行舟，到剡县已是大白天，时过境迁，不但兴味索然，还感到这次造访有点唐突了。到此为止，打道回府，戴安道少了个不速之客，王子猷也免了一回画蛇添足，何其两便！

[这则故事的意蕴] “乘兴而行，兴尽而返”后来就用于反映士大夫渴望摆脱来自身心的羁绊，和对自由自在生活的向往。王维诗云：“兴来每独往，胜事空自知。行到水穷处，坐看云起时。”就是这样一种生活态度和精神风貌。

王恭从会 kuài 稽还

王恭从会稽还，王大看之①。见其坐六尺簟 diàn②，因语恭：“卿东来，故应有此物，可以一领及我。”恭无言。大去后，既举所坐者送之。既无余席，便坐荐上③。

后大闻之，甚惊，曰："吾本谓卿多，故求耳。"对曰："丈人不悉恭，恭作人无长物[4]。"

注 释 ①王大：王忱，小字佛大。②簟：竹席。③荐：草席。④长物：多余的东西。

赏析 [大度与大意] 王恭为人节俭，且有大度。他身无长物，却事先并不告诉别人，把仅有的竹席送人，是为了不使别人难堪。相形之下，另一个人则大大咧咧。文中通过对比，轩轾之意甚明。

邓艾口吃

邓艾口吃[1]，语称"艾艾"。晋文王戏之曰[2]："卿云'艾艾'，定是几艾?"对曰："'凤兮凤兮'[3]，故是一凤。"

注 释 ①口吃：口头表达障碍的疾患。②晋文王：司马昭。③凤兮凤兮：楚狂接舆对孔子所唱的歌的首句。见《论语·微子》。

赏析 [幽默的妙用] 司马昭拿邓艾的生理疾患开玩笑，本来是一件令人不快的事，但邓艾却引诗句"凤兮凤兮"，巧为之说，轻松地化解了眼前的尴尬。可见幽默是一种优越感，也是处理人际关系的润滑剂。

桓公北征

桓公北征[1]，经金城[2]，见前为琅邪时种柳，皆已十围[3]，慨然曰："木犹如此，人何以堪！"攀枝执条，泫 xuàn 然流泪。

注释 ①桓公：桓温，曾为琅邪内史，进征西大将军。②金城：地名，在今江苏南京。③十围：十人合抱。

赏析 ［物我参照寄慨遥深］十年前自己亲手种植的柳树，居然大到十人合抱，你不能不惊讶时间所造成的变化，"所遇无故物，焉得不速老！"桓温所以伤怀，深深地感到时光流逝之迅速，完全是因为有一个参照物的原因。

谢太傅寒雪日内集

谢太傅寒雪日内集[1]，与儿女讲论文义。俄而雪骤，公欣然曰："白雪纷纷何所似？"兄子胡儿曰[2]："撒盐空中差可拟。"兄女曰[3]："未若柳絮因风起。"公大笑乐。即公大兄无奕女，左将军王凝之妻也[4]。

千秋绝艳图之谢道韫

注　释　①谢太傅：晋朝谢安，字安石，太傅是他死后的赠官。内集：家庭聚会。②胡儿：谢朗，小名胡儿，谢安次兄谢据的长子。③兄女：谢道韫，谢安长兄谢奕（字无奕）的女儿。④王凝之：王羲之的次子。

赏析　[家庭聚会咏雪联句] 古人作诗有联句的习惯，这实际上是谢家内集时的一次联句："白雪纷纷何所似？（谢安）撒盐空中差可拟。（谢朗）未若柳絮因风起。（谢道韫）"分开来只是三个诗句，合起来就是一首诗。

[堪怜咏絮才] 这是曹雪芹在《红楼梦》中用来赞扬女子诗才的一句话，那么谢道韫的这一句诗有何高明之处呢？高明之处就在于，它形容出了雪花随风飘舞，纷纷扬扬，无边无际的根本特征。对于雪花来说，拟盐乃形似，拟絮才神似啊。

郑康成家奴

郑玄家奴婢皆读书

郑玄家奴婢皆读书。尝使一婢，不称旨，将挞之，方自陈说，玄怒，使人曳着泥中。须臾①，复有一婢来，问曰："胡为乎泥中②？"答曰："薄言往愬 sù，逢彼之怒③。"

注 释 ①须臾：过了一会儿。②胡为乎泥中：《诗·邶风·式微》句。③薄言往愬，逢彼之怒：《诗·邶风·柏舟》句。

赏析 [学者之家的文化氛围] 郑玄是汉代著名的经学家，这则记事写其家中婢女之间用《诗经》中的名句相互戏谑，传为佳话。成都有一家老店店招“诗婢家”用的就是这个典故。郑玄令家中奴婢皆读书，这种普及文化的做法是应该肯定的。

郗太傅在京口

郗太傅在京口[①]，遣门生与王丞相书[②]，求女婿。丞相语郗信：“君往东厢，任意选之。”门生归，白郗曰：“王家诸郎亦皆可嘉，闻来觅婿，咸自矜持[③]，唯有一郎在东床上坦腹卧[④]，如不闻。”郗公云：“正此好！”访之，乃是逸少[⑤]，因嫁女与焉。

注释 ①郗太傅：郗鉴，晋高平人，历任车骑将军、太尉，封南昌县公。②王丞相：王导。③咸：都。矜持：做出庄重的样子。④坦腹：躺着。⑤逸少：王羲之字。

赏析 [人还是本色一些好] 郗鉴在王家诸公子中择婿，唯独看中王羲之，是因为他表现出一副不在意的样子。可见人还是本色一些好，还是性情中人好，因为多一分真率，就少一分虚伪。

曹公少时见乔玄

曹公少时见乔玄[①]，玄谓曰："天下方乱，群雄虎争，拨而理之[②]，非君乎？然君实是乱世之英雄，治世之奸贼。恨吾老矣，不见君富贵，当以子孙相累[③]。"

注 释　①曹公：曹操。乔玄：东汉睢阳人，累迁尚书令。②拨而理之：即拨乱反治。③相累：相托。

赏析 [对人物的品评和预见] 这是一段著名的历史人物品评。不过传闻有异辞，据孙盛《杂语》："太祖（曹操）尝问许子将：'我何如人？'子将不答。固问，然后子将答曰：'治世之能臣，乱世之奸雄。'太祖大笑。"

张季鹰在洛

张季鹰辟齐王东曹掾①，在洛，见秋风起，因思吴中菰菜羹、鲈鱼脍②，曰："人生贵得适意尔，何能羁宦数千里以要名爵③？"遂命驾便归。俄而齐王败，时人皆谓见机。

注　释　①张季鹰：张翰，晋人，字季鹰。齐王：司马冏。掾：属官。②菰菜羹、鲈鱼脍：为吴中特产、美食。③要名爵：追求功名爵禄。

赏析 [这是一个著名的典故] 在张翰看来，功名、爵禄皆身外之物，而人生应该追求的是自然、自由、开心、适意，这一点是富有启发性的。唐诗宋词中，经常用张翰这个典故来写思乡之情，或不慕名爵但求自适之意。

晋明帝数岁

晋明帝数岁，坐元帝膝上①。有人从长安来，元帝问洛下消息，潸然流涕。明帝问何以致泣，具以东渡意告之②。因问明帝："汝意谓长安何如日远？"答曰："日远。不闻人从日边来，居然可知[3]。”元帝异之。明日，集群臣宴会，告以此意，更重问之。乃答曰：“日近。”元帝失色，曰：“尔何故异昨日之言邪？”答曰：“举目见日，不见长安。”

注　释　①晋明帝：司马绍。元帝：司马睿。②东渡：即中原战乱，晋室南迁。③居然：显然。

赏析　[童言无忌] 这段对话，表现出一个儿童的天真无邪，聪明可爱。他应声而答，想到就说，两次说法自相矛盾，却又是开动脑筋的结果。《列子·汤问》记载孔子东游，见两小儿辩日的故事。一个儿童以近大远小的道理，认为早晨的太阳较近；一个儿童以近热远凉的道理，认为中午的太阳更近。虽然都是经验的判断，而不是科学的道理，但开动脑筋，无疑是可以增长智慧的。

何可一日无此君

王子猷尝暂寄人空宅住，便令种竹。或问：“暂住何烦尔？”王啸咏良久，直指竹曰：“何可一日无此君？”

赏析　[一个爱竹的典型] 竹子是一种经济植物，也是观赏植物。因为它青葱、挺拔、虚心、有节，古人赋予它君子的品格，与松、梅并称岁寒三友。王子猷就是一个爱竹的典型。苏东坡说："宁可食无肉，不可居无竹。"就暗用他的故事。因此，后世诗文中常以"此君"来代称竹子。

石崇与王恺争豪

石崇与王恺争豪①，并穷绮丽以饰舆服。武帝②，恺之甥也，每助恺。尝以一珊瑚树高二尺许赐恺，枝柯扶疏，世罕其比。恺以示崇，崇视讫，以铁如意击之③，应手而碎。恺既惋惜，又以为疾己之宝④，声色甚厉。崇曰："不足恨，今还卿。"乃命左右悉取珊瑚树，有三尺四尺，条干绝世，光彩溢目者六七枚，如恺许比甚众。恺惘然自失。

注　释　①石崇：字季伦，西晋贵族，以豪奢著名。王恺：字君夫，东海郡（今山东东南部及江苏省部分地区）人。官至后军将军。②武帝：晋武帝司马炎，在位二十六年（265—290）。③如意：器物名，用以搔背痒。④疾：通"嫉"。

赏析　[对照与衬托的写法] 本则主要是写石崇的豪富，却从写王恺的豪富入手。王恺实际是陪衬石崇的；争豪不及其余，而专就最贵重的珊瑚树写来，笔力集中，一以当十。

[小小说的悬念] 王恺有外甥晋武帝为后盾，资助不可谓不厚，当他捧出二尺多高的珊瑚树时，可知是十

分得意的。石崇看过后，一挥铁如意击得粉碎，这一笔妙在出其不意，读者一时回不过神来，和王恺一样以为他是嫉妒得神经错乱。正在痛惜不已，石崇已经把他收藏的高达三四尺的珊瑚树罗列出来，请王恺自选，权作赔偿。他的态度、辞色是那样从容，气急败坏的王恺反显得有几分穷酸。正所谓小巫见大巫。

王蓝田性急

王蓝田性急[①]。尝食鸡子，以箸 zhù 刺之[②]，不得，便大怒，举以掷地。鸡子于地圆转未止，仍下地以屐齿碾之，又不得，瞋甚[③]，复于地取内 nà 口中，啮破即吐之。王右军闻而大笑曰[④]："使安期有此性[⑤]，犹当无一豪可论，况蓝田邪?"

注 释 ①王蓝田：王述，晋太原人，袭爵蓝田侯。②鸡子：鸡蛋。箸：筷子。③屐齿：木屐的跟。瞋甚：怒极。④王右军：王羲之，曾任右军将军。⑤安期：王述之父王承，字安期。

赏析 [人不可以气急败坏] 人不可性急，性急容易发脾气，甚至气急败坏，就会做出可笑的事。一个鸡蛋就可以把人气成这个样子，无怪王羲之认为他一无可取。

鲍照

（约 414—466）南朝宋东海（今山东苍山南）人，家世寒，少有文思，为临川王刘义庆赏识，后任临海王刘子项前军参军，世称“鲍参军”。有《鲍参军集》等。

飞蛾赋

仙鼠伺暗，飞蛾候明，均灵舛 chuǎn 化，诡欲齐生①。观齐生而欲诡，各会性以凭方。凌燋 jiāo 烟之浮景，赴熙焰之明光②。拔身幽草下，毕命在此堂。本轻死以邀得，虽糜烂其何伤！岂学山南之文豹③，避云雾而岩藏。

注　释　①仙鼠：指蝙蝠。均灵舛化：均属生灵而禀性各异。诡欲齐生：一样活着，欲望不同。②燋：火炬之类。熙焰：光明闪亮的火焰。③文豹：长着斑纹的豹子。

赏析　[这是一篇托物言志的小赋] 常言道“飞蛾扑火，自取灭亡”，含有贬义。这篇小赋却对飞蛾不惜性命而追求光明的行为予以热情的赞美，显然有托物言志之意。开篇将飞蛾与蝙蝠对比，对躲进黑暗和追求光明这两种取向，褒贬之意甚明。结尾又以飞蛾与文豹对比，对隐士的逃避现实给予批评。

陶弘景

(456—536)南朝丹阳秣陵(今江苏南京南)人，字通明，幼有异操，尝仕齐拜左卫殿中将军，后学道，隐居句容句曲山(今江苏茅山)，自号“华阳隐居”。梁武帝早年与之游，即位后国有大事，无不先询，时人称他“山中宰相”。有《陶隐居集》。

答谢中书书

山川之美，古来共谈。高峰入云，清流见底。两岸石壁，五色交辉。青林翠竹，四时俱备。晓雾将歇，猿鸟乱鸣；夕日欲颓，沉鳞竞跃①。实是欲界之仙都②。自康乐以来③，未复有能与其奇者④。

注　释　①沉鳞：水中的鱼。②欲界：人间。③康乐：谢灵运，南朝宋诗人。④与其奇：体会到它的奇妙。

赏析　[这是陶弘景写给谢中书的信的摘录]文中从形态、色彩、声音三个方面，写出了作者所居茅山一带的秀丽景色。末句点出谢灵运，认为他是山水自然的知音，含有缅怀之意。

夏云欲雨图

丘迟

(464—508)字希范，吴兴乌程（今属浙江省湖州市）人。初仕南齐，官至殿中郎、车骑录事参军。后仕南梁，历任永嘉太守、中书郎、司徒从事中郎。丘迟诗文辞采逸丽，亦擅诗。明朝张溥辑有《丘司空集》。

与陈伯之书

迟顿首。陈将军足下：无恙，幸甚，幸甚！

将军勇冠三军，才为出世，弃燕雀之小志，慕鸿鹄以高翔。昔因机变化，遭遇明主，立功立事，开国称孤，朱轮华毂 gǔ，拥旄 máo 万里，何其壮也[①]！如何一旦为奔亡之虏，闻鸣镝 dí 而股战，对穹庐以屈膝，又何劣邪[②]？

寻君去就之际，非有他故，直以不能内审诸己，外受流言，沉迷猖獗，以至于此[③]。圣朝赦罪责功，弃瑕录用，推赤心于天下，安反侧于万物，将军之所知，不假仆一二谈也。朱鲔 wěi 涉血于友于，张绣剚 zì 刃于爱子，汉主不以为疑，魏君待之若旧[④]。况将军无昔人之罪，而勋重于当世。夫迷途知返，往哲是与；不远而复，先典攸高[5]。主上屈法申恩，吞舟是漏；将军松柏不翦，亲戚安居，高台未倾，爱妾尚在。悠悠尔心，亦何可言？

今功臣名将，雁行有序，佩紫怀黄，赞帷幄之谋；乘轺 yáo 建节，奉疆埸 yì 之任，并刑马作誓，传之子孙[6]。将军独靦 tiǎn 颜借命，驱驰毡裘之长，宁不哀哉[7]！夫以慕容超之强，身送东市；姚泓之盛，面缚西都[8]。故知霜露所均，不育异类；姬汉旧邦，无取杂种。北虏僭盗中原，多历年所，恶积祸盈，理至燋 jiāo 烂。况伪孽昏狡，自相夷戮，部落携离，酋豪猜贰。方当系颈蛮邸，悬首藁 gǎo 街[9]。而将军鱼游于沸鼎之中，燕巢于飞幕之上，不亦惑乎？

暮春三月，江南草长，杂花生树，群莺乱飞。见故国之旗鼓，感平生于畴日，抚弦登陴 pí，岂不怆悢 liàng[10]！所以廉公之思赵将，吴子之泣西河，人之情也，将军独无情哉[11]？

想早励良规，自求多福。当今皇帝盛明，天下安乐。白环西献，楛 hù 矢东来[12]。夜郎滇池，解辫请职；朝鲜昌海，蹶角受化[13]。唯北狄野心，掘强沙塞之间，欲延岁月之命耳[14]。中军临川殿下，明德茂亲，总兹戎重[15]。吊民洛汭 ruì，伐罪秦中[16]。若遂不改，方思仆言[17]。聊布往怀，君其详之[18]。丘迟顿首。

注　释　①朱轮华毂：指装饰豪华的兵车。毂，车轮中心的圆木。拥旄万里：统率大军号令一方。旄，用牦牛尾做装饰的旗帜，泛指旗帜。②镝：箭头。股：大腿。穹庐：北方游牧民毡帐，此代指北魏拓跋氏。③猖獗：倾覆，失败。④朱鲔：王莽末年绿林军将领，曾劝说更始帝刘玄杀害光武帝刘秀之兄大司徒伯升。后刘秀攻洛阳，朱鲔坚守。刘秀派岑彭劝降，朱鲔提起谋害伯升旧事，不敢降。刘秀闻知再遣岑彭往说："夫建大事不忌小怨，今降，官爵可保，况诛罚乎？"朱鲔遂降。涉血：喋血，杀人流血。友于：兄弟。张绣：三国时董卓部将张济侄，屯兵宛城（今河南南阳）。建安二年降操，后悔之，与曹操战。操被流矢所伤，操长子昂、弟之子安民均死。建安四年冬月，张绣再次率众降操，被封为扬武将军。建安十二年征乌桓死于途中，封列侯。剚：把刀剑插入。⑤与：赞许。不远而复：迷而不远可复返。先典：指《易经》，《易·复》："不远复，无祇悔，元吉。"攸高：所崇敬。⑥赞：辅助。轺：小型轻便马车。节：古代用为凭证的符节。疆埸：边境。⑦靦：惭愧的样子。⑧慕容超：十六国时南燕君主，刘裕北伐时被斩于建康。东市：原为西汉长安处决犯人的法场，后泛指刑场。姚泓：十六国时后秦君主，刘裕北伐时被生擒于长安，斩于建康。西都：即长安。⑨藁：稻草。⑩畴日：过去的日子。陴：城上的矮墙。悢：惆怅。⑪廉公：指战国时赵之名将廉颇。《史记·廉颇蔺相如列传》载：赵悼襄王时廉颇不得志，被乐乘取代。廉颇怒而攻乐乘，后奔魏，仍不得用。赵王曾一度后悔，遣使者见廉颇，以为廉颇老而不用。后廉颇奔楚，无功。廉颇曰："我思用赵人。"老死于楚。吴子：指战国军事家吴起，卫国人，初为鲁将，后任魏将，战功卓著，被魏文侯任为西河守。后魏武侯听信王错谗言，使人召吴起。吴起行至岸门，停车望西河而泣："西河之为秦取不久矣，魏从此削矣！"见《吕氏春秋》之《长见》《观表》篇。⑫白环西献：《竹书纪年》载，帝虞舜时，"西王母来朝，献白环、玉玦"。楛矢：楛木做成的箭。《国语·鲁语》记载孔子讲的一段话，叙述周武王克商，打通前往九夷、百蛮的道路，于是各方皆以其地方特产前来朝贡。"肃慎氏贡楛矢、石砮，其长尺有咫。"丘迟引用以上两个典故以显示梁朝之兴盛，四海归顺。⑬夜郎：古国名，在今贵州省桐梓东。初依南越，南越灭亡后入朝西汉武帝。滇池：古国名，在今云南昆明一带。汉武帝于公元 109 年派兵攻克滇池国，设益州郡。《史记·西南夷列传》载，夜郎、滇池等少数民族习俗，皆辫发束髻。解辫请职：指少数民族国家归顺后皆易风俗，请求封职。昌海：即昌蒲海，又名蒲昌海、盐泽，广三百里，距玉门、阳关三百余里，此指盐泽附近诸国。蹶角受化：以额角叩地，表示归顺，接受教化。⑭北狄：

指北魏。狄，古代对北方少数民族的称谓。⑮中军临川：指临川王萧宏。《梁书·武帝纪》载：天监四年（505）冬十月丙午北伐，以扬州刺史、临川王萧宏任中军将军都督北伐军事。总：统领。⑯吊：慰问。洛汭：指洛水入黄河处，在今河南洛阳、巩义一带。汭，水流弯曲的地方。秦中：今陕西中部地区。以上地区当时均属北魏。⑰遂：终究。方：比拟、比照。仆：奴仆，此为丘迟对自己的谦称。⑱聊：姑且。布：公布，陈述。怀：心中的某种思想感情。

赏析 [这篇骈文的写作背景] 这是一封以招降为目的的密函，写于506年。作者丘迟与陈伯之有旧，曾在南齐共事，后雍州刺史萧衍乘齐内乱起兵反叛东昏侯萧宝卷、夺取帝位的时候，丘迟弃暗投明，归附了萧衍，最终当上了梁朝的司徒从事中郎，成为朝廷重臣。陈伯之曾参与讨伐东昏侯，围攻建康，为萧衍夺取帝位、建立梁朝立下开国之功。公元502年4月萧衍称帝后，陈伯之于旧职江州刺史外，又任“征南将军，封丰城县公，邑二千户”。文中“弃燕雀之小志，慕鸿鹄以高翔”就是指陈伯之那段光荣历史。

[先扬后抑的写法] 丘迟对陈伯之的历史功绩做了评述：“昔因机变化，遭遇明主，立功立事，开国称孤，朱轮华毂，拥旄万里，何其壮也！”这可以勾起陈伯之

对开邦立国之初富贵显赫、风光一时的政治生涯的美好回忆。以下笔锋陡转，直呼陈伯之为“奔亡之虏”，甚至描绘他投靠北魏之后一直为异族拼死效命，以至于“闻鸣镝而股战”，同时直言陈伯之“对穹庐以屈膝”的行为是“又何劣邪”，前后相比何其悬殊，对照何其鲜明。何况投靠北魏后，陈伯之面对北魏上层间的倾轧争斗、骨肉相残，日子并不好过。

[打消对方的顾虑] 劝降的关键在于打消陈伯之的顾虑，表明萧衍不仅对当年的叛梁绝不秋后算账，而且对今日之降也会加以厚遇。要做到这一点，丘迟就必须替陈伯之当年的“叛梁”之举进行开脱，这是陈伯之最大的一块心病。所以第二段一落笔，丘迟便帮这位老朋友进行分析：“寻君去就之际，非有他故，直以不能内审诸己，外受流言，沉迷猖獗”。文中对事件之原委洞若观火，分析精当，又推心置腹，肝胆相照，可以说是以情动人。作者还列举了“圣朝赦罪责功，弃瑕录用”等宽仁之举，同时引经据典，运用古代历史旧事，如朱鲔、张绣等典型事例进行论述，进一步打消其顾虑。

[晓之以理，动之以情] 文中进而分析重归梁朝当是最明智的选择，也是唯一出路。晓之以理以后，作者立即将笔墨宕开，为陈伯之描绘了一幅“杂花生树，群莺乱飞”的江南暮春景象。作者抓住家国之思、故土情怀大做文章，特别是“见故国之旗鼓，感平生于畴日，

抚弦登陴，岂不怆悢”及以下两个排比句，更是动人心魄，催人泪下。后来晚唐诗人钱珝作了一首七绝《春恨》以感叹这段历史旧事：“负罪将军在北朝，秦淮芳草绿迢迢。高台爱妾魂消尽，始得丘迟为一招。”实际上这首诗是对丘迟动之以情的重要手段进行了概括。

［文采飞扬，词句优美］这封密信写得情真意切，文采飞扬。虽属骈文，信中也旁征博引，多处用典，然而说理浅显易懂，鞭辟入里，遣词通俗，言简意赅，读来生动流畅，感情充沛，无堆砌、烦冗之嫌。特别是“暮春三月，江南草长”四句写景文字，历来备受赞扬，虽用普通词句描写寻常景色，但却于朴素中见优美，于平直中显真情，写出了江南的绮丽与温馨，勾起无限情思，对招降起到了非同小可的“催化作用”。此外，文中每自然段结束的反问句“又何劣邪？”“亦何可言？”“不亦惑乎？”“将军独无情哉？”层层递进，步步深入，说理更明晰，情感更浓郁，使整篇文章结构谨然，气韵畅达，胸怀博大。明代张溥赞曰：“其最有声者，与陈将军伯之一书耳！”（《汉魏六朝百三名家题辞》）

吴均

(469—520)字叔庠。吴兴故鄣(今浙江安吉)人。官待诏著作、奉朝请。其文工于写景，尤以小品书札见长，时称吴均体。有《续齐谐记》《吴朝请集》等。

与朱元思书

风烟俱净，天山共色，从流飘荡，任意东西。自富阳至桐庐①，一百许里，奇山异水，天下独绝。水皆缥碧，千丈见底。游鱼细石，直视无碍。急湍 tuān 甚箭，猛浪若奔。夹岸高山，皆生寒树，负势竞上，互相轩邈②，争高直指，千百成峰。泉水激石，泠泠 líng 作响；好鸟相鸣，嘤嘤成韵③。蝉则千转不穷，猿则百叫无绝。鸢 yuān 飞戾 lì 天者④，望峰息心；经纶世务者⑤，窥谷忘反。横柯上蔽，在昼犹昏⑥；疏条交映，有时见日。

注释 ①富阳：今浙江省杭州市富阳区。桐庐：今浙江省桐庐县。两地均位于钱塘江沿岸。②轩：高举。邈：辽远。③泠泠：水流的清脆声。嘤嘤：鸟鸣的悦耳声。④鸢：老鹰。戾：至。⑤经纶：经营。世务：世俗事务。⑥柯：树木的枝条。

赏析 [这篇文章的主要内容] 本篇描写了作者从富阳到桐庐，一百余里的长途漂流中，所见及所闻的江上胜景。写景之中，有一个“从流飘荡”着的人。此文开篇即佳，水天一色乃人所共知，谁也没想出这个“天山共色”。“自富阳至桐庐，一百许里，奇山异水，天下独绝”是一个总括。

钱塘秋潮图

[写景令人应接不暇] 总括之后，即写水流，水流有缓有急，妙有节奏。缓流处，“水皆缥碧，千丈见底。游鱼细石，直视无碍”。下滩时，“急湍甚箭，猛浪若奔”，漂流中人最爱的就是这个速度，好刺激！水急的地方，江面较窄，形成峡谷，因而所见是“夹岸高山，

皆生寒树，负势竞上，互相轩邈，争高直指，千百成峰”。写山妙在化静为动，状出动势、动态。然后写听觉感受：泉水激石的声音，好鸟相鸣的声音，千啭不穷的蝉的声音，百叫无绝的猿的声音，组成一部交响乐。由于自然的启迪，音乐的抚慰，使浮躁的心情重归宁静。通过景色对人的强大影响，间接强调着景的迷人。

[与《水经注》的比较] 无独有偶，北朝的郦道元，与作者年相仿，地不同，著《水经注》，对前代地理书《水经》作注释，补充了不少材料。《水经注·江水》中关于三峡水流的一段文字：“夏水襄陵，沿溯阻绝。或王命急宣，有时朝发白帝，暮到江陵，其间千二百里，虽乘奔御风，不以疾也。春冬之时，则素湍绿潭，回清倒影。绝巘多生怪柏，悬泉瀑布，飞漱其间，清荣峻茂，良多趣味。每至晴初霜旦，林寒涧肃，常有高猿长啸，属引凄异，空谷传响，哀转久绝。故渔者歌曰：‘巴东三峡巫峡长，猿鸣三声泪沾裳。’”这里写水的先急后缓，夹岸高山的趣味，以及山谷中的声音，最后落到山水对人产生的影响。对比阅读之下，你会惊异于二人发现的相似，而文章却不雷同。浙江是浙江，三峡是三峡。

[结尾留有余味] 说到山水对人产生的影响，本来也就结了。吴均却余兴未已，还要补上一笔光线的描写：“横柯上蔽，在昼犹昏；疏条交映，有时见日。”一

般情况下，峡谷中行舟，常处幽暗，但有时可以见到太阳。什么时候？中午。于是恰到好处。骈体美文的形式，与其所表达的内容，结合得天衣无缝；对仗工整，由于没有用典，读起来更觉清新流利。

与顾章书

仆去月谢病，还觅薜bì萝[①]。梅溪之西[②]，有石门山者。森壁争霞，孤峰限日，幽岫含云，深溪蓄翠。蝉吟鹤唳，水响猿啼，英英相杂[③]，绵绵成韵。既素重幽居，遂葺宇其上。幸富菊花，偏饶竹实，山谷所资，于斯已办[④]。仁智所乐[⑤]，岂徒语哉！

注　释　①去月：上月。谢病：因病辞官。薜萝：两种野生植物，薜荔和女萝。常借指隐者或高士的住处。②梅溪：山名，在今浙江安吉境。③英英：形容声音和美。④竹实：笋子。办：做到了。⑤仁智所乐：《论语·雍也》“知者乐水，仁者乐山。”

赏析　[远离名利追逐的审美世界]　文中通过对山水之美的描绘，表现了作者闲云野鹤般无拘无束的心境，为读者提供了一个远离名利追逐的审美世界。

郦道元

（约470—527）字善长。范阳涿县（今河北涿州）人。北朝著名地理学家，出仕30余年，后被害于雍州。历览群书，每至一处辄“访渎搜渠”，观察水道等地理状况。有《水经注》。

三峡

《水经注》

自三峡七百里中，两岸连山，略无阙 quē 处。重岩叠嶂①，隐天蔽日，自非亭午夜分，不见曦月②。

至于夏水襄陵，沿溯阻绝③。或王命急宣④，有时朝发白帝，暮到江陵，其间千二百里，虽乘奔御风不以疾也⑤。

春冬之时，则素湍绿潭，回清倒影⑥。绝巘 yǎn 多生怪柏⑦，悬泉瀑布，飞漱其间⑧，清荣峻茂⑨，良多趣味⑩。

每至晴初霜旦⑪，林寒涧肃，常有高猿长啸，属 zhǔ 引凄异⑫，空谷传响，哀转久绝⑬。故渔者歌曰：“巴东三峡巫峡长，猿鸣三声泪沾裳。”

注释 ①重岩叠嶂：重重的悬崖，层层的峭壁。嶂，像屏障一样的高山。②自非亭午夜分，不见曦月：如果不是正午和半夜，就看不见太阳和月亮。自，如果。曦，阳光。③至于夏水襄陵，沿溯阻绝：至于夏天江水漫上丘陵的时候，下行和上行的航路都被阻绝了。襄，漫上。沿，顺流而下。溯，逆流而上。④或王命急宣：遇到皇帝有命令必须急速传达。或，有时。⑤虽乘奔御风不以疾也：即使骑上快马，驾着风，也没有这样快。奔，这里指飞奔的马。御，驾。⑥素湍绿潭，回清倒影：雪白的急流，碧绿的潭水，回旋着清波，倒映着各种景物的影子。⑦巘：山峰。⑧悬泉瀑布，飞漱其间：悬泉和瀑布在那里飞流冲荡。漱，冲刷。⑨清荣峻茂：水清，树荣（茂盛），山高，草盛。⑩良：真，实在。⑪晴初霜旦：初晴的日子或者结霜的早晨。⑫属引：接连不断。⑬空谷传响，哀转久绝：空荡的山谷里传来（猿叫的）回声，悲哀婉转，很久才消失。

赏析 [三峡游记佳品] 这是一篇描写长江三峡壮丽景色的游记散文，选自北魏郦道元的《水经注·江水》。虽然只有寥寥一百五十五字，却写尽了七百里三峡的万千气象。其雄奇壮丽的描写，千百年来不知激发起多少中华儿女对祖国山河的热爱。

[开篇总写三峡特点] 文章一开篇，就概括地向人们展示了万里长江中最险峻的一段——三峡的壮丽景色。“两岸连山，略无阙处。重岩叠嶂，隐天蔽日。”好像是从空中鸟瞰。“自非亭午夜分，不见曦月。”则又像

巫峡秋涛图

是从船上仰望了。这一俯一仰，总写出了三峡特点：山高峰连，河道狭窄。所以非到正午、半夜见不到太阳、月亮。

[次写夏水的险峻壮奇] 三峡的山高而峡窄，则必然造成水流的湍急。尤其是夏季汛期，江水暴涨，导致航路断绝。这只写出了水势之大，却没有写出水流之急。于是，作者举了一个特例：“或王命急宣”。既然是皇上有旨，自然也就顾不得航路危险了。作者的意图不在写险，而在写水流之速。一千二百里的路程，朝发而夕至，时速约在百里。为了给人更真切的感受，作者又用了“奔马”和“疾风”来做比照。

[春冬之景良多趣味] 月盈则亏，水涨必落。春冬时节，三峡之水又显出别一番特色。此时的三峡，呈现出的是她的恬静、幽美的一面。雪白的激流，碧绿的潭水，回旋的清波，美丽的倒影构成了江水的画面。镜头往上摇，从峡底仰望两岸连山，只见山静、泉飞，再加上怪柏做背景，怎能不令人称奇。

[猿啸声声衬秋风] 深秋季节，肃杀凄清。这时三峡的主角不再是水，而是猿了。山猿凄厉的啼叫声，在山谷中引起回响，久久不能消失。这使作者想起了当地的一首民谣，其中两句是“巴东三峡巫峡长，猿鸣三声泪沾裳。”引诗的加入，赋予这段文字的结尾以悠然不尽的余味。而这两句民谣，也由于作者的引用，成为千古传诵的名句。

魏徵

(580—643)字玄成，隋唐馆陶（今属河北）人。隋末随李密起义，密败，降唐为太子建成洗马。太宗即位，擢为谏议大夫，历官尚书右丞、秘书监、侍中、左光禄大夫、太子太师等职，进封郑国公，史称诤臣。曾主编《隋书》《群书治要》等，时称良史。《全唐诗》存诗1卷。

谏太宗十思疏

臣闻求木之长者，必固其根本；欲流之远者，必浚jùn[①]其泉源；思国之安者，必积其德义。源不深而望流之远，根不固而求木之长，德不厚而思国之安，臣虽下愚，知其不可，而况于明哲乎？人君当神器[②]之重，居域中之大[③]，不念居安思危，戒奢以俭，斯亦伐根以求木茂，塞源而欲流长也。

凡百元首，承天景命[④]，善始者实繁，克终者盖寡。岂取之易，守之难乎？盖在殷忧[⑤]，必竭诚以待下，既得志，则纵情以傲物。竭诚，则吴、越为一体；傲物，则骨肉为行路。虽董[⑥]之以严刑，振之以威怒，终苟免而不怀仁，貌恭而不心服。怨不在大，可畏惟人，载舟覆舟，所宜深慎。

诚能见可欲，则思知足以自戒；将有作[7]，则思知止以安人；念高危，则思谦冲而自牧[8]；惧满溢，则思江海下百川；乐盘游[9]，则思三驱[10]以为度[11]；忧懈怠，则思慎始而敬终；虑壅蔽，则思虚心以纳下；惧谗邪，则思正身以黜 chù 恶；恩所加，则思无因喜以谬赏；罚所及，则思无因怒而滥刑。总此十思，宏[12]兹九德[13]。简能[14]而任之，择善而从之，则智者尽其谋，勇者竭其力，仁者播其惠，信者效其忠。文武并用，垂拱[15]而治。何必劳神苦思，代百司之职役哉！

注　释　①浚：疏通。②神器：帝位。③居域中之大：占据天地间的一大。《老子》上篇：“道大，天大，地大，王亦大。域中有四大，而王居其一焉。”域中，天地间。④元首：君主。景命：大命。⑤殷忧：深忧。⑥董：督责，监督。⑦有作：有劳作。指兴建宫室之类。⑧谦冲：谦虚。自牧：自我调养。⑨盘游：指打猎。⑩三驱：打猎时围三面，开一面，即所谓好生之德。⑪度：限度。⑫宏：发扬。⑬九德：

养正图册（部分）

指忠、信、敬、刚、柔、和、固、贞、顺。这里泛指一切德行。⑭简能：选能。⑮垂拱：敛手垂衣。比喻无为而治。

赏析 [千古诤臣] 魏徵是唐太宗的谏议大夫，即专门负责挑皇帝刺的官。魏徵有经国之才，性情又抗直，不畏强暴。每次进言，唐太宗没有不接受的。唐太宗曾夸奖他道："卿所陈谏，前后二百余事，非卿至诚奉国，何能若是?"有他的直言进谏和唐太宗的虚心纳谏，大唐帝国才有了"贞观之治"。公元 643 年，魏徵病死，唐太宗望丧而哭，曾对侍臣说："人以铜为镜，可以正衣冠；以古为镜，可以见兴替；以人为镜，可以知得失。魏徵没，朕亡一镜矣!"

随着功业日隆，国力日盛，唐太宗骄傲起来，生活渐渐奢靡腐化。魏徵以此为忧，多次上疏进言请唐太宗保持清醒的头脑。本文就是其中最著名的一篇。全文围绕着"思国之安者，必积其德义"的主旨，对唐太宗进行规劝。

["思国之安者，必积其德义"的原因] 作者在这里阐述了两条原因：一是君主"居域中之大"，位尊权重，他的一举一动，一言一行，都对国家的安危产生影响，肩负重大责任。因此，君王必须"居安思危，戒奢以俭"，这样才能固其根本。二是从历史教训来看，过去

的帝王"善始者实繁，克终者盖寡"是个普遍规律。为什么呢？因为他们"既得志，则纵情以傲物"，失去了德义，也就失去了民心。这后果是可怕的！水能载舟，也能覆舟啊。

［"思国之安者，必积其德义"的措施］既然知道了"积德义"的重要性和必要性，接下来该怎么办呢？魏徵提出了十条具体的措施：十思。要想国家安定，政权稳固，就要做到节俭、谦虚、寡欲、兼听、赏罚分明等。这些主张，已经超越了时空限制，于今都有很大的借鉴意义。

［写作特点］本文以"思"为线索，将所要论述的问题连缀成文，文理清晰，结构缜密。在行文时又常引用事例、名言来说理，贴切自然，很有说服力。运用比喻、排比和对偶的修辞手法，说理透彻，音韵铿锵，抑扬顿挫，气势充沛。比如，用"求木之长"和"望流之远"做比，来说明"积德义"和"国之安"的关系，就显得具体而生动。

王勃

(650—676)字子安，唐绛州龙门（山西河津）人。初唐四杰之一。祖父王通为隋末大儒。高宗乾封元年（666）应制科，对策高第，拜朝散郎。沛王李贤召为府修撰，以戏檄英王鸡被斥出府。总章二年（669）入蜀漫游，诗文大进。咸亨四年（673）求补虢州参军，因匿杀官奴获罪，遇赦除名。上元二年（675）秋赴交趾省父，次年秋渡海落水，惊悸而卒。有清蒋清翊《王子安集注》。

滕王阁序

豫章故郡[①]，洪都新府，星分翼轸 zhěn[②]，地接衡庐[③]。襟三江而带五湖[④]，控蛮荆而引瓯越[⑤]。物华天宝，龙光射牛斗之墟[⑥]；人杰地灵，徐孺下陈蕃之榻[⑦]。雄州雾列[⑧]，俊采星驰。台隍枕夷夏之交，宾主尽东南之美。都督阎公之雅望，棨戟遥临[⑨]；宇文新州之懿范[⑩]，襜 chān 帷暂驻。十旬休假，胜友如云；千里逢迎，高朋满座。腾蛟起凤，孟学士之词宗；紫电青霜[⑪]，王将军之武库。家君作宰[⑫]，路出名区；童子何知，躬逢胜饯。

时维九月，序属三秋。潦 lǎo 水尽而寒潭清，烟光凝而暮山紫。俨骖骓 fēi 于上路，访风景于崇阿[13]。临帝子之长洲[14]，得天人之旧馆。层台耸翠，上出重霄；飞阁翔丹，下临无地。鹤汀凫渚，穷岛屿之萦回；桂殿兰宫，即冈峦之体势。披绣闼 tà，俯雕甍 méng[15]。山原旷其盈视，川泽纡其骇瞩。闾阎扑地[16]，钟鸣鼎食之家；舸 gě 舰迷津[17]，青雀黄龙之轴[18]。云销雨霁，彩彻区明。落霞与孤鹜 wù 齐飞，秋水共长天一色。渔舟唱晚，响穷彭蠡 lí 之滨[19]；雁阵惊寒，声断衡阳之浦。

遥襟甫畅，逸兴遄飞。爽籁发而清风生[20]，纤歌凝而白云遏。睢园绿竹，气凌彭泽之樽；邺水朱华，光照临川之笔[21]。四美具，二难并。穷睇 dì 眄 miàn 于中天，极娱游于暇日。天高地迥，觉宇宙之无穷；兴尽悲来，识盈虚之有数。望长安于日下，目吴会于云间[22]。地势极而南溟深，天柱高而北辰远。关山难越，谁悲失路之人？萍水相逢，尽是他乡之客。怀帝阍而不见[23]，奉宣室以何年？嗟乎！时运不齐，命途多舛 chuǎn ；冯唐易老，李广难封[24]。屈贾谊于长沙，非无圣主；窜梁鸿于海曲[25]，岂乏明时。所赖君子见机，达人知命。老当益壮，宁移白首之心；穷且益坚，不坠青云之志。酌贪泉而觉爽，处涸辙以犹欢[26]。北海虽赊，扶摇可接；东隅已逝，桑榆非晚[27]。孟尝高洁[28]，空余报国之情；阮籍猖狂，岂效穷途之哭！

滕王阁图

勃三尺微命，一介书生。无路请缨，等终军之弱冠；有怀投笔，爱宗悫 què 之长风[29]。舍簪笏于百龄，奉晨昏于万里[30]。非谢家之宝树，接孟氏之芳邻[31]。他日趋庭，叨陪鲤对；今兹捧袂，喜托龙门。杨意不逢，抚凌云而自惜；钟期相遇，奏流水以何惭[32]。呜呼！胜地不常，盛筵难再；兰亭已矣，梓泽丘墟[33]。临别赠言，幸承恩于伟饯；登高作赋，是所望于群公。敢竭鄙怀，恭疏短引；一言均赋，四韵俱成。请洒潘江，各倾陆海云尔[34]。

注　释　①豫章故郡：豫章，汉郡名，唐改为洪州，所以称为故郡。②星分翼轸：星空的分野属于翼轸。翼和轸都是星宿名。③地接衡庐：州境和衡、江二州相接。衡，指衡州的衡山，庐，指江州的庐山。④三江：泛指长江中下游。五湖：太湖的别名，其分支有五，故曰五湖。或谓是总南方之湖而言，或谓指洞庭、青草、鄱阳、彭蠡、太湖五个湖。⑤蛮荆：古代称楚国为蛮荆，这里泛指湖北、湖南一带。瓯越：指今浙江省地区。⑥物华天宝：意谓物的光华，焕发为天上的宝气。龙光：指剑光。牛斗：星名。墟：所在之处。⑦徐孺：即徐孺子，名稺，后汉豫章南昌人。其德行素为人敬仰，时豫章太守陈蕃素不接待宾客，却专为他设一榻，平时挂起，他来才放下。榻：一种坐卧用具。⑧雄州：大州。这里泛指洪州辖区内的大都会。⑨棨戟：一种木戟，古代大官出行时所用的仪仗之一。⑩宇文新州：复姓宇文的新州刺史。新州，唐属岭南道，在今广东省境内。⑪紫电青霜：古代宝剑别名。⑫家君：作者称自己的父亲。宰：县宰。⑬骖騑：驾车的马。崇阿：高山。⑭帝子：指滕王李元婴。长洲：指阁前的沙洲。⑮闼：小门。甍：屋脊。⑯闾阎扑地：极言住户之多。⑰舸舰迷津：极言船舶之多。⑱青雀黄龙：以船身图案代指船只。⑲彭蠡：古泽名。⑳爽籁：指箫管等乐器。㉑睢园：指梁孝王的菟园。彭泽：代指陶渊明，陶渊明曾为彭泽县令。临川：代指谢灵运，谢灵运曾为临川太守。这里泛指与会文士。㉒吴会：苏州与会稽，今江苏与浙江一带。㉓帝阍：指朝廷。㉔冯唐：汉文帝时代人，老居微官。李广：汉代名将，身经大小七十余战，未能封侯。㉕梁鸿：字伯鸾，东汉章帝时高士，扶风平陵人，后居吴中，为佣工。㉖贪泉：在广州附近，传说人饮泉水就会变得贪婪。涸辙：喻穷困处境。㉗东隅：日出之地，代指早晨。桑榆：指黄昏。㉘孟尝：东汉时人，曾任合浦太守，以廉洁著称，后不为世用。㉙宗悫：宋南阳人，少时曾豪言："愿乘长风破万里浪。"㉚簪笏：官场用品，代指仕途。奉晨昏：指侍奉父母。㉛谢家之宝树：喻佳子弟，典出《世说新语·言语》。孟氏之芳邻：喻与会贤士，用孟母三迁的典故。㉜杨意：杨得意，汉武帝狗监，曾向武帝推介司马相如。钟期：钟子期，曾被俞伯牙许为知音。㉝兰亭：地名，在今浙江绍兴西南，晋穆帝永和九年（353）上巳节，王羲之等四十一位文士聚会于此。梓泽：晋石崇金谷园别称。㉞潘江、陆海：分别指潘岳、陆机之文才。钟嵘《诗品》说："陆才如海，潘才如江。"

赏析 [这篇赋的解题] 滕王阁旧址在江西南昌。滕王李元婴，高祖第二十二子也，滕王阁乃元婴由苏州刺史转洪州都督时所营造，约在永徽四年（653）。后经都督阎某再加整修，因大宴宾客，征文求记，王勃此序为客中赴宴应征之作。序，一种古文体，或用于临别赠言。《容斋四笔》五："用骈俪作记序碑碣，盖一时体格如此。"

[这篇赋的创作故事] 关于滕王阁序写作逸事，昔人所记非一，大类小说家语。或云勃父福畤坐勃事左迁交趾令，“勃往省觐，途过南昌，时都督阎公新修滕王阁成，九月九日，大会宾客，将令其婿作记，以夸盛事。勃至入谒，帅知其才，因请为之。勃欣然对客操觚，顷刻而就，文不加点，满座大惊。”见《唐才子传》一。据此，勃作序当在上元二年（675）九月。

或云：“王勃著《滕王阁序》时年十四，都督阎公不之信，勃虽在座，而阎公意属子婿孟学士者为之，已宿构矣。及以纸笔延让宾客，勃不辞让。公大怒，拂衣而起，专令人伺其下笔。第一报云：‘南昌故郡，洪都新府。’公曰：‘亦是老生常谈。’又报云：‘星分翼轸，地接衡庐。’公闻之，沉吟不言。又云：‘落霞与孤鹜齐飞，秋水共长天一色。’公矍然而起曰：‘此真天才，当垂不朽矣。’遂亟请宴所，极欢而罢。”见《唐摭言》五。“时年十四”说不确。

[首段关键词是“人杰地灵”] 南昌在西汉为豫章郡，隋时置洪州，故曰“豫章故郡，洪都新府”。古以楚地分野对应于二十八宿中的翼、轸，南昌又与江南道的衡州、江州毗邻，故曰：“星分翼轸，地接衡庐。”襟、带二字是名词做动词用，与控、引相对仗；三江、五湖，蛮荆、瓯越，则为句中自对。“龙光射牛斗之墟”写地灵，“徐孺下陈蕃之榻”说人杰。“雄州雾列”是地

灵，“俊采星驰”说人杰。“宾主尽东南之美”又是说人，而且落到眼前。

赞美滕王阁的地利人和，所赖在知识、掌故、材料。少不了客套话、场面话、应景话，阎公谓为老生常谈，也是有一定道理的。

[次段关键词是“云销雨霁”]“时维九月，序属三秋”，先点节令，接着写雨过天青，云开日出，时近黄昏。“潦水尽而寒潭清”设色清淡，“烟光凝而暮山紫”设色凝重，突出了晚秋景物特征。文中以“层台耸翠，上出重霄；飞阁翔丹，下临无地”形容滕王阁的宏丽高大，展示建筑的文化。接着又写阁外长洲上的景色，充满自然的生机；滕王阁的建筑群，依山体的形势而布局巧妙，体现出天人合一。从阁上向下眺望山川和城市，里巷不少富人，渡口布满船只。

“云销雨霁”以下，作者的视线移向更远的天边，他看到晚霞下沉，孤鹜起飞，一个自上而下，一个自下而上，动感相映增辉。晚霞是明亮而多彩的背景，孤鹜是背景上较暗的剪影。听觉印象也令人难忘，在气温渐低的秋晚，渔歌声与雁叫声，交织着，回荡着，扣响了衣单游子的心弦，令之久久不能平静。

这段的写景较多来自实地的观察，远近上下，景象万千，色彩绚丽，有层次感，有纵深感，实画工之笔。

[三段主题词是“穷且益坚”]先承上以写景，说胸

襟因而开阔，兴致因而勃发——“遥襟甫畅，逸兴遄飞。”接着叙写宴会之乐，也是题中应有之义。爽籁指参差的丝竹声，纤歌指柔细的女高音，宴会娱乐中的演奏和演唱也。以下笔锋一转：“穷睇眄于中天，极娱游于暇日”数句中的感慨本老生常谈，首见王羲之《兰亭集序》：“夫人之相与，俯仰一世。或取诸怀抱，晤言一室之内；或因寄所托，放浪形骸之外。虽趣舍万殊，静躁不同，当其欣于所遇，暂得于己，快然自足，曾不知老之将至。及其所之既倦，情随事迁，感慨系之矣。向之所欣，俯仰之间，已为陈迹，犹不能不以之兴怀。况修短随化，终期于尽。古人云：‘死生亦大矣’，岂不痛哉!”

不过，王勃有自己特殊的悲痛，少不更事，在政治上受到沉重打击，所以他引贾生以自比。“关山难越，谁悲失路之人？萍水相逢，尽是他乡之客”，措语备极沉痛，既切合自身遭际，也切合宴会聚散之事，可圈可点。以下连用冯唐、李广、贾谊、梁鸿四个汉人的典故，借古人酒杯，浇自家块垒。非无圣主，岂乏明时，是说人才在任何时代都有可能受到不公正的待遇。

以下以“所赖”二字振起音情，积极自勉，出言掷地有声，其势扶摇直上。见机指识时务，知命指有很强的承受能力。处在逆境之中，最能看出一个人的能耐。这段既沉痛，又感奋的话，情至文生，令人鼓掌击节。

[末段关键词是"临别赠言"] 此段虽是没要紧话，却说得一波未平，一波又起。兴之所至，文亦随之，完全放开了在写，初学者很难达到这样的水准。这才充分展示了作者的才华。

[这篇骈文的文学成就] 唐初骈文尚有齐梁余风，以形式的华美掩盖内容的空虚，此文则有充实的情感内容。作者状难写之景，无不达之意；运散文之气于骈偶，严整之中呈行云流水之势，节奏纡徐，错落有致；挥洒自如，无艰难劳苦之态。洵可谓得四六之奥妙，臻骈文之佳境。

韩愈

(768—824)字退之，河南河阳（今河南孟州南）人，郡望昌黎。德宗贞元八年（792）登进士第，任节度推官，其后任监察御史等职。十九年因触怒权臣，贬阳山令。宪宗即位，移江陵府法曹参军。元和元年（806）召拜国子博士。十二年从裴度讨淮西有功，升任刑部侍郎。十四年谏迎佛骨，贬潮州刺史。次年穆宗即位，召拜国子祭酒。长庆二年（822）转吏部侍郎、京兆尹。卒谥文。有《昌黎先生集》。

马说

世有伯乐，然后有千里马①；千里马常有，而伯乐不常有。故虽有名马，祇 zhǐ 辱于奴隶人之手②，骈 pián 死于槽枥 lì 之间③，不以千里称也。马之千里者，一食或尽粟一石 dàn④；食 sì 马者不知其能千里而食也⑤。是马也，虽有

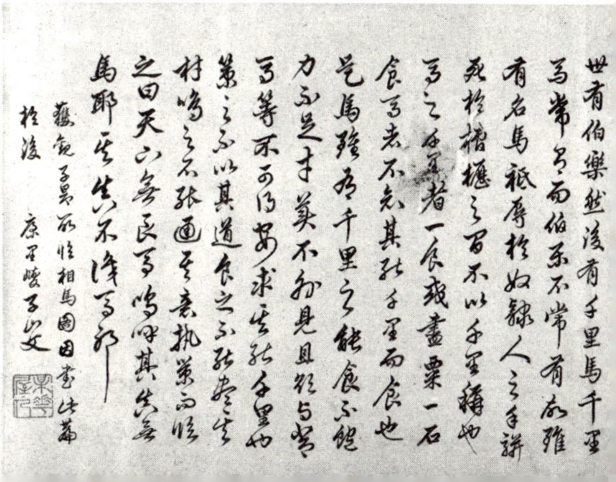

相马图（局部）

千里之能，食不饱，力不足，才美不外见 xiàn；且欲与常马等不可得，安求其能千里也？策之不以其道，食之不能尽其材⑥，鸣之而不能通其意，执策而临之⑦，曰："天下无马。"呜呼！其真无马邪 yé？其真不知马也！

注 释 ①伯乐：名孙阳，春秋秦穆公时人，以善于鉴别马的好坏著名。②祇：通"只"，只是。奴隶人：养马的仆人。③骈：两马并驾。槽：喂牲口用的食具。枥：马栈，马棚。④一食：吃一顿。石：容量单位。⑤食：通"饲"，喂。⑥策：马鞭，用作动词。以：按照，根据。道：规律，事理。尽：竭尽。⑦临：面对，接近。

赏析 [杂说即杂感] 韩愈《杂说》有四篇，杂说即杂感。此其四，就内容而言可称"马说"。文章短小精悍，可说是以极少的语言达到了极大的效果。

[开篇发语惊人] 按照常识，应该是“千里马常有，而伯乐不常有”。可作者偏偏先提出一个违反常识的命题——“世有伯乐，然后有千里马”。这是一个悖论（指一切与人的直觉和常识相矛盾的结论，那结论会使人感到惊讶无比），然而却有振聋发聩的力量。因为其中含有一个真理，即“天才乃是成功了的人”。千里马倘无人发现，不被人当作千里马，就只是一匹潜在的千里马，而不是现实的千里马。作者无形中抓住可能性与现实性两个范畴的差异，指出在二者转化过程中伯乐具有的关键性作用。这个思想是相当深刻的。

[必要的补充说明] 紧接着把话说回来，文势转为舒缓：其实呢，“千里马常有，而伯乐不常有。故虽有名马，祇辱于奴隶人之手，骈死于槽枥之间，不以千里称也”。这就进一步阐明前述命题，说明人才是需要发现和培育的。即使有人才，不去发现，不去培养，反过来就会糟蹋人才，使千里马与常马一样无所作为而老死槽枥之间，不成其为千里马。

[关于待遇问题] 以下讲“千里马”的待遇问题。千里马能否成为千里马，还有一个投入和给养问题。由于消耗量大，所以千里马食量大，“一食或尽粟一石”。必须承认其与常马的这种差别，而按劳付酬。如果饲马者昧于这个道理，就不可能正确分配给养。联系封建时

代“珠玉卖歌笑，糟糠养贤才”的事实，乃知作者是有感而发的，是不平之鸣。

[关于使用问题] 以下讲“千里马”的使用问题。作者侧重对执策者即用人当局方面指出弊端，“策之不以其道”即使用不合理，“食之不能尽其才”即待遇不公道，“鸣之而不能通其意”即对话渠道不畅通，此三者，皆用人之大弊。有趣的是，作者设计了一个执策者颟顸之极的漫画形象——这人手执马策，就站在千里马的面前，却大言不惭道：“天下无马。”真是武断之极，颟顸之极，可谓无目。于是作者感叹道：哎呀，是真无马吗？这家伙真是不知马呀！这再一次证明篇首命题：世无伯乐，即使千里马就近在眼前，也可能导致“天下无马”的可悲结论。

[这篇文章的现实意义] 此文作年无考，有人猜测作于贞元十一年（795）作者三上宰相书不报之时，有相当的可能。全文围绕中心命题展开论述，有正面的说理，也有反讽。说理深析透辟，讽刺入木三分。全文仅得一百五十余字，比某些长调的词还短。因通篇采用譬喻手法，只作马说，而意不在马，所以耐人寻思。乃至千年以下的今天，读来仍觉有现实意义——文中那个执策而大言不惭的“马盲”形象，至今不是似曾相识么？伯乐归来的呼声，至今不是时有所闻么？

师说

古之学者必有师。师者，所以传道受业[①]解惑也。人非生而知之者，孰能无惑？惑而不从师，其为惑也，终不解矣。生乎吾前，其闻道也固先乎吾，吾从而师之；生乎吾后，其闻道也亦先乎吾，吾从而师之。吾师道也，夫庸知[②]其年之先后生于吾乎？是故无贵无贱，无长无少，道之所存，师之所存也。

嗟乎！师道[③]之不传也久矣，欲人之无惑也难矣。古之圣人，其出人也远矣，犹且从师而问焉；今之众人，其下圣人也亦远矣，而耻学于师。是故圣益圣，愚益愚。圣人之所以为圣，愚人之所以为愚，其皆出于此乎！

爱其子，择师而教之，于其身也，则耻师焉，惑矣。彼童子之师，授之书而习其句读 dòu[④]者，非吾所谓传其道解其惑者也。句读之不知，惑之不解，或师焉，或不 fǒu[⑤]焉，小学而大遗，吾未见其明也。巫医、乐师、百工之人不耻相师，士大夫之族曰"师"曰"弟子"云者，则群聚而笑之。问之，则曰："彼与彼年相若也，道相似也，位卑则足羞，官盛则近谀。"呜呼！师道之不复，可知矣。巫医、乐师、百工之人，吾子不

孔子圣迹图·学琴师襄

齿。今其智乃反不能及，其可怪也欤！

圣人无常师。孔子师郯 tán 子、苌 cháng 弘、师襄、老聃 dān。郯子之徒，其贤不及孔子。孔子曰："三人行，则必有我师。"是故弟子不必不如师，师不必贤于弟子。闻道有先后，术业有专攻，如是而已。

李氏子蟠 pán，年十七，好古文，六艺经传皆通习之，不拘于时⑥，学于余。余嘉其能行古道，作《师说》以贻 yí 之⑦。

注　释　①受业：传授学业。受，通"授"。②庸知：哪管。③师道：从师学习的风习。④句读：断句。读，指句中的停顿。⑤不：通"否"。⑥时：时俗。⑦贻：赠予。

赏析 [韩愈“抗颜而为师”] 《师说》写于公元803年，当时韩愈所倡导的“古文运动”已开展起来。为使古文运动的影响范围更大，他不仅努力完善自己，还对青年后进给予具体的指导和帮助。这是六朝以来所没有的，因而士大夫之流都引以为怪，责备韩愈爱出风头，并对那些从师学习的后进“群聚而笑之”。但是韩愈处在这样的环境里，并没有退缩，继续为古文运动而奋斗。柳宗元在《答韦中立论师道书》中说：“由魏晋氏以下，人益不事师。今之世不闻有师，有辄哗笑之，以为狂人。独韩愈奋不顾流俗，犯笑侮，收召后学，作《师说》，因抗颜而为师。”可见韩愈写这篇文章，不仅是为了纠正当时社会上轻视求师学习的恶习，对那些诽谤者进行公开答复和严正批驳，也是为了引导像李蟠这样的年轻后学，鼓励他们不要受时俗恶习的束缚，勇于从师，勤于学习，为古文运动的发展做出贡献。

[从师的重要性] 文章一开始，就给老师下了个定义：传道、授业、解惑。传道，就是传授义理；授业，就是讲授古文“六艺”之业；解惑，就是解释对前两者的疑惑。直接强调了从师的重要性。同时，因为人不是生下来就什么都懂的，谁都不可能没有疑惑，所以谁都不能没有老师；如果有了疑惑而不向老师请教，那么疑惑也就不可能得到解决。从师，真是重要啊。作者在这里间接地批判了

社会上对从师的鄙薄风习。

［道之所存，师之所存］既然老师的作用这么大，那什么样的人可以成为老师呢？韩愈提出了“道之所存，师之所存”的著名论点。凡是懂得道理的，都可以向他请教，他们都可以成为别人的老师，这也是本文的中心论点。紧接着，从两个方面加以阐述：一是反面批判，指出士大夫以从师为耻的愚蠢。这是针对当时的社会风气所发的，并直接斥责：“在从师方面，士大夫还不如劳动人民呢！”二是正面举例，说明古代圣人孔子的从师观，“三人行，则必有我师”。连孔子都要广泛地从师，何况常人？相比之下，士大夫的行为是多么错误啊！并进一步提出“弟子不必不如师，师不必贤于弟子”“闻道有先后，术业有专攻”，又照应到中心论点“道之所存，师之所存”上来。使全文浑然一体。

［本文有很强的说服力和感染力］整篇文章从立论、论证到结论，都紧扣中心论点，有的放矢，理论联系实际。既用逻辑推理的方法，又用摆事实讲道理的方法；既有驳论，又有立论；既是诱导，又是批评。运用对比的方法尤为突出，如用“古之圣人”和“今之众人”做对比，用“士大夫之族”和“巫医、乐师、百工之人”做对比，等等。通过这些对比，来说明师的作用和相师的重要，令人十分信服。本文气势异常充沛，感染力强，这主要得益于在语言上善于运用排偶句式。例如：

"生乎吾前，其闻道也固先乎吾，吾从而师之；生乎吾后，其闻道也亦先乎吾，吾从而师之。""是故无贵无贱，无长无少，道之所存，师之所存也。""彼与彼年相若也，道相似也，位卑则足羞，官盛则近谀。"这种排偶句，使人读起来不仅感到气势很盛，而且有一种音节上的美，语气上也自然流畅，多姿多彩。

答李翊 yì 书

六月二十六日，愈白。李先生足下：生之书辞甚高，而其问何下而恭也！能如是，谁不欲告生以其道？道德之归也有日矣，况其外之文[①]乎？抑[②]愈所谓望孔子之门墙而不入于其宫者，焉足以知是且[③]非邪？虽然，不可不为生言之。

生所谓"立言"者，是也；生所为者与所期者，甚似而几[④]矣。抑不知生之志，蕲 qí[⑤]胜于人而取于人[⑥]邪？将蕲至于古之立言者邪？蕲胜于人而取于人，则固胜于人而可取于人矣；将蕲至于古之立言者，则无望其速成，无诱于势利，养其根而俟 sì[⑦]其实，加其膏而希其光。根之茂者其实遂，膏之沃者其光晔 yè。仁义之人，其言蔼如[⑧]也。

抑又有难者。愈之所为，不自知其至犹未也。虽然，学之二十余年矣。始者，非三代两汉之书不敢观，非圣人之志不敢存。处若忘，行若遗，俨乎其若思，茫乎其若迷，当其取于心而注于手也，惟陈言之务去，戛jiá戛[9]乎其难哉！其观于人，不知其非笑之为非笑也。如是者亦有年，犹不改。然后识古书之正伪，与虽正而不至焉者，昭昭然白黑分矣，而务去之，乃徐有得也。当其取于心而注于手也，汩gǔ汩然来矣。其观于人也，笑之则以为喜，誉之则以为忧，以其犹有人之说者存也。如是者亦有年，然后浩乎其沛然矣。吾又惧其杂也，迎而距[10]之，平心而察之，其皆醇也，然后肆[11]焉。虽然，不可以不养也，行之乎仁义之途，游之乎《诗》《书》之源。无迷其途，无绝其源，终吾身而已矣。

气，水也；言，浮物也。水大而物之浮者大小毕浮。气之与言犹是也，气盛则言之短长与声之高下者皆宜。虽如是，其敢自谓几于成乎？虽几于成，其用于人也，奚取焉？虽然，待用于人者，其肖于器邪？用与舍属诸人。君子则不然。处心[12]有道，行己有方，用则施诸人，舍则传诸其徒，垂诸文而为后世法。如是者，其亦足乐乎？其无足乐也？

有志乎古者希矣，志乎古必遗乎今[13]，吾诚乐而悲之。亟qì[14]称其人，所以劝之，非敢褒其可褒而贬其可贬也。问于愈者多矣，念生之言不志乎利，聊相为言之。愈白。

注　释　①文：文章。②抑：转折连词，不过，可是。③且：或。④几：接近。⑤蕲：通“祈”。求。⑥取于人：指被人学习。⑦俟：等待。⑧蔼如：美盛貌。⑨戛戛：困难吃力的样子。⑩距：通“拒”。⑪肆：喷薄而发。⑫处心：处理思想。⑬遗乎今：被今人遗忘。⑭亟：多次。

赏析　[韩愈与古文运动]　唐代诗歌的繁荣引领着散文文体和文风的变革和发展，在内容上，推崇文以载道，形式上，改变占统治地位的骈体文，变为散体，这就是古文运动。韩愈是古文运动的首领，他不仅在实践上以自己雄浑恣肆的古文作品为别人树立榜样，还从理论上为古文运动摇旗呐喊。在理论上，韩愈最突出的主张就是重新建立了儒家道统，越过了西汉以来的经学，回归孔孟之道。

本文是他给学生李翊的回信。李翊向他求教如何写作古文，韩愈就结合本人的创作实际，介绍了自己为文的态度和过程。本篇是研究韩愈文学思想和文学创作甚至古文运动的重要资料。

[道德修养是作文的根本]　写作古文的目的，就是要传播儒家道统，“明道”。而对“道”认识的深浅决定于作者自身的道德修养。因此，加强自己的道德修养，才是古文写作的关键，而不能期望速成，也不能被功利所诱惑。道德修养深了，文章自然就好了，“仁义之人，

其言蔼如”，因为文是道的外在表现。韩愈在这里还用了“根”“膏”和“实”“光”分别比喻“道”和“文”，生动地阐明了它们之间的关系。

［作者创作古文的三条经验］围绕着“道德修养”的理论，韩愈又从自身的创作实践来介绍古文写作的经验，主要有三点：一是要虚心学习古人；二是要有自己的创见，不能因循守旧，要“陈言务去”；三是要有决心和毅力，以及不怕被人嘲笑的勇气。在这里，作者又再次用“气”“水”和“言”“浮物”做比，强调道德修养是作文的根本，照应开头。

［要有一颗无功利的心］由于道德修养是一个漫长的过程，要写好古文，也是个漫长的过程。在这个过程中，一定要保持一颗宁静的心，“处心有道，行己有方，用则施诸人，舍则传诸其徒”，而不要“志乎利”，不要被功名利禄所迷惑。

［气盛言宜的特点］针对时弊，面对各种诱惑，作者在文中流露出不为所动的气魄，而对“道德修养”的强调，有道才有文的规律，也充满了强烈的自信。

但作者并不因此居高临下，盛气凌人，一味奔泻。他的语言是充满变化的。对李翊的告诫，真诚而柔和，没有颐指气使；说明自己作文的艰辛，也是渐次开朗的；强调“道”的重要，也是反复述说，晓之以理。总之，一篇平常的书信，在韩愈大师的笔下，声色顿开，引人入胜。

柳子厚墓志铭

子厚讳宗元[①]。七世祖庆为拓跋魏侍中[②]，封济阴公。曾伯祖奭，为唐宰相，与褚遂良、韩瑗俱得罪武后，死高宗朝[③]。皇考讳镇[④]，以事母，弃太常博士，求为县令江南；其后，以不能媚权贵，失御史，权贵人死[⑤]，乃复拜侍御史；号为刚直，所与游皆当世名人。

子厚少精敏，无不通达。逮其父时[⑥]，虽少年，已自成人，能取进士第，崭 zhǎn 然见 xiàn 头角，众谓柳氏有子矣[⑦]。其后以博学宏词授集贤殿正字[⑧]。俊杰廉悍[⑨]，议论证据今古，出入经史百子，踔 chuō 厉风发[⑩]，率常屈其座人[⑪]。名声大振，一时皆慕与之交；诸公要人争欲令出我门下，交口荐誉之。

贞元十九年，由蓝田尉拜监察御史[⑫]，顺宗即位，拜礼部员外郎。遇用事者得罪，例出为刺史；未至，又例贬永州司马。居闲，益自刻苦，务记览，为词章，泛滥停蓄[⑬]，为深博无涯涘。而自肆于山水间[⑭]。元和中，尝例召至京师；又偕出为刺史，而子厚得柳州。既至，叹曰："是岂不足为政耶！"因其土俗，为设教禁，州人顺赖[⑮]。其俗以男女质钱，约不时赎，子本相侔，则没为奴婢。子厚与设方计，悉令赎归；其尤贫力不能者，令书其佣，足相当，则使归其质。观察使下其法于他州，比一岁，免而归者且千人。衡湘以南为进士者[16]，皆以子厚为师，其经承子厚口讲指画为文词者，悉有法度可观。

其召至京师而复为刺史也，中山刘梦得禹锡亦在遣中，当诣播州[17]。子厚泣曰："播州非人所居，而梦得亲在堂，吾不忍梦得之穷，无辞以白其大人；且万无母子俱往理。"请于朝，将拜疏，愿以柳易播，虽重得罪死不恨。遇有以梦得事白上者，梦得于是改刺连州[18]。呜呼！士穷乃见节义！今夫平居里巷相慕悦，酒食游戏相征逐，诩 xǔ 诩强笑语以相取下[19]，握手出肺肝相示，指天日涕泣，誓生死不相背负，真若可信；一旦临小利害，仅如毛发比，反眼若不相识，落陷井，不一引手救，反挤之，又下石焉者，皆是也。此宜禽兽夷狄所不忍为，而其人自视以为得计；闻子厚之风，亦可以少愧矣！

子厚前时少年，勇于为人，不自贵重顾藉[20]，谓功业可立就，故坐废退[21]；既退，又无相知有气力得位者推挽，故卒死于穷裔[22]，材不为世用，道不行于时也。使子厚在台省时[23]，自持其身已能如司马、刺史时，亦自不斥；斥时，有人力能举之，且必复用不穷。然子厚斥不久，穷不极，虽有出于人，其文学辞章，必不能自力以致必传于后如今，无疑也。虽使子厚得所愿，为将相于一时，以彼易此，孰得孰失，必有能辨之者。

子厚以元和十四年十一月八日卒，年四十七；以十五年七月十日归葬万年先人墓侧。子厚有子男二人：长曰周六，始四岁；季曰周七，子厚卒乃生。女子二人，皆幼。其得归葬也，费皆出观察使河东裴君行立[24]。行立有节概，重然诺，与子厚结交，子厚亦为之尽，竟赖其力。葬子厚于万年之墓者[25]，舅弟卢遵，遵，涿人[26]，性谨慎，学问不厌；自子厚之斥，遵从而家焉，逮其死不去；既往葬子厚，又将经纪其家[27]，庶几有始终者。

铭曰：是惟子厚之室[28]，既固既安，以利其嗣人。

注 释 ①讳：避。古人尊敬死者，忌讳直呼其名。②拓跋魏：指南北朝时的魏王朝。拓跋是姓，用以区别三国时的曹魏。③奭：柳奭，字子燕，与柳宗元之高祖子夏为兄弟。褚遂良：字登善。杭州钱塘（今浙江省杭州市）人，官至尚书右仆射。韩瑗：字伯玉，雍州三原（今陕西三原）人，官至侍中。④皇考讳镇：指柳子厚已死的父亲柳镇。⑤权贵人：指当时权贵宝参。⑥逮其父时：在他父亲在世的时候。⑦崭然见头角：指才能表现得很突出。见：显露。有子：有光耀门楣之子。⑧集贤殿：集贤殿书院，是收藏整理图书的机构。正字：校正书籍的官。⑨俊杰廉悍：形容议论有独特的见解，精警而有力，高出常人。⑩踔厉：腾跃奋激的样子。⑪率常：经常。屈：使人屈服。⑫蓝田：今陕西省县名。监察御史：御史台的属官，掌分察百僚，巡按州县狱讼、军戎、祭祀、出纳诸事。⑬泛滥停蓄：形容学问文章的广博和深厚。⑭肆：放纵。⑮顺赖：顺从、依赖。⑯衡湘以南：泛指岭南地区。衡，衡山。湘，湘水。⑰刘梦得禹锡：刘禹锡字梦得。播州：在今贵州省遵义市。唐时地极荒僻。⑱连州：唐属岭南道，在今广东省连州市。⑲诩诩：北方口语，称媚悦为诩诩。⑳顾藉：顾惜。㉑故坐废退，因而废退。废退，指远谪边地，不用于朝廷。㉒穷裔：荒远偏僻的边地。㉓台、省：都是机关名称。㉔裴行立：任桂管观察使。㉕万年：唐县名，在今陕西省西安市临潼区东北。㉖卢遵：是柳宗元舅父之子。涿：唐州名，在今河北省涿州市。㉗经纪：经营，料理。㉘室：幽室，即墓穴。

赏析 [这篇文章的写作时间] 此文是韩愈为悼念柳宗元而为其所作的墓志，作于元和十五年（820）袁州刺史任上。稍前，韩愈已写过一篇《祭柳子厚文》。

[墓志铭这种文体的特点] 墓志铭皆是叙述一个死者的生平事迹，刻在石上的文字。志者识也，或埋于圹中，或立在墓前，即碑（此用姚鼐说），可以说是盖棺论定的文字。但碑志的写作与传记不同。传记是作者主动撰述，能就作者所知据事直书，比较符合客观事实。而碑志多是应死者亲故请求写作，而且是立即公开给人看的，所以总是有所避讳，有所回护，总是隐恶扬善，

甚至有虚美，有曲笔，因而难逃“谀墓”之讥。这种情况和今人写悼词一样，令人难以认真对待。碑志文的史料价值也因此大打折扣。但韩愈的《柳子厚墓志铭》不属于上述情况，它不是应人所求而作，而是为了心愿而主动撰述的文章，向被推为韩文名篇。

[墓志铭的例行公事] 叙柳宗元先世事迹，侧重叙写先人的荣显和节操，直系亲属除父亲是必须提到的外，其余两位先人都是筛选出来的，这是古人作碑志传记，为墓中人或传主显示身份德业的写法。

[文中委婉的笔法] 叙柳宗元早年的声誉履历。少年成名，21 岁登进士第，24 岁中博学宏词科，后二年授集贤殿正字；为人杰出方正，通晓经史百子，能言善辩，在同辈中属佼佼者。这里特别要注意一句“诸公要人争欲令出我门下，交口荐誉之”，要人即指因永贞革新获谴的王叔文等，意在为柳开脱，可见不是他主动攀附诸公要人的，这也是碑志传记的笔法。柳宗元参与王叔文集团推行永贞革新一事不能不提，然而按当时的政治定性及韩愈本人保守的看法，这件事又是很不光彩的，所以写起来比较费脑筋。据朱熹校《昌黎先生集》考异中征引另一种文本，这段话是：“贞元十九年，拜监察御史。王叔文、韦执谊用事，拜尚书礼部员外郎，且将大用。遇叔文等败，例出为刺史。”认为即是韩愈此文的初稿，后来更定过。不直接点明王、韦，而以

“用事者”含糊带过；同时删除“且将大用”那样刺目的字句，这是曲笔。

[这篇文章中的主笔] 叙柳宗元的被贬、贬后刻苦力学与发愤著书、在柳州的政绩及其在南方文士中的影响。在永州，司马是闲职，故着重写他致力于文章、自肆于山水。在柳州，刺史是长官，故写其政绩——突出的事迹是致力于解放奴婢，为州人拥戴，并创建了一个模范州，先进经验得到上级肯定和推广。最后扼要点出柳宗元文教业绩，衡湘以南为进士者，皆师事之而获益。

[能表现墓主人品的逸事] 文中追叙元和中（806—820）例召至京师又复出为刺史时的一件逸事，特别表彰柳宗元为人之笃于友谊。在放官远州之时，柳宗元还时时想到他人，为刘禹锡家庭困难着想，愿以柳州易播州。文中就此借题发挥，感慨世人相交情谊之薄。这是全文的插笔，能使墓主给人留下突出印象。

[对墓主一生总的评论] 对前半生，肯定其勇于为人，同时批评其官居台省时政治上不成熟，冒冒失失，导致被斥；但又认为他的斥死穷裔，则是因为当局的无知和无情造成的，是不幸和值得同情的；再做转折，说这种不幸对于文学家的柳宗元，也许同时就是大幸，——“然子厚斥不久，穷不极，虽有出于人，其文学辞章，必不能自力以至必传于后如今，无疑也”，这

段话大是名言，是对太史公“发愤著书”之说的发挥。进而又说“虽使子厚得所愿，为将相于一时，以彼易此，孰得孰失，必有能辨之者”，这实际上也就是说，着眼于柳宗元后半生所创造的不朽文学业绩，则其斥死穷裔安知不是一种宿命，一种天意，亦可以无悔矣。这也就是白居易“天意君须会，人间要好诗”的意思。这段的议论有几度转折，见解深刻，极富哲理，历来为人乐于讽诵。

[这篇文章的艺术性] 本篇在韩文中属于文从字顺、平易朴素的一类。平易不等于平庸，不是漫不经心、信笔所之，而是从辛苦锤炼中得来的。好的散文应当是运用平淡自然而经过锤炼的语言，以精简的词句表达丰富的内容，生动有力，而又有一种音节之美，使一看就感觉清爽，细读更有味道，本篇即达到了这样的水平。碑志以叙事为主，但也可夹叙夹议。本篇中有两大段夹叙夹议的文字，反复感叹，情辞激宕，为全篇点睛所在，仿佛演戏一样，这里的叙事是道白，议论则是优美的歌唱，所以很能动人。

柳宗元

(773—819）字子厚，河东解（今山西运城西南）人。德宗贞元九年（793）登进士第，十九年擢监察御史里行。顺宗永贞中（805）与刘禹锡等参与革新，同年宪宗即位，革新失败，贬永州（今属湖南）司马。元和十年（815）回京，复出为柳州（今属广西）刺史。有《柳宗元集》(《河东先生集》)。

黔之驴

黔无驴，有好 hào 事者船载以入[①]。至则无可用[②]，放之山下。虎见之，庞然大物也[③]，以为神[④]，蔽林间窥 kuī 之[5]，稍出近之[6]，慭 yìn 慭然[7]，莫相知[8]。他日，驴一鸣，虎大骇 hài，远遁 dùn[9]，以为且噬 shì 己也[10]，甚恐。然往来视之，觉无异能者[11]。益习其声，又近出前后，终不敢搏。稍近，益狎 xiá[12]，荡倚冲冒[13]，驴不胜怒[14]，蹄之[15]。虎因喜，计之曰："技止此耳！"因跳踉 liáng 大㘎 hǎn[16]，断其喉，尽其肉，乃去。

注释 ①好事者：喜欢多事的人。船载以入：用船装运（驴）进入（黔）。②则：却。③庞然：巨大的样子。④以为神：把（它）当作神奇的东西。"以"后边省略了"之"字。⑤窥：偷看。⑥稍：渐渐。⑦慭慭然：小心谨慎的样子。⑧莫相知：不知道（它是什么东西）。⑨遁：逃走。⑩以为且噬己也：认为将咬自己。且，将。噬，咬。⑪觉无异能者：觉得（驴）没有什么特殊本领。⑫狎：亲近而不庄重。⑬荡倚冲冒：形容虎对驴轻侮戏弄的样子。荡，碰撞。倚，倚靠。冲，冲击。冒，冒犯。⑭不胜怒：非常恼怒。胜，禁得住。不胜，不能承受。⑮蹄：踢。⑯跳踉：跳跃。

赏析 [故事写作的背景] 柳宗元不但是唐代的一位文学家，也是一位政治家，他曾试图参与政治改革来挽救唐王朝江河日下的命运，终因触动守旧派官僚集团的利益而以失败告终。本文中黔之驴的形象，实则是统治集团中那些貌似强大而盲目自大、得意忘形之辈的写照。

[旨在以事喻理] 本文是柳宗元《三戒》中的一篇，写的是小老虎吃掉大驴子的故事。另外两篇的主角分别是麋鹿和老鼠。本文借黔之驴的故事启示我们：世上许多貌似强大的事物，实际上往往是最虚弱的，它们终究逃不脱灭亡的命运。

从先秦诸子开始，为了生动形象地阐述道理或巧妙地进行论辩，创造出了寓言这种形式。但真正使寓言成为一种独立的文学样式的则是柳宗元。这类故事的情节和人物往往比较简单，其着眼点在以事喻理。议论段中，柳宗元已经点明文章指向，即那些“形之庞也类有德，声之宏也类有能”实则无德无能之徒。

[愚笨的驴与机警的虎] 故事发生的背景是“黔无驴”。正因为先前无驴，所以作为百兽之王的老虎才因其“庞然大物”而“以为神”，不敢轻举妄动，这是故事得以继续的前提，实不可省。由此可见作者的匠心。老虎虽不敢轻举妄动，但也不肯就此罢手，于是进行了一番冷静的观察，“蔽林间窥之”“稍出近之”，又“往来视之”，认定其“无异能”。于是，老虎开始了试探性的进攻：“荡倚冲冒”，终于惹得驴不胜其怒，踢了老虎一脚。这一踢露了老底，让老虎知道了它“技止此耳”，放心大胆地上前“断其喉，尽其肉”。

[两类人的对比] 在作者笔下，驴由貌似吓人到技

穷身亡，说明了一个人如果本无多大能耐却偏要耀武扬威，终免不了垮台完蛋。老虎则细心而机警，不但敢斗，而且善斗，不妨把它看作作者对自己改革之志的坚持。

小石潭记

从小丘西行百二十步，隔篁竹，闻水声，如鸣佩环，心乐之。伐竹取道，下见小潭，水尤清冽。全石以为底，近岸，卷石底以出，为坻 chí 为屿，为嵁 kān 为岩。青树翠蔓，蒙络摇缀，参差披拂。潭中鱼可百许头，皆若空游无所依。日光下澈，影布石上，佁然不动。俶尔远逝，往来翕忽，似与游者相乐。潭西南而望，斗折蛇行，明灭可见。其岸势犬牙差互，不可知其源。坐潭上，四面竹树环合，寂寥无人，凄神寒骨，悄怆幽邃。以其境过清，不可久居，乃记之而去。同游者：吴武陵、龚古、余弟宗玄。隶而从者，崔氏二小生，

曰恕己，曰奉壹。

赏析 ［小石潭的发现和石潭形状及周围景色］先以钴鉧潭西小丘为基点写小石潭地理方位：西向百二十步，隔一片竹林，听得到水声。佩环是古人系在腰间的玉饰，彼此碰撞则发声清脆，此处以形容石潭水声，引起悬念（如果不是全石为底，如果潭水太浅或泉水太大，都不会发出如此叮咚清脆之声）。小石潭处在一个屏绝人迹的幽闭之境，四周竹树环合，欲至潭上，须得砍出一条路来。这是一块绝无污染的净土，“水尤清冽”是点睛之句。石潭虽小，而作为潭底的全石不小，直接写石，间接地还是写潭水的清澈。而翻卷的边缘却奇形怪状——坻小屿大，上缘平滑，嵁低岩高，上缘参差。周围是绿树，树上绕着青翠的藤蔓，如网络，如流苏，随风披拂。几笔勾勒，小石潭就成大胜景。

［通过写鱼游石潭的情景间接表现潭水的清澈］鱼历历可数，可见水清，皆若空游无所依，更见水清，日光下彻，影布石上，忽静忽动，一方面表明全石为底独有的奇观，一方面又是表现水清。此外，还可见这一天风和日丽，而时间正当中午，否则是看不到上述奇观的。俗云“水至清则无鱼”，石潭则不然，这是生态环境不同的差异。潭中鱼游动活泼快速，其形当如刀片，是潭鱼之情态。它们往来翕忽，作者认为不是惊而是

乐，这是移情于物的笔墨。

［写潭水的来源及作者心情的变化］潭水的来源是西南的溪流。写溪流用了两个比喻，“斗折”是折线形，“蛇行”是曲线形，因为岸势曲折，溪流忽隐忽显。写望溪流不可知其源，给人留下想象余地。前面写潭水，缴足了一个“清”字，但还剩一个“冽”字没做具体交代。由于石潭地处幽深，日照时间极短，时过境迁，情绪骤然低落，这都与潭水的清冽即寒意有关，而更潜在的因素则是勾起了被贬的孤苦情怀。

捕蛇者说

永州之野产异蛇，黑质而白章，触草木尽死，以啮人，无御之者。然得而腊之以为饵，可以已大风、挛踠wǎn、瘘lòu、疠，去死肌，杀三虫。其始，大医以王命聚之，岁赋其二。募有能捕之者，当其租入，永之人争奔走焉。有蒋氏者，专其利三世矣。问之，则曰：“吾祖死于是，吾父死于是，今吾嗣为之十二年，几死者数矣。”言之，貌若甚戚者。余悲之，且曰：“若毒之乎？余将告于莅事者，更若役，复若赋，则何如？”

蒋氏大戚，汪然出涕曰：“君将哀而生之乎？则吾斯役之不幸，未若复吾赋不幸之甚也。向吾不为斯役，则久已病矣。自吾氏三世居是乡，积于今六十岁矣，而乡邻之生日蹙。殚其地之出，竭其庐之入，号呼而转徙，饥渴而顿踣，触风雨，犯寒暑，呼嘘毒疠，往往而死者相藉也。曩与吾祖居者，今其室十无一焉；与吾父居者，今其室十无二三焉；与吾居十二年者，今其室十无四五焉。非死而徙耳，而吾以捕蛇独存，悍吏之来吾乡，叫嚣乎东西，隳突乎南北，哗然而骇者，虽鸡狗不得宁焉。吾恂 xún 恂而起，视其缶，而吾蛇尚存，则弛然而卧。谨食之，时而献焉。退而甘食其土之有，以尽吾齿。盖一岁之犯死者二焉，其余则熙熙而乐，岂若吾乡邻之旦旦有是哉！今虽死乎此，比吾乡邻之死则已后矣，又安敢毒耶？”

余闻而愈悲。孔子曰：“苛政猛于虎也。”吾尝疑乎是。今以蒋氏观之，犹信。呜呼！孰知赋敛之毒有甚是蛇者乎！故为之说，以俟夫观人风者得焉。

赏析 [这篇古文的主题] 本篇以捕蛇者命题，却意不在捕蛇者，而在通过捕蛇者之口写出赋敛剥削的残酷性。相当于一篇社会调查报告，或新闻采访，捕蛇者蒋氏是采访对象，民生疾苦是采访内容，“赋敛之毒有甚于蛇”是采访结论。

[有毒蛇即有捕蛇者] 永州之野产异蛇，此蛇药用价值高，捕蛇经济效益大，可以抵租赋，故“永之人争

奔走焉”。然而和毒蛇打交道不是闹着玩的，非有专业技术不可，而这技术不可轻易得到。故永州之人到头来还是种田交租的多，而像蒋氏那样“专其利三世”的捕蛇专业户少。捕蛇危险，然而捕蛇者却有他不轻易传人的绝活和解毒秘方。

[捕蛇者的叫苦] 当作者问及捕蛇者的生计时，蒋氏一味叫苦，说：“吾祖死于是，吾父死于是，今吾嗣为之十二年，几死者数矣。”但不管他怎样叫苦，捕了十二年蛇，几次犯险，尚能死里逃生，可见到底是专业捕者。捕蛇只讲捕蛇的危险，而不讲捕蛇之利，乃是出于百姓对官吏本能的不信任，因此说话是有所保留的。文中“貌若甚戚者”的“若”字是很有意味的。

[捕蛇者对赋敛的恐惧] “更若役，复若赋”的提议，居然使蒋氏“大戚”（而非“貌若甚戚”）而且“汪然出涕”，于是乎大讲复赋之不可，这才使柳宗元了解到民生凋敝之真情。蒋氏讲到庄稼人是如何不堪重负，如何流离失所，讲到催租的官吏是如何大喊大叫，农家如何鸡飞狗跳，无非是表明期期以为复赋之不可。最有意思的是，他竟大讲捕蛇者相形之下又是何等快活。这一段自述非常生动：“吾恂恂而起，视其缶，而吾蛇尚存，则弛然而卧。谨食之，时而献焉。退而甘食其土之有”，哪里还感觉得到什么苦，简直是在自我陶醉了。当捕蛇者忘记了自悲，反使柳宗元闻而愈悲。

［作者的联想］其祖死于捕蛇，其父死于捕蛇，蒋氏却决不改行。这使柳宗元自然联想到孔子过泰山侧的故事，蒋氏同那个舅死于虎，夫死于虎，子死于虎，而决不肯徙居的妇人（其理由是“无苛政”），何其相似乃尔。文章最后得出“赋敛之毒有甚于蛇”的结论，与“苛政猛于虎”的结论也就吻合了。

［这篇文章的写作动机］作者当时做永州司马，而司马是无言责、无事功的闲职，即使有什么想法，也只能告于“莅事者”即上司，和俟乎“观人风者”即下来视察的长官。文章表现了他的仁人之心，同时也隐隐流露出一种不能有所作为的悲哀。

童区寄传

童寄者，郴 chēn 州荛 ráo 牧儿也[①]。行牧且荛[②]，二豪贼劫持，反接，布囊其口[③]，去逾四十里，之虚所卖之[④]。寄伪儿啼，恐栗，为儿恒状[⑤]。贼易之[⑥]，对饮酒，醉。一人去为市[⑦]，一人卧，植刃道上[⑧]。童微伺其睡[⑨]，以缚背刃，力上下，得绝，因取刃杀之。

逃未及远，市者还，得童，大骇，将杀童。遽 jù 曰[⑩]：“为两郎僮 tóng，孰若为一郎僮耶[⑪]？彼不我恩也[⑫]；郎诚见完与恩[⑬]，无所不可。”市者良久计曰：

"与其杀是僮，孰若卖之？与其卖而分，孰若吾得专焉？幸而杀彼，甚善！"即藏其尸，持童抵主人所，愈束缚牢甚[14]。夜半，童自转，以缚即炉火烧绝之，虽疮手勿惮；复取刃杀市者。因大号，一虚皆惊。童曰："我区氏儿也，不当为僮。贼二人得我，我幸皆杀之矣。愿以闻于官[15]。"

虚吏白州[16]，州白大府。大府召视儿，幼愿耳[17]。刺史颜证奇之，留为小吏，不肯。与衣裳，吏护还之乡。

乡之行劫缚者[18]，侧目莫敢过其门[19]，皆曰："是儿少秦武阳二岁，而讨杀二豪，岂可近耶？"

注　释　①荛牧儿：砍柴放牛的孩子。②行牧且荛：一面放牛，一面打柴。③布囊其口：用布蒙住他的嘴。囊，原意是口袋，这里做动词用。④虚所：集市。虚，通"墟"。⑤寄伪儿啼，恐栗，为儿恒状：区寄假装像小孩似的啼哭，假装害怕得发抖，像一般小孩常有的那种样子。栗，发抖。恒状，常有的样子。⑥易：轻视。这里是"不以为意"的意思。⑦为市：谈交易（这里指人口买卖）。⑧植：立。⑨伺：窥察。⑩遽曰：（区寄）急忙说。⑪为两郎僮，孰若为一郎僮耶：做两个郎的仆人，哪如做一个郎的仆人呢？郎，当时仆人对主人的称呼。⑫不我恩：就是"不恩我"，不好好待我。恩，这里作动词用。⑬郎诚见完与恩：你果真能保全我（不杀我），好好待我。⑭愈束缚牢甚：越发捆得结实。

⑮愿以闻于官：愿意把（这件事）报告官府。⑯白州：报告州官。⑰愿：老实。⑱行劫缚者：干掳人抢东西的。⑲侧目：不敢正视，形容畏惧。

赏析 [一篇少年英雄的传奇故事] 区寄只是一个十一岁的幼童（秦武阳年十三杀人，区寄少二岁），在被歹徒绑架后没有惊慌失措，而是积极动脑筋想办法，与二贼斗智斗勇，终于战胜强盗，荣归乡里。柳宗元觉得这个故事“斯亦奇矣”，故为之作传。其奇有四。

[一奇在能远谋] 一个放牛打柴的小孩突遭两个豪贼绑架，“之虚所卖之”。换一个人，也许就只会终日啼哭，惶惶不可终日，正如区寄表面上所表现出来的那样。区寄那样做，只是为了麻痹敌人，有意装出来的，心中却在暗自打着主意。

[二奇在勇而杀贼] 区寄的伪装成功，“贼易之，对饮酒，醉”，这就给区寄的脱逃创造了条件。但两名强盗区寄也应付不下来，幸也天赐良机：“一人去为市，一人卧，植刃道上。”区寄马上抓住机会，智而断绳，勇而杀贼，逃之夭夭。

[三奇在随机应变] 没逃多远，去找买家的强盗回来了，区寄重落虎口，看来这回是在劫难逃了。贼“大骇，将杀童”。写出了形势的危急。但区寄的大智大勇再次得到了展现，一番巧言令自己转危为安。巧言之所

以奏效，是因为区寄把握住了强盗自私自利的本性，使之利令智昏。

[四奇在再次杀贼] 区寄逃过此劫，强盗却大祸临头了。半夜，趁强盗熟睡之机，区寄先“以缚即炉火烧绝之”，“复取刃杀市者”，“大号”惊动众人，从而得“以闻于官”。将事情公开，也就不怕谁再做手脚了。

[奇在智勇双全] 故事曲折奇异，但对区寄而言，人们看到的是他的“智”与“勇”。文末以乡里贼人的议论侧面表现出区寄的智勇过人，令贼人不敢妄动脑筋，少年英雄的形象得以树立。

蝜蝂 fùbǎn 传

蝜蝂者，善负小虫也。行遇物，辄持取，昂其首负之。背愈重，虽困剧不止也[①]。其背甚涩，物积因不散，卒踬 zhì 仆不能起[②]。人或怜之，为去其负；苟能行，又持取如故。又好上高，极其力不已，至坠地死。今世之嗜取者，遇货不避，以厚其室，不知为己累也，惟恐其不积。及其怠而踬也，黜弃之[③]，迁徙之，亦以病矣。苟能起，又不艾[④]。日思其高位，大其禄，而贪取滋甚，以近于危坠，观前之死亡不知戒。虽其形魁然大者，其名人也，而智则小虫也。亦足哀夫！

注释 ①困剧：十分疲劳。②甚涩：摩擦力很大。踬仆：躺倒。③黜弃：罢免。④艾：止。

赏析 [这是一篇刺贪之作] 由寓言和议论两部分组成。寓言部分叙述蝜蝂这种小虫，有贪婪和向上爬的习性，因而往往毙命。议论部分拿世间的贪官与蝜蝂加以类比，讽刺甚为辛辣。

刘禹锡

（772—842）字梦得，匈奴血统，祖上于北魏孝文帝时改汉姓，入洛阳籍。贞元九年（793）与柳宗元同榜登进士第，同年又登博学宏词科。永贞革新时为屯田员外郎，后贬朗州（今湖南常德）司马。元和十年（815）召还长安，复出为连州（今广东连州市）刺史。敬宗宝历二年（826）还洛阳。开成元年（836）以太子宾客分司东都，与白居易颇多唱和，编为《刘白唱和集》。有《刘宾客集》。

陋室铭

山不在高，有仙则名①。水不在深，有龙则灵②。斯是陋室，惟吾德馨 xīn③。苔痕上阶绿，草色入帘青④。谈笑有鸿儒⑤，往来无白丁⑥。可以调素琴⑦，阅金经⑧。无丝竹之乱耳⑨，无案牍 dú 之劳形⑩。南阳诸葛庐，西蜀子云亭。孔子云：何陋之有⑪？

注释 ①有仙则名：有了仙人就著名了。②有龙则灵：有了龙就成为灵异的了。③斯是陋室，惟吾德馨：这是简陋的屋子，只是我的品德好，就不感到简陋了。馨，香气，形容品德高尚。④苔痕上阶绿，草色入帘青：苔痕碧绿，长到阶上；草色青葱，映入帘里。⑤鸿儒：博学的人。鸿，大。儒，有学问的人。⑥白丁：原意是平民。这里指没有什么学问的人。⑦调：调弄，这里是弹（琴）。素琴：不加装饰的琴。⑧金经：指佛经。⑨丝竹：琴瑟、箫管等乐器。这里指奏乐的声音。⑩案牍：官府的公文。劳形：使身体劳累。⑪何陋之有：有什么简陋的呢？

赏析 [古代铭文习俗] 自有青铜器起，古人就有了铭刻的习俗。起初是铸或刻在器物上，用以记述史事，称颂功德，后来逐渐发展成为一种文体。有时也用来警诫和勉励自己，如“座右铭”等。

[为自勉而作] 刘禹锡是唐代著名文学家、诗人，

因参加王叔文领导的政治革新活动而被贬，在蛮荒之地迁来调去二十多年，却始终不肯屈服于权贵势力。《旧唐书·刘禹锡传》说："禹锡在朗州十年，唯以文章吟咏陶冶情性。"为了自勉，他写下这篇文章。通过对居室的描绘，极力形容陋室不陋，表达了一种高洁傲岸的节操和安贫乐道的情趣。

［安贫乐道的写照］这篇铭文只有短短八十一字，却把自己高洁的志行和安贫乐道的生活情趣表达得淋漓尽致，实非大手笔不能及此。全篇紧紧扣住"惟吾德馨"展开。通过对自己居所环境的描写，极力突出陋室不陋。身在陋室而不觉得简陋，全在主人德馨。令人不由得想起孔子论颜回的几句话："一箪食，一瓢饮，在陋巷。人不堪其忧，回也不改其乐。贤哉回也。"

［以"德馨"托起全篇］文章开篇采用比兴手法，用"山""水"喻人，用"不高""不深"喻"陋室"，用"仙""龙"喻君子，用"名""灵"喻德馨。一句"斯是陋室，惟吾德馨"点明中心。接着描写陋室环境："苔痕上阶绿，草色入帘青"，这是以景托人。再写交往之人："谈笑有鸿儒，往来无白丁"，这是以他人衬自己。追求的是"调素琴，阅金经"，讨厌"丝竹之乱耳"，"案牍之劳形"，实际上反映出的是对官场生活的厌倦。

南阳诸葛亮的茅庐，西蜀扬子云的玄亭，都是历史上有名的陋室。刘禹锡把自己的陋室与之相比鼎足而三，对自己的德馨充满信心。最后引孔子的话“何陋之有”收篇，隐含了“君子居之”的意思。真是字字珠玑。

昏镜词引

镜之工列十镜于贾 gǔ 奁 lián[①]。发奁而视，其一皎如，其九雾如。或曰：“良楛 kǔ 之不侔甚矣[②]！”工解颐谢曰[③]：“非不能尽良也。盖贾之意，唯售是念。今夫来市者，必历鉴周睐[④]，求与己宜。彼皎者不能隐芒杪之瑕[⑤]，非美容不合是用，什一其数也[⑥]。”

注释 ①贾奁：店铺的镜匣。贾，坐商。②楛：粗劣。侔：相称。③解颐：开颜，露出笑容。④历鉴周睐：一个一个地照着，细心挑选。⑤芒杪：丝毫。⑥什一：十分之一。

赏析 [要讲真话不容易] 明镜不能掩盖瑕疵，不是面目姣好的人就不能用，所以喜爱昏镜的人为十之九，而喜爱明镜的只有十分之一。作者的用意在以镜喻人，在高位的人喜欢听真话的少，喜欢听奉承话的多，所以讲真话很不容易，而不受蒙蔽的人则太少太少。

裘装对镜

白居易

(772—846) 字乐天，晚号香山居士，又号醉吟先生，下邽（今陕西渭南）人。先世本龟兹人，汉时赐姓白氏。德宗贞元十六年（800）登进士第，十九年中书判拔萃科，授秘书省校书郎。宪宗元和十年（815）一度被贬为江州司马。晚年以太子宾客分司东都，武宗会昌二年（842）以刑部侍郎致仕。有《白居易集》(《白氏文集》)。

荔枝图序

荔枝生巴峡间，树形团团如帷盖[①]。叶如桂，冬青；华如橘，春荣[②]；实如丹，夏熟。朵如蒲萄[③]，核如枇杷，壳如红缯 zēng[4]，膜如紫绡 xiāo[5]，瓤肉莹白如冰雪，浆液甘酸如醴 lǐ 酪 lào[6]。大略如彼，其实过之。若离本枝，一日而色变，二日而香变，三日而味变，四五日外，色香味尽去矣。

三才图会插图·荔枝

元和十五夏，南宾守乐天命工吏图而书之[7]，盖为不识者与识而不及一二三日者云。

注 释 ①帷盖：周围带有围帐的伞盖。②荣：开花。③朵：这里指果实聚成的簇。④缯：丝织品。⑤绡：生丝织品。⑥醴：甜酒。酪：奶酪。⑦南宾守：南宾郡太守，即当时白居易所担任的四川忠州刺史。

赏析 ［为图作序］荔枝是一种有名的水果。传说杨贵妃为了吃到新鲜荔枝，不惜用快马从广东千里迢迢运到长安，可见其吸引力。“一骑红尘妃子笑，无人知是荔枝来”（杜牧）为咏其事的名句。过了几百年，宋代的苏东坡也对荔枝痴迷：“日啖荔枝三百颗，不辞长作岭南人。”为了吃荔枝，连家都想搬了。白居易任南宾太守时，当地盛产荔枝，白太守即让画工将此物绘成图，并亲自作序。

[一篇生动的说明文] 在简要介绍了荔枝的产地在“巴峡间”后，作者概括地说明了荔枝树的形状，叶、花、果实的形状和颜色。树形“团团如帷盖”；树叶“如桂，冬青”；荔枝花“如橘，春荣”；果实“如丹，夏熟”。重点在对果实的进一步介绍：朵、核、壳、膜、瓤肉、浆液。这是按由整体到局部，由外形到内部的顺序来说明的。不但说明其优点，也指出其缺点：“若离本枝，一日而色变，二日而香变，三日而味变，四五日外，色香味尽去矣。”娇嫩既使其味鲜，也使其难以保存，怪不得杨贵妃要那么大费周折。

[意在宣传] 白居易写作此文的目的，是为了配图介绍，“为不识者与识而不及一二三日者云”，让没见过新鲜荔枝的人见识见识。既要宣传，那就应该考虑怎样让人有直观的印象，比喻即是一个好办法。用人们常见的、熟悉的、美好的事物来比喻人们难得一见的荔枝，自可获得具体而美好的形象，达到宣传的效果。白居易正是这样做的。“如桂”“如橘”“如丹”“如蒲萄”“如枇杷”“如红缯”“如紫绡”“如冰雪”“如醴酪”分别用以形容荔枝的各部分，帮助读者理解。

杜牧

(803—852）字牧之，京兆万年（今陕西西安）人。宰相杜佑之孙。文宗大和二年（828）登进士第，登贤良方正直言极谏科，授弘文馆校书郎。同年应沈传师之辟，为江西团练巡官，后随沈赴宣州。七年应牛僧孺之辟，在扬州任淮南节度府推官，转掌书记。九年回京任监察御史，后分司东都。开成中（836—840）回京任左补阙，转膳部、比部员外郎，皆兼史职。武宗会昌二年（842）后出为黄州、池州、睦州等地刺史。宣宗大中二年（848）擢司勋员外郎，转吏部员外郎，四年复守池州。五年入为考功员外郎、知制诰，次年为中书舍人。有《杜樊川集》（《樊川文集》)。

李贺集序

大tài和五年[①]十月中，半夜时，舍外有疾呼传缄jiān书[②]者。牧曰："必有异，亟jí[③]取火来!"及发之，果集贤学士沈公子明书一通，曰："吾亡友李贺，元和中义爱甚厚，日夕相与起居饮食。贺且[④]死，尝授我平生所著歌诗，离为四编，凡千首。数年来东西南北，良为已失去。今夕醉解，不复得寐，即阅理箧帙，忽得贺诗前所授我者。思理往事，凡与贺话言嬉游，一处所，一物候，一日夕，一觞一饭，显显焉无有忘弃者，不觉出涕。贺复无家室子弟，得以给养恤问，常恨想其人，咏其言止矣。子厚[5]于我，与我为贺集序，尽道其所来由，亦少解我意。”牧其夕不果以书道不可，明日就公谢[6]，且曰：“世为贺才绝出前。”让居数日，牧深惟，公曰：“公于诗为深妙奇博，且复尽知贺之得失短长。今实叙贺不让，必不能当君意，如何？”复就谢，极道所不敢叙贺。公曰：“子固若是，是当慢我。”牧因不敢复辞，勉为贺叙，终甚惭。

皇诸孙贺，字长吉，元和中韩吏部[7]亦颇道其歌诗。云烟绵联，不足为其态也；水之迢迢，不足为其情也；春之盎盎，不足为其和也；秋之明洁，不足为其格也；风樯阵马，不足为其勇也；瓦棺篆鼎，不足为其古也；时花美女，不足为其色也；荒国陊 duò 殿[8]，梗莽丘垄，不足为其恨怨悲愁也；鲸吸鳌掷，牛鬼蛇神，不足为其虚荒诞幻也。盖《骚》之苗裔[9]，理虽不及，辞或过之。《骚》有感怨刺怼 duì[10]，言及君臣理乱，时有以激发人意；乃贺所为，无得有是。贺能探寻前事，所以深叹恨今古未尝经道者，如《金铜仙人辞汉歌》《补梁庾肩吾宫体谣》，求取情状，离绝远去笔墨畦径间，亦殊不能知之。贺生二十七年死矣，世皆曰：“使贺且未死，少加以理，奴仆命《骚》可也。”贺死凡十五年，京兆杜牧为其序。

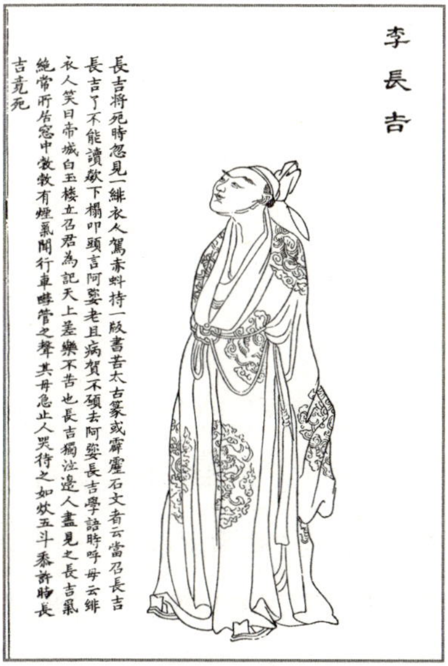

晚笑堂竹庄画传版画

注 释 ①大和五年：即公元 831 年。大和，唐文宗年号。②缄书：书信。③亟：急忙。④且：将。⑤厚：交情深。⑥谢：辞谢。⑦韩吏部：韩愈。⑧陊殿：破败的宫殿。⑨苗裔：后代。⑩怼：怨恨。

赏析 [李贺之死，天才的陨落] 唐代诗坛的星空总不会寂寞，李白、杜甫、韩愈等巨匠过后，元和年间（806—820），又升起了一颗新星——李贺。他的诗注重对内心世界的挖掘，主观化的幻想，怪奇的造语，是真正的诗人之诗，对后世特别是晚唐诗歌产生了直接的影响。

但由于过分的苦闷和忧郁，他在 27 岁那年便离开了人世，仿佛一颗流星划过星空，虽然短暂，却令群星失色。本文是杜牧为李贺诗集写的序文，对李诗进行了正确的评价。

［交代作序的缘起］应好友沈子明之邀，杜牧为李贺诗集作序，作者再三推辞，最后，不得已答应下来。作者交代这个经过时，不同一般，波折反复，紧扣人心。先是“半夜”“疾呼”，表明不同寻常，“必有异”。沈子明在信中述说了和李贺的友谊，要求作者为李诗作序，好让李诗传扬天下。但作者并没有马上答应，而是“让居数日”“复就谢”“勉为贺叙”，表明作者对李贺的尊敬，怕自己才力不够，胡乱作序，辱没了高才。在这一波三折中，间接赞扬了李贺诗歌的成就，让读者仿佛看到了李贺的不同凡响。

［对李贺的评价］这是序文的中心和精华部分，正确地道出了李贺诗歌的优缺点。先介绍了文坛巨擘韩愈对李贺的欣赏，再连用九个排比句，从不同的方面来生动地赞扬李诗在声色情志、音韵格调上的成就。作者在这里用了象喻，使文章富于气势和情采，给人以具体的感受。紧接着，又称赞他继承了《离骚》的特色，还能对古今未曾论及之事发感慨，并且创造了独特的诗风。

在这里，作者也委婉地指出了李诗的不足：虽然继承了《离骚》的特色，但思想广度和深度还不及；诗风虽然独特，但有时又太过奇诡幽僻，让人费解。但作者认为，这些缺陷是由于诗人早夭造成的，如果李贺能多活几年，假以时日，其成就甚至可超过《离骚》，表达了对诗人早逝的惋惜之情。

阿ē房páng宫赋

六王毕，四海一，蜀山兀wù[①]，阿房出。覆压三百余里，隔离天日。骊山北构而西折，直走咸阳。二川溶溶，流入宫墙。五步一楼，十步一阁；廊腰缦màn回[②]，檐牙高啄；各抱地势，钩心斗角[③]。盘盘焉，囷qūn囷焉[④]，蜂房水涡，矗不知其几千万落[⑤]。长桥卧波，未云何龙？复道行空，不霁何虹？高低冥迷，不知东西。歌台暖响，春光融融；舞殿冷袖，风雨凄凄。一日之内，一宫之间，而气候不齐。

妃嫔媵yìng嫱，王子皇孙，辞楼下殿，辇来于秦，朝歌夜弦，为秦宫人。明星荧荧，开妆镜也；绿云扰扰，梳晓鬟也；渭流涨腻，弃脂水也；烟斜雾横，焚椒兰也。雷霆乍惊，宫车过也；辘辘远听，杳不知其所之也。一肌一容，尽态极妍，缦立远视[⑥]，而望幸焉。有不得见者三十六年。燕赵之收藏，韩魏之经营，齐楚之精英，几世几年，剽掠其人，倚叠如山；一旦不能有，输来其间。鼎铛玉石，金块珠砾，弃掷逦迤lǐyǐ[⑦]，秦人视之，亦不甚惜。

嗟乎！一人之心，千万人之心也。秦爱纷奢，人亦念其家。奈何取之尽锱 zī 铢 zhū [8]，用之如泥沙？使负栋之柱，多于南亩之农夫；架梁之椽，多于机上之工女；钉头磷磷，多于在庾[9]之粟粒；瓦缝参差，多于周身之帛缕；直栏横槛，多于九土之城郭；管弦呕哑，多于市人之言语。使天下之人，不敢言而敢怒。独夫之心，日益骄固。戍卒叫[10]，函谷举[11]，楚人一炬[12]，可怜焦土！

呜呼！灭六国者，六国也，非秦也。族秦者，秦也，非天下也。嗟夫！使

阿房宫全图（局部）

六国各爱其人，则足以拒秦；使秦复爱六国之人，则递[13]三世，可至万世而为君，谁得而族灭也？秦人不暇自哀，而后人哀之；后人哀之而不鉴之，亦使后人而复哀后人也。

注 释 ①兀：光秃。②缦回：像绸带一样萦回。缦，绸带。③钩心斗角：指阿房宫的楼阁和中心区相勾连，屋角相对，好像在相斗一般。④囷囷焉：回旋曲折的样子。⑤矗：耸立。⑥缦立：久久站立。⑦逦迤：绵延貌。⑧锱铢：形容数量极小。锱，六铢为锱。铢，一两的二十四分之一。⑨庾：谷仓。⑩戍卒叫：指陈涉起义。⑪函谷举：指项羽攻破函谷关。⑫楚人一炬：项羽攻占咸阳，火烧秦宫，三月不熄。⑬递：传。

赏析 [诗人的愿望] 在古典文学中，诗、词、歌、赋并称。赋是由《诗经》《楚辞》发展而来，大体上经历了骚赋、汉赋、骈赋、律赋、文赋等几个发展阶段。赋是用来表达人民的愿望，讽喻政治的。赋的特点主要是借景抒情，铺叙风物，极尽铺陈夸张之能事，并托物言志，以寄讽喻之意。

杜牧的《阿房宫赋》是一篇文赋，是在《史记》的记载上通过想象完成的，其目的是借秦亡的教训来规谏唐敬宗。杜牧在《上知己文章启》中说："宝历（唐敬宗年号）大起宫室，广声色，故作《阿房宫赋》。"（《樊川文集》卷十六）可见本篇明写秦始皇，其实是借古喻今之作，目的在于通过写阿房宫事总结亡秦教训，使唐王朝引为鉴戒：如果统治者横征暴敛，荒淫无度，其结果只能是民怨沸腾，国亡族灭！

［赋写阿房宫的壮丽豪华和秦人骄奢淫逸的生活］作者充分发挥了赋的铺陈特点，极尽夸张和渲染。一开篇，作者就总写了阿房宫的雄伟，粗线勾勒之后，又是工笔细描；简笔构建之后，又是繁笔垒砌。在杜牧富丽的笔下，阿房宫那古典园林的美，那复杂的结构美，那合理的布局美，展现无遗。读者暗暗心惊：秦人花了多少财力建造如此工程？阿房宫的豪华下，又埋有多少百姓的白骨？

如此宫殿，再配以从六国掠夺来的珍玩珠宝、奇花异草、美女娇娃，其规模何其大，其场面何其壮！于是乎，“妃嫔媵嫱，王子皇孙”忘乎所以，日日笙歌，夜夜纵欢，极度腐化。在这里，作者用大胆的夸张和比喻，增强了文章的气势。如光形容宫女之多，就连用了“明星荧荧”（化妆镜）、“绿云扰扰”（头发）、“渭流涨腻”（脂粉）、“烟斜雾横”（焚香）、“雷霆乍惊”（宫车）等五个比喻句，声势惊人。

［阿房宫是秦人自掘的坟墓］一家欢乐万家愁，阿房宫里的欢笑，老百姓却是敢怒不敢言。失掉民心的欢笑总是短暂的。当陈涉、刘邦、项羽在天下人的怒气

中，为秦人敲响丧钟，“戍卒叫，函谷举，楚人一炬”，阿房宫最终的结局和秦王朝一样悲惨，被焚毁了。阿房宫，秦王朝自掘的坟墓，埋葬了秦人的骨肉，化为一片焦土。

作者紧接着发表议论，总结全文。六国和秦的灭亡，那都是咎由自取的结果。后来的统治者应从它们的灭亡中吸取教训，一定要爱民安民，莫要“哀之而不鉴之”，那样，“亦使后人而复哀后人也”。

[骈散相间的艺术特点] 杜牧把散文的笔法、句式引进赋里，使本文骈散结合，感情激越，想象丰富，感染力强，熔叙事、抒情、议论于一炉。在描写阿房宫的豪华和秦人的奢靡生活时，文辞华美，声律和谐，对偶工整，极力铺写，繁富的文字和内容相符。而在写阿房宫被焚，秦王朝被灭时和结篇发议论时，又用散笔，简洁明快又耐人寻味。全文骈散错落有致，天然神合。

杜光庭

字宾至，唐处州缙云（今属浙江）人。僖宗时为内庭供奉，入前蜀任户部侍郎。

虬髯客传

隋炀帝之幸江都也，命司空杨素[①]守西京。素骄贵，又以时乱，天下之权重望崇者，莫我若也，奢贵自奉，礼异人臣。每公卿入言，宾客上谒，未尝不踞床而见[②]，令美人捧出，侍婢罗列，颇僭 jiàn[③] 于上。末年愈甚，无复知所负荷，有扶危持颠之心[④]。一日，卫公李靖以布衣上谒[⑤]，献奇策。素亦踞见。公前揖曰："天下方乱，英雄竞起。公为帝室重臣，须以收罗豪杰为心，不宜踞见宾客。"素敛容而起，谢公与语，大悦，收其策而退。当公之骋辩也，一妓有殊色，执红拂，立于前，独目公。公既去，而执拂者临轩指吏曰："问去者处士第几[⑥]？住何处？"公具以对。妓诵而去。

公归逆旅。其夜五更初，忽闻叩门而低声者，公起问焉。乃紫衣戴帽人，杖揭一囊。公问："谁？"曰："妾，杨家之红拂妓也。”公遽延入。脱去衣帽，乃十八九佳丽人也。素面画衣而拜。公惊，答拜。曰：“妾侍杨司空久，阅天下之人多矣，无如公者。丝萝非独生，愿托乔木，故来奔耳。”公曰：“杨司空权重京师，如何？”曰：“彼尸居余气，不足畏也。诸妓知其无成，去者众矣。彼亦不甚逐也。计之详矣，幸无疑焉。”问其姓，曰：“张。”问其伯仲之次，曰：“最长。”观其肌肤、仪状、言词、气性，真天人也。公不自意获之，愈喜愈惧，瞬息万虑不安，而窥户者无停屦。数日，亦闻追访之声，意亦非峻。乃雄服乘马，排闼 tà 去，将归太原。

行次灵石旅舍，既设床，炉中烹肉且熟。张氏以发长委地，立梳床前。公方刷马，忽有一人中形，赤髯而虬，乘蹇驴而来。投革囊于炉前，取枕欹卧，看张梳头。公怒甚，未决，犹刷马。张熟视其面，一手握发，一手映身摇示公，令勿怒。急急梳头毕，敛衽前问其姓。卧客答曰：“张。”对曰：“妾亦姓张。合是妹。”遽拜之。问第几，曰：“第三。”因问妹第几，曰：“最长。”遂喜曰：“今多

幸逢一妹。”张氏遥呼：“李郎且来见三兄。”公骤拜之，遂环坐。曰：“煮者何肉？”曰：“羊肉，计已熟矣。”客曰：“饥。”公出市胡饼。客抽腰间匕首，切肉共食。食竟，余肉乱切送驴前食之，甚速。客曰：“观李郎之行，贫士也。何以致斯异人？”曰：“靖虽贫，亦有心者焉。他人见问，故不言。兄之问，则不隐耳。”具言其由。曰：“然则将何之？”曰：“将避地太原。”曰：“然，吾故疑非君所致也。”曰：“有酒乎？”曰：“主人西，则酒肆也。”公取酒一斗。既巡，客曰：“吾有少下酒物，李郎能同之乎？”曰：“不敢。”于是开革囊，取一人头并心肝，却头囊中，以匕首切心肝，共食之。曰：“此人天下负心者，衔之十年，今始获之。吾憾释矣。”又曰：“观李郎仪形器宇，真丈夫也。亦知太原有异人乎[7]？”曰：“尝识一人，愚谓之真人也[8]。其余，将帅而已。”曰：“何姓？”曰：“靖之同姓。”曰：“年几？”曰：“仅二十。”曰：“今何为？”曰：“州将之子。”曰：“似矣。亦须见之。李郎能致吾一见乎？”曰：“靖之友刘文静者[9]，与之狎。因文静见之可也。然兄何为？”曰：“望气者言太原有奇气，使吾访之。李郎明发，何日到太原？”靖计之日。曰：“达之明日，日方曙，候我于汾阳桥[10]。”言讫，乘驴而去，其行若飞，回顾已失。公与张氏且惊且喜，久之，曰：“烈士不欺人。固无畏。”促鞭而行。

及期，入太原。果复相见。大喜，偕诣刘氏。诈谓文静曰：“以善相者思见郎君，请迎之。”文静素奇其人，一旦闻有客善相，遽致使迎之。使回而至，不衫不履，裼 xī 裘而来[11]，神气扬扬，貌与常异。虬髯默居末坐，见之心死。饮数杯，招靖曰：“真天子也！”公以告刘，刘益喜，自负。既出，而虬髯曰：“吾得十八九矣。然须道兄见之。李郎宜与一妹复入京。某日午时，访我于马行东酒楼下。下有此驴及瘦驴，既我与道兄俱在其上矣。到即登焉。”又别而去。公与张氏复应之。及期访焉，宛见二乘。揽衣登楼，虬髯与一道

风尘豪侠

士方对饮，见公惊喜，如坐。围饮十数巡，曰："楼下柜中有钱十万。择一深隐处驻一妹。某日复会我于汾阳桥。"如期至，即道士与虬髯已到矣。俱谒文静，时方弈棋，揖而话心焉。文静飞书迎文皇看棋[12]。道士对弈，虬髯于公傍侍焉。俄而文皇到来，精采惊人，长揖而坐。神气清朗，满坐风生，顾盼娓 wěi 如也[13]。道士一见惨然，下棋子曰："此局全输矣！于此失却局哉！救无路矣！复奚言！"罢弈而请去。既出，谓虬髯曰："此世界非公世界，他方可也。勉之，勿以为念。"因共入京。虬髯曰："计李郎之程，某日方到。到之明日，可与一妹同诣某坊曲小宅相访。李郎相从一妹，悬然如磬。欲令新妇祗 zhī 谒[14]，兼议从容，无前却也。"言毕，吁嗟而去。

公策马而归。即到京，遂与张氏同往。至一小板门子，扣之，有应者，拜曰："三郎令候李郎、一娘久矣。"延入重门，门益壮丽。婢四十人，罗列廷前。奴二十人，引公入东厅。厅之陈设，穷极珍异，巾箱妆奁冠镜首饰之盛，非人间之物。巾栉妆饰毕[15]，请更衣，衣又珍异。既毕，传云："三郎来！"乃虬髯纱帽裼裘而来，亦有龙虎之状，欢然相见。催其妻出拜，盖亦天人耳。遂延中堂[16]，陈设盘筵之盛，虽王公家不侔也。四人对馔讫，陈女乐二十人，列奏于前，似从天降，非人间之曲。食毕，行酒。家人自东堂舁 yú 出二十床[17]，各以锦绣帕覆之。既陈，尽去其帕，乃文簿钥匙耳。虬髯曰："此尽宝货泉贝之数[18]。吾之所有，悉以充赠。何者？欲于此世界求事，当龙战三二十载，建少功业。今既有主，住亦何为？太原李氏，真英主也！三五年内，即当太平。李郎以奇特之才，辅清平之主，竭心尽善，必极人臣。一妹以天人之姿，蕴不世之艺，从夫之贵，以盛轩裳[19]。非一妹不能识李郎，非李郎不能荣一妹。起陆之贵[20]，际会如期，虎啸风生，龙吟云萃，固非偶然也。持余之赠，以佐真主，赞功业也，勉之哉！此后十年，当东南数千里外有异事，是吾得事之秋也。一妹与李郎可沥酒东南相贺。"因命家童列拜，曰："李郎一妹，是汝主也。"言讫，与其妻从一奴，乘马而去。数步，遂不复见。公据其宅，乃为豪家，得以助文皇缔构之资[21]，遂匡天下。贞观十年，公以左仆射 yè 平章事[22]。适东南蛮入奏曰："有海船千艘，甲兵十万，入扶余国，杀其主自立。国已定矣。"公心知虬髯得事也。归告张氏，具衣拜贺，沥酒东南祝拜之。乃知真人之兴也，非英雄所冀，况非英雄者乎！人臣之谬思乱者，乃螳臂之拒走轮耳。我皇家垂福万叶，岂虚然哉！或曰："卫公之兵法，半乃虬髯所传耳。"

注释 ①杨素：字处道，华阴（今属陕西）人。隋时封越公，官至太师。②踞床：两脚叉开坐在椅子上。③僭：超过本分。④扶危持颠：拯救艰危局势。⑤卫公李靖：李靖字药师，三原（今属陕西）人。辅佐唐高祖平定天下，官至尚书仆射，封卫国公。⑥处士：没有做官的读书人。⑦异人：异于常人之人，小说中指李世民。⑧真人：真命天子。⑨刘文静：字肇仁，武功（今属陕西）人。⑩汾阳桥：在太原城东汾河上。⑪不衫不履：服装不整齐。裼裘：披着裘衣，毛皮露在外面。⑫文皇：唐太宗。⑬娓如：光彩照人。⑭祗谒：拜见。⑮巾栉：包头巾，梳头发。⑯延：引进。⑰舁：抬。⑱泉贝：货币。⑲轩：车乘。裳：衣服。⑳起陆：谓乘机而起，夺取天下。㉑缔构：创业。㉒左仆射：唐制，以三省（尚书、中书、门下）长官为宰相。尚书省左、右仆射为尚书省长官。平章事：参与朝政。

赏析 [关于这篇传奇的作者] 本篇传奇，《太平广记》等不署作者名氏，《说郛》等题张说撰，无确证。《容斋随笔》《宋史·艺文志》等以为杜光庭著，是因此传最初见于唐末杜光庭《神仙感遇传》，文末有“我皇家垂福万叶，岂虚然哉!”亦合是唐末人口吻。今人所编唐传奇均署杜光庭。

[李靖出场，杨府骋辩] 背景是西京（即隋代大兴城）大官僚杨素官邸。开始交代时代背景，隋炀帝下江都寻欢作乐，而杨素奢贵自奉，礼异人臣，颇僭于上，隋代江山“山雨欲来风满楼”，“时乱”二字是此节之眼。如一阵紧锣密鼓，为风尘三侠的一一登场，做好了铺垫。随即李靖登场，靖乃历史人物，唐代开国功臣，

功封卫公乃是后话。文中的他还是一介布衣，为献奇策来见杨素，而素亦踞见。此节未正面写李靖怎样不凡，连状貌都只字未提。但通过他对杨素耳提面命的几句话，仿佛郦生复出，使杨素不得不立即收敛，则其气概不凡可知。然后交代在场的红拂，关于外貌，只以“有殊色”一笔带过，而未多加形容。“独目公”一句是这里着意写红拂的地方。盖杨府侍婢阅官人多矣，未必将一介布衣放在眼里，非“独目公”三字，无以见红拂能知人于未显之际的眼力。

［红拂夜奔，旅店遇合］第二自然段，背景是西京李靖下榻的旅馆。红拂私奔，李靖并无思想准备，见面不免突然。这是他第一次认真打量红拂，正宜对红拂美貌有较多描写，好在都由李靖眼中写出，便觉自然无斧凿痕。红拂一见面，就自我介绍并说：“妾侍杨司空久，阅天下之人多矣，无如公者。丝萝非独生，愿托乔木，故来奔耳。”侠女英雄结合，自不同世俗儿女，绝无忸怩之态。同时红拂来奔，也是奉告李靖，杨素“尸居余气”，连诸妓都“知其无成”，不要对牛弹琴了，还是另行择木而栖罢。李靖“愈喜愈惧，瞬息万虑不安，而窥户者无停屦”，与红拂的从容冷静相映成趣。红拂奔李靖，是一种择木而栖的行为，是服从于小说主题的重要情节。

［虬髯客出场，三侠论交］第三自然段，地点在从西京到太原途中的灵石旅舍。人物描写是一篇小说成功

的关键。本传主人公虬髯客登场，自该用重笔描写。而将风尘豪侠结交的地点放在野外的旅店，是最合宜不过的了，可以描出乱世风尘中一幅绝妙风俗画：旅舍过客匆匆，大客栈中设了床，炉上锅中煮肉，红拂脱下伪装，站在床前梳头，李靖则赶紧刷马。虬髯客乘一头蹇驴而来，进屋把皮囊往炉前一丢，取枕倚卧，看张梳头，一副豪放不羁、有意挑衅的样子。李靖还算沉得住气，在未曾判明对方身份、来意之前，是不会贸然行动的。红拂作为一个女性，她很理解李靖难免对虬髯客的举动生气；作为一个有眼力的女性，她能识李靖于前，自能识虬髯客于后。她一手握发，一手映身摇示公，令勿怒。急急梳头毕，敛衽上前，才交谈几句，即称兄道妹，是所谓"英雄识英雄，惺惺惜惺惺"，侠士论交，固宜如此。文中一再渲染虬髯客的神秘色彩，似属节外生枝游离主题的笔墨，然闲中着色，为侠士传神写照，不可不有。再说虬髯客不乘骏马而乘蹇驴，亦见其人之异常。这个人物出场的描写实在精彩。

但虬髯客到底是何许人也？作者却卖了个关子，不直接交代，然蛛丝马迹，不无可寻。他说"望气者言太原有奇气，使吾访之"，就耐人寻味；又向李靖打听被其称为"真人"的"州将之子"（即李世民），必欲见之，更大有文章。这就直接引起下段，通向小说的核心。总之，三侠相会是小说的重头戏。李靖遇虬髯，成为他后来投靠李世民的重要契机；而虬髯遇李靖，则成为他亲眼见到李世民的重要契机。

［两上太原，见李世民］背景主要在太原晋阳令刘文静府中。本段是故事的高潮，叙虬髯客两度会见李世民，认定此人乃真命天子，不可与之争逐杨隋之失鹿，须避之于海外。小说至此才点出虬髯客的真面目，原来他是一个乱世英雄，积累了大量财富，“欲于此世界求事，当龙战三二十载”，建立功业。同时相信天命，不愿逆道违天。其往太原，就是因为有望气者言太原有奇气，可能天命已有归属，故必欲察访虚实，以定去住。本段写了两次会见，非如此重复，不足以支持文末郑重道出的主题。

写两次会见亦不重复，同中有异。李世民在文中未发一言，而尽得风流。虬髯默居末座，见之心死，忍不住对李靖说“真天子也”。第二次会见是迎李世民看棋，对弈者道士与刘文静。以棋局比天下大事，自是妙喻。这次李世民来，“精采惊人，长揖而坐。神气清朗，满坐风生，顾盼娓如也”，又是一言不发，尽得风流。两次会见，极为平静，却如同有千军万马厮杀一样，对于虬髯客来说，是十分紧张的，因为结果关系天下得失、鹿死谁手的问题。所以作者的笔调变为凝重，不复有前文轻快之致。

［称雄海外，道出主题］最后一个自然段，背景是西京虬髯客私第。虽然大局已定，还有两件事未能分解：其一，虬髯客既不能逐鹿中原，他将向何处去？其

二，他约李、张二侠到家，将有何交代？这一节读者看到，虬髯客提得起，放得下。他是一个识时务者，他避让李世民的唯一理由就是，不管你有多大本事，都不能与天意选中的真命天子作对？所以他遵循道兄指点："此世界非公世界，他方可也"，远走天涯，另谋安身立命所。而在十年之后，果然在海外获得成功。虬髯客的豪爽还表现在，他不是自己一走了之。在走人之前，还真诚地叮嘱李靖、红拂辅清平之主，建功立业，而将家中所有，悉数捐赠。

[谋篇布局，不同凡响] 按《虬髯客传》小说的立意，本在突出唐朝奠基人李世民的形象，对于这个历史人物，要正面写，对于一篇传奇来说谈何容易。作者的高明之处在于只给他两处过场戏，却另行虚构了一个虬髯客，外加李靖、红拂，予以正面重笔描写，虎虎有生气。最后却让虬髯客避让李世民，而李、张二位则投靠李世民，极尽烘云托月之妙，出色地达到了作者的目的。由是可见小说家不凡的手段。

[这篇传奇对后世的影响] 这篇传奇中虬髯客、李靖、红拂三个人物，均刻画得栩栩如生，给历代读者以深刻印象，后世合称"风尘三侠"，成为戏剧家、小说家和画家乐于取用的创作材料，如明代张凤翼《红拂记》、凌初成《虬髯翁》等剧，台湾高阳《风尘三侠》小说，清代名画家任伯年则多次创作《风尘三侠》图。

范仲淹

（989—1052）字希文，苏州吴县（今属江苏）人。真宗大中祥符八年（1015）进士。仁宗康定元年（1040）任陕西经略安抚招讨副使，兼知延州。庆历三年（1043）任参知政事，推行新政。后夏竦等中伤，罢政，出任陕西四路宣抚使。卒谥文正。有《范文正公集》。

岳阳楼记

庆历四年春，滕子京谪守巴陵郡[①]。越明年，政通人和，百废俱兴。乃重修岳阳楼，增其旧制，刻唐贤、今人诗赋于其上。属 zhǔ 予作文以记之[②]。

予观夫巴陵胜状，在洞庭一湖。衔远山，吞长江，浩浩汤汤 shāngshāng，横无际涯；朝晖夕阴，气象万千。此则岳阳楼之大观也。前人之述备矣。然则北通巫峡，南极潇湘，迁客骚人，多会于此；览物之情，得无异乎[③]？

若夫淫雨霏霏 fēifēi，连月不开，阴风怒号，浊浪排空；日星隐曜，山岳潜行；商旅不行，樯 qiáng 倾楫 jí 摧；薄暮冥冥，虎啸猿啼④。登斯楼也，则有去国还乡，忧谗畏讥，满目萧然，感极而悲者矣⑤。

至若春和景明，波澜不惊，上下天光，一碧万顷；沙鸥翔集，锦鳞游泳；岸芷 zhǐ 汀兰，郁郁青青⑥。而或长烟一空，皓月千里，浮光跃金，静影沉璧；渔歌互答，此乐何极！登斯楼也，则有心旷神怡，宠辱偕忘，把酒临风，其喜洋洋者矣。

嗟乎！予尝求古仁人之心，或异二者之为。何哉？不以物喜，不以己悲。居庙堂之高，则忧其民，处江湖之远，则忧其君⑦。是进亦忧，退亦忧。然则何时而乐耶？其必曰“先天下之忧而忧，后天下之乐而乐”欤！噫 yī！微斯人，吾谁与归⑧！

注　释　①庆历四年：宋仁宗庆历四年，即公元 1044 年。庆历是宋仁宗赵祯的年号。滕子京：名宗谅，范仲淹

的朋友。谪：封建社会官吏降职或远调。②属：通“嘱”。③浩浩汤汤：水势很大的样子。巫峡：三峡之一，在今湖北省巴东县西南。潇湘：指潇水和湘水。迁客：被降职调到边远地方的官吏。骚人：战国时代屈原作长篇抒情诗《离骚》，所以后人称诗又为“骚人”。④淫雨：连绵不断的雨。霏霏：雨繁密的样子。樯：船桅。楫：桨。薄暮：傍晚。冥冥：昏暗。⑤萧然：阴惨萧索的情景。⑥万顷：形容面积广阔。翔集：时而飞翔，时而停歇。锦鳞：美丽的小鱼。芷：白芷，一种香草。汀：水中小洲。郁郁：形容香气很浓。⑦嗟乎：感叹词，同“唉”。庙堂：宗庙殿堂，指朝廷。江湖：指不在朝廷做官时的隐居之地。⑧欤：疑问语气词。同“吧”。噫：同“唉”。

赏析

[本篇的写作背景] 本篇作于北宋庆历六年（1046）秋天。作者时知邓州（今属河南）。岳阳楼的前身是三国时吴国都督鲁肃的阅兵台，唐开元四年（716）中书令张说谪守岳州，在其旧址上建筑此楼。唐宋诗人多有题咏，其中最著名的诗篇是杜甫《登岳阳楼》，散文则推范仲淹此作。

[本篇的写作缘起] 作者既非岳阳人，又不在岳阳为官，也没有亲眼见到新修的岳阳楼，为什么会写这篇文字？原来两年前，即庆历四年春天，作者的好友滕子

京遭诬被贬知岳州（今湖北岳阳市），明年春重修岳阳楼，六月写信给贬官在邓州的范仲淹，并附上《洞庭晚秋图》一幅，请他为新修的岳阳楼撰记，以增添陈列的内容。范仲淹应邀写下了这一传世的名篇。

[篇中略叙岳阳楼环境] 用很少几笔概述岳阳楼远眺三峡，近临洞庭，湖通大江的地理形胜和自然风光（“朝晖”指太阳，“夕阴”指云雾），表明本文不打算重复前人说过的话。“前人之述备矣”，观感多同，所以作者标新立异，提出前人较为忽略的一个问题——“然则北通巫峡，南极潇湘”，这里从来就是通往边鄙亦即贬谪之路的要冲，“迁客骚人，多会于此；览物之情，得无异乎？”“迁客”“骚人”均非一般意义的诗人，而是政治上的失意者。文章完全是有感而发的。

[就迁客登览观感之异展开叙写] 一说恶劣天气览物而悲。比方说遇上雨季，风寒浪大，天昏地暗，日月无光，江里老在翻船，商人都不敢上路，在旅馆一住就十天半月。这种时候人们总是容易联想起生活中自己是个失败者的事实，害怕倒霉再倒霉，迁客们不免“去国怀乡，忧谗畏讥，满目萧然，感极而悲”。二说美好天气览物而喜。反过来如果是在风和日丽的春天，在阳光下，在月光下，洞庭湖上一派生机，人们面对开阔的景象就容易忘记生活中不痛快的事实，变得高兴起来，即使是迁客，也会“心旷神怡，宠辱偕忘，把酒临风，其

喜洋洋者矣”。

[写景中的对比] 以上这两段关于洞庭湖景即岳阳楼之大观的描写，是推陈出新的——这表现在把恶劣天气和美好的天气排比地写出，具有概括性和虚拟性，在文字上也趋于骈俪，在记中很突出，又紧扣题目。然而它的主意却不在写景，而是通向全文的立意。

[文章的中心内容是表达主观向往和追求] 末段是借题发挥，然而也是作者立意所在，是全文的核心。作者以“予尝求古仁人之心，或异二者之为”一句推倒前面所说的两种表现，而推崇一种更高的思想境界，那就是“不以物喜，不以己悲”——这两句是互文，意即“不因景物的不同，也不因个人的遭际或喜或悲”。它经常表现为忧患意识，“居庙堂之高，则忧其民，处江湖之远，则忧其君。是进亦忧，退亦忧”。只有天下都快乐了，他才快乐。作者写出了文中的警策之句：“先天下之忧而忧，后天下之乐而乐。”这一思想境界，实际上已突破古仁人如孟子所称的“达则兼济天下，穷则独善其身”，而达到更崇高的境界。事实上，这就是范仲淹自己的仁人之心，自己的精神境界。据欧阳修为他撰写的碑文说，他从小就有志于天下，常说这两句话。他写作本文时，正处江湖之远，本来也可以独善其身，却仍以天下为己任，关心和忧虑天下事。然而在文末他只含蓄地说——除了这号人，我还能和谁同行呢。这是作

者对自己的勉励，也是对滕子京的一种勉励。

[这篇文章的造诣] 本文之所以成为传世名篇，首先是因为它思想境界的崇高，文章的结穴是在最后一段。然而全文并不空发议论，而是紧扣“岳阳楼”这个题目，在前人涉及范围之外选择一个新的角度切入，展开写景抒情，位据中心，占了主要篇幅，成为表达主题的根据。全文记事简明，写景铺张，抒情真切，议论精辟。议论不多，但画龙点睛，有使全文境界升华的作用，所以有人认为这是一篇独特的议论文。文中最有文采之处却在中幅的写景抒情，在这一部分中运用了大量四言骈句，览之心荡神驰，诵之朗朗上口，颇具绘画与声律之美。在前后部分，也可见字句的锤炼，如“衔远山，吞长江”“不以物喜，不以己悲”“居庙堂之高，则忧其民，处江湖之远，则忧其君”“先天下之忧而忧，后天下之乐而乐”等等。

欧阳修

(1007—1072) 字永叔，自号醉翁，晚年又号六一居士，吉州吉水（今属江西）人。“唐宋八大家”之一。天圣八年（1030）进士。曾任枢密副使、参知政事。因议新法与王安石不合，退居颍州。谥文忠。曾与宋祁合修《新唐书》，并独撰《新五代史》。有《欧阳文忠公集》《六一词》等。

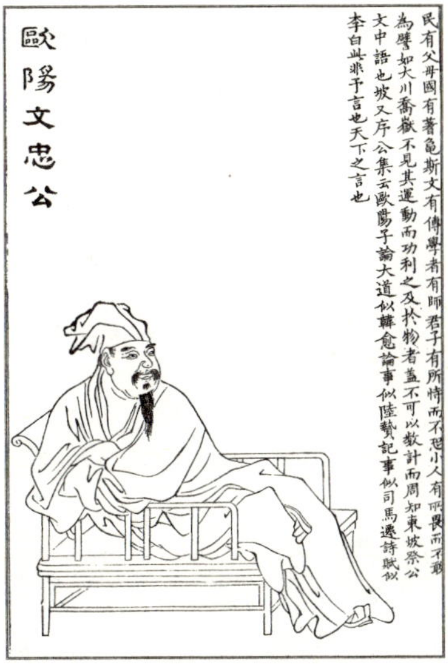

晚笑堂竹庄画传版画

卖油翁

陈康肃公尧咨善射①，当世无双，公亦以此自矜 jīn②。尝射于家圃 pǔ③，有卖油翁释担而立④，睨 nì 之⑤，久而不去。见其发矢十中八九，但微颔 hàn 之⑥。

康肃问曰：“汝亦知射乎？吾射不亦精乎？”翁曰：“无他⑦，但手熟尔⑧。”康肃忿 fèn 然曰⑨：“尔安敢轻吾射[10]！”翁曰：“以我酌 zhuó 油知之[11]。”乃取一葫芦置于地，以钱覆其口，徐以杓 sháo 酌油沥之[12]，自钱孔入，而钱不湿。因曰：“我亦无他，惟手熟尔[13]。”康肃笑而遣之[14]。

注　释　①善射：擅长射箭。②自矜：自夸。③家圃：家里（射箭的）场地。圃，园子，这里指场地。④释担：放下担子。释，放。⑤睨：斜着眼看。形容不在意的样子。⑥但微颔之：只是微微对此点头，意思是略微表示赞许。但，只、不过。颔，点头。⑦无他：没有别的（奥妙）。⑧但手熟尔：不过手熟罢了。熟，熟练。尔，通“耳”，罢了。⑨忿然：气愤愤地。然，作形容词或副词的词尾，相当于“的”“地”。⑩轻吾射：看轻我射箭（的本领）。轻，形容词作动词。⑪以我酌油知之：凭我倒油（的经验）知道这个（道理）。以，凭、靠。酌，倒油。⑫沥之：注入葫芦。沥，注。之，指葫芦。⑬惟：只，不过。⑭遣之：让他走。遣，打发。

赏析　[善射陈尧咨] 陈尧咨是北宋时名臣，早于欧阳修多年，死后谥为康肃，所以欧阳修称他为“陈康肃公”，表示敬意。陈尧咨曾经“举进士第一”，官也做得不小，射箭的本领又是“当世无双”，自我感觉自然比较良好，不过倒也不是浪得虚名。但自信一过头就成了自骄自傲。《宋史》中说他“性刚戾”，本文中的表现亦证明了这一点。本来你射你的，他看他的，何况卖油翁已经“微颔之”，点头称赞了。但心高气傲的陈尧咨却受不了他只是“微颔”而不大声叫好，于是出言挑衅，结果自然是自讨没趣，卖油翁的精彩表演让他不能不服气。

[善注卖油翁] 卖油翁在这个故事中的风度与神态，与陈尧咨形成了强烈的对比。虽然两人出身不同，地位迥异，你善射，我善注，技艺也不同，但道理却一样，“但手熟耳”。所以他能够不卑不亢，从容应对，更以一手娴熟的酌油功夫让对方无话可说，好一个有趣而可爱的小人物。

[熟能生巧] 这是一篇有情趣的小故事，通过陈尧咨与卖油翁的对话及射箭、酌油的行动，生动地说明了“熟能生巧”的道理。任何一种高超的技艺，都离不开反复实践、反复练习的过程。射箭如此，酌油亦如此。陈尧咨不懂这个道理，所以把自己搞得很尴尬。卖油翁懂，故能不卑不亢。两个人物中，陈康肃恃技自矜，骄傲自大，卖油翁虽技高一筹却不自夸，是真智者。

[涉笔成趣] 作者只说了一段小故事，却颇见情趣。卖油翁偶然路过陈尧咨的“家圃”，放下担子看射箭，开始只是“睨之”，不拿正眼去看。待得陈尧咨“十中八九”，卖油翁也忍不住点头称赞，但“微颔”表明其有所保留，也因此引出后来情节的发展。陈尧咨最后的“笑而遣之”表现了他复杂的心理，既有对卖油翁高超

技艺的赞许，也有自我解嘲的意味在内。但他囿于自身的身份和傲气，不愿公开认错，也不愿以平等之礼待卖油翁，只好一边尴尬地笑，一边挥手让卖油翁：“去吧，去吧！”

醉翁亭记

环滁 chú 皆山也①。其西南诸峰，林壑尤美。望之蔚然而深秀者，琅琊 lángyá 也②。山行六七里，渐闻水声潺潺，而泻出于两峰之间者，酿泉也。峰回路转，有亭翼然临于泉上者，醉翁亭也③。作亭者谁？山之僧曰智仙也。名之者谁？太守自谓也。太守与客来饮于此，饮少辄醉，而年又最高，故自号曰醉翁也。醉翁之意不在酒，在乎山水之间也。山水之乐，得之心而寓之酒也④。

若夫日出而林霏开，云归而岩穴暝，晦明变化者⑤，山间之朝暮也。野芳发而幽香，佳木秀而繁阴，风霜高洁，水落而石出者，山间之四时也。朝而往，暮而归，四时之景不同，而乐亦无穷也。

至于负者歌于途，行者休于树，前者呼，后者应，伛偻 yǔlǚ 提携，往来而不绝者，滁人游也⑥。临溪而渔，溪深而鱼肥；酿泉为酒，泉香而酒洌 liè；山肴 yáo 野蔌

sù，杂然而前陈者，太守宴也。宴酣之乐，非丝非竹，射者中，弈者胜，觥gōng筹交错，起坐而喧哗者，众宾欢也⑦。苍颜白发，颓tuí然乎其间者，太守醉也⑧。

已而夕阳在山，人影散乱，太守归而宾客从也。树林阴翳yì⑨，鸣声上下，游人去而禽鸟乐也。然而禽鸟知山林之乐，而不知人之乐；人知从太守游而乐，而不知太守之乐其乐也。醉能同其乐，醒能述以文者，太守也。太守谓谁，庐陵欧阳修也⑩。

注释 ①环：环绕。滁：滁州，今属安徽。②林壑：树林深谷。蔚然：林木茂盛的样子。深秀：幽深秀丽。琅琊：琅琊山，在滁州西南十里。③峰回路转：山势回环，路也跟着拐弯。翼然：像鸟翅膀一样展开。临：居上视下。④太守：州郡的长官叫太守。辄：就。⑤暝：昏暗。晦：昏暗。⑥伛偻：弯腰曲背的样子。提携：搀扶带领着走。⑦洌：清醇。山肴野蔌：野味野菜。射：投壶，古代宴会时常玩的一种游戏。觥：酒杯。筹：酒筹。饮酒计数的签子。⑧苍颜：苍白的脸色。颓然：卧倒的样子。⑨阴翳：树叶茂密成荫。翳，遮盖。⑩谓：为，是。庐陵：庐陵郡。现江西省吉安市。

赏析 [这篇文章的写作背景] 本篇作于庆历六年（1046），去年作者因范仲淹庆历新政失败受牵，被降知滁州。同时所作《丰乐亭记》写道：“今滁介于江淮之间，舟车商贾四方宾客之所不至。民生不见外事，而安于畎亩衣食以乐生送死。……修之来此，乐其地僻而事简，又爱其俗之安闲既得斯泉于山谷之间，乃日与滁人仰而望山，俯而听泉，掇幽芳而荫乔木，风霜冰雪，刻露清秀，四时之景，无不可爱。又幸其民乐其岁物之丰成而喜与予游也。因为本其山川，道其风俗之美，使民知所以安此丰年之乐者，幸生无事之时也。夫宣上恩德，以与民共乐，刺史之事也。”这也可以移用说明本篇作意。文分四段。

[一段写醉翁亭的方位和得名] 开篇一一介绍亭的方位、环境、作者、名义，由远及近，从群山到西南诸峰，由诸峰到琅琊山（东晋元帝为琅琊王曾居此山），由山及泉，再叙作亭者、亭名、名义。层次极为分明，行文跌宕多姿。本段最妙的是其中说到亭的名义时，发挥的几句抒情性议论：“名之者谁？太守自谓也。太守与客来饮于此，饮少辄醉，而年又最高，故自号曰醉翁也（作者当时实际年龄是 40 岁）。醉翁之意不在酒，在乎山水之间也。山水之乐，得之心而寓之酒也。”“醉翁之意不在酒，在乎山水之间也”讲出了一半的太守之乐，是全文中第一句重要的话，——既来饮，又不善饮，其意固不在酒也。写意透过一层，便觉耐人寻味。

[二段写醉翁亭周遭的山光水色] 先用四句写山间朝暮景色，着重光暗变化。继以五句写山间四时景色，着

醉儒图

重于景物的不同（春花、夏木、秋霜、冬石）。这段的妙处是把朝暮四时之景一齐写，一句一景加以细辨，层次分明，然后又将朝暮四时合而言之："朝而往，暮而归，四时之景不同，而乐亦无穷也。"由此可见亭记的写景与游记不同，不是以一时一次游历所见为描写对象，而带有很强的综合性，可见精心组织之妙。

[三段写滁民与太守的游乐] 前七句写滁民的游乐，文中所写当是朝山盛况，所以游众特多。熙熙攘攘、往来不绝的行者，当是从事游赏的市民；其间口唱山歌的负者，当是经营生计或提供服务的山民。（就像我们游青城山经常看到的情景。）于中呈现出一派和平、安乐的生活景象。以下十七句写太守设宴娱宾，妙在就地取材，具有山野风味——鱼是从溪流里捕捞的，酒是山中矿泉酿就的，一道道菜，皆是山肴野蔌，这会给食客留下很深印象。宴饮之乐，也舍弃了管弦歌舞的俗套，代之以投壶、下棋等文人雅戏，高尚娱乐，奖胜是喝酒，罚不胜也是喝酒，闹得不可开交，非常尽兴。太守一高兴贪杯，一贪杯辄醉，成了名副其实的醉翁了。

[四段写醉归并点出作意] 在写人们罢游归去时，文中别出心裁写了继之而来的禽鸟之乐，不但展现了山中自然景物的妙趣，对于滁州和平安宁的政治气氛也是有力的烘托。然后再一次进行抒情性议论："然而禽鸟知山林之乐，而不知人之乐；人知从太守游而乐，而不

知太守之乐其乐也（不知太守是因他们的快乐而快乐）。”后两句写出另一半太守之乐，是文中最重要的话。透过两层，特别有味。亭记类文字，通常要署款识，而本文最后以问答唱叹出之，很别致很风趣。

［这篇文章的写作特点］本篇反映了北宋较安定的时期内地的自然风光和人民生活，表现了作者“与民同乐”的良好政治愿望，以及他对大自然和生活的热爱，也隐含他对官场斗争的厌倦。“记”之为体，本所以叙事识物，不常议论（宋李耆卿《文章缘起》），而此文熔多种成分于一炉。大体记叙层次极清，描写形象概括，议论抒情深入哲理，如散文诗。本篇最突出的特点是语调上的富于创意。全篇用了 21 个“也”字结尾。“也”这个虚词常用以表达判断、说明的句式，有时也类乎语气助词。作者大胆使用 21 个“也”字，既使文章有很强的层次感，也使文章形成一种富有情韵的吟咏句调，有助于造成舒徐圆畅的散文节奏。这是一篇散文，但在描写中经常穿插四六骈语，如“若夫日出而林霏开，云归而岩穴暝”“临溪而渔，溪深而鱼肥；酿泉为酒，泉香而酒洌”，寓整于散。或先整而后散，如“至于负者歌于途，行者休于树，前者呼，后者应，伛偻提携，往来而不绝者，滁人游也”“宴酣之乐，非丝非竹，射者中，弈者胜，觥筹交错，起坐而喧哗者，众宾欢也”“野芳发而幽香，佳木秀而繁阴，风霜高洁，水落而石出者，山间之四时也”等，别有一种气势通

畅、音调错落之美，读来朗朗上口。综上几个方面，使得本篇成为传世之美文。

伶官传序

呜呼！盛衰之理，虽曰天命，岂非人事哉[1]！原庄宗之所以得天下[2]，与其所以失之者，可以知之矣。世言晋王之将终也[3]，以三矢赐庄宗，而告之曰："梁[4]，吾仇也；燕王[5]，吾所立，契丹与吾约为兄弟[6]，而皆背晋以归梁。此三者，吾遗恨也。与尔三矢，尔其无忘乃父之志！"庄宗受而藏之于庙。其后用兵，则遣从事以一少 shào 牢告庙[7]，请其矢，盛以锦囊，负而前驱，及凯旋而纳之。

方其系燕父子以组[8]，函梁君臣之首[9]，入于太庙，还矢先王，而告以成功，其意气之盛，可谓壮哉！及仇雠 chóu 已灭[10]，天下已定，一夫夜呼，乱者四应，仓皇东出，未及见贼，而士卒离散，君臣相顾，不知所归；至于誓天断发，泣下沾襟，何其衰也！岂得之难而失之易欤？抑本其成败之迹而皆自于人欤？《书》曰："满招损，谦受益。"忧劳可以兴国[11]，逸豫可以亡身[12]，自然之理也。故方其盛也，举天下之豪杰莫能与之争；及其衰也，数十伶人困之[13]，而身死国灭，为天下笑。夫祸患常积于忽微[14]，而智勇多困于所溺[15]，岂独伶人也哉！作《伶官传》。

升平署脸谱·李存勖

注　释　①天命：古代把天当作神，称神的意旨为天命。人事：人力所能及的事。②庄宗：指五代时后唐庄宗李存勖。③世言：社会上传说。晋王：庄宗的父亲李克用。终：死。④梁：指后梁太祖朱全忠。⑤燕王：指燕王刘守光之父刘仁恭。⑥契丹：指契丹首领耶律阿保机。⑦少牢：古代祭祀单用羊、猪称少牢，后专以羊为少牢。⑧系：捆绑。燕父子：指刘仁恭和刘守光。组：绳索。⑨函：匣，盒子。⑩雠：对手，仇敌。⑪忧劳：忧患劳苦。⑫逸豫：安逸享乐。⑬伶人：乐官。⑭忽微：细小。⑮所溺：沉溺迷爱的事物。

赏析 [这篇文章的主题]《五代史·伶官传》是欧阳修在《新五代史》中仿照《史记·滑稽列传》的体例所写的一篇伶人合传。后唐庄宗李存勖在位时，由于沉溺声色，致使伶人把持朝政，朝野侧目，最后招乱，他自己也被平时宠信的伶人郭从谦所杀。本篇是传前序文，仿太史公自叙，说明《伶官传》作意在于向北宋王朝提供历史鉴戒。

[开篇观点鲜明] 一段提纲挈领，提出王朝之盛衰，亦取决于人事，这是一个大的笼罩，也是全文的中心思想。点明个案然后归到题面，说明后唐庄宗得天下与失天下的经历，是一个具有典型意义的个案。表明本文将着重对这一个案进行分析。

[关于晋王三矢的故事] 晋王三矢是一个传奇色彩很浓的故事，颇类于古代寓言，未载于《庄宗本纪》。据传说，唐末晋王李克用曾以三支箭作为遗命，要儿子李存勖（后唐庄宗）为他复仇，后来李存勖励志图强，果然为父报仇雪恨。公元 907 年，朱温篡唐建梁，曾谋杀李克用未果，因而结仇。刘仁恭、刘守光父子初为李克用部属，后附梁，梁封刘守光为燕王。契丹族耶律阿保机（即辽太祖），曾与李克用结盟约为兄弟，后又背约与梁通好，暗算李克用。因此，他们被李克用视为不共戴天的敌人，遂有临死之遗命。后来李存勖擒获刘氏

父子（913），灭后梁（923），并三次击败契丹，完成了先父遗志。这一段叙述史实，只谈盛而未及衰。因为衰事具见于《伶官传》，不必重复了。其实这里谈盛事，也没有重复《庄宗本纪》。

［文中的议论颇具抒情性］讲完这个极其生动的事例，立即转入议论。回应篇首“盛衰”二字，以繁音促节的文字，展开淋漓尽致的议论，把文章推向高潮。这段议论先是一个长长的转折复句，由“方其……及……”两个分句构成，分别以“可谓壮哉”“何其衰也”作结，一扬一抑，大起大落，唱叹有致，在全文中形成一个很有声势的大波。然后是“岂……抑……”两个疑问句构成的选择复句：这究竟是应了江山“得之难而失之易”的老话呢，还是事实所显的——成败都是由于人事的缘故呢？答案不言自明——前者只是现象，后者才是本质。这就证明了开篇提出的“盛衰之理……岂非人事”的观点的正确性。

［最后的结论：逸豫亡国］作者征引《尚书·大禹谟》“满招损，谦受益”的名言，由庄宗盛衰之忽的个案，上升到一个普遍性结论“忧劳可以兴国，逸豫可以亡身”，是紧扣“人事”，说明好逸恶劳的危险性。然后用“方其……及……”的句式，一扬一抑，作为唱叹，就庄宗盛极转衰的史实抒发感慨，是文中又一次波澜。祸由渐积，从庄宗迷惑于伶人的个案，得出“祸患常积

于忽微，而智勇多困于所溺”（祸患常由细故积成，智勇者多被爱好困惑）的一般性结论，是紧扣“人事”，说明防微杜渐的重要性和玩物丧志的危险性。

［这篇文章的现实意义］本篇由后唐庄宗的兴亡史实，总结出王朝的盛衰、事业的成败，主要取决于人事（即统治者的所作所为），提倡勤俭建国、防微杜渐，反对耽于安乐、玩物丧志，富于历史进步意义和现实教育意义。

［这篇文章选材精当］本篇属于史论，文中运用的主要事例是“晋王三矢”的故事。事见王禹偁《五代史阙文》，颇类小说家言，故欧阳修未直接采用于《新五代史》的《庄宗本纪》，却在史论中加上“世言”二字，予以引用，避免了不必要的重复，使人感觉材料新鲜，同时表现了治史的谨严和为文的灵活。

［这篇文章行文很有波澜］文章篇幅不长，行文却很有波澜。作者善于运用勾勒字（如“方其”“及(其)”“岂”“抑”等等），前后呼应，使句群连贯起来，语气上有轻重缓急的节奏变化，造成波澜起伏，一唱三叹的音情。这与作者用语上的三多——多转折句、疑问句、感叹句，也有关系。也注意使用骈句与对比，本篇为了突出“忧劳”和“逸豫”的对比，很注意使用对称的词句，如“人事”和“天命”、“盛”和“衰”、“得”和“失”、“难”和“易”、“兴”和“亡”等。从句子上看，更有骈散结合的特点。

［语言骈散相间］从总体上说，这是一篇古文，句式自然以散行为主。然而在叙事议论吃紧处，作者都着意锤炼四六成文的对偶句，如“虽曰天命，岂非人事”“系燕父子以组，函梁君臣之首”“一夫夜呼，乱者四应”“忧劳可以兴国，逸豫可以亡身”“祸患常积于忽微，而智勇多困于所溺”等等，有助于造成鲜明的对比感。

秋声赋[1]

欧阳子方夜读书[2]，闻有声自西南来者，悚 sǒng 然而听之[3]，曰：“异哉！”初淅沥以萧飒，忽奔腾而砰 pēng 湃，如波涛夜惊，风雨骤至。其触于物也，鏦 cōng 鏦铮铮[4]，金铁皆鸣；又如赴敌之兵，衔枚疾走[5]，不闻号令，但闻人马之行声。余谓童子：“此何声也？汝出视之。”童子曰：“星月皎洁，明河在天，四无人声，声在树间。”

余曰：“噫嘻，悲哉[6]！此秋声也，胡为而来哉[7]？盖夫秋之为状也：其色惨淡，烟霏云敛；其容清明，天高日晶；其气栗冽[8]，砭 biān 人肌骨[9]；其意萧条，山川寂寥[10]。故其为声也，凄凄切切，呼号愤发。丰草绿缛而争茂[11]，佳木葱茏而可悦；草拂之而色变，木遭之而叶脱；其所以摧败零落者，乃其一气之余烈。夫秋，刑官也[12]，于时为阴[13]；又兵象也[14]，于行用金[15]；是谓天地之义气，常以肃杀而为心。天之于物，春生秋实。故其在乐也，商声主西方之音[16]；夷则为七月之律[17]。商，伤也，物既老而悲伤；夷，戮也，物过盛而当杀。嗟呼！草木无情，有时飘零。人为动物，唯物之灵，百忧感其心，万事劳其形，有动于中，必摇其精[18]。而况思其力之所不及，忧其智之所不能，宜其渥然丹者为槁木[19]，黟然黑者为星星[20]。奈何以非金石之质，欲与草木而争荣？念谁为之戕贼，亦何恨乎秋声！”童子莫对，垂头而睡。但闻四壁虫声唧唧，如助余之叹息。

注释 ①秋声赋：欧阳修晚期的杰作。②子：古时对男子的尊称或通称。③悚然：惊惧的样子。④鏦鏦铮铮：金属相击声。⑤衔枚：古代行军防止士兵出声的措施，枚形如筷子，用时衔于口中。⑥噫嘻：叹息声。⑦胡为：为何。⑧栗冽：寒冷貌。⑨砭：针刺。⑩寂寥：寂静。⑪缛：繁茂。⑫刑官：周朝以天地四时之名命官，司寇为秋官，掌管刑罚、狱讼。审决死罪人犯也在秋天。⑬于时为阴：秋冬属阴。⑭又兵象也：古代征伐，多在秋天。⑮于行用金：旧说以五行（金、木、水、火、土）分配四时，秋天属金。⑯商声主西方之音：旧说以五声分配四时，秋天为商声。西方，是秋天的方位。⑰夷则为七月之律：以十二音律分配十二月，七月为夷则。夷，伤。则，法。⑱精：精神。⑲槁木：枯槁。⑳黟：黑貌。星星：喻白色。

赏析 [写作时间与主题] 作于嘉祐四年（1059），这时欧阳修 53 岁，位在中枢，但在政治上已两起两落，饱尝了人生的艰辛。此赋借秋声对人生进行哲理思索，表现了作者的忧患意识，而与宋玉、杜甫的悲秋之诗赋各有异同。

[善于描摹听觉形象] 始写秋声之起，及其听觉形象。写作者夜读，环境开始是宁静的，声音来得很突然。这不一定是写实，完全可能出自一种构思。接着是对声音的摹状，这声音突如其来，如波涛夜惊，如风雨大作，如金属碰击，如人马奔驰。这里提供的全是听觉形象，即所有的意象都是可听的。不但可听，而且都合于夜的特征。后两种形象，又为下文“兵象”伏笔。从句式上讲，“淅沥以萧飒”对应于“风雨骤至”，“奔腾而砰湃”对应于“波涛夜惊”，是诗赋中常用的并提分承之法。

[加入问答形成对比] 接下去便是作者与童子的问答。前文长短错综，给人以惊心动魄之感，然而童子出门的回禀，却是整齐的四字短句：“星月皎洁，明河在天，四无人声，声在树间。”语气相当平静，表现出两个人心态的不同。这是此赋很重要的一个艺术处理。

[秋气对万物的摧残] 通过艺术联想，从秋季物色落笔，从秋色、秋容、秋气、秋意四个方面铺陈描写，主要

提供的是视觉形象如“烟霏云敛”“天高日晶”“山川寂寥”，表明它们与“秋声”彼此通感，秋声所以凄切，诚非偶然。接下来便写秋气对大自然的摧残。这里再次运用了并提分承的句法，即“丰草绿缛而争茂”连“草拂之而色变”，“佳木葱茏而可悦”连“木遭之而叶脱”。

［从文化视角对秋作思辨］作者企图运用传统的说法解释秋气肃杀的原因。一层从典章制度和阴阳五行角度讲，根据《周礼》《礼记》《汉书》等典籍记载，古时掌管刑罚的官吏被称为秋官，所以说“夫秋，刑官也”；而四季春夏为阳，秋冬属阴，所以说“于时为阴”；古人校猎、征战，也往往选择在立秋后进行，所以说“又兵象也”；就五行而言，秋天也就与“金”相配，所以说“于行用金”。此外，古代连行刑，也要等到秋后才执行，因为在古人看来，这样才顺应天地的杀气，不会引来天殃。

从音乐乐律的角度讲，古人认为五声中的商声与四方中的西方，都属于五行中的“金”，也都对应于四季中的秋天。古代音乐有十二律，古人以之对应十二月，其中与七月对应的是夷则。而作者在解释商声和夷则的含义时，借用了训诂的方法，说“商，伤也”是音训，“夷，戮也”是义训。作者在这里不是认真地做文字训诂，而是信手拈来有助于表情达意的艺术处理。倒是“物既老而悲伤”“物过盛而当杀”两句，包含有丰富的哲理意味。这一段说理颇具书卷气，不同于汉代大赋和唐人律赋。

［对人生忧患做哲理思索］文中指出，草木无情，尚依自然客观规律而凋零；人有感情，于自然规律之外，更容易受到人为的主观方面的戕害。人会受莫名的烦恼和烦琐的事务的伤害，更有甚者，是那些为自己体力和智慧所吃不消的追求。无怪乎其早衰早逝，连草木也不如了。想想谁是自身的戕害者吧，又怎么能去怨恨秋声呢。由此可见，作者张扬秋声的可畏，不过是一种衬托，只是为了用来说明人的忧思比秋气更可怕，对自己损伤更大，目的是说明人应顺应自然，清心寡欲，养全生命，知足常乐。这才是作者用意所在，才是全篇的主旨和中心。

［以形象作结］作者不无诙谐地写道“童子莫对，垂头而睡”，这绝不是无谓的滑稽，而是再一次暗示出两个人心态的不同，一个是“人生识字忧患始”，另一个则是单纯无知，所以无忧无虑。所以当主人感慨未已，还未罢读，他居然就睡着了。最后以虫声结妙，是在前文大写秋声，渐渐离题后，再添一小声，取得照应。韩愈说“以虫鸣秋”，此写虫声唧唧，亦是从秋声上发挥，是绝好的余波。

［这篇文章在赋史上的地位］《秋声赋》是赋史上一篇重要作品，它开了宋代文赋之先河。在体格上，它与汉魏六朝的大赋和律赋不同，便是以文为赋。以文为赋

首先是“自律赋除去排偶、限韵二拘束”（铃木雄虎），骈散结合，少事藻绘，少用典故，使格律形式较为自由；还在于它注入了议论的成分，使以写景、状物、叙事、抒情为事的赋体，带上了思辩的色彩。这议论用得不好，当然会损害作品的形象美与音乐美，用得好时，不但可以保持形象美与音乐美，而且还能做到情、景、事、理和谐统一，富于诗情和哲理意味。本篇就达到了这样的境地。

以前的赋家，多以堆砌僻字、运用僻典为能事，而此赋却大都运用明白晓畅的语言，如：“童子莫对，垂头而睡”，就很接近口语；“又如赴敌之兵，衔枚疾走，不闻号令，但闻人马之行声”，句子长短不齐，不讲对偶。同时它又非常注意语言的形象感与音乐性，这篇文章的音乐性不仅体现在许多句子都自然押韵，读起来音韵铿锵，朗朗上口，具有诗歌的节奏感，而且体现在行文上有长短、高下、轻重、缓急的变化，如在惊心动魄的秋声中，穿插一段童子平和宁静的口吻，就使文章形成了节奏上一张一弛的变化，从而摇曳多姿，引人入胜。

祭石曼卿文

维[1]治平四年[2]七月日，具官[3]欧阳修，谨遣尚书都省令史李敭 yì，至于太清，以清酌庶羞[④]之奠，致祭于亡友曼卿之墓下，而吊之以文曰：

呜呼曼卿！生而为英，死而为灵。其同乎万物生死，而复归于无物者，暂聚之形；不与万物共尽，而卓然其不朽者，后世之名。此自古圣贤，莫不皆然，而著在简册[⑤]者，昭如日星。

呜呼曼卿！吾不见子久矣，犹能仿佛[⑥]子之平生。其轩昂磊落，突兀峥嵘，而埋藏于地下者，意其不化为朽壤，而为金玉之精。不然，生长松之千尺，产灵芝而九茎。奈何荒烟野蔓，荆棘纵横，风凄露下，走磷飞萤。但见牧童樵叟，歌吟而上下，与夫惊禽骇兽，悲鸣踯躅 zhízhú[⑦]而咿嘤！今固如此，更[⑧]千秋而万岁兮，安知其不穴藏狐貉与鼯鼪 wúshēng[⑨]？此自古圣贤亦皆然兮，独不见夫累累[⑩]乎旷野与荒城！

呜呼曼卿！盛衰之理，吾固知其如此，而感念畴昔，悲凉凄怆，不觉临风而陨涕者，有愧乎太上之忘情。尚飨 xiǎng！[⑪]

注　释　①维：句首语气词，引出时间。②治平四年：公元1067年。宋英宗的年号。③具官：在文章底稿上对自己官爵职务的简写。④清酌庶羞：清酒美食。⑤简册：史书。⑥仿佛：依稀想象。⑦踯躅：徘徊。⑧更：经过。⑨鼯鼪：大飞鼠。⑩累累：连绵不绝的样子。⑪尚飨：希望死者来享受祭品。为祭文的结束语。飨，享食祭品。

赏析 [久别的祭奠] 本文作于宋英宗治平四年，距石曼卿逝世（1041 年）已有 26 年。此时的欧阳修已经 61 岁了，正是被贬为亳州知州之后。作者在这失意之时，倍感人生的悲凉，不由又想起了已经死去 26 年的好友石曼卿。一腔愁闷，倾注在了对老友的祭文里，并派人到石曼卿墓前用此文吊唁。这是久别的祭奠，也是最真挚的思念。

[一叹曼卿声名不朽] 欧阳修给予了石曼卿极高的评价，认为他是世间少有的奇才，所以生为人杰，死亦为神灵。他虽英年早逝，但请不必悲伤，他的名字如日星般，已经载入史册，永不磨灭。

[二悲曼卿坟墓凄凉] 作者依稀回忆起好友的音容，用了“轩昂磊落，突兀峥嵘”八字加以概括。想必他凭那轩昂的仪态、磊落的胸怀和突兀峥嵘与众不同的个性，早已经化为金精玉华或是劲松九芝了吧？但他的坟墓为何如此凄凉？作者从想象回到了沉痛的现实。这位奇才的墓穴和常人一样，多么荒芜，多么冷清，受人践踏，无人知晓，禽兽为巢，最终成为一片荒原！这段描写，环环相扣，层次分明，显示了作者的笔力。

[三呼曼卿伤感不已] 到了最后，作者终于忍不住落下泪来，他虽懂得盛衰转换沧海桑田之理，但旧日的友谊怎能忘却？一时间，理不胜情，不能自已。

［文情浓挚、音节悲凉的艺术特点］本文情感真挚深厚，抒情色彩很浓，三呼曼卿，最终“感念畴昔，悲凉凄怆，不觉临风而陨涕者”，达到了情感的极致。

语言流畅而平易，悲凉而有韵味，符合祭文的写作要求。句式灵活，骈散结合，富于变化，跌宕起伏，加深了文章的悲凄之意。

周敦颐

（1017—1073）字茂叔，号濂溪，道州营道（今湖南道县）人，曾官大理寺丞，国子博士，继承《易传》《中庸》和道家思想，为理学创始人之一。有《周子全书》。

爱莲说

水陆草木之花，可爱者甚蕃 fán[1]。晋陶渊明独爱菊；自李唐来，世人甚爱牡丹；予独爱莲之出淤 yū 泥而不染[2]，濯 zhuó 清涟 lián 而不妖[3]，中通外直，不蔓不枝[4]，香远益清，亭亭净植[5]，可远观而不可亵 xiè 玩焉[6]。

予谓菊，花之隐逸者也[7]；牡丹，花之富贵者也；莲，花之君子者

泛舟莲塘

也[8]。噫！菊之爱，陶后鲜有闻。莲之爱，同予者何人[9]？牡丹之爱，宜乎众矣[10]。

注　释　①蕃：多。②染：沾染（污秽）。③濯清涟而不妖：在清水里洗涤过，但是并不显得妖媚。濯，洗涤。④不蔓不枝：不牵连，不生枝节。⑤亭亭净植：笔直地、洁净地立在那里。亭亭，耸立的样子。植，树立。⑥亵玩焉：玩弄。亵，亲近而不庄重。⑦隐逸：隐居的人。⑧君子：指品德高尚的人。⑨同予者何人：像我一样的还有什么人呢？⑩宜乎众矣：人该是很多了。宜，应当。

赏析　[宋明理学鼻祖] 儒家思想是中国文化的主干，源远而流长。儒学虽以孔子为创始人，但并非一成不变的，其间历经了先秦儒学、汉唐经学、宋明理学三种基本形态。周敦颐，世称“濂溪先生”，是宋明理学的开山鼻祖，对后世的哲学思想影响很大。周敦颐任职南康郡时，曾率属下在衙门一侧挖池种莲，名曰“爱莲池”。

[托物言志名篇] “说”是古代一种议论文体，用以陈述作者对某些社会现象的观点看法，其特点类似今天的杂文。本文表面上是在说莲花，实际上是在赞君子。莲花的那些高贵品格，实际上就是君子的高贵品格。这种写法就叫托物言志。作者以“莲”自况，借抒写爱莲之情表达自己洁身自好不追求富贵的人生态度，也批判了追名逐利、趋炎附势的恶俗世风。

［三种花三种人］文章先以陶渊明独爱菊花，世人甚爱牡丹为陪笔，引入正题，写自己独爱莲花，然后具体描述了莲花的高洁，接着对这三种花的品格做了品评：菊花是隐士，牡丹是富贵者，而莲花则是君子。这实际上已经不是评花而是评人，三种花即三种人。陶渊明“不为五斗米折腰”，挂冠归隐，性最爱菊，曾写下“采菊东篱下，悠然见南山”这样的佳句。菊的品格就是陶渊明这类隐士品格的写照。唐人爱牡丹，牡丹身价数万，花大而绚丽，富贵耀眼，自是世俗之人喜爱的对象。莲花能够“出淤泥而不染，濯清涟而不妖”，一身正气，自然是君子的象征。以周敦颐这样的理学宗师，无怪乎会独爱莲花。

［剪裁布置具匠心］本文仅一百一十九字，却写了三种花。写莲是中心，五十七字；写菊二十四字，是为了正面衬托莲；写牡丹二十六字，是从反面衬托莲。莲的高尚、正直、明德、尊严等品格，正是古今君子人格的概括。

曾巩

（1019—1083）字子固，建昌军南丰（今属江西）人，嘉祐二年（1057）进士，少以文章见赏于欧阳修，尝奉诏编校史馆书籍，校定南齐、梁、陈三书，官至中书舍人，为王安石所推赏。著有《元丰类稿》。

墨池记

临川之城东[①]，有地隐然而高，以临于溪，曰新城。新城之上，有池洼然而方以长，曰王羲之之墨池者，荀伯子《临川记》云也[②]。羲之尝慕张芝，临池学书，池水尽黑[③]，此为其故迹，岂信然邪？方羲之之不可强以仕，而尝极东方，出沧海，以娱其意于山水之间，岂有徜 cháng 徉 yáng 肆恣[④]，而又尝自休于此邪？羲之之书，晚乃善；则其所能，盖亦以精力自致者，非天成也。然后世未有能及者，岂其学不如彼邪？则学固岂可以少哉！况欲深造道德者邪[⑤]？

墨池之上，今为州学舍，教授王君盛恐其不章也，书"晋王右军墨池"之六字于楹 yíng 间以揭之[⑥]。又告于巩曰："愿有记。"唯王君之心，岂爱人之善[⑦]，虽一能不以废，而因以及乎其迹邪？其亦欲推其事以勉其学者邪？夫人之有一能，而使后人尚之如此[8]，况仁人庄士之遗风余思[9]，被于来世者如何哉！庆历八年九月十二日曾巩记[10]。

注释 ①临川：宋县名，江南西路抚州治所，今江西抚州市临川区。②洼然：低下之状。方以长：长方形。王羲之：字逸少，晋琅邪临沂（今属山东）人。荀伯子：南朝宋颍川颍阴（今河南省许昌市）人。③张芝：字伯英，东汉弘农（今河南省灵宝市）人。④徜徉肆恣：纵情游览。⑤晚乃善：到晚年才精妙绝伦。深造道德：在道德修养上有崇高造诣。⑥州学舍：指抚州州学学舍。教授：官名，教学生经义，掌管学生考核考试诸事。章：显著。楹：柱子。揭：举以标示。⑦唯：念。⑧尚：尊崇。⑨仁人庄士：旧时指修德行仁、端庄有道的人。⑩庆历八年：即宋仁宗庆历八年（1048）。

赏析 ［文章的写作缘起］此文作于庆历八年（1048）九月，作者 30 岁，广有文名而尚未得官职。临川城东之新城，有一池，据刘宋时临川内史荀伯子所著《临川记》载，为王羲之洗笔砚之墨池，州学校舍即建于池上，此文即应州学教授王盛所请而作。

［文中记墨池来历］墨池得名的来历和依据，见于荀伯子《临川记》，以下还撮叙了书证的大体内容。其中提到的张芝字伯英，东汉酒泉人，大书法家，今草的

创始者。王羲之十分钦仰他，在一封书信中说：“张芝临池学书，池水尽黑，使人耽之若是，未必后之也。”所以他和张芝一样刻苦临池，留下类似记载。然而关于王羲之墨池遗迹，浙江会稽、永嘉，江西庐山，湖北蕲水等地亦有，大都来自本地传闻，有的可能出于附会，只能姑妄听之，不一定都很确实。曾巩对前人的说法没有绝对把握，但本文别有题旨，故不拟深究，只以“岂信然邪”一问，存而不论，很是得体。

[文中就墨池而作的推想] 作者就王羲之何时在何种情况下来此间习书，做了一个合理的推想：当朝廷勉强王羲之做官他却不干的时候，他曾经遍游东方名山大川，泛舟东海之上，难道不是他在随心所欲、纵情漫游途中，在这临川歇息、停留过吗？有这个合理的推想，就使人对墨池的来历宁信其有，出以一问，也不会使人

感到作者强加于人。有了这个前提，作者才好就王羲之习书一事发表议论。

[文中的议论] 以下即紧扣墨池本事，和“羲之之书，晚乃善”的事实进行议论，肯定王羲之的书法之所以能修成正果，“盖亦以精力自致者，非天成也”，强调了勤奋的重要。然后又反过来，就“后世未有能及者”的事实发表看法，却用“岂其学不如彼邪”设问代答，答案是肯定的，但让人自己思而得之。末二句从书艺精进离不开学，说到道德上要修成正果，离不开学，点出一篇主意。仍用设问，发人深省。

[作者自叙作文的意图] 说明此文是应王盛教授之请而作，并推究其用心，乃为勉励学子在德、能上努力深造，以期成才。先叙墨池上现为州学校舍所在地。墨池上建学舍，这件事本身就意味深长，所谓“伐柯伐柯，其则不远”。次叙王教授恐其意味不彰，特别书写了“晋王右军墨池”六字于楹间，并请作者为记。进而推测王教授的用意：一可能是不轻视古人的一技之长，爱屋及乌，即由推重王羲之的书法而保护相关的古迹；二可能是想借古人勤学苦练的事迹，来教育学生，把这种精神推广到更加重要的方面去。因是推测，仍用设问句出之。最后再发议论——大书法家有一技之长就使后人崇拜如此，何况大道德家、大学问家，以好作风、好品德流芳后世者呢。

[这篇文章的写作特点] 一是以小见大，见微知著。作者写墨池目的不在弘扬书道，也不在颂扬王羲之。文章发端于墨池之微，而归结于进德修业，表现出以卫道为己任的本色。文章这样写是否切题呢？回答是肯定的。因为墨池得名于晋时王羲之临池刻苦学书，而当时则成为州学校舍所在地，是生员学习的场所，而王盛教授为墨池挂牌和请作者为墨池作记的目的，显然在于劝学，所以作者多就劝学一事发表意见，这样写自然十分切题。二是心平气和，平易近人。本文不以气势取胜，也不以文采见长。它的语言质朴无华却亲切有味。作者不藻饰、无僻字、不造作，将必须说和想要说的话，自然而然、平平实实地娓娓道来，无遗意，无长语，逻辑严密，而有行云流水之妙。言宜而不气盛，已与韩文不同，堪称宋文之典范。文章仅三百余字，竟六处使用设问，有的并非必要——如第一问就完全可省，换我来写，一定会省，只须将所引书名移后。然而这样写并非造作，它表现的是作者自省的口气，丝毫没有教训别人的意思。给别人看则有一种商量的、循循善诱的口气，在委婉含蓄中，有一种启发的、潜移默化的作用。

司马光

（1019—1086）字君实，陕西夏县（今属山西）涑水乡人，世称涑水先生。宝元进士。仁宗末任天章阁待制兼侍讲知谏院。治平三年撰成《通志》八卷上进，英宗时设局续修，神宗时赐书名为《资治通鉴》。元祐元年（1086）任尚书左仆射，兼门下侍郎。死后追封温国公。有《司马文正公集》等。

淝水之战①

《资治通鉴》

（太元七年）冬②，十月，秦王坚会群臣于太极殿，议曰："自吾承业，垂三十载，四方略定，唯东南一隅，未沾王化。今略计吾士卒，可得九十七万，吾欲自将以讨之，何如？"秘书监朱彤 róng 曰："陛下恭行天罚③，必有征无战，晋主不衔璧军门④，则走死江海。陛下返中国士民，使复其桑梓 zǐ⑤，然后回舆东巡，告成岱宗⑥，此千载一时也。"坚喜曰："是吾志也。"尚书左仆射权翼曰："昔纣为无道，三仁在朝，武王犹为之旋师⑦。今晋虽微弱，未有大恶；谢安、桓冲皆江表伟人，君臣辑睦[8]，内外同心。以臣观之，未可图也。”坚嘿然良久，曰：“诸君各言其志。”

太子左卫率石越曰：“今岁镇守斗[9]，福德在吴，伐之必有天殃。且彼据长江之险，民为之用，殆未可伐也。”坚曰：“昔武王伐纣，逆岁违卜。天道幽远，未易可知。夫差、孙皓皆保据江湖，不免于亡。今以吾之众，投鞭于江，足断其流，又何险之足恃乎！”对曰：“三国之君，皆淫虐无道，故敌国取之，易于拾遗。今晋虽无德，未有大罪，愿陛下且按兵积谷，以待其衅[10]。”于是群臣各言利害，久之不决。坚曰：“此所谓筑舍道傍，无时可成[11]。吾当内断于心耳！”

群臣皆出，独留阳平公融，谓之曰：“自古定大事者，不过一二臣而已。今众言纷纷，徒乱人意，吾当与汝决之。”对曰：“今伐晋有三难：天道不顺，一也；晋国无衅，二也；我数战兵疲，民有畏敌之心，三也。群臣言晋不可伐者，皆忠臣也，愿陛下听之。”坚作色曰：“汝亦如此，吾复何望！吾强兵百万，资仗如山；吾虽未为令主[12]，亦非暗劣。乘累捷之势，击垂亡之国，何患不克？岂可复留此残寇，使长为国家之忧哉！”融泣曰：“晋未可灭，昭然甚明。今劳师大举，恐无万全之功。且臣之所忧，不止于此。陛下宠育鲜卑、羌、羯，布满畿甸[13]，此属皆我之深仇。太子独与弱卒数万留守京师，臣惧有不虞之变生于腹心肘腋，不可悔也。臣之顽愚，诚不足采；王景略[14]一时英杰，陛下常比之诸葛武侯，独不记其临没 mò 之言乎！”坚不听。于是朝臣进谏者众。坚曰：“以吾击晋，校 jiào 其强弱之势，犹疾风之扫秋叶，而朝廷内外皆言不可，诚吾所不解也！”太子宏曰：“今岁在吴分，又有晋君无罪，若大举不捷，恐威名外挫，财力内竭，此群下所以疑也。”坚曰：“昔吾灭燕，亦犯岁而捷，天道固难知也。秦灭六国，六国之君岂皆暴虐乎？”

冠军、京兆尹慕容垂言于坚曰：“弱并于强，小并于大，此理势自然，非难知也。以陛下神武应期[15]，威加海外，虎旅百万，韩、白[16]满朝，而蕞 zuì 尔[17]江南，独违王命，岂可复留之以遗子孙哉！《诗》云：‘谋夫孔多，是用不集[18]。’陛下断自圣心足矣，何必广询朝众！晋武平吴，所仗者张、杜二三臣而已，若从朝众之言，岂有混一之功乎！”坚大悦曰：“与吾共定天下者，独卿而已。”赐帛五百匹。

坚锐意欲取江东，寝不能旦。阳平公融谏曰：“‘知足不辱，知止不殆。’自古穷兵极武，未有不亡者。且国家本戎狄也，正朔会不归人[19]。江东虽微弱仅存，然中华正统，天意必不绝之。”坚曰：“帝王历数，岂有常邪？惟德之所在耳！刘禅岂非汉之苗裔邪，终为魏所灭。汝所以不如吾者，正病此不达变通耳！”

坚素信重沙门道安，群臣使道安乘间进言。十一月，坚与道安同辇游于东苑。坚曰："朕将与公南游吴、越，泛长江，临沧海，不亦乐乎！"安曰："陛下应天御世，居中土而制四维，自足比隆尧、舜；何必栉 zhì 风沐雨[20]，经略遐方[21]乎！且东南卑湿，沴 lì 气易构[22]，虞舜游而不归，大禹往而不复[23]，何足以上劳大驾也！"坚曰："天生烝 zhēng 民[24]而树之君，使司牧之。朕岂敢惮劳，使彼一方独不被泽乎！必如公言，是古之帝王皆无征伐也。"道安曰："必不得已，陛下宜驻跸 bì[25]洛阳，遣使者奉尺书于前，诸将总六师于后，彼必稽首入臣，不必亲涉江、淮也。"坚不听。

坚所幸张夫人谏曰："妾闻天地之生万物，圣王之治天下，皆因其自然而顺之，故功无不成。是以黄帝服牛乘马，因其性也；禹浚 jùn[26]九川，障九泽，因其势也；后稷播殖百谷，因其时也；汤、武帅天下而攻桀纣，因其心也；皆有因[27]而成，无因则败。今朝野之人皆言晋不可伐，陛下独决意行之，妾不知陛下何所因也。《书》曰：'天聪明[28]自我民聪明。'天犹因民，而况人乎！妾又闻王者出师，必上观天道，下顺人心。今人心既不然矣，请验之天道。谚云：'鸡夜鸣者不利行师，犬群嗥者宫室将空，兵动马惊，军败不归。'自秋、冬以来，众鸡夜鸣，群犬哀嗥，厩马多惊，武库兵器自动有声，此皆非出师之祥也。"坚曰："军旅之事，非妇人所当预也！"坚幼子中山公诜 shēn 最有宠，亦谏曰：

“臣闻国之兴亡，系贤人之用舍。今阳平公，国之谋主，而陛下违之；晋有谢安、桓冲，而陛下伐之，臣窃惑之！”坚曰：“天下大事，孺子安知！”

…………

（太元八年秋，七月）秦王坚下诏大举入寇。民每十丁遣一兵；其良家子[29]年二十以下，有材勇者，皆拜羽林郎。又曰：“其以[30]司马昌明为尚书左仆射，谢安为吏部尚书，桓冲为侍中；势还不远，可先为起第[31]。”良家子至者三万余骑，拜秦州主簿赵盛之为少年都统。是时，朝臣皆不欲坚行，独慕容垂、姚苌 cháng 及良家子劝之。阳平公融言于坚曰：“鲜卑、羌虏，我之仇雠，常思风尘之变[32]以逞其志，所陈策画，何可从也！良家少年皆富饶子弟，不闲军旅，苟为谄谀之言，以会陛下之意。今陛下信而用之，轻举大事，臣恐功既不成，仍有后患，悔无及也！”坚不听。

八月，戊午，坚遣阳平公融督张蚝 háo、慕容垂等步骑二十五万为前锋；以兖州刺史姚苌为龙骧将军，督益、梁州诸军事，坚谓苌曰：“昔朕以龙骧建业，未尝轻以授人，卿其勉之。”左将军窦冲曰：“王者无戏言，此不祥之征也！”坚默然。慕容楷、慕容绍言于慕容垂曰：“主上骄矜已甚，叔父建中兴之业，在此行也！”垂曰：“然。非汝，谁与成之！”

甲子，坚发长安，戎卒六十余万，骑二十七万，旗鼓相望，前后千里。九月，坚至项城，凉州之兵始达咸阳，蜀汉之兵顺流而下，幽、冀之兵至于彭城，东西万里，水陆齐进，运漕[33]万艘。阳平公融等兵三十万，先至颍口。

诏以尚书仆射谢石为征虏将军、征讨大都督，以徐、兖二州刺史谢玄为前锋都督，与辅国将军谢琰、西中郎将桓伊等众共八万拒之；使龙骧将军胡彬以水军五千援寿阳。琰，安之子也。是时秦兵既盛，都下震恐。谢玄入，问计于谢安。安夷然，答曰："已别有旨。"既而寂然。玄不敢复言，乃令张玄重请。安遂命驾出游山墅，亲朋毕集，与玄围棋赌墅。安棋常劣于玄，是日，玄惧，便为敌手而又不胜。安遂游陟 zhì[34]，至夜乃还。桓冲深以根本为忧，遣精锐三千入卫京师。谢安固却之，曰："朝廷处分[35]已定，兵甲无阙，西藩宜留以为防。"冲对佐吏叹曰："谢安石有庙堂之量，不闲将略。今大敌垂至，方游谈不暇，遣诸不经事少年拒之，众又寡弱，天下事已可知，吾其左衽[36]矣！"

…………

冬，十月，秦阳平公融等攻寿阳；癸酉，克之，执平虏将军徐元喜等。融以其参军河南郭褒为淮南太守。慕容垂拔郧 yún 城。胡彬闻寿阳陷，退保硖 xiá 石，融进攻之。秦卫将军梁成等帅众五万屯于洛涧，栅淮[37]以遏东兵。谢石、谢玄等去洛涧二十五里而军，惮成，不敢进。胡彬粮尽，潜遣使告石等曰：“今贼盛粮尽，恐不复见大军！”秦人获之，送于阳平公融。融驰使白秦王坚曰：“贼少易擒，但恐逃去，宜速赴之！”坚乃留大军于项城，引轻骑八千，兼道就融于寿阳。遣尚书朱序来说谢石等，以为：“强弱异势，不如速降。”序私谓石等曰：“若秦百万之众尽至，诚难与为敌。今乘诸军未集，宜速击之；若败其前锋，则彼已夺气，可遂破也。”石闻坚在寿阳，甚惧，欲不战以老[38]秦师。谢琰劝石从序言。十一月，谢玄遣广陵相刘牢之帅精兵五千趣 qū[39]洛涧，未至十里，梁成阻涧为阵以待之。牢之直前渡水，击成，大破之，斩成及弋阳太守王咏；又分兵断其归津，秦步骑崩溃，争赴淮水，士卒死者万五千人，执秦扬州刺史王显等，尽收其器械军实。于是谢石等诸军，水陆继进。秦王坚与阳平公融登寿阳城望之，见晋兵部阵严整，又望八公山上草木，皆以为晋兵，顾谓融曰：“此亦勍 qíng 敌[40]，何谓弱也！”怃然[41]始有惧色。

秦兵逼肥水而陈，晋兵不得渡。谢玄遣使谓阳平公融曰：“君悬军深入，而置陈逼水，此乃持久之计，非欲速战者也。若移陈少却，使晋兵得渡，以决胜负，不亦善乎！”秦诸将皆曰：“我众彼寡，不如遏之，使不得上，可以万全。”坚曰：“但引兵少却，使之半渡，我以铁骑蹙[42]而杀之，蔑[43]不胜矣！”融亦以为然，遂麾兵使却。秦兵遂退，不可复止。谢玄、谢琰、桓伊等引兵渡水击之。融驰骑略陈，欲以帅退者，马倒，为晋兵所杀，秦兵遂溃。玄等乘胜追击，至于青冈；秦兵大败，自相蹈藉而死者，蔽野塞川。其走者闻风声鹤唳，皆以为晋兵且至，昼夜不敢息，草行露宿，重以饥冻，死者什七八。初，秦兵少却，朱序在阵后呼曰："秦兵败矣！"众遂大奔。序因与张天锡、徐元喜皆来奔。获秦王坚所乘云母车。复取寿阳，执其淮南太守郭褒。

东山报捷图

坚中流矢，单骑走至淮北，饥甚，民有进壶飧 sūn、豚髀者，坚食之，赐帛十匹，绵十斤。辞曰："陛下厌苦安乐，自取危困。臣为陛下子，陛下为臣父，安有子饲其父而求报乎！”弗顾而去。坚谓张夫人曰：“吾今复何面目治天下乎！”潸 shān 然流涕。

……………

谢安得驿书，知秦兵已败，时方与客围棋，摄[44]书置床[45]上，了无喜色，围棋如故。客问之，徐答曰：“小儿辈遂已破贼。”既罢，还内，过户限，不觉屐齿之折。

注释 ①淝水：发源于今安徽合肥，流入淮河。淝，《资治通鉴》作“肥”。②太元七年：公元 382 年。太元，东晋孝武帝的年号。③恭行天罚：恭敬地按照天意教化。④衔璧军门：双手反捆，口中衔璧玉，到对方营门口投降。⑤桑梓：故乡。⑥岱宗：泰山。⑦旋师：回师。⑧辑睦：和睦。⑨岁镇守斗：木星和土星运行到了斗宿间。表不吉利。岁，指木星。镇，指土星。⑩衅：空隙，机会。⑪筑舍道傍，无时可成：在路上修房子，却向路人求意见，事情自然办不成。⑫令主：贤明的君主。⑬畿甸：京城附近。⑭王景略：指王猛，字景略，是辅佐苻坚创业的骨干。⑮应期：应时而生。⑯韩、白：指韩信和白起。比喻名将。⑰蕞尔：渺小貌。⑱集：成。⑲正朔会不归人：正统大概是不属于汉族之外的其他各族的吧。正朔，正月初一，古时改朝换代要改正朔，这里代指正统。会，大概。⑳栉风沐雨：以风梳头，以雨洗面，比喻在风雨中受苦。㉑经略：占有。遐方：远方。㉒沴气易构：容易沾染恶气。沴气，恶气。构，通“遘”，指遭遇。㉓虞舜游而不归，大禹往而不复：虞舜和大禹南巡，据说都死于南方。㉔烝民：众民。㉕驻跸：帝王出巡，途中暂住某地。跸，清道禁止行人。㉖浚：挖掘、疏通。㉗因：遵循，依靠。㉘聪明：听说的和看见的。㉙良家子：清白人家子弟。㉚其以：可以任命。其，可以，表命令口吻。以，任命。㉛起第：建造府邸。㉜风尘之变：战争。㉝运漕：运粮船。㉞游陟：游览攀登。陟，登。㉟处分：安排。㊱左衽：衣襟开在左边，是少数民族的服式。这里指被苻坚打败。㊲栅淮：用障碍将淮河像栅栏一样拦住。㊳老：使……疲劳。㊴趣：通“趋”。到。㊵勍敌：强敌。㊶怃然：怅惘失神的样子。㊷蹙：逼迫。㊸蔑：无，没有。㊹摄：收起来。㊺床：小桌。

赏析 [苻坚的野心] 前秦苻坚统一北方后，内部隐有矛盾和分裂的迹象，他若休养生息，暂停兵戈，政权倒可久长。但膨胀的野心和强烈的占有欲蒙蔽了这位枭雄的眼，他想一举拿下江南的东晋王朝，完成统一大业。

公元383年，前秦和东晋在安徽淝水交战，弱小的东晋打败了强大的前秦，成为历史上有名的以弱胜强，以少胜多的战役。司马光向我们展示了双方胜败的因素。

[叙述战前苻坚集团内部的矛盾] 苻坚执意东征，灭掉东晋，遭到了以苻融为首的休战派的反对，他们以天时、地利和人心反复向苻坚述说，骄横的符坚哪里听得进去？这些人是真正为了前秦着想。而一味溜须拍马的良家子和朱肜拍手赞成，他们是为了自己能升官发财。还有慕容垂、姚苌因怀着不可告人的异心，也极力怂恿苻坚发动战争。这三派各自发挥着自己的影响力和作用，以左右苻坚的行动，最终，骄横的苻坚选择了开战。“戎卒六十余万，骑二十七万，旗鼓相望，前后千里”，如此强大的兵力，却由于内部人心不齐，成了纸老虎，走上了不归路。

[记叙秦晋交战的情况] 作者用了最精练的笔墨，描绘了宏大的战争场面，让读者觉得历历在目，身临其境。苻坚凭借强大的军队引起了东晋的惊恐，东晋的首脑人物谢安却神情自若，十分镇定。这其实对东晋内部的稳定和团结起了很大作用。而前秦军在洛涧附近的大败，也给了东晋军信心，军心更稳，军容更严整。苻坚却依旧一意孤行，满以为己方还很强大，竟允许东晋的优势兵力渡过淝水，从而造成了在淝水战役上的惨败。

[毛泽东论淝水之战] 在《中国革命战争的战略问题》里，毛泽东指出：“……秦晋淝水之战等等有名的大战，都是双方强弱不同，弱者先让一步，后发制人，因而战胜的。”又在《论持久战》中说道：“主观指导的

正确与否，影响到优势劣势和主动被动的变化，观于强大之军打败仗、弱小之军打胜仗的历史事实而益信。中外历史上这类事情是多得很的。中国如……秦晋淝水之战等等。”可见《淝水之战》所蕴含的军事价值和思想价值，在今天都还是适用的。

[叙事写人的技巧] 本文叙事周详，有条不紊，描写了许多符合战争规律的场面。但作者写战争并不拘泥于实战过程，而主要放在战争胜负的条件上，富于变化。比如在叙述苻坚内部矛盾时，休战派反复劝说，苻融、张夫人、道安、苻诜，他们的言论看似内容重复了，其实是有变化的，内容在深化，读者读起来兴味盎然，并不会感到沉闷。

本文的写人也很有特色，善于用语言和细微的动作表现人物的心理和性格。苻坚的骄横，慕容垂的阴险，张夫人的恳切，都明白如画。特别是谢安的镇定甚至是矫情，更刻画得入木三分。大军压上，他却在下围棋，游山玩水。而结尾得知东晋打了胜仗，谢安却“了无喜色，围棋如故”，客问他何事，他却慢慢说：“小儿辈遂已破贼。”何其镇定也！但当他入内，作者神来一笔，写出了他的失态，过门槛时，不觉把木屐的屐齿碰断了。可见他内心是何等激动！而他又是多么矫情。在那几个字里，暴露无遗。

王安石

(1021—1086) 字介甫，晚号半山，抚州临川(今属江西)人。庆历二年 (1042) 进士。嘉祐三年 (1058) 上万言书，提出变法主张。神宗熙宁二年 (1069) 任参知政事，行新法。次年拜同中书门下平章事。七年罢相，次年再相；九年再罢相，退居江宁 (江苏南京) 半山。封舒国公，旋改封荆，世称荆公。卒谥文。有《王临川集》等。

伤①仲永

金溪民方仲永，世隶耕。仲永生五年，未尝识书具②，忽啼求之。父异焉③，借旁近与之，即书诗四句，并自为其名④。其诗以养父母、收族为意⑤，传一乡秀才观之。自是指物作诗立就⑥，其文理皆有可观者。邑人奇之，稍稍宾客其父⑦，或以钱币乞之。父利其然也⑧，日扳 pān 仲永环谒 yè 于邑人⑨，不使学。

余闻之也久。明道中，从先人还家，于舅家见之，十二三矣。令作诗，不能称 chèn 前时之闻。又七年，还自扬州，复到舅家问焉。曰："泯 mǐn 然众人矣⑩。"

王子曰：仲永之通悟⑪，受之天也。其受之天也，贤于材人远矣⑫。卒之为众人，则其受于人者不至也⑬。彼其受之天也，如此其贤也，不受之人，且为众人；今夫不受之天，固众人，又不受之人，得为众人而已耶⑭？

注释 ①伤：哀伤。②书具：书写工具。指笔、墨、纸、砚。③异焉：对此（感到）惊异。④自为其名：自己题上自己的名字。为，这里作动词用。⑤收族：和同一宗族的人搞好关系。收，聚、团结。⑥立就：立刻完成（写好）。⑦宾客其父：请他父亲去做客。宾客，这里作动词用，意思是以宾客之礼相待。⑧利其然：就是“以其然为利”，把这种情况看作有利（可图）。⑨扳：通“攀”，牵，引。环谒：四处拜访。⑩泯然：消失。这里是毫无特色的意思。⑪通悟：指仲永从小懂得事理，会作诗的能力。通，通晓。悟，领会。⑫材人：有才能的人。⑬不至：没有达到（要求）。⑭得为众人而已耶：能成为普通人就为止了吗？意为比普通人还不如。

赏析 [神童故事] 崇拜天才，是我们这个古老民族的古老传统。神童乃天才之发端，自然也在崇拜之列，于今亦然。王安石在这里就讲了一个神童的故事。

[五岁能诗] 传说中的神童，往往生下来就有异象，以示与常人的不同。但王安石写方仲永却没有说他生下来如何如何，反而写他世代耕田，到仲永五岁时连笔墨

纸砚等文具一概不识。读到这里，读者绝不会感觉到天才就在眼前。王安石接下来写仲永“忽啼求之”“即书诗四句，并自为其名”。不但能写诗，而且诗的内容也颇有高度：奉养父母，团结族人。全县的秀才们都看过，都说写得好。可见这位方仲永是真的神童。我们这才明白：王安石先抑后扬，以巨大的反差来突出仲永的聪明早慧。

[泯然众人] 神童横空出世，令人们为之惊异。人们完全有理由相信神童很快会成为天才，但后来的发展却令人扼腕。原因何在？仲永的父亲目光短浅，贪图小利，“日扳仲永环谒于邑人”，写诗挣钱，“不使学”。“不使学”的后果呢？到十二三岁，“令作诗，不能称前时之闻”；到约二十岁，灵气全无，“泯然众人矣”，与普通人一样了。

[原因在恃才弃学] 孔子主张“敏而好学”，也就是天资加勤学。仲永却是一个反面的例子：五岁能诗，天资不可谓不高，但因为放弃了后天的教育，结果变成了碌碌无为的庸人。历史上这样的例子不少，成语“江郎才尽”中的江淹即是一例。一个人能否成才，与天资有关，更与后天所受的教育以及自身的学习有关。本文作者为一位“神童”最终变成常人而深感惋惜，并发表议论，以此引发人们的思考。

[作者主旨在常人] 仲永的故事虽令人叹息，但现

实中神童毕竟是少数。作者的着眼点不在神童，而在平常人。文章第三段的议论中，王安石指出：后天不受教育，神童也会变成普通人。普通人本来天赋就一般，再不受教育，岂不是连这一般的水平也达不到吗？所以，文章的主旨是告诉我们：学习和受教育对于人才的成长至关重要。

读孟尝君传

世皆称孟尝君能得士，士以故归之，而卒赖其力以脱于虎豹之秦①。呜乎，孟尝君特鸡鸣狗盗之雄耳，岂足以言得士！不然，擅②齐之强，得一士焉，宜可以南面而制秦，尚何取鸡鸣狗盗之力哉？夫鸡鸣狗盗之出其门，此士之所以不至也。

注 释 ①虎豹之秦：当时秦国强大，被人称为“虎狼之国”。②擅：拥有，据有。

赏析 [孟尝君其人] 孟尝君，即战国时齐国的贵族田文，孟尝君是他的封号。孟尝君养有数千名食客，其豪爽仗义闻名天下。秦昭王曾请他到秦国任相，但又听信谗言将他囚禁起来。孟尝君食客中有一神偷，夜里混入秦宫盗得狐白裘，贿赂了秦昭王的宠妃，孟尝君才被放走，连夜奔逃，可是到函谷关时，关门还没开。（按规定，必须等鸡鸣后才能开门。）食客中有个善口技的，学鸡叫引起群鸡相应，这才骗开关门，得以脱险。由此，孟尝君得到了天下人的称赞，认为他能得士之力。

本文是王安石读《史记·孟尝君列传》的感言，观点新颖，驳斥了历史上对孟尝君正面的肯定，说他盛名之下，其实难副，不过是“鸡鸣狗盗之雄耳”。展示了作者超人的胆识和笔力。

［驳“孟尝君能得士”］文章开篇先摆出传统对孟尝君的看法：能得士。原因有二：一是孟尝君豪爽仗义，能够得到身怀绝艺之士的忠心，士也因此络绎不绝地投奔他，这是能得士之心；二是受困秦国时，依靠士的力量逃脱了暴秦的控制，这是能得士之力。

立起了靶子，作者开始有的放矢。首先，他认为，鸡鸣狗盗之徒不能被称为“士”，孟尝君手下的所谓士都只是些鸡鸣狗盗之辈，孟尝君也最多不过是鸡鸣狗盗之徒的首领。从何谈起能得士？这就从根本上否定了传统论。其次，作者说出了他心目中“士”的标准：必须有经邦济世之才，能够凭着他“南面而制秦”。如果孟尝君手下那些人真是士，却为何制服不了秦国？这从事实上驳倒了孟尝君能得士之力的说法。最后，作者痛心地提出，鸡鸣狗盗之徒充斥着孟尝君的门下，真正的“士”反而不屑来了，所以，他根本就没有得到士之心，更谈不上“士以故归之”了。

[针锋相对的论辩术] 本文共四句。第一句树靶子，摆出传统的论点：因为能得士，所以士归之，所以“卒赖其力以脱于虎豹之秦”，所以说“能得士”。以下三句针锋相对，把论点一一驳倒：因为孟尝君手下的鸡鸣狗盗之徒不是“士”，所以他得到的“力”不是“士之力”，所以无力“南面而制秦”，所以所归的不是“士”，所以“能得士”是错误的。一句一破，层层紧逼，寸步不让，雄辩有力。

游褒禅山记

褒禅山亦谓之华山，唐浮图[1]慧褒始舍于其址，而卒葬之；以故其后名之曰“褒禅”。今所谓慧空禅院者，褒之庐冢也。距其院东五里，所谓华山洞者，以其乃华山之阳名之也。距洞百余步，有碑仆 pū[2] 道，其文漫灭，独其为文犹可识，曰“花山”。今言“华”如“华实”之“华”者，盖音谬也。

其下平旷，有泉侧出，而记游者甚众，所谓前洞也。由山以上五六里，有穴窈 yǎo 然[3]，入之甚寒。问其深，则其虽好游者不能穷也，谓之后洞。予与四人拥火以入，入之愈深，其进愈难，而其见愈奇。有怠而欲

出者，曰：“不出，火且尽。”遂与之出。盖予所至，比好游者尚不能十一，然视其左右，来而记之者已少。盖其又深，则其至又加少矣。方是时，予之力尚足以入，火尚足以明也。既其出，则或咎其欲出者，而予亦悔其随之，而不得极[4]夫游之乐也。

于是予有叹焉：古人之观于天地、山川、草木、虫鱼、鸟兽，往往有得。以其求思之深而无不在也。夫夷[5]以近，则游者众；险以远，则至者少。而世之奇伟、瑰怪、非常之观，常在于险远，而人之所罕至焉。故非有志者不能至也。有志矣，不随以止也，然力不足者亦不能至也。有志与力而又不随以怠，至于幽暗昏惑而无物以相 xiàng[6]之，亦不能至也。然力足以至焉而不至，于人为可讥，而在己为有悔。尽吾志也而不能至者，可以无悔矣，其孰能讥之乎？此予之所得也！

余于仆碑，又有悲[7]夫古书之不存，后世之谬其传而莫能名者，何可胜[8]道也哉！此所以学者不可以不深思而慎取之也。

四人者：庐陵萧君圭君玉，长乐王回深父，余弟安国平父、安上纯父。至和元年七月某日甲子，临川王某记。

注　释　①浮图：指和尚。②仆：倒地。③窈然：幽暗深邃。④极：尽。⑤夷：平坦。⑥相：帮助。⑦悲：感叹。⑧胜：尽，极。

赏析　[王安石以“适用为本”的文学观] 王安石是北宋著名的政治家，积极推行变法维新，企图富国强兵。因此，他的文学观深受政治观的影响，以重道崇经为指导思想，认为文学应“以适用为本，以刻镂绘画为之容而已”。他虽不排斥文学的艺术性，但更重视文学的实际功能，当“有补于世”。为此，王安石写了大量的政论文章，善于论辩，就连他的山水游记，也带上了浓重的议论色彩。

[叙写游褒禅山的见闻] 介绍了褒禅山、华山洞的名称来历。并通过仆碑，指出原来“华山”是误读，应叫“花山”，这段小插曲表明了作者严谨的治学态度，为后文的议论埋下伏笔。接着叙述了游览前后洞的情况和见闻，通过对比指出前洞道路平坦，“记游者甚众”。后洞则“入之愈深，其进愈难，而其见愈奇”，游人却愈少。而作者最终也因火把会熄灭而随众离去，未深入

后洞，其遗憾是深刻的。个中道理引而不发，留下了巨大的空间。

［论述游后的心得体会］作者紧接上文的遗憾，指出“夫夷以近，则游者众；险以远，则至者少”，但世界上的美丽奇观往往就在险远之处。在这里，作者很自然地把它与治学态度联系在了一起，要攀登科学高峰，达到“至”，坚定的志向是必要条件，而体力和其他外力的帮助也是不可缺少的，凡缺其一，都不能“至”。当然，如果你对一件事已尽了心志，付出了主观努力，因为客观条件的原因而没有“至”，这是可原谅的。而客观条件具备了，因主观没有努力“不至”的就该受到批评。很显然，作者对治学成功的诸要素中，更强调主观的努力和矢志不渝。最后回应上文仆碑的暗示，联想到因古书不存引起的谬误何其多也，以小见大，告诫做学问者应该“深思而慎取”。

［意兴满眼，余音不绝］本文笔随意至，妙然天成，而又立意深刻，含蓄隽永，发人深思。本文是游记，却全无山之峻朗，水之柔媚，花之多情，草之青幽，仅有的不过是仆碑、前洞、后洞。全文寓理于景，小事情中喻示着大道理。这些景物已不是普通的景物，而上升到了哲学高度，充满了意兴。再加上简洁的笔法，精练的语言，令文章开卷有益，闭卷存思，回味无穷。

沈括

(1031—1095)字存中，钱塘（今浙江杭州）人。北宋仁宗嘉祐八年（1063）进士，提举司天监，官至翰林学士、三司使。晚年定居润州（今江苏镇江），筑梦溪园，撰《梦溪笔谈》。

活板

板印书籍，唐人尚未盛为之[①]，自冯瀛王始印五经，已后典籍皆为板本。

庆历中，有布衣毕昇[②]，又为活板。其法：用胶泥刻字，薄如钱唇，每字为一印，火烧令坚。先设一铁板，其上以松脂、腊和 huò 纸灰之类冒之[③]。欲印，则以一铁范置铁板上[④]，乃密布字印。满铁范为一板，持就火炀 yáng 之[⑤]，药稍镕，则以一平板按其面，则字平如砥 dǐ[⑥]。若止印三二本，未为简易[⑦]；若印数十百千本，则极为神速。常作二铁板，一板印刷，一板已自布字[⑧]。此印者才毕，则第二板已具[⑨]。更 gēng 互用之[⑩]，瞬息可就[⑪]。每一字皆有数印，如“之”“也”等字，每

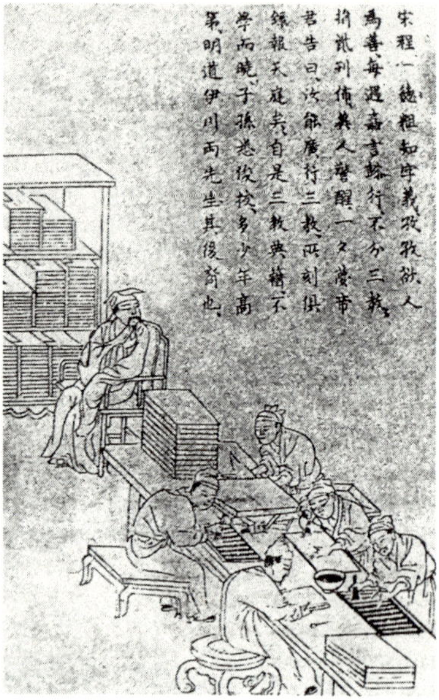

字有二十余印，以备一板内有重复者。不用，则以纸贴之，每韵为一贴，木格贮之⑫。有奇字素无备者⑬，旋刻之，以草火烧，瞬息可成。不以木为之者⑭，文理有疏密⑮，沾水则高下不平，兼与药相粘，不可取⑯。不若燔 fán 土⑰，用讫再火令药镕，以手拂之，其印自落，殊不沾污⑱。

昇死，其印为予群从 cóng 所得⑲，至今宝藏。

注释 ①盛为之：大规模地做。之，指“板印书籍”。②布衣：平民。③冒：蒙，盖。④范：框子。⑤持就火炀之：把它拿到火上烤。就，靠近。炀，烤。⑥字平如砥：字像磨刀石那样平。⑦未为简易：不能算是简便。⑧自：别自，另外。⑨具：准备好。⑩更互：交替，轮流。⑪就：完成。⑫每韵为一贴，木格贮之：把字按韵分类，分别放在木格里。⑬奇字：生僻字。⑭不以木为之者：不用木头刻活字的原因。⑮文理：纹理、质地。⑯不可取：拿不下来。⑰燔：烧。⑱殊不：一点也不。⑲予群从：我的子侄辈。从，指比自己小的或晚的子侄辈。

赏析 [中国活字印刷的最早记载] 本文选自《梦溪笔谈》，作者沈括是北宋时著名科学家，与活版印刷术的发明者毕昇基本上同时代，且亲眼见过由自己的侄辈珍藏的活字，其记载自当具有极高的可信度。

[言之有序的说明] 一篇说明文要想让读者理清头绪，文章必先将自己所要说明的内容理出个一二三四来，亦即要有一定的顺序。《活板》主要是介绍活版的制作和使用方法，自然而然依工序说明。大的步骤有三。

[活版的制作] 先介绍活字的制作方法，强调它的简便耐用。再介绍制版的程序：一是在铁板上涂上松脂、油蜡、纸灰，作黏合用；二是按铁框把字密密地排在铁板上；三是用火烤铁板使松脂等熔化将排上的字黏合；四是用一平板按压字面，使板面平整。

[活版的使用] 活版的使用就是印刷。先写一版单印，效率很高。再写两版轮印，印刷速度更快，效率更高，“更互用之，瞬息可就”。其后又补写了活字的贮存及生僻字的制作方法，解释了不用木头为原料的原因：“沾水则高下不平，兼与药相粘，不可取。”

[拆版的方法] 用火烤铁板，让黏合剂熔化，“以手拂之，其印自落”。

[详略有致] 通过沈括的介绍，活版的面貌在读者面前得以清晰地展现，条理清楚而有序。同时，对与此相关的情况，诸如活版形成之前的雕版印刷，发明者的身世、活字的下落等，作者也为我们勾画出了大致的轮廓。

陨星

治平元年，常州日禺时①，天有大声如雷，乃一大星，几如月②，见于东南。少时而又震一声，移著西南。又一震而坠在宜兴县民许氏园中。远近皆见，火光赫然照天，许氏藩篱皆为所焚。是时火息，视地中有一窍如杯大③，极深。下视之，星在其中，荧荧然④。良久渐暗，尚热不可近。又久之，发其窍，深三尺余，乃得一圆石，犹热，其大如拳，一头微锐，色如铁，重亦如之。州守郑伸得之，送润州金山寺，至今匣藏，游人到则发视。王无咎为之传甚详⑤。

注释 ①日禺时：太阳落山的时候。②几如月：几乎像月亮（一样大小）。③窍：洞穴。④荧荧然：微微发光的样子。⑤为之传甚详：为它写的传记很详细。

赏析 [天文奇观的真实记录] 宋英宗治平元年，亦即公元 1064 年，常州发生了一起难得一见的天文奇观——陨石坠落。沈括用文学的语言将这一过程细致而准确地做了真实的记录，使我们得以了解近千年前一颗来自太空的星体在进入大气层之后的情况，为我们今天对陨石的研究提供了历史资料。

［陨石的坠落过程］文章按时间顺序记述了陨石的坠落过程：太阳落山时分，“天有大声如雷”；形状：如月；方位：东南转向西南；落点：宜兴县民许氏园中；声势：火光赫然照天，藩篱被毁。这就抓住了陨星坠落时最显著的特征。

［落地后的陨石］陨石把地面砸了一个杯口大的深坑，“深三尺余”，可想见其坠地的速度。陨石的大小、形状、颜色、重量以及余温渐退的过程，沈括都做了如实的描述，真实地再现了陨石的全貌。这些描述显示了作为科学家的沈括不同于一般文学家之处。

采草药

古法采草药多用二月、八月[①]，此殊未当[②]。但二月草已芽[③]，八月苗未枯，采掇 duō[④]者易辨识耳，在药则未为良时。大率用根者，若有宿 sù 根[⑤]，须取无茎叶时采，则津泽皆归其根。欲验之，但取芦菔 fú[⑥]、地黄

采药图

辈观，无苗时采，则实而沉；有苗时采，则虚而浮。其无宿根者，即候苗成而未有花时采，则根生已足而又未衰。如今之紫草，未花时采，则根色鲜泽；花过而采，则根色黯恶，此其效[7]也。用叶者取叶初长足时，用芽者自从本说，用花者取花初敷时，用实者成实时采。皆不可限以时月。缘土气有早晚，天时有愆 qiān 伏[8]。如平地三月花者，深山中则四月花。白乐天《游大林寺》诗云："人间四月芳菲尽，山寺桃花始盛开。"盖常理也，此地势高下之不同也。始筀 guì 竹[9]笋，有二月生者，有三、四月生者，有五月方生者，谓之晚筀；稻有七月熟者，有八、九月熟者，有十月熟者，谓之晚稻。一物同一畦之间，自有早晚，此物性之不同也。岭、峤[10]微草[11]，凌冬不凋；并、汾乔木，望秋先陨[12]；诸越[13]则桃李冬实，朔漠则桃李夏荣[14]，此地气之不同。一亩之稼，则粪溉者先芽；一丘之禾，则后种者晚实，此人力之不同也。岂可一切[15]拘以定月[16]哉！

注　释　①二月、八月：本文提到的月份都指阴历。②殊未当：很不恰当。殊，很，非常。③芽：发芽，这里是动词。④掇：摘取，选取。⑤宿根：指两年生或多年生草本植物隔了年的根。宿，陈、老。⑥芦菔：萝卜。⑦效：效验，验证。⑧愆伏：原指天气冷暖失调，这里有变异无常的意思。⑨筀竹：竹的一种，叶细节疏，多生于江浙一带。⑩岭、峤：五岭的别称，这里泛指两广一带。⑪微草：小草。⑫陨：（叶子）坠落。⑬诸越：即"百越"，指两广地区。⑭荣：开花。⑮一切：一概。⑯拘以定月：用固定的时月来限制。拘，限制。

赏析 [否定固定在二、八月采药的古法] 文章一开始就点出“古法采草药多用二月、八月，此殊未当”，表明了自己的观点，真是开门见山，一针见血，起总领全文的作用。

[说明古法采药“此殊未当”的理由] 紧接着，作者列举两方面的理由来支持自己的观点。为什么“古法采草药多用二月、八月，此殊未当”呢？①草药使用部位不同，采集的时间就不一样。应根据不同部位的质量要求，来确立最佳的采集时间。②草药生长条件不同，生长发育必然不同，采药的时间也应有所不同。

[做出采药不能“一切拘以定月”的结论] 最后，经过以上论证，作者很自然地得出“岂可一切拘以定月哉”的结论，指出采药应因物因时因地，不能拘泥于古法。这就回应了开头，使文章结构圆融，前后呼应。

[举例对比论证的写作特点] 本文列举了许多事实来比较阐明采药不能“拘以定月”的道理。一开头，作者就树立了个靶子：古法采药不当。跟着从两个方面，用事实来说明。一方面，作者从入药部位不同，说明采集时间也应不同。作者列举两个事例：一是无茎叶时和有茎叶时采撷的芦菔、地黄的质量截然不同，一是“苗

成而未有花时”和“花过”之后采掘的紫草好坏各异，通过这正反两方面事实的对比，无可辩驳地说明了采药“不可限以时月”的结论是科学的。另一方面，作者又从地势、物性、地气、人力等几个方面，论述采集草药不可“拘以定月”。作者仍以实例加以说明。以“平地三月花”与“深山中则四月花”做比较，并以白居易的诗句加以印证，说明“地势高下之不同”对植物的影响。然后列举了“岭、峤微草，凌冬不凋；并、汾乔木，望秋先陨；诸越则桃李冬实，朔漠则桃李夏荣”的事实，说明南北植物生长的情况不大相同。接下来，以“一亩之稼，则粪溉者先芽；一丘之禾，是后种者晚实”，说明人力对植物生长发育的影响。

通过这种举例对比论证，得出采草药不能“一切拘以定月”的道理，极富说服力。

雁荡山

温州雁荡山，天下奇秀，然自古图牒[①]，未尝有言者。祥符[②]中，因造玉清宫，伐山取材，方有人见之，此时尚未有名。按西域书，阿罗汉[③]诺矩罗[④]居震旦[⑤]东南大海际雁荡山芙蓉峰龙湫。唐僧贯休为《诺矩罗赞》，有“雁荡经行云漠漠，龙湫宴坐雨蒙蒙”之句。此山南有芙蓉峰，峰下芙蓉驿，前瞰大海，然未知雁荡、龙湫所在。后因伐木，始见此山。山顶有大池。相传以为雁荡。下有二潭水，以为龙湫。又以经行峡、宴坐峰，皆后人以贯休诗名之也。谢灵运为永嘉守，凡永嘉山水，游历殆遍，独不言此山，盖当时未有雁荡之名。

予观雁荡诸峰，皆峭拔险怪，上耸千尺，穷崖巨谷，不类他山。皆包在诸谷中，自岭外望之，都无所见；至谷中，则森然干霄。原其理，当是为谷中大水冲激，沙土尽去，唯巨石岿 kuī 然⑥挺立耳。如大小龙湫、水帘、初月谷之类，皆是水凿之穴，自下望之，则高岩峭壁；从上观之，适与地平，以至诸峰之顶，亦低于山顶之地面。世间沟壑中水凿之处，皆有植土龛 kān 岩⑦，亦此类耳。今成皋、峡西大涧中，立土动及⑧百尺，迥然⑨耸立，亦雁荡具体而微者，但此土彼石耳。既非挺出地上，则为深谷林莽所蔽，故古人未见。灵运所不至，理不足怪也。

注 释 ①图牒：图片文书。②祥符：宋真宗的年号。1008—1016年间。③阿罗汉：指圣者。④诺矩罗：唐代和尚。⑤震旦：古代印度称中国为震旦。⑥岿然：稳固的样子。⑦植土：指沟壑两边高耸直立的土层。龛岩：即底部凹陷的岩石。龛，供佛像或神像的小阁子。⑧动及：往往达到。动，往往。⑨迥然：高远的样子。

赏析 [沈括的伟大发现] 本文作者在宋神宗熙宁七年（1074）四月，考察了雁荡山，对它的地质形态进行了深入研究，并把自己的考察结果写在了《雁荡山》一文中。在这里，沈括提出水流侵蚀和沉积作用是形成山峰、峡谷、洞穴的原因。他的这个发现，比被誉为“地质之父”的英国人郝登在《地球理论》中提出的同类学说早了700年！是世界上第一个提出该学说的人。

[介绍雁荡山自古未被发现的情况] 开篇写出总括句：“温州雁荡山，天下奇秀，然自古图牒，未尝有言者”，笼罩全文。接着追溯历史，引经据典说明雁荡山长期不为人知的情况，以突出此山所处地理环境的奇特，暗示其隐蔽幽深，地形不同寻常，为下文说明雁荡山自然形势及分析山形的成因垫脚。

[描写雁荡山的奇异景观及其成因] 为什么如此美丽的山却长期默默无闻呢？作者跟着描述了雁荡山的奇峰异崖，也为我们给出了答案。因为它有奇特的山形：“峭拔险怪，上耸千尺，穷崖巨谷”；有特殊的周边环境：“皆包在诸谷中”，所以“自岭外望之，都无所见”，只有身处谷中，才可见其貌。

这种奇特的地貌是怎么形成的呢？作者根据实地考察的结果做出了判断：“当是为谷中大水冲激，沙土尽去，唯巨石岿然挺立耳。”原来一切都是流水惹的祸！为使读者理解得更为深刻，作者又做了引证说明。从雁荡山峡谷“自下望之，则高岩峭壁；从上观之，适与地平”的地貌特点，到世间沟壑中皆有“植土龛岩”的现象，再到成皋、峡西大涧中的“立土”，由近到远，由一般到具体，论证严密。最后再一次照应开头，认为雁荡山“为深谷林莽所蔽，故古人未见。灵运所不至，理不足怪也”，从正面做了回答，并进一步强调雁荡山特殊的地形地貌。

［具有游记色彩的说明文］本文是一篇科技说明文，但作者运用了游记的手法。遣词精练明净，意境独到鲜明，其文学味浓郁。特别是他描写雁荡山奇异地貌那段，从不同角度，用奇丽迷蒙之笔，写出了雁荡山那峭拔雄浑的气势，可谓深得山水游记之妙。

苏轼

（1037—1101）字子瞻，一字和仲，号东坡居士，眉州眉山（今属四川）人。苏洵子。嘉祐二年（1057）进士。曾上书力言王安石新法之弊，因作诗刺新法下御史狱，贬黄州。哲宗时任翰林学士，曾出知杭州、颍州，官至礼部尚书。后又贬谪惠州、儋州。历州郡多惠政。卒谥文忠。有《东坡七集》《东坡易传》《东坡书传》《东坡乐府》等。

赤壁赋①

壬戌之秋②，七月既望③，苏子与客泛舟游于赤壁之下。清风徐来，水波不兴。举酒属客，诵明月之诗，歌窈窕 yǎotiǎo 之章④。少焉，月出于东山之上，徘徊于斗牛之间⑤。白露横江，水光接天。纵一苇之所如，凌万顷之茫然。浩浩乎如冯 píng 虚御风⑥，而不知其所止；飘飘乎如遗世独立，羽化而登仙⑦。

于是饮酒乐甚，扣舷而歌之。歌曰："桂棹兮兰桨，击空明兮溯流光；渺渺兮予怀，望美人兮天一方。"客有吹洞箫者，倚歌而和之。其声呜呜然，如怨如慕，如泣如诉；余音袅袅，不绝如缕，舞幽壑之潜蛟，泣孤舟之嫠 lí 妇[⑧]。

苏子愀然，正襟危坐[⑨]，而问客曰："何为其然也？"客曰："'月明星稀，乌鹊南飞'，此非曹孟德之诗乎[⑩]？西望夏口，东望武昌[⑪]，山川相缪 liǎo，郁乎苍苍，此非曹孟德之困于周郎者乎[⑫]？方其破荆州，下江陵[⑬]，顺流而东也，舳舻 zhúlú 千里[⑭]，旌旗蔽空，酾 shī 酒临

赤壁图

江[⑮]，横槊赋诗，固一世之雄也，而今安在哉！况吾与子渔樵于江渚之上，侣鱼虾而友麋鹿，驾一叶之扁舟，举匏 páo 樽以相属[⑯]。寄蜉蝣于天地[⑰]，渺沧海之一粟。哀吾生之须臾，羡长江之无穷。挟飞仙以遨游，抱明月而长终。知不可乎骤得，托遗响于悲风。"

苏子曰："客亦知夫水与月乎？逝者如斯，而未尝

往也；盈虚者如彼[13]，而卒莫消长也。盖将自其变者而观之，则天地曾不能一瞬；自其不变者而观之，则物与我皆无尽也。而又何羡乎？且夫天地之间，物各有主，苟非吾之所有，虽一毫而莫取。唯江上之清风，与山间之明月，耳得之而为声，目遇之而成色；取之无禁，用之不竭。是造物者之无尽藏也[19]，而吾与子之所共适。”

客喜而笑，洗盏更酌。肴核既尽[20]，杯盘狼籍[21]。相与枕藉乎舟中，不知东方之既白。

注　释　①赤壁：地名，相传为三国时周瑜击败曹操大军的地方。②壬戌：宋神宗元丰五年（1082）岁次壬戌。③既望：过了望日，指旧历月之十六日。望，十五日。④明月之诗：曹操《短歌行》中的诗句。窈窕之章：《诗经》中的诗句。或谓两句皆指《诗经·陈风·月出》诗句。⑤斗牛：斗宿（南斗）和牛宿，星辰名。⑥冯：通“凭”。乘。虚：天空。⑦羽化：古人称成仙为羽化。⑧嫠妇：孤居的妇女。⑨正襟危坐：整理衣襟，严肃地端坐着。⑩曹孟德：曹操，字孟德。⑪夏口：今武昌（属湖北省武汉市）。武昌：今湖北省鄂州市鄂城区。⑫周郎：周瑜。⑬荆州：此指湖北省襄阳一带。江陵：今湖北省荆州市。⑭舳舻：此指战船。⑮酾酒：斟酒。⑯匏樽：酒器。⑰蜉蝣：朝生暮死的小虫。⑱盈虚：圆缺。⑲藏：宝藏。⑳肴核：荤菜、果品。㉑狼籍：也写作“狼藉”。杂乱貌。

赏析 [本篇的写作背景] 本篇作于元丰五年（1082），时苏轼谪居黄州（今湖北黄冈）已经两年。他躬耕陇亩，自号东坡，很快适应了环境。脱离政治旋涡，反使心灵得到自由。这篇文赋叙写他月夜泛舟赤壁的生活感受，和对人生和宇宙哲理的探求，反映了作者在政治失意后，寄情山水，以求超脱的复杂内心世界。共分五段。

[赤壁月夜泛舟的所见所感] 宋代黄州即今湖北省黄冈市，在武汉、黄石二市之间，长江到此流向转南。城西北长江边矗立着一座红褐色山岩，形如象鼻，人称赤鼻矶，因山形壁立，亦称“赤壁”。苏轼为文较注意标明写作时间，云：“以日月次之，异日观之，便是记行。”本文开篇点明“七月既望”，也就是旧历七月十六，时属初秋，所以清风徐来，吹面不寒，水波不兴；又因天气晴明，且值月圆之夜，所以有泛舟之约。同舟之客，据考为同乡绵州武都山道人杨世昌等。与客泛舟，必备酒肴，所唱歌曲则有《诗经·陈风·月出》——所谓“明月之诗”“窈窕之章”实只一诗。在歌声的欢迎下，月出于东山之上。斗牛即南斗星和牵牛星，此泛指明月当空时，夜空中少数的一等星，也就是曹操所谓“月明星稀”之景，故为三段伏笔。“徘徊”字出李白“我歌月徘徊”句，有拟人味。接下来写月下大江的景色，一洗尘俗，甚有奇气。露气、雾气、江

水、夜空，在月色浸染下浩瀚无边，浑然一片，表里澄澈，遂令人心旷神怡，举措自由自在起来。加之水流平缓，故船到江心，即任其漂流。

[箫声伴唱，情调由乐转悲] 文中第二次唱歌，因饮酒乐甚而引发。前歌是迎月之歌，歌辞现成；此歌是赏月作歌，是即兴创作。歌辞是从《诗经·陈风·月出》和《楚辞·九歌·湘夫人》生发出来的，是一首骚体的短歌——“桂棹兮兰桨，击空明兮溯流光；渺渺兮予怀，望美人兮天一方。”前歌谁唱未予交代，估计是新纳的朝云唱的；此歌则显然是苏子自己唱的。歌中“美人”非有实指，象征作者所倾心的理想。盖作者陶醉在月光的世界里，心事浩茫，唱出这种“秋水伊人”式的夜曲，于快乐中也有一种失落的感觉，这就是作者现实苦闷在潜意识中的反映。乐中有悲，正是下文箫声的依据。古箫都是排箫——用几根箫管编在一起，管底或填蜡或不填蜡，不填蜡的即洞箫。苏子作歌用的是现成曲调，所以“客”能“倚歌而和之”；又因为箫声是通过长长管道传出的，所以“其声呜呜然”，别有一种悲凉幽怨，将歌中抑郁的一面发挥得淋漓尽致。赋中则把箫声的效果夸张得淋漓尽致——“如怨如慕，如泣如诉……舞幽壑之潜蛟，泣孤舟之嫠妇。”洞箫的加入，是赋中生出波折之笔，也是作者的神来之笔，由此引出主客一段问答。

[通过怀古抒发人生苦闷] 主人因箫声悲凉而发问，客人则因“月明星稀”之景，而联及“月明星稀”之诗，由此大发怀古之幽思。赤壁之战本发生在湖北嘉鱼县东北的赤矶山，一说在赤壁市西北的赤壁山，而并不在黄州赤壁。但事去千年，民间不免附会。文学不同历史，作赋不比修志。尽管《短歌行》不必写于赤壁大战，却出于曹公之手；此赤壁并非彼赤壁，但“人道是三国周郎赤壁”。在赋中都不妨重新组织。结穴于伤今客由景而及诗，由诗而及人，而此人“固一世之雄也”，嗓门越提越高，然后一句问到——“而今安在哉!”这绝不是纯为古人担忧，而结穴在于自身。尽管有飘飘欲仙之想，但到底无法实现，所以寄悲感于箫声也。“托遗响于悲风”一句，归到箫声，挽结“何为其然也”之一问。本段寄寓这段悲观论的要害在“哀吾生之须臾，羡长江之无穷”两句，把自然和人生完全对立起来，看到的是有限与无限的差别，但看不到彼此的联系，虽然出自客人之口，也反映了作者认识过程的某个阶段，或者说作者思想的消极方面。但这种被下文否定的观念，通过怀古切情的方式写来，有形象，有气势，有深度，而且富于感染力，仍是一段绝妙好辞。

[阐发“无尽藏”的生活哲理] 本段似乎信手拈来，就从客人话音落脚处说起，他不是“羡长江之无穷”吗？不是想“抱明月而长终”吗？那就从水月谈起呗。

你说人生无常，怎么没有看到江水在不停地流逝，月亮在不断地圆缺呢？然而江水流个没完，月亮万古如新。从变化的角度观察，天地间一切瞬息万变；从不变的角度观察，则物质不灭，宇宙守恒。又何必羡！又何必怨！这里的思想虽然明显受到老庄齐物我、等荣辱、同生死等虚无主义思想影响，原话虽然不是运用现代哲学的范畴，但其中也包含有合理的辩证法思想内涵。与庄子最重要的区别是，苏轼并不否定人生。

［情事景理，熔于一炉］全文因景生情，由情及理，把叙事、写景、抒情、说理熔于一炉，客观生活情景与主观思想感情和谐统一，诗情、画意、理趣兼而有之。在这里，气氛和音调发挥了积极的作用——作者只描写一点点风景的细节，隐在空白的水天之中，两三人影在月夜闪亮的河上泛舟，似真似幻，读者就迷失在这一片诗的氛围里，浮想联翩，平日一肚皮不合时宜都消归乌有，岂复有人世兴衰成败在于意中，在精神上完全与宇宙时空合一，自然进入形而上的境界。是以事、情、景、理自然转换而令人不觉也。文赋——新型的赋体，作者以文为赋，采用了赋体传统的主客问答形式，间用骈语、歌辞、韵脚，却没有汉赋那样的怪异生僻的词汇堆积，没有骈赋和律那样多的声律拘忌和典故连缀。它只适当运用排比对仗，骈俪处、情到处，韵亦随之，散缓处、叙事处，韵亦消失，显得非常优美、自然，既有

音乐律感，复有行云流水之妙，在文体上极富创意。

后赤壁赋

是岁十月之望[①]，步自雪堂，将归于临皋[②]。二客从予，过黄泥之坂。霜露既降，木叶尽脱。人影在地，仰见明月。顾而乐之，行歌相答。已而叹曰："有客无酒，有酒无肴，月白风清，如此良夜何？"客曰："今者薄暮，举网得鱼，巨口细鳞，状似松江之鲈。顾安所得酒乎？"归而谋诸妇。妇曰："我有斗酒，藏之久矣，以待子不时之须。"于是携酒与鱼，复游于赤壁之下。江流有声，断岸千尺，山高月小，水落石出。曾日月之几何，而江山不可复识矣！予乃摄衣而上，履巉 chán 岩，披蒙茸[③]，踞虎豹，登虬 qiú 龙；攀栖鹘 hú 之危巢，俯冯夷之幽宫[④]。盖二客不能从焉。划然长啸，草木震动，山鸣谷应，风起水涌。予亦悄然而悲，肃然而恐，凛乎其不可留也。反而登舟，放乎中流，听其所止而休焉。时夜将半，四顾寂寥。适有孤鹤，横江东来，翅如车轮，玄裳缟衣[⑤]，戛然长鸣，掠予舟而西也。须臾客去，予亦就睡。梦一道士，羽衣翩 piān 仙[⑥]，过临皋之下，揖予而言曰："赤壁之游乐乎？"问其姓名，俯而不答。呜呼噫嘻，我知之矣！"畴昔之夜[⑦]，飞鸣而过我者，非子也耶?”道士顾笑,予亦惊悟。开户视之,不见其处。

赤壁图(局部)

注 释 ①是岁:指宋神宗元丰五年(1082)。②临皋:即临皋亭,在今湖北黄冈南长江边。③披蒙茸:分开丛生的野草。④冯夷:传说中的水神名,即河伯。⑤玄裳缟衣:黑裙白衣。⑥翩仙:旋转的样子。⑦畴昔:昨天。

赏析 [这篇赋的主要内容] 前赋写成三月后,即同年十月十五日再游赤壁之作。又是一个满月之夜,东坡和两位朋友从雪堂(年初盖的五间草屋)出来,要到临皋亭去,路经黄泥之坂。据《与杨道士书》,朋友之一即前次同游赤壁的杨世昌。这时地上有了霜,树枝光秃秃的，“霜露既降，木叶尽脱。人影在地，仰见明月。顾而乐之，行歌相答”。当作者正为“有客无酒，有酒无肴，月白风清，如此良夜何”而踌躇时，其中一位朋友奉献出当天刚网到的一条“巨口细鳞”的鱼，作者则回家与夫人王闰之商量打酒，却意外得到夫人保管很久、专为应急而备的一斗酒。如此，月、客、酒、肴四事具备，遂又乘船到赤壁之下。只见“江流有声，断岸千尺，山高月小，水落石出”，一派冬日枯水期的江景，景色的变化，几乎叫作者认不出旧地来了。他兴致勃勃地请朋友攀登山崖，朋友敬谢不敏，他就独自攀登，把衣裳撩起，小心地绕过矮树和荆棘，终于爬上龙蟠虎踞的岩顶，仿佛伸手可以摸到岩边树顶上鸦雀的窝巢，俯看水面令人目眩。他想舒一口气，就站在崖顶，对着夜空长啸，回声响彻山谷，居然风起水涌。响过之后，重新合围拢来的静寂使他感到一陈寒冷恐惧，不能久待，于是回船，在江中任情漂荡。午夜时分，忽有一只孤鹤“横江东来，翅如车轮，玄裳缟衣，戛然长鸣，掠予舟而西也”。不知是什么预兆。

［这篇赋的奇特结尾］当夜送走朋友之后，他上床做了一梦，梦中一个道士身穿羽绒衣过临皋亭下，倒好像认得他似的，问：“赤壁之游乐乎?”请教他的尊号，他却不肯说。作者立刻联想到昨夜那只孤鹤：“呜呼噫嘻，我知之矣！‘畴昔之夜，飞鸣而过我者，非子也

耶?'"道士看着他笑，他突然醒了，追出门外，空荡荡的道路，什么也没有。

[孤鹤是作者主观精神的象征] 与前赋抒情说理不同，此赋有很强的叙事性，写景一样传神，且更超越现实而富于神秘感。此赋建立气氛的方法之一，就是引入梦境——超现实的世界，而且把梦和现实搅成一片，使人周蝶莫辨，给作品蒙上一层神秘的面纱。梦中访我的道士，即午夜飞鸣过我的孤鹤，而午夜飞鸣过我的孤鹤，则又是一个孤独高蹈的象征——"谁见幽人独往来，缥缈孤鸿影"，作者与孤鹤，相互理解，彼此问候，这一情节也颇具象征意味，是作者自我抚慰和自我玩赏的一种诗的映射。

记承天寺夜游

元丰六年十月十二日夜，解衣欲睡，月色入户，欣然起行。念无与为乐者①，遂至承天寺，寻张怀民。怀民亦未寝②，相与步于中庭③。庭下如积水空明④，水中藻、荇 xìng 交横⑤，盖竹柏影也。何夜无月，何处无竹柏，但少闲人如吾两人耳⑥。

注　释　①念：考虑，想到。②寝：睡。③相与：共同，一起。中庭：前庭，院里。④空明：形容水的空无澄澈。⑤藻、荇：均为水生植物。⑥但少闲人：只是缺少清闲的人。但，只是。闲人，清闲的人。

赏析 [记事] 此文写于作者贬官黄州期间。承天寺，在今湖北省黄冈市南。这是一篇精美的散文，初看却似一篇随手记下的日记。时间："元丰六年十月十二日夜"。事件："解衣欲睡"。又是一天过完了。不料"月色入户"，终于有点事可干了，于是"欣然起行"。干什么去？很显然：赏月。独乐乐，孰与众乐乐，问题是无人愿与他同乐。忽然想起一人——张怀民，因此才有了承天寺的夜游。张怀民，作者的朋友，当时也贬官在黄州。第一层记寺庭赏月事，交代了时间和原因。

[写景] 第二层写景：月光如水，树影婆娑。段中没有一个"月"字，却又无一字不在写"月"。苏东坡从竹柏之影入手来写月，别具匠心，也就产生了与众不同的艺术效果。

[抒情] 如此美景两人得以独享，赏月的欣喜，漫步的悠闲，多么美妙。结尾却突兀一句："但少闲人如吾两人耳。"我俩是闲人，无事可干，只好来赏月。赏月的前提是"闲人"，这才是点睛之笔。

[由月起兴，触景生情] 本文是苏轼贬官黄州时所作。当时虽也有个官的身份，但根本管不了事，所以自称"闲人"。实则不是悠闲，而是苦闷。在这样的心景

下赏月，感受到的只能是凄美。

僧文荤食名①

僧谓酒为般若 bōrě 汤②，鱼为水梭花，鸡为钻篱菜，竟无所益，但欺而已③，世常笑之。人有为不义而文之以美名者，与此何异哉。

注释 ①文：文饰。②般若：佛教名词，意为智慧。③欺：自欺。

赏析 [讽刺世人的自欺欺人] 不食肉、不饮酒是僧人的戒律，但也有不守这个戒律的，所以美其名曰“般若汤”“水梭花”“钻篱菜”，似乎这样一来，问题就得到解决了。然而，这是一种自欺欺人的做法。作者主要目的是借这样的故事，对世人行不义之事而文过饰非的做法予以辛辣的嘲讽。

自评文

吾文如万斛泉源，不择地皆可出①。在平地滔滔汩汩②，虽一日千里无难。及其与山石曲折，随物赋形而不可知也③，所可知者，常行于所当行，常止于不可不止，如是而已矣。其他虽吾亦不能知也。

注　释　①斛：十斗。择地：选择地点。②汩汩：急流貌。③随物赋形：指水根据物体的形状而具有一定的形状。

苏东坡像

赏析　[苏东坡讲作文的体会]　在苏东坡看来，作文首先要有写作的兴致，也就是创造性情绪，这是写作的动力；其次是积累深厚，有写作的材料，才能够文思敏捷，才能进入状态。有这样的状态，写作就成了一个自然的表达过程，做到文理自然，姿态横生。文中以水流喻文，形象生动，自是妙喻。

与章子厚

某启：仆居东坡，作陂 bēi 种稻[①]。有田五十亩，身耕妻蚕，聊以卒岁。昨日一牛病几死，牛医不识其状，而老妻识之，曰："此牛发豆斑疮也，法当以青蒿粥啖之[②]。"用其言而效。勿谓仆谪居之后，一向便作村舍翁，老妻犹解接黑牡丹也[③]。言此发公千里一笑。

注释 ①东坡：湖北黄州赤壁附近的小地名。陂：梯田。②豆斑疮：牛病，形如豆斑的疮疖。青蒿：一种菊科植物。③解接：懂得对待。黑牡丹：牛的戏称。

赏析 [乐观地对待人生逆境] 章子厚即章惇，本苏轼政敌。这封信只叙私谊，不及政见。文中描述了作者在贬所作陂种稻、身耕妻蚕的状况，并侧重记述其妻为牛治病这样一件小事，表现了乡间生活淳朴、自由的情趣。作者当时正遭受政治迫害，被人罗织罪名贬为黄州团练副使，文中表现了他不以个人地位升沉为意的旷达情怀。

记岭南竹

岭南人当有愧于竹。食者竹笋，庇者竹瓦，载者竹筏，爨 cuàn 者竹薪①，衣者竹皮，书者竹纸，履 lǚ 者竹鞋②，真可谓一日不可无此君也耶③！

注　释　①爨：烧火做饭。②履：踩在上面。③一日不可无此君：出晋王徽之语，详见本书文选《何可一日无此君》。

赏析　[竹的经济实用价值]　中国古人习惯把竹作为正直有气节的高士的象征，形之赋咏和绘画。此文却从日常生活角度，大谈竹的经济实用价值，极富人民性，这正是苏轼比一般士大夫高明的地方。“岭南人当有愧于竹”，意思是岭南人受惠于竹甚多，应感恩于竹，并无贬义。

苏轼题竹图

苏辙

(1039—1112)字子由，号颍滨遗老。眉州眉山（今属四川）人，苏轼弟，嘉祐二年（1057）进士。历任翰林学士、知制诰、御史中丞、尚书右丞、门下侍郎。有《栾城集》。

上枢密韩太尉书

太尉执事[①]：辙生好为文，思之至深。以为文者气之所形，然文不可以学而能，气可以养而致。孟子曰："我善养吾浩然之气。"今观其文章，宽厚宏博，充乎天地之间，称其气之小大。太史公行天下，周览四海名山大川，与燕、赵间豪俊交游，故其文疏荡[②]，颇有奇气。此二子者，岂尝执笔学为如此之文哉？其气充乎其中而溢乎其貌，动乎其言而见乎其文，而不自知也。

辙生十有九年矣。其居家所与游者，不过其邻里乡党之人，所见不过数百里之间，无高山大野，可登览以自广。百氏之书[③]，虽无所不读，然皆古人之陈迹，不足以激发其志气。恐遂汩 gǔ 没[④]，故决然舍去[⑤]，求天下奇闻壮观，以知天地之广大。过秦、汉之故都，恣观终南、嵩 sōng、华之高，北顾黄河之奔流，慨然想见古之豪杰。至京师，仰观天子宫阙之壮，与仓廪府库城池苑囿之富且大也，而后知天下之巨丽。见翰林欧阳公，听其议论之宏辩，观其容貌之秀伟，与其门人贤士大夫游，而后知天下之文章聚乎此也。太尉以才略冠天下，天下之所恃以无忧，四夷之所惮以不敢发[⑥]，入则周公、召公，出则方叔、召虎[⑦]。而辙也未之见焉。

且夫人之学也，不志其大，虽多而何为？辙之来也，于山见终南、嵩、华之高，于水见黄河之大且深，于人见欧阳公，而犹以为未见太尉也。故愿得观贤人之光耀，闻一言以自壮，然后可以尽天下之大观，而无憾者矣。辙年少，未能通习吏事[⑧]。向之来，非有取于斗升之禄[⑨]。偶然得之，非其所乐。然幸得赐归待选[⑩]，使得优游数年之间，将以益治其文，且学为政。太尉苟以为可教而辱教之，又幸矣！

注 释 ①执事：旧时信函中尊敬对方的称谓。②疏荡：疏放、跌宕，意即挥洒、恣肆而不受拘束。③百氏之书：诸子百家的著作。④汩没：沉沦，引申为无所

（局部）

成就的意思。⑤舍去：指离开家乡。⑥发：发动侵扰之意。⑦“入则周公、召公”二句：称颂韩琦出将入相，文武兼备。⑧吏事：做官的业务。⑨斗升之禄：指微薄的俸禄。⑩待选：等待朝廷的选拔。

赏析 [不同凡响的求见信] 苏辙，字子由，北宋文学家。文章与父洵、兄轼齐名，并称“三苏”，排在“唐宋八大家”之列。本文实际上就是一封求见信，希望得到时任枢密使韩琦的接见和提携。唐人最善此道，含蓄如孟浩然：“坐观垂钓者，徒有羡鱼情。”直白如李白：“生不欲封万户侯，但愿一识韩荆州。”但当时的苏辙，不过是一名十九岁的新科进士，要求见的却是掌全国军权的重臣。如何打动对方，给对方留下深刻印象，使对方乐意一见，确实颇费思量。这正是本文不同凡响之处。

[以论文述志方式出现] 一般说来，求见权贵的干谒文字，大多卑辞厚谀，挖空心思以讨好对方。本文没有走这一条老路，而是独辟蹊径，别具格调，以论文述志的姿态出现，显得高雅脱俗。本篇着重表示仰慕求见之忱，阐明作为一个文学家，其本身的胸襟修养、生活经历，和文章风格有着必然的联系，具有独到的见解。文风疏荡有奇气。

[为文重在“养气”] 曹丕《典论·论文》：“文以气为主。”韩愈《答李翊书》进一步阐明了言与气的表里

关系："气，水也；言，浮物也。水大而物之浮者大小毕浮。气之与言犹是也，气盛则言之短长与声之高下者皆宜。"作者认为："文者气之所形，然文不可以学而能，气可以养而致。"提出了"养气"的论点。作者认为气为文先，有其气必有其文；如专学为文，便是舍本逐末，写不出好文章。他认为文章是作家精神气质的外在表现，气充乎中，自然可以写出好文章。如果只在学习谋篇布局的写作技巧上下功夫，那是舍本逐末。只有"养气"才是提高写作水平写好文章的关键。用现在的话来说：关键是要练内功。没有内功，学再多招式也是成不了武林高手的。

［"养气"有两条途径］"养气"既然如此重要，那么如何才能"养气"呢？苏辙举了两个例证：一是孟子"善养吾浩然之气"，见《孟子·公孙丑上》："其为气也，至大至刚，以直养而无害，则塞（充满）于天地之间。"所以其文章"宽厚宏博，充乎天地之间，称其气之小大"。二是司马迁"行天下，周览四海名山大川，与燕、赵间豪俊交游"。因此"其文疏荡，颇有奇气"。作者通过这两个例证指出了"养气"的两条途径：一是如孟子注重内在的自我修养；一是如司马迁重外在的阅历交游。

［交游贤士以"养气"］在"养气"的这两条途径中，苏辙更看重后者。观山川形胜、闻奇闻壮观、交卓

越之士，都可以让自己开阔胸襟，丰富见识，陶冶性情。苏辙回顾了自己走出蜀门，远游京师，以实践自己的文学主张的情况：过故都，观名山，顾黄河，至京师，观宫阙仓禀府库城池苑囿，“而后知天下之巨丽”。这一番游历广了见闻，开了眼界，收获很大。作者写游历的目的是为了衬托交游。写交游又拉欧阳修来做铺垫，欧阳修乃当时文学泰斗，“天下之文章聚乎此也”。欧阳修都肯与“我”交往，太尉难道不屑一见吗？

[申明求见乃为“养气”] 经过这一层层的铺垫之后，苏辙提到了韩太尉：“太尉以才略冠天下”，自然是“我”交游求教的对象，但“辙也未之见焉”，委婉而自然地提出了求见的愿望。求见不是为了巴结权贵，“非有取于斗升之禄”，而是为了“得观贤人之光耀，闻一言以自壮”，目的在“养气”。

[曲径通幽见奇气] 文章先谈“养气”对为文的重要，次叙广见闻交游以“养气”，最后表示求教于韩太尉，以帮助自己“养气”。由于作者把自己的求见之举与交游“养气”的用心联系起来，既抬高了对方的名望地位，又不失自家身份。布局严密，曲径通幽，充分显示了青年苏辙对文字的驾驭能力。

黄庭坚

（1045—1105）字鲁直，自号山谷道人，晚号涪翁，洪州分宁（今江西修水）人。“苏门四学士”之一。治平四年（1067）进士。哲宗时以校书郎为《神宗实录》检讨官，迁著作佐郎，以修史“多诬”遭贬。有《山谷集》《山谷琴趣外篇》。

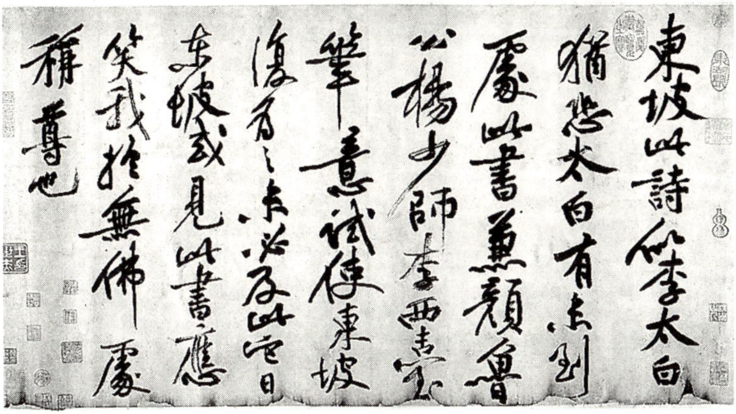

跋东坡书寒食诗

跋东坡书寒食诗

东坡此诗似李太白[①]，犹恐太白有未到处。此书兼颜鲁公、杨少师、李西台笔意[②]，试使东坡复为之，未必及此；它日东坡或见此书，应笑我于无佛处称尊也[③]。

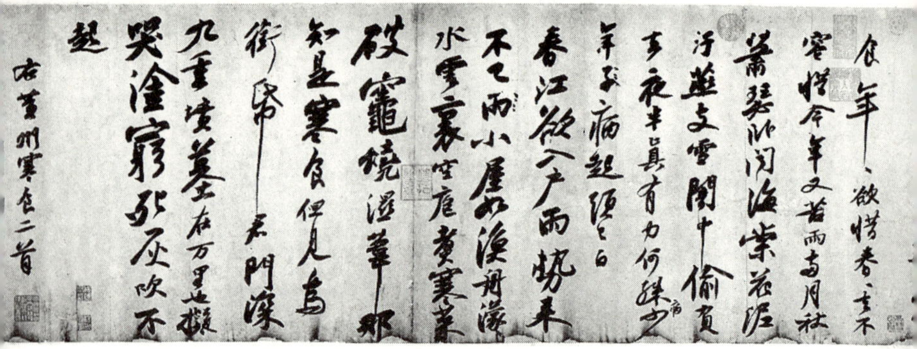

黄州寒食诗帖

注 释 ①东坡：苏轼，号东坡居士。李太白：李白，字太白。②颜鲁公：唐代书法家颜真卿，曾封鲁郡公。杨少师：五代后周书法家杨凝式，后汉时历官少傅、少师。李西台：宋代书法家李建中，曾任西京留司御史台之职。③无佛处称尊：喻于无能人处逞能。

赏析 ［人生难得一知音］书寒食诗帖是苏轼的代表作，苏轼的书法，在当时并不十分为人称道，黄庭坚曾说："东坡书随大小、真行，皆有妩媚可喜处。今俗子喜讥评东坡，彼盖用翰林、侍书之绳墨尺度，是岂知法之意哉。余谓东坡书、学问、文章之气，郁郁芊芊发于笔墨之间，此所以他人终莫能及尔。"可谓难得的知音。本文最后两句自抑，更表现出作者对苏轼书法的激赏。

自评元祐间字①

往王定国道余书不工②。书工不工，是不足计较事，然余未尝心服。由今日观之，定国之言诚不谬。盖用笔不知禽纵，故字中无笔耳③。字中有笔，如禅家句中有眼。非深解宗趣④，岂易言哉！

注　释　①元祐间字：指作者在宋哲宗元祐年间（1086－1093）所写的字。②王定国：王巩，字定国，宋莘县人，苏轼和黄庭坚的好友。③禽：通“擒”。笔：笔力。④宗趣：禅宗的趣味。

赏析　[书艺上了一个台阶]　这是作者对书艺进行自我检讨的文字，他重温了朋友往日的批评，认为确有道理，自我检讨而又如此心平气和，说明他认识上了一个台阶，他的书艺也上了一个台阶。文中以禅喻书，说字中有笔意，就像禅宗诗句中有诗眼一样，正表明他对书道认识的深入。

陆游

(1125—1210)字务观，号放翁，越州山阴(浙江绍兴)人。“中兴四大诗人”之一。绍兴中(1131—1162)应礼部试，为秦桧所黜。孝宗即位，赐进士出身，曾任镇江、隆兴通判。乾道六年(1170)入蜀，任夔州通判。乾道八年，入四川宣抚使王炎幕府。官至宝章阁待制。晚居山阴镜湖。有《剑南诗稿》《渭南文集》《南唐书》《老学庵笔记》等。

跋李庄简公家书[1]

李丈参政罢政归乡里时，某年二十矣。时时来访先君，剧谈终日[2]。每言秦氏，必曰咸阳[3]，愤切慨慷，形于色辞。一日平旦来共饭，谓先君曰：“闻赵相过岭[4]，悲忧出涕。仆不然，谪命下，青鞋布袜行矣，岂能作儿女态耶！”方言此时，目如炬，声如钟，其英伟刚毅之气，使人兴起。后四十年，偶读公家书。虽徙海表[5]，气不少衰，丁宁训戒之语，皆足垂范百世。犹想见其青鞋布袜时也。淳熙戊申五月己未，笠泽陆某题[6]。

注释 ①李庄简公：李光，字泰发，宋高宗时官至吏部尚书、参知政事。②先君：指作者过世的父亲。剧谈：畅谈。③秦氏：指秦桧。咸阳：影射秦氏，表示厌恶。按，咸阳为战国时秦国都城。④赵相：指宋高宗时的宰相赵鼎，因反对议和，被秦桧迫害致死。⑤海表：海外，指海南岛。⑥淳熙戊申：公元1188年。笠泽：江苏省太湖，此指作者祖籍。

赏析 [一篇绝妙的人物小品] 文中通过一些生活细节的描述，生动地表现了一位爱国者的音容气度。品评其家书的几句话，言简意赅，意思是文如其人——用鲁迅的话来说：从水管里流出的都是水，从血管里流出的都是血。

百岁旧人谈旧事图

杨万里

(1127—1206) 字廷秀，号诚斋，吉州吉水(今属江西)人。“中兴四大诗人”之一。绍兴二十四年(1154)进士。孝宗初，知奉新县，历太常博士、太子侍读等。光宗即位，入为秘书监。有《诚斋集》。

跋李成山水①

余葺茅栋而工徒病雨，扰扰不肯毕也②。今日偶小斋鸟乌之声乐，吾友王才臣偶携李成山水一轴来③，展卷烟雨勃兴，庭户晦冥，吾庐何日可了耶？

注　释　①李成：唐五代画家，与关同、范宽齐名。②葺茅栋：修葺草房。病雨：困于雨。扰扰：拖拉的样子。③鸟乌之声乐：鸟乌啼鸣，意谓天将转晴。王才臣：王子俊，字才臣。

赏析　[不赞美的赞美] 跋李成山水，却先从修葺草房因雨而不能按时竣工说起，再写鸟乌啼鸣天将放晴，然后落到正题，写友人携画来访，作者看画时产生错觉，以为风雨将至，又联想到修葺草房的事，担心起天气来。文中对于李成山水的造诣未予正面评说，但通过其画所产生的艺术感染力，已将李成山水画的高妙表达得入木三分。

关汉卿

号已斋叟，元大都（今北京市）人，曾任太医院尹。曾加入玉京书会，编写杂剧。一生创作杂剧60余种，今存18种。今人编校有《关汉卿戏曲集》。

窦娥冤（第三折）

（外扮监斩官上，云）下官监斩官是也①。今日处决犯人，着做公的把住巷口，休放往来人闲走。（净扮公人，鼓三通锣三下科②。刽子磨旗提刀，押正旦带枷上③。刽子云）行动些，行动些，监斩官去法场上多时了。（正旦唱）

［正宫·端正好］没来由犯王法④，不提防遭刑宪，叫声屈动地惊天。顷刻间游魂先赴森罗殿⑤，怎不将天地也生埋怨。

［滚绣球］有日月朝暮悬，有鬼神掌着生死权。天地也，只合把清浊分辨，可怎生糊涂了盗跖 zhí 颜渊⑥：为善的受贫穷更命短，造恶的享富贵又寿延。天地也，做得个怕硬欺软，却原来也这般顺水推船。地也，你不分好歹何为地？天也，你错勘贤愚枉做天！哎，只落得

两泪涟涟。

（刽子云）快行动些，误了时辰也。（正旦唱）

［倘秀才］则被这枷扭的我左侧右偏，人拥的我前合后偃，我窦娥向哥哥行有句言。（刽子云）你有什么话说？（正旦唱）前街里去心怀恨，后街里去死无冤，休推辞路远。

（刽子云）你如今到法场上面，有什么亲眷要见的，可教他过来，见你一面也好。（正旦唱）

［叨叨令］可怜我孤身只影无亲眷[7]，只落的吞声忍气空嗟怨。（刽子云）难道你爷娘家也没有？（正旦云）只有个爹爹，十三年前上朝取应去了，至今杳无音信。（唱）早已是十年多不睹爹爹面。（刽子云）你适才要我往后街里去，是什么主意？（正旦唱）怕则怕前街里被我婆婆见。（刽子云）你的性命也顾不得，怕他见怎的？（正旦云）俺婆婆若见我披枷带锁赴法场餐刀去呵，（唱）枉将他气杀也么哥，枉将他气杀也么哥，告哥哥，临危好与人行方便。

（卜儿哭上科，云）天那[8]，兀的不是我媳妇儿？（刽子云）婆子靠后。（正旦云）既是俺婆婆来了，叫他来，待我嘱咐他几句话咱。（刽子云）那婆子，近前来，你媳妇要嘱咐你话哩。（卜儿云）孩儿，痛杀我也！（正旦云）婆婆，那张驴儿把毒药放在羊肚儿汤里，实指望药死了你，要霸占我为妻。不想婆婆让与他老子吃，倒把他老子药死了。我怕连累婆婆，屈招了药死公公，今日赴法场典刑。婆婆，此后遇着冬时年节，月一十五，有瀽 jiǎn 不了的浆水饭，瀽半碗与我吃，烧不了的纸钱，与窦娥烧一陌儿[9]，只是看你死的孩儿面上。（唱）

明刻窦娥冤

［快活三］念窦娥葫芦提当罪愆[10]，念窦娥身首不完全，念窦娥从前已往干家缘[11]，婆婆也，你只看窦娥少爷无娘面。

［鲍老儿］念窦娥伏侍婆婆这几年，遇时节将碗凉浆奠。你去那受刑法尸骸上烈些纸钱，只当把你亡化的孩儿荐。（卜儿哭科，云）孩儿放心，这个老身都记得。天那，兀的不痛杀我也。（正旦唱）婆婆也，再也不要啼啼哭哭，烦烦恼恼，怨气冲天。这都是我做窦娥的没时没运，不明不暗，负屈衔冤。

（刽子做喝科，云）兀那婆子靠后，时辰到了也。（正旦跪科。刽子开枷科。正旦云）窦娥告监斩大人，有一事肯依窦娥，便死而无怨。（监斩官云）你有什么事？你说。（正旦云）要一领净席，等我窦娥站立，又要丈二白练，挂在旗枪上，若是我窦娥委实冤枉，刀过处头落，一腔热血休半点儿沾在地下，都飞在白练上者。（监斩官云）这个就依了你，打什么不紧。（刽子做取席站科，又取白练挂旗枪上科。正旦唱）

［耍孩儿］不是我窦娥罚下这等无头愿，委实的冤情不浅。若没些灵圣与世人传，也不见得湛湛青天。我不要半星儿热血红尘洒，都只在八尺旗枪素练悬。等他四下里皆瞧见，这就是咱苌弘化碧[12]，望帝啼鹃[13]。

（刽子云）你还有甚的说话，此时不对监斩大人说，几时说那？（正旦再跪科，云）大人，如今是三伏天道[14]，若窦娥委实冤枉，身死之后，天降三尺瑞雪，遮掩了窦娥尸首。（监斩官云）这等三伏天道，你便有冲天的怨气，也召不得一片雪来，可不胡说？（正旦唱）

[二煞] 你道是暑气暄，不是那下雪天，岂不闻飞霜六月因邹衍[15]？若果有一腔怨气喷如火，定要感的六出冰花滚似绵，免着我尸骸现。要什么素车白马[16]，断送出古陌荒阡[17]。

（正旦再跪科，云）大人，我窦娥死的委实冤枉，从今以后，着这楚州[18]亢旱三年。（监斩官云）打嘴，那有这等说话？（正旦唱）

[一煞] 你道是天公不可期，人心不可怜，不知皇天也肯从人愿。做什么三年不见甘霖降，也只为东海曾经孝妇冤[19]，如今轮到你山阳县。这都是官吏们无心正法，使百姓有口难言。

（刽子做磨旗科，云）怎么这一会儿天色阴了也？（内做风科，刽子云）好冷风也。（正旦唱）

[煞尾] 浮云为我阴，悲风为我旋，三桩儿誓愿明题遍。（做哭科，云）婆婆也，直等待雪飞六月，亢旱三年呵，（唱）那其间才把你个屈死的冤魂这窦娥显。

（刽子做开刀科。正旦倒科。监斩官云）呀，真个下雪了，有这等异事？（刽子云）我也道平日杀人，满地都是鲜血，这个窦娥的血都飞在那丈二白练上，并无半点落地，委实奇怪。（监斩官云）这死罪必有冤枉，早两桩儿应验了，不知亢旱三年的说话准也不准？且看后来如何。左右，也不必等待雪晴，便与我抬他尸首，还了那蔡婆婆去罢。（众应科。抬尸下）

注　释　①外：杂剧角色名，扮演老年男子。监斩官：古代在刑场监督执行处决犯人的官吏。②净：角色名，俗称“花脸”。③正旦：角色名，杂剧中的女主角。枷：套在犯人脖子上的刑具。④正宫：戏曲宫调名。宫调是古代音乐里的乐调，表示声音高低。⑤森罗殿：传说中阎王审案的厅堂。⑥盗跖：传说春秋末年奴隶起义领袖，被统治者称为盗跖。颜渊：孔子的学生。⑦叨叨令：曲牌名，按曲子的定格要两句重迭，并在句尾加“也么哥”三字。⑧卜儿：杂剧角色名，扮老年妇女。⑨瀽：倒。一陌儿：这里指祭奠亡人时烧的一百张纸钱。⑩葫芦提：糊里糊涂。⑪干家缘：操劳家务。⑫苌弘化碧：苌弘是周朝的忠臣，传说他无罪被杀，三年后血凝成块，化为碧玉。⑬望帝啼鹃：望帝，古代传说中蜀王杜宇的称号，相传他被国相鳖灵逼迫，隐居山中，灵魂化为杜鹃。⑭三伏：一年中最热的时候。⑮邹衍：战国时燕惠王的大臣。⑯素车白马：指吊丧送葬。⑰古陌荒阡：荒野。阡、陌都是田间小路。⑱楚州：在今江苏省淮阴、盱眙、宝应、盐城一带。⑲东海曾经孝妇：汉代东海郡寡妇周青，冤屈而死。

赏析　［《窦娥冤》第三折的中心内容］《窦娥冤》通过一场典型的封建时代的黑暗审判，揭露了元朝统治下社会的混乱，并对之进行了尖锐的批判。

第三折开始，披枷带锁的窦娥，被挥旗提刀的刽子手押着上场，戏剧氛围突然紧张。窦娥一直相信一是一，二是二，相信有理走遍天下，相信官府会“照妾身肝胆虚实”。然而在她被推向法场，马上就要成为刀下之鬼的时刻，平素信心被摧毁的同时，她也猛然醒悟了，深感社会的黑暗和自己的冤枉。一曲［端正好］，把舞台气氛引向高亢。紧接一支［滚绣球］，以冲天怨气掀起排山倒海的巨澜，她诅咒抗议的对象，是封建时代被认为是神圣威严、至高无上、不可侵犯的日月（象征君权）、鬼神（象征衙门）、天地（象征制度）。

［窦娥的觉醒］窦娥的控拆已经超出了个人的冤案，而上升到揭露天理安在、世道不公的社会现实。明代贾凫西《木皮词》云：“忠臣孝子是冤家，杀人放火的享荣华，太仓里的老鼠吃的撑撑饱，老牛耕地倒把皮来扒……”这两支曲沉痛悲愤，声调激越，以控诉展露了女主人公的锋芒与棱角，不失为千古绝唱。它不只写出了制度和官府怎样把人屈死，更深刻的是它写出了制度和官府怎样把信任者硬逼到它的对立面上去，“官逼民反”，此之谓也。

［表现窦娥的善良］剧作家双管齐下，写在赴刑场途中，窦娥提出了一个叫刽子手感到莫名其妙的请求：“我窦娥向哥哥行有句言，前街里去心怀恨，后街里去死无怨。”刽子手还以为她要见什么亲人，殊不知她是

“怕则怕前街里被我婆婆见……俺婆婆若见我披枷带锁赴法场餐刀去呵，枉将他气杀也么哥”，死到临头还在替别人考虑，只此已足见主人公心地的善良、纯洁。她用生命和鲜血保全了婆婆，一无所求——除了半碗凉浆，一陌纸钱。其身世是何等悲凉！朴质无华的笔墨，以真实的力量感人。

[作者自铸伟词] 本折的结尾，剧作家以对笔下人物的满腔热情，写下了她的三大愿：血溅悬练、六月飞雪、大旱三年。[耍孩儿][二煞][一煞]三曲分别表达了窦娥的三个誓愿。曲中用生机活泼的口语，写来如行水流水，极为畅达：“我不要半星儿热血红尘洒，都只在八尺旗枪素练悬”“若果有一腔怨气喷如火，定要感的六出冰花滚似绵”。剧作家在曲律的规范下，能把曲文写得如此灵动飞扬，如脱口而出，这比以词绳曲即袭用词的意境和写作手法来写曲，需要更深的生活和语言功力。故王国维说：“关汉卿一空依傍，自铸伟词，而其言曲尽人情，字字本色，故当为元人第一。”

[窦娥三大愿的实现] 窦娥临刑发三大愿而且一一应验，就创作手法而言，自可用浪漫主义来加以解释。而剧作家遵循的是情感的逻辑，“你道是暑气暄，不是那下雪天，岂不闻飞霜六月因邹衍？若果有一腔怨气喷如火，定要感的六出冰花滚似绵”。作者于天道人心，还未完全放弃希望。窦娥要血溅素练、六月飞雪，不仅

是为证实其冤，而且是为不让血洒红尘和“免着我尸骸现”，白雪葬身，胜似埋在古陌荒阡，表示她对污浊的鄙弃，象征其品格的高尚。尤当指出的是，三大愿的实现，并没有冲淡悲剧气氛，这是因为剧作家又坚持了他的现实主义——窦娥终归人头落地。而就在刀过头落的同时，浮去蔽日，阴风怒号，六月飞雪，死者鲜血倒飞上丈二白练，监斩官大惊失色，舞台上乱作一团，就在这一瞬间，剧情与悲剧气氛都达到高潮。

马致远

（约1250—1323?）元曲作家，号东篱，元大都（今北京市）人。曾任江浙省务提举。元贞间（1295—1296）尝与京师才人合撰杂剧，有《破幽梦孤雁汉宫秋》等杂剧十六种，尚存七本。

般涉调·耍孩儿·借马

近来时买得匹蒲梢骑[①]，气命儿般看承爱惜[②]。逐宵上草料数十番，喂饲得膘息胖肥。但有些秽污却早忙刷洗，微有些辛勤便下骑。有那等无知辈，出言要借，对面难推。

［七煞］懒设设牵下槽，意迟迟背后随，气忿忿懒把鞍来备。我沉吟了半晌语不语？不晓事颓人知不知[③]？他又不是不精细，道不得“他人弓莫挽，他人马休骑”。

［六煞］不骑呵西棚下凉处拴，骑时节拣地皮平处骑。将青青嫩草频频的喂。歇时节肚带松松放，怕坐的困尻 kāo 包儿款款移[④]。勤觑 qù 著鞍和辔[⑤]，牢踏着宝镫，前口儿休提。

［五煞］饥时节喂些草，渴时节饮些水。著皮肤休使粗毡屈，三山骨休使鞭来打[⑥]，砖瓦上休教稳着蹄。

有口话你明明的记：饱时休走，饮了休驰。

［四煞］抛粪时教干处抛，尿绰时教净处尿。拴时节拣个牢固桩橛上系。路途上休要踏砖块，过水处不教溅起泥。这马知人义[7]，似云长赤兔[8]，如益德乌骓[9]。

［三煞］有汗时休去檐下拴，渲 xuàn 时休教侵着颓[10]。软煮料草铡的细。上坡时款把身来耸，下坡时休教走得疾。休道人忒寒碎。休教鞭飑 biāo 着马眼[11]，休教鞭擦损毛衣。

［二煞］不借时恶了弟兄，不借时反了面皮。马儿行嘱咐叮咛记：鞍心马户将伊打，刷子去刀莫作疑。只叹的一声长吁气，哀哀怨怨，切切悲悲。

［一煞］早晨间借与他，日平西盼望你，倚门专等来家内。柔肠寸寸因他断，侧耳频频听你嘶。道一声好去，早两泪双垂。

［尾］没道理，没道理，忒下的，忒下的[12]。恰才说来的话君专记，一口气不违借与了你。

注　释　①蒲梢：汉伐大宛，得千里马，名蒲梢，这里指好马。②气命：犹性命。③颓：指生殖器，骂人语。④尻包儿：指骑马人的屁股。⑤觑：偷看，窥探。⑥三山骨：指后脑。⑦知人义：知好歹，通人性。⑧云长赤兔：关羽，字云长，他的马名赤兔。⑨益德乌骓：张飞字翼德，他的马名乌骓。⑩渲：为马洗浴。⑪飑：挥打。⑫下的：如言忍心，当是下得手之意。

赏析 [这套曲的主要内容] 元曲套数常以代言的口吻叙事，颇类戏曲唱段，其语言多富于谐趣。产生了一些讽刺杰作。马致元《般涉调·耍孩儿·借马》即抓住一个普通生活事件，塑造了一个很典型的性格，可以说是一出精彩的独角喜剧。

[借马事件的特定环境] 首曲交代事件缘起，可以看出主人买马筹备了很久，“近来时买得匹蒲梢骑”。买马不易，就特别爱惜；马是新买，就加倍爱惜；马是好马（“蒲梢”是大宛名马），更是“气命儿般看承爱惜”。具体表现在“逐宵上草料数十番，喂饲得膘息胖肥。但有些污秽却早忙刷洗，微有些辛勤便下骑”。夸张吗？有一点。过分吗？一点也不。它完全符合一个梦想了很久终于实现了买马愿望的人的情形。更重要的是，这里作者为“借马”这一事件安排了一个特定环境，把人物性格摆在特定环境下，就容易凸出。

[戏在借与不借之间] 借马的人不设身处地为马主人想想，就“出言要借”，难怪马主人要暗骂他是“无知辈”了。这里“无知”二字等于说不自觉、不自爱。而偏偏这人又是马主的熟人，马是不得不借了。干脆借或干脆不借，都没有“戏”。唯独在借与不借之间，想推而“对面难推”的尴尬境地，“戏”就出来了。

[存在与目的的不协调] 既已牵马下槽，可见同意

借了，却又是“懒设设牵下槽，意迟迟背后随，气忿忿懒把鞍来备”，又见内心极不情愿。存在与目的的不协调构成幽默的契机。“我沉吟了半晌语不语？不晓事颓人知不知？”这两句被歇后的意思即下文“他人弓莫挽，他人马休骑”——这一私有社会的道德信条。虽则马主明知对方“不是不精细”，本不用多嘱咐，却仍有“语不语”之踌躇，而且终于“语”之，便令读者发噱。

［无法操作的叮咛］马主对借马人的叮咛，占了套曲的大半篇幅。归纳而言无非是要求对马在生活上悉心照料，要求注意马的清洁卫生，使用要顾惜，不得鞭打伤害。这番话非常唠叨，非常琐碎。有的是重复，既说了“将青青嫩草频频的喂”，又说“饥时节喂些草”“软煮料草铡的细”；既说了“砖瓦上休教稳着蹄”，又说“路途上休要踏砖块”；既说了“三山骨休使鞭来打”，又说“休教鞭彪着马眼，休教鞭擦损毛衣”。有的话多余，如勤觑鞍辔、踏牢脚镫、拣平处骑、马要牢拴等等。有的话苛刻，如马拉屎拉尿都有规矩；有的话难听……事实上如此拉杂的嘱咐记也记不过来，莫说照办。而马主还说“休道人忒寒碎”，岂不可笑。这里的语言妙在戏剧化、性格化。读者切莫以传统诗词的眼光看元曲，切莫把人物语言当作剧作家的语言，去责备它不精练。这些寒碎语言，恰到好处地表现出此人性格之小气。

[曲中的拆白道字] 叮咛了许多的话，马主并不放心。他还要诅咒，虽然是咒骂，却只能用“拆白道字”，只能对“马儿行”说。还不等于“吹了灯瞪他两眼”！这动机与效果之不协调，又构成了谐趣。马主终于下定决心交马过手，他一方面嘀咕着“没道理，没道理，忒下的，忒下的”，很不痛快，很不干脆；一方面说“一口气不违（不换）借与了你”，自觉很痛快、很干脆。马还未走，已在盼归。这结尾再一次构成强烈的谐趣，真使读者忍俊不禁了。

[小私有者的自私心理] 一般认为“借马”讽刺的是个吝啬鬼。也有人持反对意见，认为作者所写是人情之常，不能以“吝啬”目之，何况马主经过一番思想斗争，毕竟将马借出去了哩。的确，马致远笔下这个马主人，与中外文学名著中的吝啬鬼典型如严监生、阿巴公、葛朗台、布芮可南等等很不相同，他并非吝啬到一毛不拔。但他毕竟有吝啬的心理，作者把这心理解剖来给人看，就是一种揭短。深知讽刺三昧的鲁迅说：“讽刺的生命在于真实”，“真实地或略带夸张地写出某些人的缺点，被写的人便称这是讽刺”。严监生、葛朗台等集中了一切吝啬人的特点，夸张多一些，唯其如此，一般人读来有一种安全感；而“借马”的主人公却更近生活真实，也更能反映私有制下一般人，尤其小私有者的自私心理。诚如朱光潜所说：“尽善尽美的人物不能为

谐的对象，穷凶极恶也不能为谐的对象。引起谐趣的大半介乎二者之间，多少有些缺陷而这种缺陷又不致引起深恶痛疾。”“借马”的主人公正是如此，他虽“吝啬”但还不能成其为“鬼”。

[最高的喜剧] 最高的喜剧使人于笑声中反省自身。而马致远的高明处在于他引人笑不靠插科打诨，也不靠脱皮露骨的讥嘲，他靠的是一种远为深刻的东西即喜剧性。“喜剧必须有声有色地绘出存在（现象）与目的（本质）之间的不协调。”（别林斯基）马致远着力刻画的是借马的慷慨之举与不情愿借马的自私心理之冲突，正因为如此，他才能使“诙谐之极的局面，而出之以严肃不拘的笔墨，这乃是最高的喜剧”（郑振铎）。这里需要指出，在传统诗词领域，还不曾有过这样的作品；而在元曲之中能达到同样境界的杰作，也是不可多得的。

汉宫秋（第三折）

[梅花酒] 呀，俺向着这迥野悲凉[1]。草已添黄，兔早迎霜。犬褪得毛苍，人搠起缨枪，马负着行装，车运着糇粮[2]，打猎起围场。她她她，伤心辞汉主。我我我，携手上河梁。他部从入穷荒，我銮舆返咸阳[3]。返咸阳，过宫墙。过宫墙，绕回廊。绕回廊，近椒房[4]。近椒房，

月昏黄。月昏黄，夜生凉。夜生凉，泣寒螿 jiāng ⑤。泣寒螿，绿纱窗。绿纱窗，不思量！

［收江南］呀，不思量，除是铁心肠。铁心肠，也愁泪滴千行。美人图今夜挂昭阳，我那里供养⑥，便是我高烧银烛照红妆。

［鸳鸯煞］我煞大臣行说一个推辞谎，又只怕那伙编修讲⑦。不见她花朵儿精神，怎趁那草地里风光？唱道伫立多时，徘徊半晌，猛听的塞雁南翔，呀呀的声嘹亮，却原来满目牛羊……

注　释　①迥野：旷野。②糇粮：干粮。③銮舆：皇帝的车驾。④椒房：宫中后妃的住所。⑤寒螿：一种秋虫。⑥供养：指保存欣赏。⑦编修：职官名，即翰林院编修，此泛指大臣。

赏析　［全剧的梗概］《破幽梦孤雁汉宫秋》是以昭君出塞为内容的历史剧，末本（由男主人公汉元帝主唱）。第三折以前的主要关目是：匈奴呼韩邪单于控甲十万，欲向汉朝请公主为妻。汉元帝嫌后宫寂寞，中大夫毛延寿乘机取旨广选天下美女。毛延寿乘选美之机，大受贿赂。入选秀女王嫱拒绝毛延寿勒索，被毛点破图形，发入冷宫，寂寞中弹琴自娱，邂逅汉元帝，汉元帝下令捉拿毛延寿。毛延寿畏罪逃往匈奴，向番王献昭君图。匈奴大军压境，派使臣索求王嫱。汉廷众臣贪生怕死，请元帝割爱，王嫱为息刀兵，自请和番。汉元帝为王嫱送

昭君出塞图

行，二人依依惜别。王嫱行至番汉交界处，投水而死。

［唱词的抒情性和意境美］马致远以诗笔写剧，昭君下场后，汉元帝下场前的几段唱词尤为出色，［梅花酒］［收江南］两曲，展开了王嫱“部从入穷荒”、元帝“銮舆返咸阳”——两幅迥然不同的风光，一样凄凉寂寞的心境。在元帝的想象中，那深秋的塞外原野是如此悲凉，草枯而兔肥，是狩猎的季节，褪了毛的狗儿、扛着红缨枪的猎户、慢腾腾负载着行装干粮的车马、围猎的场面，这一切与从事农业耕作的中原景象，是多么不同！接着用一组对句“她她她，伤心辞汉主。我我我，携手上河梁”，完成了空间的转换（画面的切换）。乃是元帝在尚书的不断催促下，又想象他自己返回汉宫，经咸阳、过宫墙、绕回廊、近椒房，极尽凄凉之感。三曲一气呵成，声情并茂，情景交融，意境悲壮高远，情思缠绵悱恻，突出而成功地采用了顶真和反复的修辞手法，将主人公的情感抒发得淋漓尽致，体现了元杂剧的诗剧本质。

睢景臣

生卒年不详，字景贤（一作睢舜臣，字嘉贤）。元大德七年（1303）自扬州至杭州，与钟嗣成相识。

般涉调·哨遍·高祖还乡

社长排门告示[①]，但有的差使无推故。这差事不寻俗，一壁厢纳草也根[②]，一边又要差夫索应付。又言是车驾[③]，都说是銮 luán 舆[④]，今日还乡故。王乡老执定瓦台盘[⑤]，赵忙郎抱着酒葫芦。新刷来的头巾，恰糨来的袖衫[⑥]，畅好是装么大户。

［耍孩儿］瞎王留引定伙乔男女[⑦]，胡踢蹬吹笛擂鼓。见一彪人马到庄门，劈头里几面旗舒：一面旗白胡阑套住个迎霜兔[⑧]，一面旗红曲连打着个毕月乌[⑨]，一面旗鸡学舞，一面旗狗生双翅，一面旗蛇缠葫芦。

［五煞］[⑩]红漆了叉，银铮了斧，甜瓜苦瓜黄金镀[⑪]，明晃晃马镫枪尖上挑，白雪雪鹅毛扇上铺。这几个乔人物，拿着些不曾见的器杖，穿着些大作怪衣服。

［四］辕条上都是马[⑫]，套顶上不见驴。黄罗伞柄天

生曲。车前八个天曹判，车后若干递送夫。更几个多娇女，一般穿着，一样妆梳。

高祖汉殿论功图

［三］那大汉下的车，众人施礼数。那大汉觑 qù 得人如无物。众乡老屈脚舒腰拜，那大汉挪身着手扶，猛可里抬头觑。觑多时认得，险气破我胸脯。

［二］你须身姓刘，你妻须姓吕。把你两家儿根脚从头数：你本身做亭长[13]，耽几盏酒，你丈人教乡学，

读几卷书，曾在俺庄东住，也曾与我喂牛切草，拽zhuài坝jù扶锄[14]。

［一］春采了俺桑，冬借了俺粟，零支了米麦无重数。换田契强称了麻三秤，还酒债偷量了豆几斛。有甚胡突处？明标着册历，见放着文书。

［尾］少我的钱，差发内旋拨还[15]，欠我的粟，税粮中私准除[16]。只道刘三谁肯把你揪捽zuó住[17]，白什么改了姓[18]、更了名唤做汉高祖。

注　释　①社长：元代行政单位，凡十家立一社，择一人当社长。排门：挨家挨户。②一壁厢：一边。北方方言。③车驾：旧时以车驾称皇帝。④銮舆：皇帝的车驾。⑤瓦台盘：盛放礼品的器皿。⑥糨：用米汁浆衣。⑦耍孩儿：曲牌名。瞎王留：王留是一个虚构的名字，加一个瞎字，表示鄙视，轻蔑。乔：骂人的话，无赖，狡诈。男女：专指男人。⑧迎霜兔：即白兔。⑨红曲连：红圈，表示太阳。曲连，“圈”的复音。毕月乌：即太阳中画的乌鸦，古代传说太阳里有三脚金乌。⑩煞：曲牌名，用在套曲的结尾部分。⑪甜瓜苦瓜：指金瓜锤。⑫辕：车辕。⑬亭长：秦朝制度，十里为一亭，亭有亭长。⑭坝：两牛并耕为一坝。⑮差发：摊派当官差。旋：立即。拨还：调拨。⑯私：私下。准除：扣除。⑰揪捽：紧紧抓住。⑱白：平白无故。

赏析 [这套曲的写作本事] 《录鬼薄》列睢景臣入“方今已亡名公才人，余相知者”，谓其“自幼读书，以水沃面，双眸红赤，不能远视。心性聪明，酷嗜音律。维扬诸公，俱作《高祖还乡》套数，惟公《哨遍》制作新奇，皆出其下”。这个套曲是用般涉调中八支曲子组成。首曲为［哨遍］，亦用称全套；二曲为［耍孩儿］，三到七曲是连续使用［煞］曲，用倒计数法分别标为“五煞”“四煞”等，八曲为［尾声］。

[虚构喜剧故事] 按，汉高祖还乡本事见《史记·高祖本纪》，乃刘邦做皇帝后十二年，平英布归，途经家乡沛县，逗留数日，召故人父老子弟会饮，组织一百二十名里中少年合唱团演唱《大风歌》，风光之至。而睢景臣未受历史事实的束缚，别出心裁地虚构喜剧性故事，成为元曲套数中突出的名篇。

[乡里人为接驾而忙乱] 曲从高祖未到时乡里的忙乱写起。元代农村各家门前有粉壁，遇有通知便挨家写上，元典章称“排门粉壁告示”。社长又写告示，又派公差，说这回的差使不同寻常，所谓“上边一个屁，下边跑断气”。又说是“车驾”，又说是“銮舆”，虽然它们都是皇帝的代名词，但乡民莫名其妙，神圣也就不成其为神圣。王乡老和赵忙郎两位，大约是乡里的头面人物，被派定接驾的任务，所以换了一身浆过的新衣，手里捧着瓦台盘、酒葫芦，字里行间有打趣的意味。

[漫画化的手法] 紧接三曲写皇帝的仪仗到来，乡民大看其热闹。[耍孩儿] 写先头队伍的乐队和旗队。“王留”指乐队指挥，“乔男女”指乐队演奏者，因为他们的动作乡民从未见过，觉得古怪好笑，所以用“瞎”“乔”“胡”来形容。彩旗上绘有各种动物图案（图腾），但乡民没有知识，弄不清白，所以用“白胡阑套住个迎霜兔”形容月旗，“红曲连打着个毕月乌”形容日旗，“鸡学舞”指凤旗，“狗生双翅”指飞虎旗，“蛇缠葫芦”指龙旗。[五煞] 写仪仗队，象征皇帝威严，以壮观瞻的器仗，也被乱派了名称（俗云“聋子乱按名，瞎子乱打人”），金瓜锤、狼牙棒被称作镀了金的“甜瓜苦瓜”，朝天镫被称着马镫。[四] 写车驾前后的扈从、宦官、宫女等，就像戏班子来了一样。本来封建时代皇帝的卤薄“一以明制度，示威等；一以慎出入，远危害”，又是至高无上权力的象征，是很神圣的，但乡民们懂不起，经过他们一形容，就像经过哈哈镜一照似的，只让人觉得滑稽可笑，从而使威风扫地了。

[剥去皇帝头上的光环] 最后四曲中高祖亮相，全曲的喜剧气氛达到高潮。[三] 连用“那大汉”三次以称刘邦——个子是够大的，他一面“觑得人如无物”——架子也蛮大的，又一面“挪身着手扶”——面子也蛮大的。可惜乡人一旦认出他就是刘三，而认出他的人又是连他的“根脚”（履历）都很熟悉的人，这皇

帝的尊严就讲不成了。［二］是说刘、吕两家出身都很平凡。秦时天下十里一亭，刘邦曾任泗水亭长，是历史上由平民而做皇帝的第一人，这本没有什么不好。作者特别指出他出身平凡，用意是要突出皇帝并不是什么天生圣人。［一］进一步说刘邦原来是个无赖子弟，这也有大量事实根据，见《史记·高祖本纪》。刘邦好色贪杯，曾向武负、王媪两家赊酒吃，欠酒钱不少，后来一笔勾销（据说两家见其醉后其上有龙）。有一次沛县令有贵客（即吕公），本县豪杰往贺，萧何管收贺礼，按贺钱多少论座次，不满千钱者居堂下，刘不持一钱，诳称万钱，骗居上座。本篇即以乡民口气，数落他采桑、借粟、支米麦、强称麻、偷量豆，弄出不少烂账；然后不客气地向皇帝讨债，还说“差发内旋拨还”“税粮中私准除”也可以；最为滑稽的是，认为他之所以“改了姓、更了名唤做汉高祖（按此为庙号，当时不可能有此称呼，然套曲属通俗文艺，不妨前拉后扯）”，原是为了赖债的缘故。明王伯良论作曲谓“末句更得一极俊语收之方妙”，如此即是也。通过误会法，使皇帝的威风、尊严扫地无存，只有滑稽可笑也。“喜剧把无价值的撕毁给人看”（鲁迅），喜剧是人类自嘲意识的表现，由此观之，《高祖还乡》套曲是有很强的喜剧性的。

元散曲尤其是套数，受唐参军戏和宋元杂剧作风影响较深，往往喜欢在曲子里使用夸张手法、滑稽笔调、民间口语，进行搞笑，使曲子洋溢着幽默诙谐的喜剧趣味。本篇庄稼人不识皇帝仪仗的构思，显然受到杜仁杰《庄稼人不识勾栏》套曲的影响，清代民歌中的《马头调》也出以同样构思。本篇把纯粹的搞笑移用于皇帝，既有艺术夸张，也有历史真实，较杜仁杰套曲在内容上有了质变，可以说既有当行本色（指滑稽）的语言形式，又有严肃深刻的思想内容。戏曲代言体形式，即用第一人称的手法来数刘邦根脚，有一种真切生动，引人入胜之感，有如独幕剧或谐剧。

刘基

(1311—1375)字伯温。浙江青田南田武阳村(今属浙江文成)人。元末进士。曾任江西高安县丞，江浙儒学副提举，旋弃官归隐。元至正二十年(1360)受聘至金陵，为朱元璋出谋划策，开创帝业，为明开国元勋。明初授太史令。累迁御史中丞，封诚意伯。洪武四年(1371)辞官归故里。有《诚伯意文集》传于世。

说虎

虎之力，于人不啻 chì 倍也①。虎利其爪牙②，而人无之，又倍其力焉，则人之食于虎也③，无怪矣。

然虎之食人不恒见④，而虎之皮人常寝处之⑤，何哉？虎用力，人用智；虎自用其爪牙，而人用物⑥。故力之用一，而智之用百⑦，爪牙之用各一，而物之用百，以一敌百，虽猛必不胜。

故人之为虎食者，有智与物而不能用者也。是故天下之用力而不用智，与自用而不用人者，皆虎之类也⑧，其为人获而寝处其皮也，何足怪哉⑨？

注释 ①不啻倍：不止大一倍。啻，只，常和“不”连用。②虎利其爪牙：老虎有锋利的爪牙。利，这里做动词用。③食于虎：被老虎吃掉。于，为，这里表示被动关系。④恒：常。⑤寝处之：用它做坐卧的物品。⑥虎自用其爪牙，而人用物：虎（仅能）利用它自身的爪牙，人却（能）利用工具。⑦力之用一，而智之用百：力气的作用是一，而智慧的作用则是百。百，很多的意思，不是确数。⑧类：相同。⑨何足怪哉：有什么值得奇怪的呢。足，值得。

赏析 [虎与人的对比] 虎乃百兽之王，其力量在其爪牙之锋利，人是没法比得上的。那么，“则人之食于虎也，无怪矣”。这是比力量的结果。“然虎之食人不恒见，而虎之皮人常寝处之”，这就形成了悖论。讨论的结果是：“虎用力，人用智；虎自用其爪牙，而人用物。”揭示了人战胜虎的原因。

[以虎喻人说理] 在人与虎的斗争中，人所凭借的是“智”与“物”。如果弃而不用，只靠蛮干，有勇而无谋，自然只有被虎吃掉。由此引申出：“天下之用力而不用智，与自用而不用人者，皆虎之类也。”以虎来喻人，强调人在各种斗争中，必须善于发挥自己的聪明才智，善用他人力量，这样才能取得胜利。

工之侨献琴

工之侨得良桐焉，斫 zhuó 而为琴①，弦而鼓之②，金声而玉应③。自以为天下之美也，献之太常。使国工视之④，曰："弗古⑤。"还之。

工之侨以归⑥，谋诸漆工，作断纹焉⑦；又谋诸篆 zhuàn 工，作古窾 kuǎn 焉⑧。匣而埋诸土，期亓年出之，抱以适市。贵人过而见之，易之以百金，献诸朝。乐 yuè 官传视，皆曰："稀世之珍也！"

工之侨闻之，叹曰："悲哉世也⑨！岂独一琴哉？莫不然矣。"

注　释　①斫：砍削。②弦：琴弦。这里作动词用，装上弦。鼓：弹。③金声而玉应：发声与应和声如金玉之声。形容琴声清亮优美。④国工：指乐师。⑤弗古：不古老。⑥以归：即"以琴归"，把琴带回家。⑦断纹：断裂的纹理。⑧古窾：古代的款识。⑨悲哉世也：可悲啊，这个世道。

赏析 [献良琴遭贬抑] 有一个叫工之侨的人得到了一段优质的桐木，这是制琴的良木，于是用它制成了一张好琴。试弹之下，"金声而玉应"。质地优良、音色优

携琴访友图（部分）

美的良琴流落民间自是不妥，该到庙堂之上去发挥作用才是。于是，工之侨把这张“天下之美”的琴献给了专管礼乐的官署——太常寺。官员把专家——“国工”找来鉴定。专家不去看材质是否精良，音色是否优美，却批评它“弗古”，不收。

[假古董受追捧] 工之侨一气之下，把这把好端端的良琴做出断纹，埋于土中，充作“出土文物”。贵人用重金买下献给朝廷，专家们又来鉴定，不辨真假，反称为“稀世之珍”。

[只重虚名不重真才] 作者表面上是在写琴的遭遇，实际上正如作者借工之侨说出的那番话：“悲哉世也！”本文选自《诚意伯文集·郁离子》，是刘基在元朝时考中进士却不得重用，弃官归隐于青田山中时所作。这则

寓言以工之侨两次献琴而结果不同的故事，讽刺世人往往缺乏见识，不重实质而只重表面，因而不辨真假伪劣，揭露了当时居高位者只图虚名而不重真才实学的社会现象。这正是本文的寓意所在。

［情节曲折而语言简练］全文只有一百二十多字，情节却有波折，两次献琴，以及造琴、作伪的过程都写得清清楚楚。人物也有好几个，均有传神刻画。不但有故事，还有议论，令人不能不佩服刘基叙事的简练。

归有光

(1506—1571) 字熙甫，昆山（今属江苏）人。嘉靖四十四年（1565）进士，官终南京太仆寺丞。尤长于古文，为明代一大家。有《震川先生集》。

山家勺水图轴

项脊轩志[1]

项脊轩，旧南阁子也。室仅方丈，可容一人居。百年老屋，尘泥渗漉 shènlù[2]。雨泽下注，每移案顾视，无可置者。又北向不能得日，日过午已昏。余稍为修葺 qì[3]，使不上漏。前辟四窗，垣墙周庭，以当南日，日影反照，室始洞然。又杂植兰桂竹木于庭，旧时栏楯，亦遂增胜。积书满架，偃 yǎn 仰啸歌[4]，冥然兀坐[5]，万籁有声[6]，而庭阶寂寂，小鸟时来啄食，人至不去。三五之夜，明月半墙，桂影斑驳，风移影动，珊珊可爱。

然余居于此，多可喜亦多可悲。先是庭中通南北为一，迨诸父异爨 cuàn[⑦]，内外多置小门墙，往往而是。东犬西吠，客逾庖而宴，鸡栖于厅。庭中始为篱，已为墙，凡再变矣。家有老妪 yù[⑧]，尝居于此。妪，先大母婢也[⑨]，乳二世，先妣抚之甚厚。室西连于中闺，先妣尝一至。妪每谓余曰："某所，而母立于兹。"妪又曰："汝姊在吾怀，呱呱而泣。娘以指叩门扉曰：'儿寒乎？欲食乎？'吾从板外相为应答……"语未毕，余泣，妪亦泣。

余自束发[⑩]，读书轩中。一日，大母过余曰："吾儿，久不见若影，何竟日默默在此，大类女郎也？"比去，以手阖 hé 门，自语曰："吾家读书久不效[⑪]，儿之成，则可待乎！"顷之，持一象笏 hù 至[⑫]，曰："此吾祖太常公宣德间执此以朝，他日汝当用之。"瞻顾遗迹，如在昨日，令人长号不自禁。轩东故尝为厨。人往，从轩前过。余扃牖 jiōngyǒu 而居[⑬]，久之，能以足音辨人。轩凡四遭火，得不焚，殆有神护者。

项脊生曰："罗清守丹穴，利甲天下，其后秦皇帝筑女怀清台。刘玄德与曹操争天下，诸葛孔明起陇中，方二人之昧昧于一隅也，世何足以知之？余区区处败屋中，方扬眉瞬目，谓有奇景。人知之者，其谓与坎井之蛙何异？”

余既为此志，后五年，吾妻来归[14]。时至轩中，从余问古事，或凭几学书。吾妻归宁[15]，述诸小妹语曰：“闻姊家有阁子，且何谓阁子也？”其后六年，吾妻死，室坏不修。其后二年，余久卧病无聊，乃使人复葺南阁子，其制稍异于前。然自后余多在外，不常居。庭有枇杷树，吾妻死之年所手植也，今已亭亭如盖矣。

注　释　①项脊轩：归有光的书房名。②渗漉：水向下流的样子。③修葺：修补。④偃仰：仰卧。啸歌：长啸或吟唱。啸，口里发出长而清朗的声音。⑤冥然：静默的样子。兀坐：端坐。⑥万籁：一切声音。⑦异爨：另起炉灶，意为分家。爨，灶。⑧妪：妇女的通称。⑨先大母：去世的祖母。⑩束发：古人以十五岁为成童之年，把头发束起来盘到头上。⑪效：指考中科举。⑫象笏：象牙做的狭长形板子，也称手板。古时大臣朝见君王时所用。⑬扃：门栓。牖：窗户。⑭来归：嫁过来。⑮归宁：出嫁的女子回娘家看望父母。宁，向父母问安。

赏析　[项脊轩命名之由] 作者因远祖归道隆住在太仓（今属江苏）的项脊泾，遂将自己的书斋命名为项脊轩。《项脊轩志》这篇文章，是分两次写成的。前四段写于作者十九岁时，是本文；“余既为此志”以下一段则是十余年后，作者览旧作而续写的。

[项脊轩旧时情景] 文中记项脊轩修葺前后的情况，着意描写了轩室环境。先记项脊轩的前身即旧时南阁子破旧的情景。一是很小，二是很旧，三是漏雨，四是昏暗，总之是一间不折不扣的陋室。经作者添窗补漏，一番修葺之后，始得不漏不暗；又由于花木之置，小小轩室，居然成为胜境，成为幽雅的书斋。此节颇具文采，“积书满架，偃仰啸歌，冥然兀坐，万籁有声，而庭阶寂寂，小鸟时来啄食，人至不去。三五之夜，明月半墙，桂影斑驳，风移影动，珊珊可爱”。于景可爱，于情可喜。

[项脊轩的人事变迁] 文中从写环境转入写人事变迁，由可喜转入写可悲。一层写庭院的几经变故；一层通过家有老妪说亡母旧事，写家庭人事变故；又带过一笔叙轩中幽静与轩屡遭火而幸存。其中轩中关门读书，闻足音而辨人一节，不但善写日常细微感觉，而且还写出了一个耐得寂寞的读书人形象，为以后的议论埋下伏笔。诚如姚鼐所说：“震川之文，每于不要紧之题，说不要紧之语，却自风韵疏淡。”

[孤芳自赏的感慨] 文中项脊生即作者的一番议论，以守丹穴的巴寡妇清和高卧隆中的诸葛亮，与处败屋寒窗之下的自身相比附，既自慨局促，又有自矜抱负之意。故语末虽以坎井之蛙自嘲，未尝不含有对凡夫俗子的反讽和孤芳自赏的意味。

［伤逝怀旧的补笔］若干年后的补记，续写项脊轩在妻死前后的变化，寓有新近的悼亡之情。文中记妻生前琐事，亦平淡中见隽永，与前文格调毫无二致。“不常居”三字似可收束全文，然文末又摇曳生姿，写到亡妻手植的一树枇杷亭亭如盖，寓睹物思人之思，余味无穷，饶有新意。

寒花葬志

婢，魏孺人媵 yìng 也①。嘉靖丁酉五月四日死，葬虚丘。事我而不卒，命也夫！婢初媵时，年十岁，垂双鬟，曳 yè 深绿布裳②。一日天寒，爇 ruò 火煮荸荠 bíqi 熟③，婢削之盈瓯 ōu④。予入自外，取食之。婢持去，不与。魏孺人笑之。孺人每令婢倚几旁饭，即饭⑤，目眶冉冉动⑥。孺人又指予以为笑。回思是时⑦，奄忽便已十年⑧。吁，可悲也已。

注　释　①媵：陪嫁的婢女，此指寒花。②曳：拖着。③爇：烧。荸荠：多年生草本植物，肉白色，可食。④盈：满，装满。⑤即饭：就餐（时）。⑥冉冉：徐徐。⑦回思是时：回想起这些事情的时候。是，这。⑧奄忽：迅速。

赏析 [情真意切忆婢女] 在封建时代，婢女是没有地位的。对于封建士大夫来说，妻子都如衣裳，遑论婢女。但归有光却不囿于封建礼教，情真意切地追忆妻子魏氏的陪嫁丫头寒花，实属难能可贵。

[生前琐事入眼前] 以婢女之寒微，又无舍身救生之类奇行，以常人度之，似乎没有什么东西可写。归有光显然不这样认为，文章选取了寒花初来时的打扮、削荸荠时的顽皮、吃饭时的样子三件生活小事，描写寒花的音容神态。其中又多次提到自己的妻子魏孺人，虽寥寥几笔，却写出了她的宽厚妇道。

[昔日之和美衬今日之孤寂] 名为葬志却不写悲痛，反而以主要篇幅写昔日主仆三人之和美，其意在衬托，以昔日之和美衬今日自己之孤寂。寒花已逝，魏氏已逝，和美的图景中只余下作者一人在追忆着过去的欢乐。此情可待成追忆，能不悲夫！

徐渭

(1521—1593) 字文长，一字文清，号天池山人、青藤道士，明山阴（浙江绍兴）人。科场失意，为浙江总督胡宗宪幕僚，对抗击倭寇多有策划。胡得罪被杀后，终身潦倒。诗文主张独创，反对模拟。有《徐文长全集》《徐文长佚稿》《徐文长佚草》《四声猿》等。

答张太史①

仆领赐至矣。晨雪，酒与裘，对证药也。酒，无破肚脏②，罄当归瓮；羔半臂，非褐夫常服③，寒退拟晒以归。西兴脚子云："风在戴老爷家过夏，我家过冬。"一笑。

注 释 ①张太史：张元忭，曾官翰林院编修，习称太史。这篇尺牍是徐渭为了答谢张赠送酒和短袖羊皮外套而写的。②无破肚脏：意思是酒喝了不能归还。所以下句说"罄当归瓮"。③褐夫：穷人，作者自指。

赏析 [不近情理的答谢] 张元忭是达官贵人，又是徐渭的晚辈，他在徐渭穷愁潦倒的时候施以接济，本来无可非议。但是这两个人在思想行为上有正统和异端的区别，相互间颇有恩怨。因此，徐渭写这封感谢信，先说“酒，无破肚脏，罄当归瓮”的玩笑话，表示他的玩世不恭；结尾又引用挑夫“风在戴老爷家过夏，我家过冬”的话，表示彼此的隔膜（即“饱汉不知饿汉饥”）。这种态度，用今人的话说便是：拿起筷子吃肉，放下筷子骂娘。看似不近情理，其实有深层次的原因。

驴背吟诗图

宗臣

(1525—1560)字子相，扬州兴化（今属江苏）人。嘉靖二十九年（1550）进士，官至福州提学副使。为后七子之一。有《宗子相集》。

报刘一丈书①

数千里外，得长者时赐一书，即亦甚幸矣。何至更辱馈 kuì 遗②，则不才益将何以报焉？书中情意甚殷，即长者之不忘老父，知老父之念长者深也。至以“上下相孚③，才德称 chèn 位”语不才，则不才有深感焉。夫才德不称，固自知之矣。至于不孚之病，则尤不才为甚。

且今之所谓孚者何哉？日夕策马候权者之门④，门者故不入，则甘言媚词作妇人状，袖金以私之⑤。即门者持刺入，而主者又不即出见。立厩 jiù 中仆马之间⑥，恶气袭衣裾 jū⑦，即饥寒毒热不可忍，不去也。抵暮，则前所受赠金者出，报客曰：“相公倦，谢客矣。客请明日来。”即明日又不敢不来。夜披衣坐，闻鸡鸣即起盥栉 guànzhì⑧，走马抵门。门者怒曰：“为谁？”则曰：“昨日之客来。”则又怒曰：“何客之勤也？岂有相公此时出见客乎？”客心耻之[9]，强忍而与言曰：“无奈何矣，姑容我入。”门者又得所赠金，则起而入之，又立向所立厩中。幸主者出，南面召见，则惊走匍匐 púfú 阶下[10]。主者曰“进”，则再拜，故迟不起。起则上所上寿金。主者故不受，则固请。主者故固不受，则又固请。然后命吏纳之。则又再拜，又故迟不起，起则五六揖 yī 始出[11]。出揖门者曰：“官人幸顾我，他日来，幸勿阻我也。”门者答揖，大喜，奔出。马上遇所交识，即扬鞭语曰：“适自相公家来，相公厚我厚我[12]。”且虚言状。即所交识，亦心畏相公厚之矣。相公又稍稍语人曰：“某也贤，某也贤。”闻者亦心计交赞之。此世所谓“上下相孚”也，长者谓仆能之乎？

前所谓权门者，自岁时伏腊一刺之外[13]，即经年不往也[14]。间道经其门，则亦掩耳闭目，跃马疾走过之，若有所追逐者。斯则仆之褊 biǎn 哉[15]，以此长不见悦于长 zhǎng 吏，仆则愈益不顾也。每大言曰[16]：“人生有命，吾唯守分尔已[17]！”长者闻之，得无厌其为迂乎[18]？乡园多故，不能不动客子之愁[19]。至于长者之抱才而困[20]，则又令我怆 chuàng 然有感[21]。天之与先生者甚厚，无论长者不欲轻弃之，即天意亦不欲长者轻弃之也，幸宁心哉！

岁朝图轴

注　释　①刘一丈：名玠，号墀石，是作者父亲的朋友。②馈遗：赠送礼物。③上下：上下级。孚：信任。④日夕：白天和晚上。⑤私之：私下送给他。⑥厩：马棚。⑦衣裾：衣襟。⑧盥栉：洗脸和梳头。⑨耻之：以之为耻。⑩匍匐：伏在地上爬行。⑪揖：作揖，一种向人表示敬意的礼节。⑫厚：厚待，看重。⑬岁时：春夏秋冬一年的四时节令。伏腊：泛指古代的节日。⑭经年：终年。⑮斯：这。褊：狭隘。⑯大言：高声或张扬地说。⑰守分：谨守本分。⑱迂：拘执而不通人情。⑲客子：身在异乡的人。⑳困：困穷，有才能无法施展。㉑怆然：悲伤的样子。

赏析　[作者与刘一丈] 宗臣是明嘉靖间进士，为人刚直不阿，反对权奸严嵩，不肯趋炎附势，其个性在这封写给父执刘墀石的复信中得到了充分展现。刘排行老大，又是长辈，故称“一丈”。

[从刘一丈的来信说起] 刘一丈之来信嘱咐作者，要注意“上下相孚，才德称位”，本属语重心长，“相爱情深，乃有此语”（吴楚材）。但作者痛感官场所谓的“上下相孚”有许多的腐败内涵，故撇开才德问题，专谈自己对这个问题的感想。

[对官场贿赂公行的揭露]“且今之所谓孚者何哉”以下，用漫画化手法，描摹官场中人走门道、拉关系、行贿受贿种种劣迹，这里没有主语，不指名道姓，揭露的是一

种普遍的社会现象。文中写走后门的人不辞辛苦，反复奔走权门，甘受门人的冷眼和奚落，忍气吞声，饥寒毒热不去。本来在封建时代，士大夫与门丁在人们眼中，贵贱悬殊，此时贱者反贵，贵者反贱，极富讽刺意味。

［文中的讽刺笔墨］有了侯门深海的铺垫，到相公召见时，客人自是受宠若惊，这里描写之妙，在“故”“固”二字的反复使用，“主者曰‘进’，则再拜，故迟不起。起则上所上寿金。主者故不受，则固请。主者故固不受，则又固请。然后命吏纳之。则又再拜，又故迟不起”，写尽官场的做作和虚伪。行贿者出门时，喜形于色，并未忘记再与门丁联络感情，遇熟人更是胡乱吹嘘；而受贿者则在适当时机，为行贿人说话。文中的事实披露，对官场腐败的批判，颇具说服力。

［出污泥而不染］文中自叙为官不谄，出污泥而不染，我行我素的态度，叙写虽然简短，然与前文形成对照，给读者留下深刻的印象。

［这篇文章的写作特点］这篇讽刺小品就是一篇短小精悍的“官场现形记”，作者爱憎分明，针对性强，很有现实意义。作者善于借题发挥，嬉笑怒骂，皆成文章。文中抓住行贿的全过程，设计故事和人物，对贿赂双方及中介者的种种丑态，做了真实的、集中的、放大的描写。源于生活，高于生活。同时，通过两种人格的对比，以真衬伪，愈见伪之丑。

张大复

（约 1554—1630）字元长，号病居士，明昆山（今属江苏）人。诸生，壮岁尝游历名山大川。有《梅花草堂集》《梅花草堂笔谈》等。

此座

一鸠呼雨，修篁静立[①]。茗碗时供[②]，野芳暗度。又有两鸟咿嘤林外，均节天成[③]。童子倚炉触屏，忽鼾忽止。念既虚闲，室复幽旷，无事坐此，长如小年。

注释 ①修篁：修长的竹子。②茗碗：茶杯。③咿嘤：鸟叫声。均节：节奏。均，中国古代乐器的调律器。

赏析 [写幽居中的清寂之趣] 在喧哗的城市中生活，人的心境未免浮躁。住到乡间，亲近山林，心才能静下来，感受自然的乐趣。虽只寥寥数笔，却清逸淡远，极富画意，令人神往。

竹炉山房图

袁宏道

（1568—1610）字中郎，号石公，湖广公安（今属湖北）人，万历二十年（1592）进士。官吏部郎中，有文名，与兄宗道、弟中道号称三袁，文主性灵，为公安派创始人。有《袁中郎全集》。

满井游记

燕地寒，花朝节后，余寒犹厉，冻风时作。作则飞沙走砾 lì，局促一室之内，欲出不得。每冒风驰行，未百步辄返。

廿二日[①]，天稍和[②]，偕数友出东直，至满井。高柳夹堤，土膏微润[③]，一望空阔，若脱笼之鹄 hú[④]。于时冰皮始解，波色乍明[⑤]，鳞浪层层，清澈见底，晶晶然如镜之新开，而冷光之乍出于匣也。山峦为晴雪所洗[⑥]，娟然如拭，鲜妍明媚，如倩女之靧 huì 面而髻鬟之始掠也[⑦]。柳条将舒未舒，柔梢披风，麦田浅鬣 liè 寸许[⑧]。游人虽未盛，泉而茗者，罍 léi 而歌者，红装而蹇 jiǎn 者，亦时时有[⑨]。风力虽尚劲，然徒步则汗出浃 jiā 背。凡曝 pù 沙之鸟，呷 xiā 浪之鳞[⑩]，悠然自得，毛羽鳞鬣之间皆有喜气。始知郊田之外未始无春[⑪]，而城居者未之知也。

夫不能以游堕事[12]，而潇然于山石草木之间者，惟此官也。而此地适与余近[13]，余之游将自此始，恶能无纪[14]？已亥之二月也。

注 释 ①廿二日：二十二日。②和：暖和。③土膏：肥沃的土地。膏，肥沃。④若脱笼之鹄：好像是从笼中飞出去的天鹅。这句说的是作者。⑤乍：初、始。⑥山峦为晴雪所洗：山峦被融化了的雪洗得干干净净。晴雪，晴空之下的积雪。⑦如倩女之靧面而髻鬟之始掠：像美丽的少女洗了脸刚梳过髻鬟一样。⑧鬣：兽颈上的长毛。这里形容不高的麦苗。⑨泉而茗者，罍而歌者，红装而蹇者：用泉水煮茶喝的，端着酒杯唱歌的，艳装骑驴的。⑩曝沙之鸟，呷浪之鳞：在沙滩上晒太阳的鸟，浮到水面上吸水的鱼。鳞，代指鱼。⑪未始无春：未尝没有春天。这是对第一段“燕地寒”等语说的。⑫堕事：耽误公事。⑬适：正好。⑭恶能：怎能。

赏析 [欲扬先抑极写燕地寒] 文章开篇，作者极力渲染“燕地寒”。虽然时节已是早春二月，但“余寒犹厉”“冻风时作”“飞沙走砾”。其实这只是作者的一种写作手段，用以烘托自己渴望出游的迫切，“局促一室之内，欲出不得”。同时也用这城内之寒反衬出郊外春光的明媚。

[如诗如画满井二月天] 时间：廿二日。地点：京郊满井。人物：我与数友。感受着春回大地的气息，眼前是一幅“满井早春图”。先总体勾勒满井春色的轮廓：“高柳夹堤，土膏微润，一望空阔。”再依次细腻描画：水光山色—柳枝麦苗—游人欢欣—鱼鸟之乐，这是局部。层次分明，如诗如画。

[紧紧抓住景物特点] 早春二月北国景物在作者笔下无不呈现出各自独有的特点。写早春的河水，“冰皮始解，波色乍明”，闪射着“晶晶然”之冷光；写山峦“为晴雪所洗”，宛如才梳洗后的倩女；柳条将舒未舒，麦苗寸许，写出了早春特色；游人也是这春景中的一部分，写出了他们欢乐的情态；鱼鸟悠然自得，充分享受着春日的温暖。

[独抒性灵的佳作] 袁宏道是明代“公安派”的代表人物，主张“独抒性灵，不拘格套”，开创了小品文的写作。这篇文章可视为体现他文学主张的佳作。不多几句话，就勾画出了一片春意盎然、生机勃勃的景象，更尽情地抒发了自己投身大自然的喜悦，“若脱笼之鹄”飞向蓝天。

[议论给人以哲理的启示] 本文具有强烈的抒情色彩，通过对一系列早春景物的描写，抒发了作者在大自然中自由欢欣的感受。结语的议论更给人以哲理的启示：“始知郊田之外未始无春，而城居者未之知也。”不

知的原因是没有投身大自然之中。无论从范仲淹的《岳阳楼记》，还是欧阳修的《醉翁亭记》中，我们都不会像现在这样如此强烈地感受到心灵与自然的贴近。

雨后游六桥记[①]

寒食后雨，予曰："此雨为西湖洗红[②]，当急与桃花作别，勿滞也。"午霁，偕诸友至第三桥，落花积地寸余，游人少，翻以为快。忽骑者白纨而过[③]，光晃衣[④]，鲜丽倍常，诸友白其内者皆去表[⑤]。少倦，卧地上饮，以面受花[⑥]，多者浮[⑦]，少者歌，以为乐。偶艇子出花间，呼之，乃寺僧载茶来者。各啜一杯，荡舟浩歌而返。

注　释　①六桥：杭州西湖苏堤上的六座桥。②洗红：喻雨摧落花。③忽骑者白纨而过：忽见穿白绸衫的人骑马驰过。④光晃衣：绸衣上的白光晃人眼睛。⑤白其内者：穿白内衣的人。去表：脱去外套。⑥以面受花：用脸颊来承接树上掉下的落花。⑦多者浮：脸上落花多的人饮酒。

赏析　［西湖春游的赏心乐事］一个风和日丽的日子，来西湖游春的人卸下了平日的矜持，变得自由自在起来，看到别人穿白绸衣驰过，也跟着一起脱去外衫，露出白内衣来，光洁的白色与遍地红花相映成趣。人们随意躺在落花上，一点也不在乎别人的眼光。同时还定出游戏规则——以脸承接落花，承接落花多的饮酒一杯，少的则罚唱曲。这样的假日令人开心。

西湖柳艇图

冯梦龙

(1574—1646)明长洲(今江苏苏州)人，字犹龙，别署墨憨斋主人等。十余岁为诸生，至五十七岁方得补贡生。崇祯间(1628—1644)曾为福建寿宁知县。晚遭国变，于忧愤中死去。著述极多，有“三言”等。

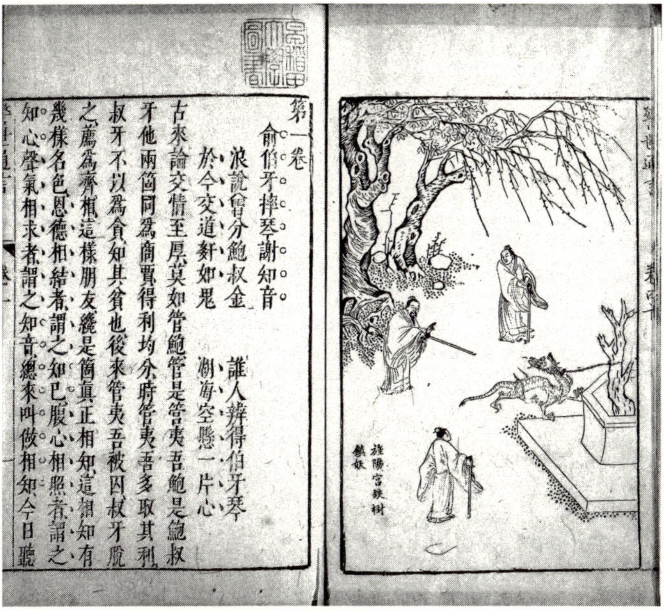
第一卷
俞伯牙摔琴謝知音
浪說曾分鮑叔金　誰人辨得伯牙琴
於今交道奸如鬼　湖海空懸一片心
古來論交情至厚莫如管鮑管是管夷吾鮑是鮑叔牙他兩箇同爲商賈得利均分時管夷吾多取其利叔牙不以爲貪知其貧也後來管夷吾被囚叔牙脫之薦爲齊相這樣朋友纔是箇眞正相知這相知有幾樣名色恩德相結者謂之知己腹心相照者謂之知心聲氣相求者謂之知音總來叫做相知今日聽

绣像本警世通言书影

半日闲

《古今笑史》

有贵人游僧舍，酒酣，诵唐人诗云：“因过竹院逢僧话，又得浮生半日闲①。”僧闻而笑之。贵人问僧何笑，僧曰：“尊官得半日闲，老僧却忙了三日。”

注　释｜①“因过”二句：出唐人李涉《题鹤林寺僧室》。

赏析［风马牛不相及］一位官员到寺庙里游半日，却让庙里的老和尚忙了三天，官员对此浑无所知，反而附庸风雅地吟起唐人的一首闲适诗来，最后引出老和尚的一句真话，煞了他的风景——因为他是用别人的忙换来自己的闲，而且是用别人多日的忙换来自己半日的闲，和唐代诗人所写的忙里偷闲风马牛不相及。

徐弘祖

(1587—1641)字振之，号霞客。南直隶江阴(今属江苏)人。出身官僚地主家庭，幼年好学，博览史籍及图经地志。应试不第后，感慨于明末政治黑暗，党争剧烈，遂断功名之念，以“问奇于名山大川”为志，自二十一岁起出游。三十余年间，东涉闽海，西登华山，北及燕晋，南抵云贵两广，游历了今日的江苏、浙江、山东、河北、山西、陕西、河南、安徽、江西、福建、广东、广西、湖南、湖北、贵州、云南等地。观察所得，按日记载，死后由他人整理成《徐霞客游记》。

游恒山日记

十一日，风翳 yì 净尽，澄碧如洗。策杖登岳，面东而上，土冈浅阜，无攀跻 jī 劳①。盖山自龙泉来，凡三重。惟龙泉一重峭削在内，而关以外反土脊平旷；五台一重虽崇峻，而骨石耸拔，俱在东底山一带出峪之处；其第三重自峡口入山而北，西极龙山之顶，东至恒岳之阳，亦皆藏锋敛锷，一临北面，则峰峰陡削，悉现岩岩本色。

一里转北，山皆煤炭，不深凿即可得。又一里，则土石皆赤，有虬松离立道旁，亭曰望仙。又三里，则崖石渐起，松影筛阴[2]，是名虎风口。于是石路萦回，始循崖乘峭而上。三里，有傑坊曰“朔方第一山”，内则官廨 xiè 厨井俱备。坊右东向拾级上，崖半为寝宫，宫北为飞石窟，相传真定府恒山从此飞去。再上，则北岳殿也。上负绝壁，下临宫廨，殿下云级插天，庑 wǔ 门上下，穹碑森立[3]。从殿右上，有石窟倚而室之，曰会仙台。台中像群仙，环列无隙。余时欲跻危崖，登绝顶[4]。还过岳殿东，望两崖断处，中垂草莽者千尺，为登顶间道[5]，遂解衣攀蹑而登。二里，出危崖上，仰眺绝顶，犹傑然天半，而满山短树蒙密，槎桠枯竹，但能钩衣刺领，攀践辄断折，用力虽勤，若堕洪涛，汩汩不能出[6]。余益鼓勇上。久之棘尽，始登其顶。

时日色澄丽，俯瞰山北，崩崖乱坠，杂树密翳。是山土山无树，石山则有；北向俱石，故树皆在北。浑源州城一方，即在山麓。北瞰隔山一重，苍茫无际；南惟龙泉，西惟五台，青青与此作伍[7]；近则龙山西亘，支峰东连，若比肩连袂[8]，下扼沙漠者。

既而下西峰，寻前入峡危崖，俯瞰茫茫，不敢下。忽回首东顾，有一人飘摇于上，因复上其处问之，指东南松柏间。望而趋，乃上时寝宫后危崖顶。未几，果得径，南经松柏林。先从顶上望，松柏葱青，如蒜叶草茎，至此则合抱参天，虎风口之松柏，不啻百倍之也[9]。从崖隙直下，恰在寝宫之右，即飞石窟也，视余前上隘，

山水图

中止隔崖一片耳。下山五里，由悬空寺危崖出。又十五里，至浑源州西关外。

注释 ①无攀跻劳：没有攀登的劳累。②松影筛阴：日影从稠密的松枝间斑斑点点地透射下来。③穹碑森立：高大的石碑密密麻麻。④跻危崖，登绝顶：攀上高崖，登临极顶。⑤间道：小路。⑥汩汩不能出：心情虽急切，一时也无法走出。⑦青青与此作伍：（龙泉山、五台山）呈现出一派青色，与恒山遥遥相伴。作伍，相伴。⑧比肩连袂：肩膀相并，衣袖相连。比，并。袂，衣袖。⑨不啻百倍之也：（此处的松柏树比虎风口的松柏树）不止大一百倍。

赏析 [壮丽河山的忠实记录] 徐弘祖亦即徐霞客，是明朝时地理学家、文学家。他的文学性主要体现在他在行文中记录的准确、描述的生动上，而非如王安石、苏轼等许多前辈名家那样借景抒情、以事喻理。《徐霞客游记》现存四十余万字，仅是他当年日记的六分之一，是祖国壮丽河山的忠实记录。本文记录了他对恒山的实地考察，分三个部分。

[首叙登恒山途中所见] 恒山为我国五岳之一，称北岳，位于山西浑源县境内。徐霞客选择了一个天气晴好的日子去游历，明崇祯六年（1633 年）八月十一日，“风翳净尽，澄碧如洗。策杖登岳，面东而上”。沿途路线及沿途所见：“一里转北，山皆煤炭”；“又一里，则

土石皆赤”，有望仙亭；又三里，到达虎风口，从这里开始，土路变成了石路，真正的攀登开始了；三里，见牌坊一座，上书“朔方第一山”，依次是飞石窟、北岳殿、会仙台各景点。其后，“望两崖断处，中垂草莽者千尺，为登顶间道”。作者历尽艰辛，“始登其顶”。

[次描恒山极顶景象] 作者登临极顶，眺望远近诸峰。先是“俯瞰山北”，再将视线抬起“北瞰”，再向南是龙泉山，向西是五台山，皆“青青与此作伍”。近处则有龙山与恒山“比肩连袂，下扼沙漠”。其观察细微，比喻鲜明，描画出了恒山极顶四望如一、高峻深邃的特点。

[继则略写寻路下山情形] 上山容易下山难，徐霞客虽历时三十载，行迹十六省，但面对上山时“攀蹑而登”的危崖，仍然“俯瞰茫茫，不敢下”。经当地人指点，寻得一条捷径，“从崖隙直下”，下到飞石窟，结束了恒山一日的游程。下山路上，只着重形容了此处松柏林“合抱参天”，比起虎风口之松柏，何止大百倍。

[科学性体现于全文之中] 作者遍历名山大川，目的在进行科学考察，与李太白的仗剑出蜀门大不相同。太白致力于抒主观之情，霞客着重于记客观之貌。因此，记叙中处处表现出他作为地理学家的独到之处：“山皆煤炭，不深凿即可得”，“土山无树，石山则有”。这是一般文人游记中所难见的。

魏学洢

（约1596—约1625）字子敬，嘉善（今浙江嘉兴）人。明诸生。其父魏大中因弹劾魏忠贤而被捕入狱而死。有《茅檐集》。

核舟记

明有奇巧人曰王叔远，能以径寸之木[①]，为宫室、器皿、人物[②]，以至鸟兽、木石，罔不因势象形，各具情态[③]。尝贻yí余核舟一[④]，盖大苏泛赤壁云。

舟首尾长约八分有奇jī[⑤]，高可二黍许。中轩敞者为舱，箬ruò篷覆之。旁开小窗，左右各四，共八扇。启窗而观，雕栏相望焉。闭之，则右刻“山高月小，水落石出”，左刻“清风徐来，水波不兴”，石青糁sǎn之。

船头坐三人，中峨冠而多髯rán者为东坡，佛印居右，鲁直居左。苏、黄共阅一手卷。东坡右手执卷端，左手抚鲁直背。鲁直左手执卷末，右手指卷，如有所语。东坡现右足，鲁直现左足，各微侧，其两膝相比者[⑥]，各隐卷底衣褶中。佛印绝类弥勒，袒胸露乳，矫首昂视，神情与苏、黄不属 shǔ[⑦]。卧右膝，诎 qū 右臂支船[⑧]，而竖其左膝，左臂挂念珠倚之。珠可历历数也[⑨]。

舟尾横卧一楫 jí。楫左右舟子各一人。居右者椎髻仰面，左手倚一衡木[⑩]，右手攀右趾，若啸呼状。居左者右手执蒲葵扇，左手抚炉，炉上有壶，其人视端容寂[⑪]，若听茶声然[⑫]。

其船背稍夷[⑬]，则题名其上，文曰“天启壬戌秋日，虞山王毅叔远甫刻”，细若蚊足，钩画了了[⑭]，其色墨。又用篆章一，文曰“初平山人”，其色丹。

通计一舟，为人五；为窗八；为箬篷，为楫，为炉，为壶，为手卷，为念珠各一；对联、题名并篆文，为字共三十有四。而计其长曾 zēng 不盈寸[⑮]。盖简桃核修狭者为之[⑯]。嘻，技亦灵怪矣哉！

注　释　①径寸之木：直径一寸的木头。径，直径。②为：做。这里指雕刻。③罔不因势象形，各具情态：都能就着木头原来的样子模拟那些东西的形状，各有各的情态。罔不，无不。④贻：赠。⑤有奇：有余。⑥其两膝相比者：他们互相靠近的两膝。比，并。⑦不属：不相类似。⑧诎：通“屈”，弯曲。⑨历历数也：清清楚楚地数出来。⑩衡：通“横”。⑪其人视端容寂：那个人，眼睛正视着（茶炉），神色平静。⑫若听茶声然：好像在听茶水烧开了没有的样子。⑬船背稍夷：船的顶面稍平。夷，平。

⑭了了：清清楚楚。⑮曾不盈寸：还不满一寸。曾，尚，还。盈，满。⑯简：挑选，通“拣”。

赏析 [一件完美的工艺品] 王叔远是明代一位技艺精湛的微雕工艺家。他送给作者的这件工艺品，系用桃核雕刻而成。本文所记的就是这样一件构思巧妙、技法高超的微雕作品，作品的内容即苏东坡游赤壁的故事。

[东坡泛赤壁的故事] 苏东坡于宋神宗元丰二年（1079）被贬到黄州任团练副使。为排遣内心苦闷，多次到黄州城外长江赤鼻矶一带游玩，泛舟江上，写下了著名的《赤壁赋》和《后赤壁赋》。

[着力再现苏文意境] 在《赤壁赋》中，苏轼写出了自己与友人泛舟大江，饮酒赋诗的酣畅；“浩浩乎如冯虚御风，而不知其所止；飘飘乎如遗世独立，羽化而登仙。”这正是雕刻家在其作品——“核舟”中所极力想要再现的意境。通过本文的描述，我们不难判定：他做到了。

[按空间顺序展开介绍] 在对雕刻家及其作品做了一点概括的介绍后，文章将重点落在了对核舟结构及船上人物情态的细致描述上。这一部分是按空间顺序船舱、船头、船尾、船背来展开介绍的。

[逼真细腻的人物情态] 核舟上刻了五个人，分为两个区域。船头三人：东坡居中，佛印居右，鲁直居

左，突出了苏东坡的主人地位。三人情态又各有不同，“苏、黄共阅一手卷”，其举手投足俱有交代，逼真而传神，衣褶、衣褶下靠近的两膝均清晰可辨，足见雕刻技艺的精妙。一句佛印“神情与苏、黄不属”，显出了三人神情、气质、身份的不同。这位胖和尚的“矫首昂视”所表现出来的空灵超然，真切地透射出了苏文中的那种意境。王叔远把这意境雕刻出来了，而魏学洢则把这意境描述出来了。船尾两个舟子，情态也大异其趣。一人大呼小叫，自得其乐；一人专心烧茶，凝神静气。船头、船尾既相互独立，又和谐统一。

［统计数字见奇巧］末段以一连串的统计数字总结全文。人数、器物之多与舟长“不盈寸”形成鲜明对比，自然引出了对工艺家卓越成就的赞叹：“嘻，技亦灵怪矣哉！”

张岱

(1597—1689)字宗子，又字石公，号陶庵。山阴（今浙江绍兴）人，侨寓杭州。清兵南下，入山著书。著有《陶庵梦忆》《西湖梦寻》等。

自题小像

功名耶落空，富贵耶如梦，忠臣耶怕痛，锄头耶怕重，著书二十年耶仅堪覆瓮[①]。之人耶有用没用？

注释 ①覆瓮：覆酒瓮，喻作品没有价值，古人用此多为谦辞。

赏析 [解嘲式的自我解剖] 作者生长于官宦之家，自幼灵隽，功名利禄本为坦途，但遭遇国破家亡，终成一梦。文中通过自嘲的方式，抒发了自己的满腹牢骚，也表现出他与清初社会的格格不入。

湖心亭看雪

崇祯五年十二月[①]，余住西湖。大雪三日，湖中人鸟声俱绝。是日，更gēng定矣[②]，余拿一小舟，拥毳cuì衣炉火[③]，独往湖心亭看雪。雾凇沆hàng砀dàng[④]，天与云与山与水，上下一白[⑤]。湖上影子，惟长堤一痕，湖心亭一点，与余舟一芥jiè，舟中人两三粒而已。到亭上，有两人铺毡对坐，一童子烧酒，炉正沸。见余，大喜曰："湖中焉得更有此人[⑥]！"拉余同饮。余强饮三大白而别[⑦]，问其姓氏，是金陵人，客此。及下船，舟子喃喃曰："莫说相公痴，更有痴似相公者！"

注　释　①崇祯五年：公元1632年。崇祯，明思宗年号。②更定：五更将尽。按古代一夜分为五更，每更大约两小时。③毳衣：用皮毛制成的衣服。④雾凇：湖上水汽凝成的冰花。沆砀：白茫茫的样子。⑤一白：全白。⑥焉得：哪能。⑦白：酒杯，特指罚酒用的酒杯。

赏析　[明代小品文的传世之作] 全文用白描的手法，写作者在西湖乘舟看雪的一次经历，始于孤独寂寞的心境和淡淡的愁绪，结以偶遇知己的喜悦与分别时的惆怅，反映了作者不与世同流合污的品质。全文融叙事、写景、抒情于一体，文笔简练，数量词的运用如一痕、一点、一芥、两三粒等，将天长水阔、万籁无声的寂静气氛，全都传达出来，尤具锤炼的功夫，标志着明代小品文的最高成就。

山水图

祁彪佳

(1602—1645)字虎子，一字弘吉，又字幼文，号世培，别号远山主人。山阴（今浙江绍兴）人，天启壬戌（1622）进士，司理闽中，以苏松巡抚致仕。福王监国，拜大理寺丞，迁右佥都御史，巡抚江南。清军攻陷杭州后，投池水殉难死。有《祁彪佳集》等。

水明廊

园以藏山，所贵者反在于水。自泛舟及园，以为水之事尽，迨循廊而西，曲沼澄泓[1]，绕出青林之下。主与客似从琉璃国而来[2]，须眉若浣，衣袖皆湿，因忆杜老残夜水明句。以廊代楼，未识少陵首肯否[3]？

注释 ①澄泓：澄澈深广。②琉璃：玻璃。③杜老：指唐代诗人杜甫。“残夜水明”句：杜甫《月》：“四更山吐月，残夜水明楼。”首肯：同意。

赏析 [充满诗情画意的廊记] 寓山是作者私家园林，水明廊是园中的一景。文中先提出“园以藏山，其贵在水”的美学见解，紧接着围绕此廊，把园中水面景色逐一显示给读者。湖上湿度大，空气清新，作者想起杜诗名句，为廊起了一个很有诗意的名字。全文极富诗情画意。

山水图

林嗣环

字铁崖，福建晋江人。顺治间（1644－1661）进士，曾因事谪戍边疆，后遇赦放还，客死武林（今浙江杭州）。有《铁崖文集》。

口技

京中有善口技者。会宾客大宴[1]，于厅事之东北角，施八尺屏障[2]，口技人坐屏障中，一桌、一椅、一扇、一抚尺而已。众宾团坐。少顷，但闻屏障中抚尺一下，满坐寂然[3]，无敢哗者。

遥闻深巷中犬吠，便有妇人惊觉欠伸[4]，其夫呓 yì 语[5]。既而儿醒，大啼。夫亦醒。妇抚儿乳[6]，儿含乳啼，妇拍而呜之。又一大儿醒，絮絮不止[7]。当是时，妇手拍儿声，口中呜声，儿含乳啼声，大儿初醒声，夫叱大儿声，一时齐发[8]，众妙毕备[9]。满坐宾客无不伸颈，侧目[10]，微笑，默叹，以为妙绝。

未几，夫齁 hōu 声起，妇拍儿亦渐拍渐止。微闻有鼠作作索索，盆器倾侧，妇梦中咳嗽。宾客意少舒[11]，稍稍正坐。

忽一人大呼“火起”，夫起大呼，妇亦起大呼。两儿齐哭。俄而百千人大呼[12]，百千儿哭，百千犬吠。中间 jiàn 力拉崩倒之声[13]，火爆声，呼呼风声，百千齐作；又夹百千求救声，曳 yè 屋许许 hǔ 声[14]，抢夺声，泼水声。凡所应有，无所不有[15]。虽人有百手[16]，手有百指，不能指其一端[17]；人有百口，口有百舌，不能名其一处也[18]。于是宾客无不变色离席，奋袖出臂[19]，两股战战[20]，几 jī 欲先走[21]。

忽然抚尺一下，群响毕绝。撤屏视之，一人、一桌、一椅、一扇、一抚尺而已。

注　释　①会：适逢，正赶上。②施：设置，安放。③满坐寂然：全场静悄悄的。坐，通“座”。④欠伸：打呵欠，伸懒腰。⑤呓语：说梦话。⑥乳：作动词用，喂奶。⑦絮絮：连续不断地说话。⑧一时：同一时候。⑨众妙毕备：各种妙处都具备，意思是各种声音都摹仿得极像。毕，全，都。⑩侧目：偏着头看，形容听得入神。⑪意少舒：心情稍微放松了些。少，稍微。舒，伸展、松弛。⑫俄而：一会儿。⑬间：夹杂。⑭曳屋许许声：（众人）拉塌（燃烧着的）房屋时一齐用力的呼喊声。曳，拉。许许，拟声词。⑮凡所应有：凡是（在这种情况下）应该有的（声音）。⑯虽：即使。⑰不能指其一端：不能指明其中的（任何）一种声音。⑱名：作动词用，说出。⑲奋袖出臂：扬起袖子，露出手臂。奋，扬起，举起。⑳股：大腿。战战：哆嗦的样子。㉑几：几乎，差点儿。

赏析 [民间绝技的传神记录] 口技表演，本是我国民间绝技之一。本文中，表演者模仿各种不同的声音，异常逼真地模拟出一组有张有弛、连续曲折的生活场景，表现出了我国民间艺人技艺的高超。但更高超的是作者林嗣环以文字来记叙声音而能曲尽其妙引人入胜，是一篇描写声音的不朽杰作。

[正面描写] 文章以正面描写为主，描绘表演者所模拟的各种声音。以声音展现出四口之家的三个场景："梦中惊醒""渐复入睡""深夜火警"，无不惟妙惟肖，使读者如见其人，如闻其声。三个场景又相互连贯，形成一个起伏变化的整体。

[侧面描写] 文中侧面描写较为简略，但紧紧抓住表演者模拟的声音在听众心理上产生的反应来写，作用在渲染烘托，表现表演者技艺的高超。表演前，"但闻屏障中抚尺一下，满坐寂然，无敢哗者"，表现了听众的热切期待。第一个场景中，"伸颈，侧目，微笑，默叹"表现了听众入神静听，叹服的神态。待到表演由动转静，听众"意少舒，稍稍正坐"，随着表演的进行而起伏变化。"深夜火警"写得最妙。火灾现场纷繁热闹的各种声响在听众的心理上造成了巨大的反响，紧张恐

怖的气氛使听众忘记了这只是模拟的声音，“无不变色离席，奋袖出臂，两股战战，几欲先走”。

[张弛有度] 文中所描写的口技，既不是平铺直叙的一条直线，也不是由低到高的山峰，而是曲折有致、张弛有度。表演开始后，声响由远及近，由小到大，由少而多，这是“张”。又从闹入静，连老鼠的活动都能听见，这是“弛”，也是为即将到来的高潮蓄势。“忽一人大呼‘火起’”，再转入“张”，高潮出现。就在听众以假为真的当口，“群响毕绝”，表演戛然而止，正是恰到好处。

[巧用道具] 口技表演的道具很简单，“一桌、一椅、一扇、一抚尺而已”。而这些简单的道具，经过表演者的巧用，达到了很好的效果。再经林嗣环的反复渲染，强调听众所听到的各种场面、各种声响，仅仅是凭这些简单的道具完成的，丝毫没有借助外物，靠的就是一张嘴，给读者留下了深刻的印象，突出了表演者高超精湛的技艺。

侯方域

（1618—1655）字朝宗，河南商丘人。明末与方以智、陈贞慧、冒襄齐名，称“四公子”。入清后曾应河南乡试，中副榜。文与魏禧、汪琬齐名，称“清初三家”，有《壮悔堂文集》。

马伶传[1]

马伶者，金陵梨园部也[2]。金陵为明之留都[3]，社稷百官皆在，而又当太平盛时，人易为乐，其士女之问桃叶渡、游雨花台者[4]，趾相错也[5]。梨园以技鸣者，无论数十辈，而其最著者曰二，曰兴化部，曰华林部。

一日，新安贾合两部为大会[6]，遍征金陵之贵客文人，与夫妖姬静女[7]，莫不毕集。列兴化于东肆，华林于西肆。两肆皆奏《鸣凤》[8]，所谓椒山先生者[9]。迨dài半奏，引商刻羽，抗坠疾徐[10]，并称善也。当两相国论河套[11]，而西肆之为严嵩相国者曰李伶，东肆则马伶。坐客乃西顾而叹，或大呼命酒，或移坐更近之，首不复东。未几更进[12]，则东肆不复能终曲，询其故，盖马伶耻出李伶下，已易衣遁dùn矣。马伶者，金陵之善歌者也，既去，而兴化部又不肯辄易之，乃竟辍其技不奏[13]，而华林部独著。

去后且三年而马伶归，遍告其故侣，请于新安贾曰："今日幸为开宴，招前日宾客，愿与华林部更奏鸣凤，奉一日欢。"既奏，已而论河套，马伶复为严嵩相国以出。李伶忽失声，匍匐前称弟子[14]。兴化部是日遂凌出华林部远甚[15]。

其夜，华林部过马伶曰[16]："子，天下之善技也，然无人以易李伶；李伶之为严相国至矣，子又安从授之而掩其上哉[17]？"马伶曰："固然，天下无以易李伶，李伶即又不肯授我。我闻今相国昆山顾秉谦者[18]，严相国俦 chóu 也[19]。我走京师，求为其门卒三年，日侍昆山相国于朝房，察其举止，聆 líng 其语言，久而得之，此吾之所为师也。"华林部相与罗拜而去。马伶，名锦，字云将，其先西域人，当时犹称马回回云[20]。

侯方域曰：异哉，马伶之自得师也。夫其以李伶为绝技，无所干求[21]，乃走事昆山，见昆山犹之见分宜也[22]，以分宜教分宜，安得不工哉？呜乎！耻其技之不若，而去数千里，为卒三年，倘三年犹不得，即犹不归尔。其志如此，技之工又须问耶？

注　释　①马伶：姓马的演员。②金陵：今南京。梨园：演剧的处所。③留都：古代王朝迁都后，在旧都常设官留守，称留都。④桃叶渡：在南京秦淮河上。因晋朝王献之作歌送其妾桃叶于此渡河而得名。雨花台：南京城南的一个土丘，现为烈士陵园。⑤趾：

脚趾。错：交错。⑥新安：徽州别名。今安徽省歙县。贾：商人。⑦妖姬：美艳的妇人。静女：处女，未出嫁的淑女。⑧鸣凤：《鸣凤记》剧本。⑨椒山：杨继盛，字仲芳，号椒山，明朝容城（今属河北）人。⑩引商刻羽：按曲调歌唱。抗坠疾徐：高低快慢。⑪两相国：陕西总督曾铣、谨身殿大学士严嵩。河套：指黄河从宁夏城到陕西府谷的一段。⑫未几：没多久。更进：继续演。⑬辍：中止，停止。⑭匍匐：伏在地上爬行。⑮凌出：超出。⑯过：拜访。⑰安从：从哪里。⑱昆山：即今江苏昆山市。顾秉谦：昆山人。⑲俦：同类。⑳回回：回族。㉑干：求取。㉒分宜：指严嵩，他是分宜（今属江西省）人。

赏析 [故事情节引人入胜] 两大戏班（兴化部和华林部）饰同一角色（《鸣凤记》的相国严嵩）的两个名角儿（马伶和李伶）比高低，三年前马老板不如李老板，三年后李老板不如马老板。更有趣的是，马老板别来并没有闭门练功，却改行去相国衙门当了三年看门人！

[艺人必须体验生活] 这篇人物传，有太多的寓言小说气味。事不必真，而寓意颇深。对于文艺家来说，生活是唯一源泉。向书本学，向师父学，总不如向生活学。马老板悟到他不如李老板，乃在于不熟悉人物，也

就是缺乏生活基本功，因此他要补课。马老板当看门人就是“体验生活”。

[不动声色的讽刺] 马老板所事相国，乃当朝宰相顾秉谦，文称“严相国俦也”，说见顾等于见严。这又是顺手一击，贬顾于不动声色，文笔堪称老辣。

周容

(1619—1679)字茂三，鄞县(今浙江宁波)人。明诸生。明亡后，一度剃度为僧，不久以母在还俗。康熙时(1662—1722)拒荐应博学鸿词科。有《春酒堂文集》。

芋老人传

芋老人者，慈水祝渡人也。子佣出，独与妪 yù 居渡口①。一日，有书生避雨檐下，衣湿袖单，影乃益瘦。老人延入坐，知从郡城就童子试归。老人略知书，与语久，命妪煮芋以进。尽一器，再进，生为之饱，笑曰："他日不忘老人芋。"雨止，别云。

十余年，书生用甲第为相国②，偶命厨者进芋，辍 chuò 箸 zhù③叹曰："何向者祝渡老人之芋之香而甘也！"使人访其夫妇，载以来。丞、尉闻之，谓老人与相国有旧，邀见讲钧礼，子不佣矣。

至京，相国慰劳曰："不忘老人芋，今乃烦尔妪一煮芋也。"已而妪煮芋进，相国亦辍箸曰："何向者之香而甘也！"老人前曰："犹是芋也，而向之香且甘者，非调和之有异，时、位之移人也。相公昔自郡城走数十里，困于雨，不择食矣；今日堂有炼珍④，朝分尚食，张筵列鼎，尚何芋是甘乎？老人犹喜相公之止于芋也。老人老矣，所闻实多：村南有夫妇守贫者，织纺井臼 jiù，佐读勤苦，幸获名成，遂宠妾媵 yìng，弃其妇，致郁郁死，是芋视乃妇也。城东有甲乙同学者，一砚，一灯，一窗，一榻，晨起不辨衣履，乙先得举，登仕路，闻甲落魄，笑不顾，交以绝，是芋视乃友也。更闻谁氏子，读书时，愿他日得志，廉干如古人某，忠孝如古人某，乃为吏，以污贿不饬 chì 罢[⑤]，是芋视乃学也。是犹可言也；老人邻有西塾，闻其师为弟子说前代事，有将、相，有卿、尹，有刺史、守、令，或绾 wǎn 黄纡 yū 紫[⑥]，或揽辔 pèi 褰 qiān 帷[⑦]，一旦事变中起，衅 xìn 孽 niè 外乘[⑧]，辄屈膝叩首迎款[⑨]，惟恐或后[⑩]，竟以宗庙、社稷、身名、君宠，无不同于芋焉。然则世之以今日而忘昔日者，岂独一箸间哉！”

老人语未毕，相国遽 jù 惊[⑪]，谢曰[⑫]：“老人知道者[⑬]！”厚资而遣之。于是芋老人之名大著。

赞曰：老人能于倾盖不意作缘相同，奇已！不知相国何似，能不愧老人之言否？然就其不忘一芋，固已贤夫并老人而芋视之者。特怪老人虽知书，又何长于言至是，岂果知道者欤？或传闻之过实耶？嗟 jiē 夫！天下有缙绅士大夫所不能言，而野老鄙夫能言者，往往而然。

注 释 ①妪：老年妇女的通称，这里指芋老人的妻子。②用甲第为相国：因科举第一做了宰相。用，因。③辍箸：停下筷子。④炼珍：精美的食品。⑤以污贿不饬罢：因为贪污受贿不检点而罢官。饬，谨慎。⑥或绾黄纡紫：有的系着金印，有的结着紫色绶带。⑦或揽辔褰帷：有的骑着高头大马，有的乘着华贵的车子。⑧衅孽外乘：内部发生争端和丑行，外敌乘机入侵。⑨款：顺服。⑩惟恐或后：只恐落在别人后面。⑪遽：立即。⑫谢：道歉。⑬老人知道者：老人是懂得高深道理的人。知，明白，懂得。道，道理。

赏析 [以食芋故事说明“时位之移人”] 周容乃明朝遗老，明亡后因不愿做清朝的官而一度削发为僧。这样一位远离世俗的人在这篇文章中借芋老人与相国之间关于食芋的故事来说明时间、地位的变化使人改变的道理，揭露讽刺了那些因得志而忘妇、忘友、忘学、忘国等势利之徒。

[施一芋引出下文] 第一段是故事的开端。交代芋老人家庭境况，点明其家居渡口，这是与书生偶遇的条件。一位书生在老人家屋檐下避雨，老人请他入坐，表明了老人知书识理，为后文能说出那么一番深刻道理埋下伏笔；招待书生食芋，“尽一器，再进，生为之饱”，说明老人热情慷慨。书生的感激之情从一句“他日不忘老人芋”得以表露，引出了日后故事。

[食不甘味想起老人] 当年韩信不忘漂母一饭之恩，传出人间一段佳话。文中这位书生却显然不是今日之韩信。昔日书生，今日相国，因终日美食而食不甘味，这

才想起当年那芋的香甜，想起老人："何向者祝渡老人之芋之香而甘也！"

[以芋喻理，老人论尽世态] 记忆中的芋是那样香甜，可同样是老妪做的芋，当年"尽一器，再进"，如今却"辍箸"，再次发出"何向者之香而甘也"的感叹，从而引发老人的一番议论："非调和之有异，时、位之移人也。"这是全文的中心。一个并不复杂的道理，非由读圣贤书的书生、执权柄的相国说出，而是由一位寒微的老人从寻常小事中生发而出。老人举了四个事例来证明论点：第一例是得了功名而抛弃妻子；第二例是登上仕途而忘了同学；第三例是因贪贿而忘了廉耻；第四例是为个人权禄而忘了国家。相比于以上四种人，相国的"忘芋"算是好的了。

[相国深受震动] 芋老人的一番议论，写尽了人间忘旧者。相国震动很大，"遽惊，谢曰：'老人知道者！'"看来，相国还不是无可救药之人。

[尾段议论阐明立篇之意] "赞曰"一段是沿用司马迁《史记》旧例，对上文引述的故事发表自己的看法，用以阐明立篇之意。有四层意思：一是指出芋老人与相国结缘纯属偶然，二是担心相国能否"不愧老人之言"，三是对传闻的真实性表示疑问，最后感慨："天下有缙绅士大夫所不能言，而野老鄙夫能言者，往往而然。"从小事而明哲理，耐人寻味。

魏禧

(1624—1681) 字叔子，江西宁都人。明末诸生。与兄际瑞、弟礼俱有文名，时称“宁都三魏”。入清后绝意仕进，隐居故乡翠微峰。有《魏叔子集》。

大铁椎传

大铁椎，不知何许人，北平陈子灿省兄河南，与遇宋将军家。

宋，怀庆青华镇人[①]，工技击[②]，七省好事者皆来学，人以其雄健，呼宋将军云。宋弟子高信之，亦怀庆人，多力善射，长子灿七岁，少同学，故尝与过宋将军。

时座上有健啖客，貌甚寝[③]，右胁夹大铁椎，重四五十斤，饮食拱揖不暂去。柄铁折叠环复，如锁上练，引之长丈许。与人罕言语，语类楚声[④]。扣其乡及姓字，皆不答。

既同寝，夜半，客曰：“吾去矣！”言讫不见。子灿见窗户皆闭，惊问信之。信之曰：“客初至，不冠不袜，以蓝手巾裹头，足缠白布，大铁椎外，一物无所持，而腰多白金。吾与将军俱不敢问也。”子灿寐而醒，客则鼾睡炕上矣。

一日，辞宋将军曰："吾始闻汝名，以为豪，然皆不足用。吾去矣！"将军敢留之，乃曰："吾数击杀响马贼[5]，夺其物，故仇我。久居，祸且及汝。今夜半，方期我决斗某所。"宋将军欣然曰："吾骑马挟矢以助战。"客曰："止！贼能且众，吾欲护汝，则不快吾意。"宋将军故自负，且欲观客所为，力请客。客不得已，与偕行。将至斗处，送将军登空堡上，曰："但观之，慎弗声，令贼知也。"

时鸡鸣月落，星光照旷野，百步不见人。客驰下，吹觱篥 bìlì 数声[6]。顷之，贼二十余骑四面集，步行负弓矢从者百许人。一贼提刀突奔客，客大呼挥椎，贼应声落马，马首裂。众贼环而进，客奋椎左右击，人马仆地，杀三十许人。宋将军屏息观之，股栗欲堕[7]。忽闻客大呼曰："吾去矣！"尘滚滚东向驰去，后不复至。

注释 ①怀庆：清代府名，治所在今河南省沁阳市。②技击：指搏击对打的武艺。③寝：丑陋。④楚声：湖北、湖南一带的口音。⑤响马贼：旧时对聚众劫掠者的称呼。⑥觱篥：笳管，一种号角类乐器。出自龟兹，传入内地。⑦股栗：双腿颤抖。

赏析 [这篇文章的主要人物] 侠士不知姓字，无以名之，即以所操器械为名。本文涉及人物虽多，主要人物除大铁椎外，宋将军一人而已。宋将军也不是什么将军，而是一工技击之武林高手，人称宋将军云。

[写法上有主有从] 大铁椎语宋将军："吾始闻汝名，以为豪，然皆不足用，吾去矣！"临去与响马贼决斗一场，绘声绘色，是文中主笔。宋初欲助战，为大铁椎回绝，道是"贼能且众，吾欲护汝，则不快吾意"。及斗，宋屏息观战，股栗欲堕。就人事而言，宋是主，大铁椎是宾；而就传文而言，大铁椎为主，宋为宾。主宾陪衬，笔触遂厚。

[这篇文章的意蕴] 大铁椎无来龙，无去脉，实一神秘人物。为之立传，意蕴有二：一即"强中更有强中手"；二即"何代无英才，遗之在草泽"，由此可发一叹。

王士禛

（1634－1711）字子真，一字贻上，号阮亭，又号渔洋山人，新城（今山东桓台）人。顺治十五年（1658）进士。历扬州府推官、礼部主事、刑部尚书。后因事革职。诗宗唐人，倡导神韵。著作甚富，名重一时。有《带经堂全集》。

进士不读《史记》

宋荔裳方伯在塾读书时①，有岸然而来者，则一老甲榜也②。问小儿读何书？以《史记》对。问："何人所作？"曰："太史公③。"问："太史公是何科进士？"曰："汉太史，非今进士也。"遂取书阅之，不数行辄弃去，曰："亦不见佳，读之何益？"乃昂然而去。

注　释　①宋荔裳：宋琬，号荔裳，清代散文家。方伯：明清人对布政使的称谓。②甲榜：清代科举中进士的别称。③太史公：指司马迁。

王士禛放鹏图

赏析 [为一个孤陋寡闻的读书人画相] 明清两代科举考试中须用八股文体作文章，文章题目从四书中来，文义须以朱熹的集注为准。一些读书人终其一生只在钦定的几部书里讨生活，孤陋寡闻到不知《史记》为何书，不知太史公为何人。这篇文章就刻画了这样一个颟顸而又大言不惭的读书人的形象，惟妙惟肖。

蒲松龄

(1640－1715)字留仙，一字剑臣，号柳泉，淄川(今山东省淄博市淄州区)人。屡试不第，七十一岁始成贡生。教书为业。著文言短篇小说集《聊斋志异》等。

红毛毡

《聊斋志异》

红毛国旧许与中国相贸易[1]。边帅见其众[2]，不许登岸。红毛人固请赐一毡地足矣。边帅思一毡所容无几，许之。其人置毡岸上但容二人；拉之容四五人；且拉且登，顷刻毡大亩许，已数百人矣。短刃并发，出于不意，被掠数里而去。

注　释　①红毛国：明代人对荷兰的俗称。②边帅：守边的将领。

赏析　[一种象征性讽喻]荷兰曾在明末一度侵占我国台湾的不少沿海城镇，并在沿海地区骚扰，或借贸易之名，行劫掠之实。能拉扯成数亩地之大的毡毯显然是荒诞性虚构，对于殖民者的无孔不入，却是一种象征性的讽喻。

骂鸭

《聊斋志异》

邑西白家庄居民某，盗邻鸭烹之。至夜，觉肤痒。天明视之，茸生鸭毛[①]，触之则痛。大惧，无术可医。夜梦一人告之曰："汝病乃天罚。须得失者骂，毛乃可落。"而邻翁素雅量[②]，生平失物，未尝征于声色[③]。某诡告翁曰："鸭乃某甲所盗。彼甚畏骂焉，骂之亦可警将来。"翁笑曰："谁有闲气骂恶人。"卒不骂。某益窘，因实告邻翁。翁乃骂，其病良已[④]。异史氏曰："甚矣，攘者之可惧也[⑤]：一攘而鸭毛生！甚矣，骂音之宜戒也：一骂而盗罪减！然为善有术，彼邻翁者，是以骂行其慈者也。"

注　释　①茸生：细毛丛生。②雅量：度量宽宏。③征：表露。④良已：完全痊愈。⑤攘：窃取。

赏析　[一则别致的惩恶扬善故事] 这个惩恶扬善故事的别致在于，作者设置了一个矛盾：一个窃贼的罪与罚可因失主的谩骂而得到抵销，而失主偏偏宽大使其不能抵销，迫使窃贼不得不坦白他的罪行。最后作者说："甚矣，骂音之宜戒也：一骂而盗罪减。"使得这个故事更富哲理意味。

狼

《聊斋志异》

一屠晚归，担中肉尽，止有剩骨①。途中两狼，缀zhuì行甚远②。

屠惧，投以骨③。一狼得骨止，一狼仍从。复投之，后狼止而前狼又至。骨已尽矣，而两狼之并驱如故④。

屠大窘jiǒng⑤，恐前后受其敌⑥。顾野有麦场⑦，场主积薪其中，苫shàn蔽成丘⑧。屠乃奔倚其下，弛担持刀⑨。狼不敢前，眈dān眈相向⑩。

少shǎo时，一狼径去⑪，其一犬坐于前⑫。久之，目似瞑míng⑬，意暇xiá甚⑭。屠暴起⑮，以刀劈狼首，又数刀毙之。方欲行，转视积薪后，一狼洞其中⑯，意将隧入以攻其后也⑰。身已半入，止露尻kāo尾⑱。屠自后断其股，亦毙之。乃悟前狼假寐mèi⑲，盖以诱敌。

狼亦黠矣⑳，而顷刻两毙，禽兽之变诈几何哉㉑？止增笑耳。

注释 ①止：通“只”。②缀行甚远：紧跟着走了很远。缀，紧跟。③投以骨：就是“以骨投之”。④两狼之并驱如故：两只狼像原来一样一起追赶。并，一起。故，旧，原来。⑤窘：困窘急迫。⑥恐：恐怕，担心。敌：敌对，这里是胁迫、攻击的意思。⑦顾：看，看见。⑧苫蔽成丘：覆盖成小山似的。

⑨弛：放松，这里指卸下。⑩眈眈相向：瞪眼朝着（屠户）。眈眈，注视的样子。⑪径去：径直走开。⑫犬坐于前：像狗似的蹲坐在前面。⑬瞑：闭眼。⑭意暇甚：神情悠闲得很。意，这里指神情、态度。暇，空闲。⑮暴：突然。⑯洞其中：在其中打洞。洞，这里作动词。其，指柴堆。⑰隧：这里作动词，钻洞的意思。⑱尻：屁股。⑲假寐：原意是不脱衣服小睡，这里是假装睡觉的意思。寐，睡觉。⑳黠：狡猾。㉑禽兽之变诈几何哉：禽兽的欺骗手段能有多少啊。变诈，作假、欺骗。几何，多少。

赏析 [不谈鬼狐却话狼] 蒲松龄的文言短篇向以谈狐说鬼见长，但本文却与鬼怪无关，不过是写了两只狡猾的狼。《聊斋志异》中以“狼”为题的故事有三则，这是第二则，记叙了一个屠户与两只狼之间斗智斗勇的全过程。虽仅寥寥202字，却包含了丰富的内容。分两个部分。第一部分是叙事：屠户遇狼、惧狼、御狼、杀狼，表现屠户和狼的斗争。第二部分是议论：讽喻像狼一样的恶人，无论怎样狡诈，终归是要失败的。

[遇狼] 故事一开始就渲染出一种紧张恐怖的气氛：一位卖完肉回家的屠户，两只颇有耐心的恶狼，在杳无人迹的路上相遇。天色已晚，屠户如何是好。

[惧狼] 肉卖完了，骨头还有。屠户“投以骨”，想

的是狼能“得骨止”。算盘打得不错，但狼贪婪的本性岂是几根骨头能够打发的。“骨已尽矣，而两狼之并驱如故”。屠户面临极大的危险，紧张极了，恐惧极了。

[对峙] 人说“情急智生”，对眼前这位屠户来说可一点也不假。在恶狼的追迫之下，屠户居然找到了一座可供据守的工事——柴草堆，“弛担持刀”，不再担心腹背受敌，只须专心防守当面。两狼虽不肯放弃到嘴的美味，却也暂时奈何不得，只好“眈眈相向”。紧张的局势得以缓解。

[杀狼] 屠户与两狼对峙，看起来谁也奈何不得谁。实则双方暗中正在斗智。一只狼径直离去，似乎已经放弃。另一只狼也“犬坐于前”，闭目养起神来。一直细心观察的屠户抓住这一转机，当机立断，“暴起，以刀劈狼首，又数刀毙之”。威胁既除，赶紧跑吧。不料，“转视积薪后，一狼洞其中”，原来是想从背后偷袭。至此，恶狼的奸诈狡猾暴露无遗。不过，再狡猾也是枉然，“亦毙之”。

[写狼原是写人] “机关算尽太聪明，反误了卿卿性命。”正是本文中两只貌似聪明的恶狼的真实写照。蒲松龄写的难道仅仅是狼么？

孔尚任

(1648－1718) 字聘之，一字季重，号东塘，又号云亭山人，山东曲阜人。因御前讲经而受康熙赏识，授国子博士。官至户部员外郎。曾奉命赴淮阳疏浚黄河口，遍游东南胜地。后因作《桃花扇》被削职。有《湖海集》。

哀江南

《桃花扇》

［哀江南·北新水令］山松野草带花挑，猛抬头秣陵重到。残军留废垒，瘦马卧空壕。村郭萧条，城对着夕阳道。

［驻马听］野火频烧，护墓长楸 qiū 多半焦[①]。山羊群跑，守陵阿监几时逃[②]。鸽翎蝠粪满堂抛，枯枝败叶当阶罩。谁祭扫，牧儿打碎龙碑帽。

［沉醉东风］横白玉八根柱倒，堕红泥半堵墙高，碎琉璃瓦片多，烂翡翠窗棂少，舞丹墀 chí 燕雀常朝[③]，直入宫门一路蒿，住几个乞儿饿殍。

［折桂令］问秦淮旧日窗寮，破纸迎风，坏槛当潮，目断魂消。当年粉黛，何处笙箫[④]？罢灯船端阳不闹，收酒旗重九无聊。白鸟飘飘，绿水滔滔，嫩黄花有些蝶飞，新红叶无个人瞧。

［沽美酒］你记得跨青溪半里桥，旧红板没一条。秋水长天人过少，冷清清的落照，剩一树柳弯腰。

［太平令］行到那旧院门，何用轻敲，也不怕小犬哰 láo 哰[5]。无非是枯井颓巢，不过些砖苔砌草。手种的花条柳梢，尽意儿采樵，这黑灰是谁家厨灶？

［离亭宴带歇指煞］俺曾见金陵玉殿莺啼晓，秦淮水榭花开早，谁知道容易冰消。眼看他起朱楼，眼看他宴宾客，眼看他楼塌了。这青苔碧瓦堆，俺曾睡风流觉，将五十年兴亡看饱。那乌衣巷不姓王，莫愁湖鬼夜哭，凤凰台栖枭鸟。残山梦最真，旧境丢难掉，不信这舆图换稿[6]。诌一套《哀江南》，放悲声唱到老。

注释 ①楸：楸树，这里泛指乔木。②阿监：太监。③丹墀：群臣朝见天子之处，以红漆涂阶，故谓丹墀。④当年粉黛，何处笙箫：指昔时歌妓踪影难寻。⑤哰哰：犬吠声。⑥舆图换稿：即江山易主。舆图，地图。

赏析 ［本篇录自《桃花扇·余韵》］《桃花扇》是一出写南明亡国的历史剧，是孔尚任历时十年而成的杰作，全剧以复社文人侯方域同秦淮名妓李香君的悲欢离合为线索，而用意在于借离合之情写兴亡之感，并试图总结明朝兴亡的历史经验，为当代提供借鉴。全剧共四十出，《余韵》是最后的一出，通过苏昆生、柳敬亭和老赞礼在龙潭江畔的感慨悲歌，对南明的覆灭做沉痛的历史回顾，感伤之至，强调了剧本的主题。苏、柳二人原是阮大铖的门客，后从复社文人《留都防乱揭》得知阮是魏阉党羽，即拂衣而去。明亡后，他们宁肯归隐渔樵，也不愿做清朝的顺民，是正义感很强、颇具民族气节的下层人物。

［这套曲的内容］由苏昆生唱的《哀江南》一套共七曲，是《余韵》着力之所在。曲写苏昆生在阔别南京三年后，忽然高兴，进城卖柴，发现故都面目全非，到处是兵燹痕迹，战争创伤。回思往事，如昨梦前尘，不禁长歌当哭。曲以弋阳腔演唱，慷慨苍凉，发无穷沧桑之感。

［“北新水令”写重到南京第一印象］夕阳下山，村郭萧条。“秣陵”是南京旧称，战国时楚威王埋金其地，称“金陵”，秦时改称“秣陵”。“残军留废垒，瘦马卧空壕”，把南京城外景色，写得沙场般凄凉，战争留下的工事尚未拆除，而一二瘦马躺卧其间，使人联想到古乐府中“骁骑战斗死，驽马徘徊鸣”的悲凉场面。

［“驻马听”写明孝陵遭到破坏的情况］明孝陵是明朝开国皇帝朱元璋的陵寝，座落在南京紫金山南麓，是块风水宝地。这里已不见了昔日守陵的太监，庄严肃穆的气氛荡然无存。苏昆生眼中看到的情景是，护墓的树木有的居然被野火烧焦，墓地居然成了放羊的牧场，享殿檐角长草，堂上满是鸽翎蝠粪、枯枝败叶，最荒唐

的，是御制的碑上那雕有龙纹的碑额也被牧儿打碎了。这一切告诉人们，眼下已经改朝换代了，前朝的痕迹正在迅速消失。

[“沉醉东风”写明代故宫墙倒宫塌的情景]“白玉”“红泥”“琉璃”“翡翠”“丹墀”这些富丽华美的名物，与“横”“堕”“碎”“烂”等破坏性动词组在一起，对比强烈，令人触目惊心，感慨无端。尤其是“直入宫门一路蒿，住几个乞儿饿殍”，蒿莱、乞儿与“宫门”搭界，更让人感到不相伦类，读来不是个滋味儿。

[“折桂令”写秦淮河的变迁]秦淮河过去灯红酒绿，是个销金窝，其“旧日窗寮”装修之华美不言可知，而眼前是“破纸迎风，坏槛当潮”，令人“目断魂消”。“当年粉黛”二句互文，是说当年秦淮河歌妓成阵，处处笙箫，而今歌妓又在何处？笙箫又在何处？端阳节的龙舟赛事早已停了，重阳节登高的风气也待恢复，人事的萧条使得多少家酒店关闭啊。一个朝代消失了，一个朝代刚刚兴起，这时最容易感到世事的沧桑。

[“沽美酒”“太平令”二曲写苏、柳等人当年熟游的长桥戏院认不出过去的面目]长桥已无片板，旧院剩下一堆瓦砾。长桥的撂荒，是因为少有人过，旧日红板恐怕已和作者手种的花条柳梢一样，做了附近人家的柴火。旧院的破败，是因为无人居住，当然进去也不用敲门，更不用提防有狗而轻轻敲门——然而多么希望能听

到狗叫几声啊，可惜一片寂静。只有冷清清的落照，笼罩着这旧院长桥。

［“离亭宴带歇指煞”是总吊明朝的覆灭］先承上回忆明故宫和秦淮河极盛之时，以“莺啼晓”“花开早”一派春晓光景，象征国家的繁荣昌盛，继以“谁知道容易冰消”一句抹倒。紧接三排句又是两句写盛，一句写衰，反复唱叹，三个“眼看他”，意味着从盛到衰之快，正是“其兴也勃焉，其亡也忽焉”。这些感慨结合着角色自身经历，变得更加真切，更加感人——“这青苔碧瓦堆，俺曾睡风流觉（谓狎妓），将五十年兴亡看饱。”紧接一组鼎足对——“乌衣巷不姓王，莫愁湖鬼夜哭，凤凰台栖枭鸟”，将今昔盛衰之意说够。正是人生如梦，而过去的一切，偏偏又记忆犹新，叫人不相信地图真的改变了颜色，江山真的改换了主人，自己真的成了遗民，然而又不得不相信。所以最后只得长歌当哭，隐逸山林，了此残生。

［这套曲的艺术魅力］本套七曲写明代遗民的黍离麦秀之悲，从明孝陵、明故宫、秦淮河、旧行院等几个角度，前分后总，反反复复，多用铺陈排比的句法，将家国兴亡的沉痛感伤，倾吐得淋漓尽致。《余韵》有一首由柳敬亭唱的［秣陵秋］，以弹词形式，采用七言流水句，对导致国家覆亡的原因做了一番反思——如云“院院宫妆金翠镜，朝朝楚梦雨云床（此刺福王）”“指

马（此刺马士英）谁攻秦相诈，入林都畏阮生（指阮大铖）狂”等等，偏重理性的批判；此套不更重复，乃集中笔力，专写亡国之痛和幻灭之感，故更为纯情，也更为动人，作为全剧的尾声，是饶有“余韵”的。

方苞

（1668—1749）字灵皋，号望溪。安徽桐城人。康熙间（1662—1722）进士。以《南山集》案入狱，后得赦，命入值南书房。雍正时为一统志馆总裁、皇清文颖馆副总裁。乾隆时官礼部右侍郎。文主义法，为桐城派创始人。有《方望溪先生全集》。

左忠毅公逸事[1]

先君子尝言[2]，乡先辈左忠毅公视学京畿 jī[3]，一日风雪严寒，从数骑出微行，入古寺，庑 wǔ 下一生伏案卧[4]，文方成草；公阅毕，即解貂覆生为掩户。叩之寺僧，则史公可法也。及试，吏呼名至史公，公瞿 jù 然注视[5]，呈卷，即面署第一。召入，使拜夫人，曰："吾诸儿碌碌，他日继吾志者，唯此生耳。"

及左公下厂狱[6]，史朝夕狱门外；逆阉 yān 防伺甚严[7]，虽家仆不得近。久之，闻左公被炮烙，旦夕且死；持五十金，涕泣谋于禁卒，卒感焉。一日，使史更 gēng 敝衣草屦 jù[8]，背筐，手长镵 chán[9]，为 wèi 除不洁者[10]，引入，微指左公处[11]。则席地倚墙而坐，面额焦烂不可辨，左膝以下筋骨尽脱矣。史前跪抱公膝而呜咽，公辨其声而目不可开，乃奋臂以指拨眦 zì[12]，目光如炬，怒曰："庸奴[13]，此何地也？而汝来前！国家之事糜烂至此，老夫已矣，汝复轻身而昧 mèi 大义，天下事谁可支拄者！不速去，无俟 sì 奸人构陷[14]，吾今即扑杀汝！"因摸地上刑械，作投击势。史噤不敢发声，趋而出。后常流涕述其事以语人，曰："吾师肺肝，皆铁石所铸造也。"

崇祯末[15]，流贼张献忠出没蕲 qí 黄潜桐间[16]，史公以凤庐道奉檄 xí 守御[17]。每有警，辄数月不就寝，使壮士更休，而自坐幄 wò 幕外。择健卒十人，令二人蹲踞而背倚之，漏鼓移[18]，则番代。每寒夜起立，振衣裳，甲上冰霜迸落。铿然有声。或劝以少休，公曰："吾上恐负朝廷，下恐愧吾师也。"史公治兵，往来桐城，必躬造左公第，候太公、太母起居[19]，拜夫人于堂上。

吾宗老涂山[20]，左公甥也，与先君子善，谓狱中语，乃亲得之于史公云。

注　释　①左忠毅公：即左光斗（1575—1625），字遗直，桐城（今属安徽）人。逸事：指史书上没有记载的人物事迹。②先君子：对过世的父亲的敬称，指其父方仲舒。③京畿：京城辖区。④庑：廊下小屋。⑤瞿然：瞪大眼睛惊视。⑥厂：指明代的特务机关"东厂"，由太监掌管。⑦阉：阉党。此指魏忠贤及其党羽。⑧更：换。敝衣：破旧衣服。屦：鞋。⑨镵：一种掘土工具。⑩为：通"伪"，假装。⑪微：暗暗地。⑫眦：眼眶。⑬庸奴：见识浅陋的奴才。⑭俟：等待。构陷：编造罪名进行陷害。⑮崇祯：明思宗年号（1628—1647）。⑯张献忠：（1606—1647）明末农民起义领袖之一。蕲：蕲州府，今湖北省蕲春县。黄：黄州府，今湖北省黄冈市。潜：潜山县，今属安徽。桐：桐城县，今属安徽。⑰凤：凤阳府，今属安徽。庐：庐州府，今安徽省合肥市。道：道台。檄：古代官方文告。⑱漏：古代滴水计时的器具。鼓：古代夜间计时单位，即更。⑲太公、太母：指左光斗的父母。⑳宗老：同一宗族的老前辈。涂山：方苞族祖父方文的号。

赏析 [这篇文章的传主] 明天启间（1621－1627），魏忠贤专权，实行特务政治，东林党人与之斗争。左光斗为东林干将，被阉党残酷迫害致死，追谥忠毅。

[看似矛盾的两件事] 本文记左光斗逸事两件，皆与史可法相关：左视学京畿，于风雪古寺中见史疲极伏案，为之解貂，又谓夫人："吾诸儿碌碌，他日继吾志者，唯此生耳。"性情一何温润。及其下在厂狱，余残喘，闻史冒险来视，则报以怒骂投掷，肺肝复似铁石。二事现象矛盾，而实质统一，盖爱之深、责之切也。

[思想性与艺术性的高度统一] 文中两记史可法之言，言必称"吾师"，可见左对他的影响之深。史可法后来杀身成仁，正可谓有其师即有其生。全文事出有据，剪裁精审，以史衬左，山上安山，水涨船高，思想性和艺术性高度统一，具有很强的感召力。

郑燮

（1693—1765）字克柔，号板桥，江苏兴化人。乾隆元年（1736）进士。历任山东范县、潍县知县。有政绩。后因赈济饥民得罪豪绅，以病乞归，寄居扬州，为画坛“扬州八怪”之一。有《郑板桥集》。

潍县署中寄舍弟墨第一书

读书以过目成诵为能，最是不济事[1]。眼中了了，心下匆匆，方寸无多，往来应接不暇，如看场中美色，一眼即过，与我何与也。千古过目成诵，孰有如孔子者乎[2]？读《易》至韦编三绝[3]，不知翻阅过几千百遍来，微言精义，愈探愈出，愈研愈入，愈往而不知其所穷[4]。虽生知安行之圣[5]，不废困勉下学之功也[6]。东坡读书不用两遍，然其在翰林读《阿房宫赋》至四鼓，老吏苦之，坡洒然不倦。岂以一过即记，遂了其事乎！惟虞世南、张睢 suī 阳、张方平，平生书不再读，迄无佳文[7]。且过辄成诵，又有无所不诵之陋。即如《史记》百三十篇中，以《项羽本纪》为最，而《项羽本纪》中，又以钜鹿之战、鸿门之宴、垓 gāi 下之会为最。反覆诵观，可欣可泣，在此数段耳。若一部《史记》，篇篇都读，字字都记，岂非没分晓的钝汉！更有小说家言，各种传奇恶曲，及打油诗词，亦复寓目不忘，如破烂厨柜，臭油坏酱悉贮其中，其龌龊亦耐不得。

注释 ①济事：成事。②孰：谁。③韦编三绝：史传孔子读《周易》因翻阅太多，连编连竹简的熟牛皮条都断了多次。韦，熟牛皮条。三，多次。④穷：穷尽，止境。⑤虽生知安行之圣：即使是生来就知道且能心安理得去实践的圣人。⑥困勉：克服困难去求知，勉励自己去实践。下学：不耻下问之意，指虚心向别人学习。⑦迄：始终。

赏析 [家书一封论读书] 郑燮，即郑板桥，时任潍县知县。他的堂弟郑墨比他小二十四岁，郑板桥曾给他写过好几封谈读书作文方法的家书。这是第一封信，论读书之法。

[批评“以过目成诵为能”] 大凡读书之人，恐怕没有几个不羡慕那些博闻强记、过目成诵的天才的。郑板桥开宗明义，指出“读书以过目成诵为能，最是不济事”。这不是酸葡萄心理作怪，因为郑板桥能诗善画，书法亦精，名列“扬州八怪”，本身就是天才。有天才之才而能明白其“不济事”，头脑可谓清醒。

[分析过目成诵收效不多] 提出论点之后，作者又

做了具体的分析："眼中了了，心下匆匆"，不思考不分析，再好的书也变不成自己的收获。"如看场中美色，一眼即过"。美景可以欣赏完了就完了，好书却需要回味。过目成诵者往往恃才而傲，最看不起百般咀嚼，自然收获无多。

[举正反事例证明论点] 为了证明自己的论点，作者又从正反两方面列举事例加以证明。正面举了圣人孔子、才子苏东坡，人人皆知的天才，依然勤学不倦；反面举了虞世南、张睢阳、张方平，以过目成诵为能，所以始终没有写出好文章。两相对比，读者自然明白"以过目成诵为能"确实"不济事"。

["过目成诵"导致"无所不诵"] 作者认为"过目成诵"除了"不济事"，还容易导致"无所不诵之陋"。并举《史记》为例，认为煌煌《史记》一书，写得好的只有一篇《项羽本纪》。就是这一篇文章，也只有"钜鹿之战""鸿门之宴""垓下之会"三个片段值得咀嚼。"反复诵观，可欣可泣，在此数段耳。"郑板桥这话说得未免偏颇。读书有重点，当然没错，但如果一部史料文学皆堪称上乘的《史记》只有几段可读，那古今又有几本书可读？开篇所提论点又从何处去落实？即如孔子，若只读一部《易》，哪怕再"不知翻阅过几千百遍来"，而不广泛涉猎，能创立儒家学说成为万世景仰的至圣先师吗？

[以口语入文朴实清新] 大约因为是家信，郑板桥也没想过要传诸后世，所以文中夹杂着相当数量的口语，如“最是不济事”“不知翻阅过几千百遍来”“篇篇都读，字字都记，岂非没分晓的钝汉”等处，与今天口语差别都不大，令人读来着实顿生亲切。

曹雪芹

(1715—1763)名霑，字梦阮，号雪芹，又号芹圃、芹溪。祖籍辽阳，先世原是汉族，后为满洲正白旗包衣（家奴）。曹雪芹的曾祖父曹玺，祖父曹寅，父辈的曹颙和曹頫相继担任江宁织造达六十余年之久，颇受康熙帝宠信。曹雪芹在富贵荣华中长大。雍正（1723—1735）初年，由于封建统治阶级内部斗争的牵连，曹家遭受多次打击，曹頫被革职入狱，家产抄没，举家迁回北京，家道从此日渐衰微。这一转折，使曹雪芹深感世态炎凉，更清醒地认识了封建社会制度的实质。从此他远离官场，无视权贵，生活一贫如洗。著《红楼梦》，今本120回，其中前80回为曹雪芹所写，后40回为高鹗所续。

龄官划蔷痴及局外[1]

《红楼梦》

且说那宝玉见王夫人醒来，自己没趣，忙进大观园来。只见赤日当空，树阴合地，满耳蝉声，静无人语。刚到了蔷薇花架，只听有人哽噎之声。宝玉心中疑惑，便站住细听，果然架下那边有人。如今五月之际，那蔷薇正是花叶茂盛之时，宝玉便悄悄的隔着篱笆洞儿一看，只见一个女孩子蹲在花下，手里拿着根绾头的簪子在地下抠土，一面悄悄的流泪。宝玉心中想道："难道这也是个痴丫头，又像颦儿来葬花不成？"因又自叹道："若真也葬花，可谓'东施效颦'，不但不为新特，且更可厌了。"想毕，便要叫那女子，说："你不用跟着那林姑娘学了。"话未出口，幸而再看时，这女孩子面生，不是个侍儿，倒像是那十二个学戏的女孩子之内的，却辨不出他是生旦净丑那一个角色来。宝玉忙把舌头一伸，将口掩住，自己想道："幸而不曾造次。上两次皆因造次了，颦儿也生气，宝儿也多心，如今再得罪了他们，越发没意思了。"一面想，一面又恨认不得这个是谁。再留神细看，只见这女孩子眉蹙春山，眼颦秋水，面薄腰纤，袅袅婷婷，大有林黛玉之态。

孙温绘红楼梦局部

宝玉早又不忍弃他而去，只管痴看。只见他虽然用金簪划地，并不是掘土埋花，竟是向土上画字。宝玉用眼随着簪子的起落，一直一画一点一勾的看了去，数一数，十八笔。自己又在手心里用指头按着他方才下笔的规矩写了，猜是个什么字。写成一想，原来就是个蔷薇花的“蔷”字。宝玉想道：“必定是他也要作诗填词。这会子见了这花，因有所感，或者偶成了两句，一时兴至恐忘，在地下画着推敲，也未可知。且看他底下再写什么。”一面想，一面又看，只见那女孩子还在那里画呢，画来画去，还是个“蔷”字。再看，还是个“蔷”字。里面的原是早已痴了，画完一个又画一个，已经画了有几千个“蔷”。外面的不觉也看痴了，两个眼睛珠儿只管随着簪子动，心里却想：“这女孩子一定有什么话说不出来的大心事，才这样个形景。外面既是这个形景，心里不知怎么熬煎。看他的模样儿这般单薄，心里那里还搁的住熬煎。可恨我不能替你分些过来。”

伏中阴晴不定，片云可以至雨，忽一阵凉风过了，唰唰的落下一阵雨来。宝玉看着那女子头上滴下水来，纱衣裳登时湿了。宝玉想道：“这时下雨。他这个身子，如何禁得骤雨一激！”因此禁不住便说道：“不用写了。你看下大雨，身上都湿了。”那女孩子听说倒唬了一跳，抬头一看，只见花外一个人叫他不要写了，下大雨了。一则宝玉脸面俊秀，二则花叶繁茂，上下俱被枝叶隐住，刚露着半边脸，那女孩子只当是个丫头，再不想是宝玉，因笑道："多谢姐姐提醒了我。难道姐姐在外头有什么遮雨的?"一句提醒了宝玉，"嗳哟"了一声，才觉得浑身冰凉。低头一看，自己身上也都湿了。说声"不好"，只得一气跑回怡红院去了，心里却还记挂着那女孩子没处避雨。

注 释 ①龄官：人名，系大观园中唱小旦的女孩子。蔷：意指贾蔷，系宁府子孙，因父母早亡，为贾珍义子。大观园建成后，他到苏州采买龄官等学戏的女孩子。局外：指宝玉。

赏析 [渐入佳境] 本篇选自《红楼梦》第三十回，写大观园中一个普通女孩子的暗恋。作者先写赤日当天的环境，再写哽咽之声，再到一个女孩子蹲在花下抠土，这是一个现象、一个悬念，使读者进入特定的情境。这时，作者又欲擒故纵，先让宝玉误以为是一个痴丫头东施效颦学黛玉葬花，再进一步写人物肖像——"眉蹙春山，眼颦秋水"，"大有林黛玉之态"。

[一个典型化的核心情节] 然后，才看出这女孩儿是拿着簪子写字。宝玉先误以为她在作诗填词，后来才看出她画来画去是写的一个"蔷"字，为什么她要不断地重复写一个"蔷"字呢。"一个相当超常的，几乎可以说是经过艺术的渲染，经过典型化的提炼的核心情节就这样展现了。画的人痴了，看的人也痴了，情景交

融，一个痴字统领了特殊的氛围。”（王蒙）

［结尾余音袅袅］忽然片云致雨，宝玉这才说了一句话：“不用写了。你看下大雨，身上都湿了。”于是那女孩子唬了一跳，也做出了一个错误判断，还以为宝玉是个丫头，问：“难道姐姐在外头有什么遮雨的？”宝玉这才发觉身上淋湿了，一口气跑回怡红院，心里还惦记着那女孩子没处避雨。这个结尾余音袅袅，耐人寻味。

［可以当一篇短篇小说读］王蒙总结这段文字的好处有以下几点：通篇用宝玉的视角，作者退出去了，此其一。写多情和痴情，有心理分析的味儿，此其二。你猜测我，我猜测你，到底女孩子在做什么，为什么那样做，完篇也没回答，任读者自己去补充领会，此其三。从夏日炎炎到突然阵雨，情景交融，对大自然进行主观处理，此其四。不搞有头有尾的絮叨，极为精练，此其五。

袁枚

(1716—1797) 字子才，号简斋，又号随园老人，钱塘（今浙江杭州）人。乾隆四年（1739）进士，授翰林院庶吉士。历任溧水、江浦、沐阳、江宁等地知县。辞官后，于江宁小仓山筑随园，以诗酒为娱。诗倡性灵说。有《小仓山房诗文集》《随园诗话》等。

黄生借书说

黄生允修借书。随园主人授以书而告之曰：

"书非借不能读也。子不闻藏书者乎？七略四库[①]，天子之书，然天子读书者有几？汗牛塞屋，富贵家之书，然富贵人读书者有几？其他祖父积子孙弃者无论焉[②]。非独书为然，天下物皆然[③]。非夫人之物而强假焉[④]，必虑人逼取，而惴惴焉摩玩之不已，曰：'今日存明日去，吾不得而见之矣。'若业为吾所有，必高束焉，庋 guǐ 藏焉[⑤]，曰'姑俟异日观'云尔。"

"余幼好书，家贫难致。有张氏藏书甚富。往借，不与，归而形诸梦。其切如是。故有所览辄省 xǐng 记。通籍后[⑥]，俸去书来，落落大满，素蟫 yín 灰丝时蒙卷轴[⑦]。然后叹借者之用心专，而少时之岁月为可惜也！”

秋夜读书图

今黄生贫类予，其借书亦类予；惟予之公书与张氏之吝书若不相类[⑧]。然则予固不幸而遇张乎，生固幸而遇予乎？知幸与不幸，则其读书也必专，而其归书也必速。

为一说，使与书俱。

注　释　①七略四库：均指内府藏书。②祖父：祖辈父辈。无论：不用说。③非独书为然，天下物皆然：不仅仅书籍的遭遇是这样，世界上一切事物的遭遇都是这样的。④强假：勉强借到。假，借。⑤必高束焉，庋藏焉：一定捆好高高地放在那里，收藏在那里。庋，收藏，放置。⑥通籍：做官。⑦素蟫：一种蛀蚀衣服、书籍的小虫。⑧公书：公开书，把书拿出来与他人共用。相类：相似。

赏析 ［“说”是古代一种议论文体］“说”这种文体，篇幅一般不长，夹叙夹议，以议为主，大多以某事引出议论，阐明事理，类似今天的杂文。

［论证“书非借不能读也”］黄生借书一事不过是引出袁枚一番议论的因由，所以略作交代即可。接着用“告之曰”引出下文，明确提出中心论点：“书非借不能读也”。为了证明观点，作者举了三个例证：天子、富贵家、书香门第三类人家藏书都多，“七略四库”“汗牛塞屋”，可惜“读书者有几?”三个事例证明一个道理：越有条件读书的人越不读书。这是从反面证明“书非借不能读”。接着是一组对比：对待借来的东西，“惴惴焉摩玩之不已”，对待已经归己所有的，“必高束焉，庋藏焉”。两种情况两种态度，进一步论证了“书非借不能

读”。

[现身说法证明论点] 接下来作者回顾自己的读书经历，再证“书非借不能读”。这是由一正一反两相对照的方式表现出来的：幼时“家贫难致”，不得不去向张氏借书，“故有所览辄省记”，借来的书读得格外勤奋；做官后“俸去书来，落落大满”，但是读得却少了。于是发出“借者之用心专，而少时之岁月为可惜”的感叹。

[勉励黄生勤奋读书] 因为袁枚有幼时那一番借书的经历，所以对因家境贫寒而向“我”借书的黄生惠予方便，在将自己与黄生家贫相类比，而自己借书得不到张氏支持与黄生借书得到“我”支持相对比后，作者向黄生提出了忠告：“其读书也必专，而其归书也必速。”这既是对黄生的勉励，也是对他的严格要求。

纪昀

（1724—1805）字晓岚，一字春帆，号石云，直隶献县（今属河北）人。乾隆十九年（1754）进士。官至礼部尚书、协办大学士。卒谥文达。学识广博精深，曾任《四库全书》馆总纂官，删定总目提要。有《纪文达公遗集》《阅微草堂笔记》等。

刘东堂言

刘东堂言：狂生某者，性悖妄[①]，诋 dǐ 訾 zǐ 今古[②]，高自位置。有指摘其诗文一字者，衔之次骨，或至相殴。值河间岁试，同寓十数人，或相识，或不相识，夏夜散坐庭院纳凉。狂生纵意高谈，众畏其唇吻，皆缄口不答。惟树后坐一人抗词与辩，连抵其隙[③]。理屈词穷，怒问："子为谁？"暗中应曰："仆焦王相也。"（河间之宿儒）骇问："子不久死耶？"笑应曰："仆如不死，敢捋虎须耶？"狂生跳掷叫号，绕墙寻觅。惟闻笑声吃吃，或在木杪，或在檐端而已。

注　释　①悖妄：荒谬狂妄。②诋訾今古：毁谤、谩骂今人和古人。③连抵其隙：接连攻击他话中的漏洞。

赏析 [狂生与促狭鬼的故事] 本篇选自纪昀的《阅微草堂笔记》。《阅微草堂笔记》同《聊斋志异》一样，以鬼狐神奇为内容，但其思想与艺术价值却相去甚远。本文是其中优秀的一篇，讲述了一个狂妄的书生和一个与他作对的促狭鬼的故事。

[狂生之狂] 纪昀这样写狂生之狂："性悖妄，诋訾今古，高自位置。"古人、今人全不放在眼里，只有自己最了不起。再写他心胸之狭窄："有指摘其诗文一字者，衔之次骨，或至相殴。"听不得别人的意见，不但恨在心里，乃至动手打人。实在荒唐，无怪乎鬼都看不下去了。

[鬼之促狭] 众人知道狂生这些毛病，害怕同他发生口角，"皆缄口不答"，狂生越发得意，"纵意高谈"，不料却有人"抗词与辩"。死水中丢下了一块石头，波澜顿起。居然有人敢"连抵其隙"，惹得狂生大怒。待弄清原来是个死鬼，狂生竟仍不放过，"跳掷叫号，绕墙寻觅"，其狂不改。这个鬼却有些道行，"笑声吃吃，或在木杪，或在檐端"，让狂生奈何不得。真正把狂生调笑惨了。

[古今第一狂生?] 若论本文要想说明什么微言大义，那倒未必。纪昀只是栩栩如生地刻画出了一位狂生的形象。中国历史上狂生不少，但像这位一样连鬼都敢追着打的，大概是第一个吧。如此说来，这"古今第一狂生"的帽子就送给他算了。

姚鼐

(1732—1815)字姬传，一字梦穀，室名惜抱轩，人称惜抱先生。安徽桐城人。乾隆二十八年(1763)进士，曾任刑部郎中，充山东、湖南乡试考官，会试同考官。主持梅花、紫阳诸书院讲席四十年。姚鼐继承方苞、刘大櫆、姚范的古文之学，成为桐城派散文的集大成者。有《惜抱轩全集》88卷，所辑文总集《古文辞类纂》，世以为精当，流传很广。

登泰山记

泰山之阳，汶 wèn 水西流；其阴，济 jǐ 水东流。阳谷皆入汶，阴谷皆入济。当其南北分者，古长城也。最高日观峰，在长城南十五里。余以乾隆三十九年十二月，自京师乘风雪，历齐河、长清，穿泰山西北谷，越长城之限，至于泰安[①]。是月丁未，与知府朱孝纯子颍 yǐng 由南麓登[②]。四十五里，道皆砌石为磴，其级七千有余。泰山正南面有三谷，中谷绕泰安城下，郦道元所谓环水也[③]。余始循以入，道少半，越中岭，复循西谷，遂至其巅。古时登山，循东谷入，道有天门。东谷者，古谓之天门溪水，余所不至也。今所经中岭及山颠，崖限当道者，世皆谓之天门云。道中迷雾冰滑，磴几不可登。及既上，苍山负雪，明烛天南，望晚日照城郭、汶水、徂徕 cúlái 如画，而半山居雾若带然[4]。戊申晦，五鼓，与子颖坐日观亭，待日出。大风扬积雪击面，亭东自足下皆云漫，稍见云中白若樗蒲 chūpú 数十立者，山也。极天云一线异色，须臾成五采，日上正赤如丹，下有红光动摇承之。或曰此东海也。回视日观以西峰，或得日，或否，绛缟 gǎo 驳色，而皆若偻[5]。亭西有岱祠，又有碧霞元君祠。皇帝

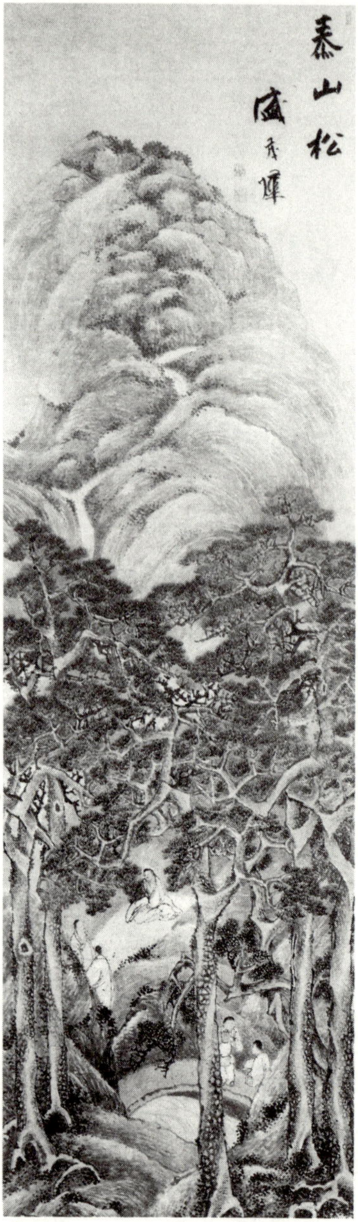

泰山松图

行宫在碧霞元君祠东[6]。是日，观道中石刻，自唐显庆以来，其远古刻尽漫失。僻不当道者，皆不及往[7]。山多石少土，石苍黑色，多平方少圆。少杂树多松，生石罅，皆平顶。冰雪，无瀑水，无鸟兽音迹。至日观数里内，无树，而雪与人膝齐。桐城姚鼐记[8]。

注释 ①阳：山的南面。汶水：大汶河。发源于山东省莱芜市东北原山，向西南流经泰安市。济水：发源于河南省济源市西王屋山，东流到山东入海。谷：两山间流水的低道，又称山涧。长城：指战国时齐国所筑的长城遗址，为古时鲁齐两国的分界线。乾隆：清高宗的年号。齐河、长清：县名，均在山东省。②丁未：古代以干支纪日，丁未这一天，也就是这一年的十二月二十八日。朱孝纯子颍：姓朱的知府，字子颍。③环水：泰安的护城河。④限：门限（门坎）。徂徕：山名，在泰安城东南面。居：停留。⑤戊申：指十二月二十九日。晦：农历每月的最后一天。这个月是小月，故二十九日是最后一天。樗蒲：古代赌具，木制，五枚，上小下大的长形。绛：红色。缟：白色。驳：杂色。偻：脊背弯曲，引申为鞠躬致敬的样子。⑥岱祠：东岳大帝庙。碧霞元君：传说中东岳大帝的女儿。行宫：皇帝外出时居住的宫殿。⑦显庆：唐高宗李治的年号。漫失：磨灭缺失。⑧桐城：地处今安徽省。

赏析 [这篇文章的写作年代] 乾隆三十九年（1774）年底，作者自京师辞官返里，途经泰安，与友人朱子颍同登泰山，看日出。写本文记游。

[文章中的主笔] 作者此行之不虚，最在得见日出，所以文中虽有对登山全过程的记叙，而主笔却在写日观峰看日出，故不惜渲染着色，而其余描写，则多素描速写矣。

[抓住冬景的特征] 古来登泰山者多矣，记游之文多矣，而此文不与他人雷同者，在抓住冬季尤其是雪后泰山的景物特征。白雪红日，在全文中写得很活很妙。

[以考据助辞章] 文中以考据助文章之境，无论写地理形势、登山路线、山道石级、文物古迹，皆以实地考察为依据，证以旧说，夹用数据，增加了记叙的可靠性、科学性和书卷气。全文绘形着色，准确生动，而将可有可无之字句，删除尽净。正是文到老处，辞达而已。

梁启超

(1873—1929) 字卓如，号任公，别署饮冰室主人，广东新会（今江门市新会区）人。光绪十六年（1890）举人。会试不第，受业于康有为，主张维新变法。失败后，逃亡日本，创办《新民丛报》。辛亥革命后，曾任北洋政府财政总长，参加了讨袁运动。晚年弃政讲学，执教清华大学研究院。积极主张小说、诗歌革命。有《饮冰室文集》。

少年中国说

故今日之责任，不在他人，而全在我少年。少年智则国智，少年富则国富，少年强则国强，少年独立则国独立，少年自由则国自由，少年进步则国进步，少年胜于欧洲则国胜于欧洲，少年雄于地球则国雄于地球。红日初升，其道大光；河出伏流[①]，一泻汪洋；潜龙腾渊[②]，鳞爪飞扬；乳虎啸谷，百兽震惶；鹰隼 sǔn 试翼，风尘吸张；奇花初胎，矞 yù 矞皇皇[③]；干将发硎 xíng[④]，有作其芒[⑤]。天戴其苍，地履其黄；纵有千古[⑥]，横有八荒[⑦]；前途似海，来日方长。美哉我少年中国，与天不老！壮哉我中国少年，与国无疆！

注 释　①河：黄河。②渊：深潭。③矞矞：盛美的样子。④干将发硎：宝剑刚刚磨出锋刃。干将，宝剑名。硎，磨刀石。⑤芒：光芒。⑥纵：指时间。⑦横有八荒：地域辽阔，远达边荒。横，指空间。八荒，八方荒远之地。

赏析　[唱响未来中国之赞歌] 梁启超所处的中国，正是晚清政治上最黑暗的时期。梁与他的老师康有为全身心投入的维新变法梦被西太后为首的封建顽固派击碎，大清帝国变法中兴的理想就此破灭。帝国主义加紧对中国的侵略，祖国面临被列强瓜分的危险。正是在这样的历史背景下，梁启超以他饱满的爱国热情，憧憬祖国的美好未来，写下了这篇对未来中国的赞歌。

[唤起中国少年之责任] 本文所节选的部分，是《少年中国说》的最后一段，着重论中国青年对建成未来中国之责任。“故今日之责任，不在他人，而全在我少年。”指出中国兴亡的责任全在青年人的身上。其下又连用八个排比句，从“智”“富”“强”“独立”“自由”“进步”“胜”“雄”八个方面强调了青年在振兴祖国大业中的地位和作用，气势磅礴，一泻千里。意在使青年人意识到自己肩上担负的重任，与国同休戚。

[铺陈赋比淋漓酣畅] 梁启超为文纵横开合，热情奔放。文中以“红日初升”“河出伏流”“潜龙腾渊”

“乳虎啸谷”……七个比喻贴切而形象地铺陈出青年人所具有的活力，表达了作者对青年一代寄予的厚望。读梁氏此文，常使人热血澎湃，精神为之一振。

附录：增补古文必读篇目

寡人有疾

《孟子》

齐宣王问曰：“人皆谓我毁明堂。毁诸？已乎？”孟子对曰：“夫明堂者，王者之堂也。王欲行王政，则勿毁之矣。”王曰：“王政可得闻与？”对曰：“昔者文王之治岐也，耕者九一，仕者世禄，关市讥而不征，泽梁无禁，罪人不孥。老而无妻曰鳏。老而无夫曰寡。老而无子曰独。幼而无父曰孤。此四者，天下之穷民而无告者。文王发政施仁，必先斯四者。诗云：‘哿矣富人，哀此茕独。’”王曰：“善哉言乎！”曰：“王如善之，则何为不行？”王曰：“寡人有疾，寡人好货。”对曰：“昔者公刘好货。诗云：‘乃积乃仓，乃裹糇粮，于橐于囊。思戢用光。弓矢斯张，干戈戚扬，爰方启行。’故居者有积仓，行者有裹粮也，然后可以爰方启行。王如好货，与百姓同之，于王何有？”王曰：“寡人有疾，寡人好色。”对曰：“昔者大王好色，爱厥妃。诗云：‘古公亶甫，来朝走马，率西水浒，至于岐下。爰及姜女，聿来胥宇。’当是时也，内无怨女，外无旷夫。王如好色，与百姓同之，于王何有？”

非攻

《墨子》

今有一人，入人园圃，窃其桃李，众闻则非之，上为政者得则罚之，此何也？以亏人自利也。至攘人犬豕鸡豚者，其不义又甚入人园圃窃桃李，是何故也？以亏人愈多。苟亏人愈多，其不仁兹甚，罪益厚。至入人栏厩，取人马牛者，其不义又甚攘人犬豕鸡豚，此何故也？以其亏人愈多。苟亏人愈多，其不仁兹甚，罪益厚。至杀不辜人也，扡其衣裘，取戈剑者，其不义又甚入人栏厩取人马牛，此何故也？以其亏人愈多。苟亏人愈多，其不仁兹甚矣，罪益厚。当此，天下之君子皆知而非之，谓之不义。今至大为不义攻国，则弗知非，从而誉之，谓之义。此可谓知义与不义之别乎？杀一人，谓之不义，必有一死罪矣。若以此说往，杀十人，十重不义，必有十死罪矣。杀百人，百重不义，必有百死罪矣。当此，天下之君子皆知而非之，谓之不义。今至大为不义攻国，则弗知非，从而誉之，谓之义。情不知其不义也，故书其言以遗后世；若知其不义也，夫奚说书其不义以遗后世哉？今有人于此，少见黑曰黑，多见黑曰白，则必以此人为不知白黑之辩矣。少尝苦曰苦，多尝苦曰甘，则必以此人为不知甘苦之辩矣。今小为非，则知而非之；大为非攻国，则不知非，从而誉之，谓之义。——此可谓知义与不义之辩乎？是以知天下之君子也，辩义与不义之乱也。

知白守黑

《老子》

知其雄，守其雌，为天下溪。为天下溪，常德不离，复归于婴儿。知其白，守其黑，为天下式。为天下式，常德不忒，复归于无极。知其荣，守其辱，为天下谷。为天下谷，常德乃足，复归于朴。朴散则为器，圣人用之，则为官长，故大制不割。

北溟有鱼

《庄子》

北溟有鱼，其名为鲲。鲲之大，不知其几千里也；化而为鸟，其名为鹏。鹏之背，不知其几千里也；怒而飞，其翼若垂天之云。是鸟也，海运则将徙于南溟；南溟者，天池也。齐谐者，志怪者也。谐之言曰："鹏之徙于南溟也，水击三千里，抟扶摇而上者九万里，去以六月息者也。"野马也，尘埃也，生物之以息相吹也。天之苍苍，其正色耶？其远而无所至极邪？其视下也，亦若是则已矣。且夫水之积也不厚，则其负大舟也无力。覆杯水于坳堂之上，则芥为之舟，置杯焉则胶，水浅而舟大也。风之积也不厚，则其负大翼也无力。故九万里则风斯在下矣，而后乃今培（凭）风；背负青天而莫之夭阏者，而后乃今将图南。蜩与学鸠笑之曰："我决起而飞，枪榆枋，时则不至，而控于地而已矣，奚以之九万里而南为?"适莽苍者，三餐而返，腹犹果然；适百里者，宿舂粮；适千里者，三月聚粮。之二虫又何知！小知不及大知，小年不及大年。奚以知其然也？朝菌不知晦朔，蟪蛄不知春秋，此小年也。楚之南有冥灵者，以五百岁为春，五百岁为秋；上古有大椿者，以八千岁为春，八千岁为秋。而彭祖乃今以久特闻，众人匹之，不亦悲乎？

楚人鬻珠

《韩非子》

楚王谓田鸠曰："墨子者，显学也。其身体则可，其言多不辩，何也?"曰："昔秦伯嫁其女于晋公子，令晋为之饰装，从文衣之媵七十人。至晋，晋人爱其妾而贱公女。此可谓善嫁妾，而未可谓善嫁女也。楚人有卖其珠于郑者，为木兰之柜，薰以桂椒，缀以珠玉，饰以玫瑰，辑以羽翠。郑人买其椟而还其珠。此可谓善卖椟矣，未可谓善鬻珠也。今世之谈也，皆道辩说文辞之言，人主览其文而忘有用。墨子之说，传先王之道，论圣人之言，以宣告人。若辩其辞，则恐人怀其文，忘其用，直以文害用也。此与楚人鬻珠，秦伯嫁女同类。故其言多不辩。”

郢书燕说

《韩非子》

郢人有遗燕相国书者，夜书，火不明，因谓持烛者曰：“举烛！”而误书“举烛”。举烛非书意也。燕相国受书而悦之曰：“举烛者，尚明也，尚明也者，举贤而任之。”燕相白王，王大悦，国以治。治则治矣，非书意也！今世学者，多似此类。

郑人买履

《韩非子》

郑人有欲买履者，先自度其足而置之其坐。至之市而忘操之。已得履，乃曰：“吾忘持度。”反归取之。及反，市罢，遂不得履。人曰：“何不试之以足？”曰：“宁信度，无自信也。”

猛狗社鼠

《韩非子》

宋人有酤酒者，升概甚平，遇客甚谨，为酒甚美，悬帜甚高，然而不售。酒酸。怪其故，问其所知闾长者杨倩。倩曰："汝狗猛耶?"曰："狗猛，则酒何故而不售?"曰："人畏焉。或令孺子怀钱，挈壶瓮而往酤，而狗迓而龁之，此酒所以酸而不售也。"夫国亦有狗。有道之士怀其术，而欲以明万乘之主，大臣为猛狗，迎而龁之。此人主之所以蔽胁，而有道之士所以不用也。故桓公问管仲曰："治国最奚患?"对曰："最患社鼠矣!"公曰："何患社鼠哉?"对曰："君亦见夫为社者乎？树木而涂之，鼠穿其间，掘穴托其中。熏之则恐焚木，灌之则恐涂陁，此社鼠之所以不得也。今人君之左右，出则为势重而收利于民，入则比周而蔽恶于君，内间主之情以告外。外内为重，诸臣百吏以为富。吏不诛则乱法，诛之则君不安。据而有之，此亦国之社鼠也。"故人臣执柄而擅禁。明为己者必利，而不为己者必害，此亦猛狗也。夫大臣为猛狗而龁有道之士矣，左右又为社鼠而间主之情！人主不觉。如此，主焉得无壅，国焉得无亡乎?

女娲补天

《淮南子》

往古之时，四极废，九州裂，天不兼覆，地不周载。火爁炎而不灭，水浩洋而不息。猛兽食颛民，鸷鸟攫老弱。于是女娲炼五色石以补苍天，断鳌足以立四极，杀黑龙以济冀州，积芦灰以止淫水。苍天补，四极正，淫水涸，冀州平，狡虫死，颛民生。

共工触山

《淮南子》

昔者共工与颛顼争为帝，怒而触不周之山，天柱折，地维绝。天倾西北，故日月星辰移焉；地不满东南，故水潦尘埃归焉。

邵公谏弭谤

《国语》

厉王虐，国人谤王。邵公告曰："民不堪命矣。"王怒，得卫巫使监谤者。以告，则杀之。国人莫敢言，道路以目。王喜，告邵公曰：“吾能弭谤矣，乃不敢言!”邵公曰：“是障之也。防民之口，甚于防川。川壅而溃，伤人必多；民亦如之。是故为川者决之使导，为民者宣之使言。故天子听政，使公卿至于列士献诗，瞽献曲，史献书，师箴，瞍赋，矇诵，百工谏，庶人传语，近臣尽规，亲戚补察，瞽史教诲，耆艾修之，而后王斟酌焉。是以事行而不悖。民之有口，犹土之有山川也，财用于是乎出；犹其原隰之有衍沃也，衣食于是乎生。口之宣言也，善败于是乎兴。行善而备败，其所以阜财用衣食者也。夫民虑之于心而宣之于口，成而行之，胡可壅也？若壅其口，其与能几何?”王不听。于是国莫敢出言，三年乃流王于彘。

归田赋

张衡

游都邑以永久，无明略以佐时；徒临川以羡鱼，俟河清乎未期。感蔡子之慷慨，从唐生以决疑；谅天道之微昧，追渔父以同嬉。超埃尘以遐逝，与世事乎长辞。于是仲春令月，时和气清，原隰郁茂，百草滋荣。王雎鼓翼，仓庚哀鸣，交颈颉颃，关关嘤嘤。于焉逍遥，聊以娱情。尔乃龙吟方泽，虎啸山丘。仰飞纤缴，俯钓长流。触矢而毙，贪饵吞钩。落云间之逸禽，悬渊沉之魦鳕。于时曜灵俄景，继以望舒，极般游之至乐，虽日夕而忘劬。感老氏之遗诫，将回驾乎蓬庐。弹五弦之妙指，咏周孔之图书。挥翰墨以奋藻，陈三皇之轨模。苟纵心于物外，安知荣辱之所如！

报任少卿书（节）

司马迁

古者富贵而名磨灭，不可胜记，唯倜傥非常之人称焉。盖西伯拘，而演《周易》；仲尼厄，而作《春秋》；屈原放逐，乃赋《离骚》；左丘失明，厥有《国语》；孙子髌脚，《兵法》修列；不韦迁蜀，世传《吕览》；韩非囚秦，《说难》《孤愤》；《诗》三百篇，大抵圣贤发愤之所为作也。此人皆意有所郁结，不得通其道，故述往事，思来者。及如左丘无目，孙子断足，终不可用，退而论书策，以舒其愤，思垂空文以自见。仆窃不逊，近自托于无能之辞，网罗天下放失旧闻，略考其行事，综其终始，稽其成败兴坏之纪。上计轩辕，下至于兹，为十表、本纪十二、书八章、世家三十、列传七十，凡百三十篇。亦欲以究天人之际，通古今之变，成一家之言。草创未就，会遭此祸，惜其不成，是以就极刑而无愠色。仆诚已著此书，藏之名山，传之其人，通邑大都。则仆偿前辱之责，虽万被戮，岂有悔哉？然此可为知者道，难为俗人言也。

文翁传

班固

文翁，庐江舒人也。少好学，通《春秋》，以郡县吏察举。景帝末，为蜀郡守，仁爱好教化。见蜀地辟陋有蛮夷风，文翁欲诱进之，乃选郡县小吏开敏有材者张叔等十余人亲自饬厉，遣诣京师，受业博士，或学律令。减省少府用度，买刀布蜀物，赍计吏以遗博士。数岁，蜀生皆成就还归，文翁以为右职，用次察举，官有至郡守刺史者。

又修起学官于成都市中，招下县子弟以为学官弟子，为除更徭，高者以补郡县吏，次为孝弟力田。常选学官僮子，使在便坐受事。每出行县，益从学官诸生明经饬行者与俱，使传教令，出入闺阁。县邑吏民见而荣之，数年，争欲为学官弟子，富人至出钱以求之。繇（由）是大化，蜀地学于京师者比齐鲁焉。至武帝时，乃令天下郡国皆立学校官，自文翁为之始云。

文翁终于蜀，吏民为立祠堂，岁时祭祀不绝。至今巴蜀好文雅，文翁之化也。

求逸才令

曹操

昔伊挚、傅说出于贱人，管仲，桓公贼也，皆用之以兴。萧何、曹参县吏也，韩信、陈平负污辱之名，有见笑之耻，卒能成就王业，声著千载。吴起贪将，杀妻自信，散金求官，母死不归；然在魏，秦人不敢东向，在楚则三晋不敢南谋。今天下得无有至德之人放在民间，及果勇不顾、临敌力战，若文俗之吏、高才异质，或堪为将守，负污辱之名、见笑之行，或不仁不孝而有治国用兵之术：其各举所知，勿有所遗。

与吴质书

曹丕

二月三日丕白：岁月易得，别来行复四年。三年不见，《东山》犹叹其远，况乃过之，思何可支？虽书疏往返，未足解其劳结。昔年疾疫，亲故多离其灾。徐、陈、应、刘，一时俱逝，痛可言邪！昔日游处，行则连舆，止则接席，何曾须臾相失！每至觞酌流行，丝竹并奏，酒酣耳热，仰而赋诗。当此之时，忽然不自知乐也。谓百年已分，可长共相保。何图数年之间，零落略尽，言之伤心。顷撰其遗文，都为一集。观其姓名，已为鬼录。追思昔游，犹在心目，而此诸子化为粪壤，可复道哉！

观古今文人，类不护细行，鲜能以名节自立。而伟长独怀文抱质，恬淡寡欲，有箕山之志，可谓彬彬君子者矣。著《中论》二十余篇，成一家之言。辞义典雅，足传于后，此子为不朽矣。德琏常斐然有述作之意，其才学足以著书。美志不遂，良可痛惜。间者历览诸子之文，对之抆泪。既痛逝者，行自念也。孔璋章表殊健，微为繁富。公干有逸气，但未遒耳，至其五言诗之善者，妙绝时人。元瑜书记翩翩，致足乐也。仲宣独自善于辞赋，惜其体弱，不足起其文，至于所善，古人无以远过。昔伯牙绝弦于钟期，仲尼覆醢于子路，痛知音之难遇，伤门人之莫逮。诸子但为未及古人，自一时之俊也。今之存者，已不逮矣。后生可畏，来者难诬，然恐吾与足下不及见也。年行已长大，所怀万端。时有所虑，至通夜不瞑。志意何时复类昔日？已成老翁，但未白头耳！光武言“年三十余，在兵中十岁，所更非一”。吾德不及之，年与之齐矣。以犬羊之质，服虎豹之文；无众星之明，假日月之光。动见瞻观，何时易乎？恐永不复得为昔日游也！少壮真当努力，年一过往，何可攀援。古人思秉烛夜游，良有以也。顷何以自娱？颇复有所造述否？东望於邑，裁书叙心。

诸葛亮传（节）

陈寿

亮躬耕陇亩，好为梁父吟。身长八尺，每自比于管仲、乐毅，时人莫之许也。惟博陵崔州平、颍川徐庶元直与亮友善，谓为信然。

时先主屯新野。徐庶见先主，先主器之，谓先主曰："诸葛孔明者，卧龙也，将军岂愿见之乎？"先主曰："君与俱来。"庶曰："此人可就见，不可屈致也。将军宜枉驾顾之。"由是先主遂诣亮，凡三往，乃见。因屏人曰："汉室倾颓，奸臣窃命，主上蒙尘。孤不度德量力，欲信大义于天下，而智术浅短，遂用猖獗，至于今日。然志犹未已，君谓计将安出？"亮答曰："自董卓已来，豪杰并起，跨州连郡者不可胜数。曹操比于袁绍，则名微而众寡，然操遂能克绍，以弱为强者，非惟天时，抑亦人谋也。今操已拥百万之众，挟天子而令诸侯，此诚不可与争锋。孙权据有江东，已历三世，国险而民附，贤能为之用，此可以为援而不可图也。荆州北据汉、沔，利尽南海，东连吴会，西通巴、蜀，此用武之国，而其主不能守，此殆天所以资将军，将军岂有意乎？益州险塞，沃野千里，天府之土，高祖因之以成帝业。刘璋暗弱，张鲁在北，民殷国富而不知存恤，智能之士思得明君。将军既帝室之胄，信义著于四海，总揽英雄，思贤如渴，若跨有荆、益，保其岩阻，西和诸戎，南抚夷越，外结好孙权，内脩政理；天下有变，则命一上将将荆州之军以向宛、洛，将军身率益州之众出于秦川，百姓孰敢不箪食壶浆以迎将军者乎？诚如是，则霸业可成，汉室可兴矣。”先主曰：“善！”于是与亮情好日密。关羽、张飞等不悦，先主解之曰：“孤之有孔明，犹鱼之有水也。原诸君勿复言。”羽、飞乃止。

三都赋序

左思

盖诗有六义焉，其二曰赋。扬雄曰：“诗人之赋丽以则。”班固曰：“赋者，古诗之流也。”先王采焉，以观土风。见“绿竹猗猗”，则知卫地淇澳之产；见“在其版屋”，则知秦野西戎之宅。故能居然而辨八方。然相如赋《上林》，而引“卢橘夏熟”，扬雄赋《甘泉》，而陈“玉树青葱”，班固赋《西都》，而叹“以出比目”，张衡赋《西京》，而述以游海若。假称珍怪，以为润色，若斯之类，匪啻于兹。考之果木，则生非其壤；校之神物，则出非其所。于辞则易为藻饰，于义则虚而无徵。且夫玉卮无当，虽宝非用；侈言无验，虽丽非经。而论者莫不诋讦其研精，作者大氐举为宪章。积习生常，有自来矣。

余既思摹《二京》而赋《三都》，其山川城邑则稽之地图，其鸟兽草木则验之方志。风谣歌舞，各附其俗；魁梧长者，莫非其旧。何则？发言为诗者，咏其所志也；升高能赋者，颂其所见也。美物者贵依其本，赞事者宜本其实。匪本匪实，览者奚信？且夫任土作贡，《虞书》所著；辩物居方，《周易》所慎。聊举其一隅，摄其体统，归诸诂训焉。

芜城赋

鲍照

濔地平原，南驰苍梧涨海，北走紫塞雁门。柂以漕渠，轴以昆岗。重关复江之奥，四会五达之庄。当昔全盛之时，车挂轊 wèi，人驾肩；廛閈扑地，歌吹沸天。孳货盐田，铲利铜山，才力雄富，士马精妍。故能侈秦法，佚周令，划崇墉，刳浚洫，图修世以休命。是以板筑雉堞之殷，井干烽橹之勤，格高五岳，袤广三坟，崪若断岸，矗似长云。制磁石以御冲，糊赪壤以飞文。观基扃之固护，将万祀而一君。出入三代，五百余载，竟瓜剖而豆分。泽葵依井，荒葛罥涂。坛罗虺蜮，阶斗麇鼯。木魅山鬼，野鼠城狐，风嗥雨啸，昏见晨趋。饥鹰厉吻，寒鸱吓雏。伏暴藏虎，乳血餐肤。崩榛塞路，峥嵘古馗。白杨早落，塞草前衰。棱棱霜气，蔌蔌风威。孤蓬自振，惊沙坐飞。灌莽杳而无际，丛薄纷其相依。通池既已夷，峻隅又已颓。直视千里外，唯见起黄埃。凝思寂听，心伤已摧。若夫藻扃黼帐，歌堂舞阁之基，琁渊碧树，弋林钓渚之馆，吴蔡齐秦之声，鱼龙爵马之玩，皆薰歇烬灭，光沉响绝。东都妙姬，南国佳人，蕙心纨质，玉貌绛唇，莫不埋魂幽石，委骨穷尘，岂忆同舆之愉乐，离宫之苦辛哉！天道如何？吞恨者多。抽琴命操，为芜城之歌。歌曰：边风急兮城上寒，井径灭兮丘陇残。千龄兮万代，共尽兮何言！

别赋

江淹

黯然销魂者，唯别而已矣！况秦吴兮绝国，复燕宋兮千里；或春苔兮始生，乍秋风兮暂起。是以行子肠断，百感凄恻。风萧萧而异响，云漫漫而奇色。舟凝滞于水滨，车逶迟于山侧。棹容与而讵前，马寒鸣而不息。掩金觞而谁御，横玉柱而沾轼。居人愁卧，怳若有亡。日下壁而沉彩，月上轩而飞光。见红兰之受露，望青楸之离霜。巡曾楹而空掩，抚锦幕而虚凉。知离梦之踯躅，意别魂之飞扬。故别虽一绪，事乃万族：至若龙马银鞍，朱轩绣轴，帐饮东都，送客金谷。琴羽张兮箫鼓陈，燕赵歌兮伤美人；珠与玉兮艳暮秋，罗与绮兮娇上春。惊驷马之仰秣，耸渊鱼之赤鳞。造分手而衔涕，感寂寞而伤神。乃有剑客惭恩，少年报士，韩国赵厕，吴宫燕市，割慈忍爱，离邦去里，沥泣共诀，抆血相视。驱征马而不顾，见行尘之时起。方衔感于一剑，非买价于泉里。金石震而色变，骨肉悲而心死。或乃边郡未和，负羽从军。辽水无极，雁山参云。闺中风暖，陌上草薰。日出天而耀景，露下地而腾文，镜朱尘之照烂，袭青气之氤氲。攀桃李兮不忍别，送爱子兮沾罗裙。至如一赴绝国，讵相见期。视乔木兮故里，决北梁兮永辞。左右兮魂动，亲宾兮泪滋。可班荆兮赠恨，惟樽酒兮叙悲。值秋雁兮飞日，当白露兮下时。怨复怨兮远山曲，去复去兮长河湄。又若君居淄右，妾家河阳。同琼佩之晨照，共金炉之夕香，君结绶兮千里，惜瑶草之徒芳。惭幽闺之琴瑟，晦高台之流黄。春宫閟此青苔色，秋帐含兹明月光，夏簟清兮昼不暮，冬釭凝兮夜河长！织锦曲兮泣已尽，回文诗兮影独伤。傥有华阴上士，服食还山。术既妙而犹学，道已寂而未传。守丹灶而不顾，炼金鼎而方坚。驾鹤上汉，骖鸾腾天。暂游万里，少别千年。惟世间兮重别，谢主人兮依然。下有芍药之诗，佳人之歌。桑中卫女，上宫陈娥。春草碧色，春水渌波，送君南浦，伤如之何！至乃秋露如珠，秋月如珪，明月白露。光阴往来，与子之别，思心徘徊。是以别方不定，别理千名。有别必怨，有怨必盈，使人意夺神骇，心折骨惊。虽渊云之墨妙，严乐之笔精，金闺之诸彦，兰台之群英，赋有凌云之称，辩有雕龙之声，谁能摹暂离之状，写永诀之情者乎！

春赋

庾信

宜春苑中春已归，披香殿里作春衣。新年鸟声千种啭，二月杨花满路飞。河阳一县并是花，金谷从来满园树。一丛香草足碍人，数尺游丝即横路。开上林而竞入，拥河桥而争渡。出丽华之金屋，下飞燕之兰宫。钗朵多而讶重，髻鬟高而畏风。眉将柳而争绿，面共桃而竞红。影来池里，花落衫中。苔始绿而藏鱼，麦才青而覆雉。吹箫弄玉之台，鸣佩凌波之水。移戚里而家富，入新丰而酒美。石榴聊泛，蒲桃酦醅。芙蓉玉碗，莲子金杯。新芽竹笋，细核杨梅。绿珠捧琴至，文君送酒来。玉管初调，鸣弦暂抚，阳春渌水之曲，对凤回鸾之舞。更炙笙簧，还移筝柱。月入歌扇，花承节鼓。协律都尉，射雉中郎，停车小苑，连骑长杨。金鞍始被，柘弓新张。拂尘看马埒，分朋入射堂。马是天池之龙种，带乃荆山之玉梁。艳锦安天鹿，新绫织凤凰。三日曲水向河津，日晚河边多解神。树下流杯客，沙头渡水人。

镂薄窄衫袖，穿珠帖领巾。百丈山头日欲斜，三晡未醉莫还家。池中水影悬胜镜，屋里衣香不如花。

哀江南赋序

庾信

粤以戊辰之年，建亥之月，大盗移国，金陵瓦解。余乃窜身荒谷，公私涂炭。华阳奔命，有去无归。中兴道销，穷于甲戌。三日哭于都亭，三年囚于别馆。天道周星，物极不反。傅燮之但悲身世，无处求生；袁安之每念王室，自然流涕。昔桓君山之志士，杜元凯之平生，并有著书，咸能自序。潘岳之文采，始述家风；陆机之辞赋，先陈世德。信年始二毛，即逢丧乱；藐是流离，至于暮齿。燕歌远别，悲不自胜；楚老相逢，泣将何及。畏南山之雨，忽践秦庭；让东海之滨，遂餐周粟。下亭漂泊，高桥羁旅。楚歌非取乐之方，鲁酒无忘忧之用。追为此赋，聊以记言，不无危苦之辞，惟以悲哀为主。

日暮途远，人间何世！将军一去，大树飘零。壮士不还，寒风萧瑟。荆璧睨柱，受连城而见欺；载书横阶，捧珠盘而不定。钟仪君子，入就南冠之囚；季孙行人，留守西河之馆。申包胥之顿地，碎之以首，蔡威公之泪尽，加之以血。钓台移柳，非玉关之可望；华亭鹤唳，岂河桥之可闻！

孙策以天下为三分，众才一旅；项籍用江东之子弟，人惟八千。遂乃分裂山河，宰割天下。岂有百万义师，一朝卷甲；芟夷斩伐，如草木焉。江淮无涯岸之阻，亭壁无藩篱之固。头会箕敛者，合从缔交；锄耰棘矜者，因利乘便。将非江表王气，终于三百年乎？是知并吞六合，不免轵道之灾；混一车书，无救平阳之祸。呜呼，山岳崩颓，既履危亡之运；春秋迭代，必有去故之悲；天意人事，可以凄怆伤心者矣！况复舟楫路穷，星汉非乘槎可上；风飙道阻，蓬莱无可到之期。穷者欲达其言，劳者须歌其事。陆士衡闻而抚掌，是所甘心；张平子见而陋之，固其宜矣！

哀江南赋（节）

庾信

水毒秦泾，山高赵陉。十里五里，长亭短亭。饥随蛰燕，暗逐流萤。秦中水黑，关上泥青。于时瓦解冰泮，风飞电散。浑然千里，淄渑一乱。雪暗如沙，冰横似岸。逢赴洛之陆机，见离家之王粲。莫不闻陇水而掩泣，向关山而长叹。况复君在交河，妾在清波。石望夫而逾远，山望子而逾多。才人之忆代郡，公主之去清河。栩阳亭有离别之赋，临江王有愁思之歌。别有飘飖武威，羁旅金微。班超生而望返，温序死而思归。李陵之双凫永去，苏武之一雁空飞。

王周南

张华

正始中，中山王周南为襄邑长，有鼠衣冠从穴中出，在厅事上语曰：“周南，尔某月某日当死。”周南不应。鼠还穴。后至期，更冠帻绛衣出，语曰：“周南，汝日中当死。”又不应。鼠缓入穴，须臾，出语曰：“向日适欲中。”鼠入复出，出复入，转更数，语如前语。日适中，鼠曰：“周南，汝不应，我复何道?”言绝，颠蹶而死，即失衣冠。周南使卒取视之，具如常鼠也。

何文

张华

魏郡张奋者，家巨富。后暴衰，遂卖宅与黎阳程家。程入居，死病相继；转卖与邺人何文。文日暮乃持刀上北堂梁上坐。至二更，忽见一人，长丈余，高冠黄衣，升堂呼问：“细腰，舍中何以有生人气也?”答曰：“无之。”须臾，有一高冠青衣者，次之，又有高冠白衣者，问答并如前。及将曙，文乃下堂中，如向法呼之。

问曰：“黄衣者谁也?”曰：“金也，在堂西壁下。”“青衣者谁也?”曰：“钱也，在堂前井边五步。”“白衣者谁也?”曰：“银也，在墙东北角柱下。”“汝谁也?”曰：“我杵也。在灶下。”及晓，文按次掘之，得金银各五百斤，钱千余万。仍取杵焚之，宅遂清安。

董永

干宝

汉董永，千乘人。少偏孤，与父居。肆力田亩，鹿车载自随。父亡无以葬，乃自卖为奴，以供丧事。主人知其贤，与钱一万遣之。永行三年丧毕，欲还主人，供其奴职。道逢一妇人曰：“愿为子妻。”遂与之俱。主人谓永曰：“以钱与君矣。”永曰：“蒙君之惠，父丧收藏。永虽小人，必欲服勤致力，以报厚德。”主曰：“妇人何能?”永曰：“能织。”主曰：“必尔者，但令君妇为我织缣百匹。”于是永妻为主人家织，十日而毕。女出门，谓永曰：“我，天之织女也。缘君至孝，天帝令我助君偿债耳。”语毕，凌空而去，不知所在。

韩凭妻

干宝

宋康王舍人韩凭，娶妻何氏，美。康王夺之。凭怒，王囚之，论为城旦。妻密遗凭书，缪其辞曰："其雨淫淫，河大水深，日出当心。"既而王得其书，以示左右；左右莫解其意。臣苏贺对曰："其雨淫淫，言愁且思也；河大水深，不得往来也；日出当心，心有死志也。"俄而凭乃自杀。其妻乃阴腐其衣。王与之登台，妻遂自投台；左右揽之，衣不中手而死。遗书于带曰："王利其生，妾利其死，愿以尸骨，赐凭合葬。"王怒弗听，使里人埋之，冢相望也。王曰："尔夫妇相爱不已，若能使冢合，则吾弗阻也。"宿昔之间，便有大梓木生于二冢之端，旬日而大盈抱。屈体相就，根交于下，枝错于上。又有鸳鸯雌雄各一，恒栖树上，晨夕不去，交颈悲鸣，音声感人。宋人哀之，遂号其木曰相思树。相思之名，起于此也。南人谓此禽即韩凭夫妇之精魂。今睢阳韩凭城，其歌谣至今存焉。

紫玉

干宝

吴王夫差小女，名曰紫玉，年十八，才貌俱美。童子韩重，年十九，有道术。女悦之，私交信问，许为之妻。重学于齐鲁之间，临去，属其父母使求婚。王怒不与女，玉结气死，葬阊门之外。三年重归，诘其父母，父母曰："王大怒，玉结气死，已葬矣。"重哭泣哀恸，具牲币往吊于墓前。玉魂从墓出，见重流涕，谓曰："昔尔行之后，令二亲从王相求，度必克从大愿，不图别后遭命，奈何！"玉乃左顾宛颈而歌曰："南山有乌，北山张罗，乌既高飞，罗将奈何！意欲从君，谗言孔多。悲结生疾，没命黄垆。命之不造，冤如之何！羽族之长，名为凤凰。一日失雄，三年感伤，虽有众鸟，不为匹双。故见鄙姿，逢君辉光，身远心近，何当暂忘！"歌毕歔欷流涕，要重还冢。重曰："死生异路，惧有尤愆，不敢承命。"玉曰："死生异路，吾亦知之，然今一别，永无后期，子将畏我为鬼而祸子乎？欲诚所奉，宁不相信？"重感其言，送之还冢。玉与之饮宴，留三日三夜，尽夫妇之礼。临出，取径寸明珠以送重，曰："既毁其名，又绝其愿，复何言哉！时节自爱。若至吾家，致敬大王。"重既出，遂诣王自说其事。王大怒曰：

"吾女既死，而重造讹言以玷秽亡灵。此不过发冢取物，托以鬼神。"趣收重。重走脱至玉墓所诉之。玉曰："无忧，今归白王。"王妆梳，忽见玉，惊愕悲喜，问曰："尔缘何生？"玉跪而言曰："昔诸生韩重来求玉，大王不许。玉名毁义绝，自致身亡。重从远还，闻玉已死，故赍牲币诣冢吊唁。感其笃终，辄与相见，因以珠遗之，不为发冢，愿勿推治。"夫人闻之，出而抱之，玉如烟然。

画工弃市

葛洪

元帝后宫既多，不得常见，乃使画工图形，按图召幸之。诸宫人皆赂画工，多者十万，少者亦不减五万。独王嫱不肯，遂不得见。匈奴入朝，求美人为阏氏。于是上按图以昭君行。及去，召见，貌为后宫第一，善应对，举止闲雅。帝悔之，而名籍已定。帝重信于外国，故不复更人。乃穷案其事，画工皆弃市，籍其家，资皆巨万。画工有杜陵毛延寿，为人形，丑好老少，必得其真。安陵陈敞，新丰刘白、龚宽，并工为牛马飞鸟众势，人形好丑，不逮延寿。下杜阳望亦善画，尤善布色。樊育亦善布色。同日弃市。京师画工于是差稀。

刘晨阮肇

《幽明录》

汉明帝永平五年，剡县刘晨、阮肇共入天台山取谷皮，迷不得返。经十三日，粮食乏尽，饥馁殆死。遥望山上，有一桃树，大有子实；而绝岩邃涧，了无登路。攀援藤葛，乃得至上。各啖数枚，而饥止体充。复下山，持杯取水，欲盥漱。见芜菁叶从山腹流出，甚鲜新。复一杯流出，有胡麻饭糁。相谓曰："此知去人径不远。"便共没水，逆流二三里，得度山，出一大溪。溪边有二女子，姿质妙绝，见二人持杯出，便笑曰："刘阮二郎捉向所失流杯来。"晨、肇既不识之，缘二女便呼其姓，如似有旧，乃相见忻喜。问："来何晚邪?"因邀还家。其家筒瓦屋，南壁及东壁下各有一大床，皆施绛罗帐，帐角悬铃，金银交错。床头各有十侍婢。敕云："刘阮二郎，经涉山岨，向虽得琼实，犹尚虚弊，可速作食。"食胡麻饭、山羊脯、牛肉，甚甘美。食毕行酒，有一群女来，各持五三桃子，笑而言："贺汝婿来。"酒酣作乐，刘阮忻怖交并。至暮令各就一帐宿，女往就之，言声清婉，令人忘忧。十日后，欲求还去，女云："君已来是，宿福所牵，何复欲还邪?"遂停半年。气候草木，常是春时，百鸟啼鸣，更怀悲思，求归甚苦。女曰："罪牵君当可如何?"遂呼前来女子，有三四十人，集会奏乐，共送刘阮，指示还路。既出，亲旧零落，邑屋改异，无复相识。问讯得七世孙，传闻上世入山，迷不得归。至晋太元八年，忽复去，不知何所。

卖胡粉女子

《幽明录》

有人家甚富，止有一男，宠恣过常。游市，见一女子美丽，卖胡粉，爱之。无由自达，乃托买粉，日往市得粉便去，初无所言。积渐久，女深疑之。明日复来，问曰："君买此粉，将欲何施?"答曰："意相爱乐，不敢自达，然恒欲相见，故假此以观姿耳。"女怅然有感，遂相许以私，克以明夕。其夜安寝堂屋，以俟女来。薄暮果到，男不胜其悦，把臂曰："宿愿始伸于此!"欢踊遂死。女惶惧不知所以，因遁去。明还粉店。至食时，父母怪男不起，往视，已死矣。当就殡殓，发箧笥中见百余裹胡粉，大小一积。其母曰："杀吾儿者，必此粉也。"入市遍买胡粉。次此女，比之，手迹如先。遂执问女曰："何杀我儿?"女闻呜咽，具以实陈。父母不信，遂以诉官。女曰："妾岂复吝死，乞一临尸尽哀。"县令许焉。径往，抚之恸哭曰："不幸至此，若死魂而灵，复何恨哉?"男豁然更生，具说情状，遂为夫妇，子孙繁茂。

祖约阮孚

《世说新语》

祖士少好财，阮遥集好屐，并恒自经营。同是一累，而未判其得失。人有诣祖，见料视财物，客至，屏当未尽，余两小簏著背后，倾身障之，意未能平。或有诣阮，见自吹火蜡屐，因叹曰："未知一生当著几量（两）屐！"神色闲畅。于是胜负始分。

床头捉刀

《世说新语》

魏武将见匈奴使，自以形陋不足雄远国，使崔季珪代，帝自捉刀立床头。既毕，令间谍问曰："魏王何如？"匈奴使答曰："魏王雅望非常。然床头捉刀人，此乃英雄也！"魏武闻之，追杀此使。

潘岳左思

《世说新语》

潘岳妙有姿容，好神情。少时挟弹出洛阳道，妇人遇者，莫不连手共萦之。左太冲绝丑，亦复效岳遨游，于是群妪齐共乱唾之，委顿而返。

阿堵传神

《世说新语》

顾长康画人，或数年不点目精。人问其故，顾曰：“四体妍蚩，本无关于妙处，传神写照，正在阿堵中。”

刘伶病酒

《世说新语》

刘伶病酒渴甚，从妇求酒。妇捐酒毁器，涕泣谏曰：“君饮太过，非摄生之道，必宜断之！”伶曰：“甚善。我不能自禁，唯当祝鬼神自誓断之耳。便可具酒肉。”妇曰：“敬闻命。”供酒肉于神前，请伶祝誓。伶跪而祝曰：“天生刘伶，以酒为名，一饮一斛，五斗解醒。妇人之言，慎不可听。”便引酒进肉，隗然已醉矣。

温公丧妇

《世说新语》

温公丧妇。从姑刘氏家值乱离散，唯有一女，甚有姿慧。姑以属公觅婚。公密有自婚意，答云：“佳婿难得，但如峤比云何?”姑云：“丧败之余，乞粗存活，便足慰吾余年，何敢希汝比。”却后少日，公报姑云：“已觅得婚处，门地粗可，婿身名宦尽不减峤。”因下玉镜台一枚。姑大喜。既婚交礼，女以手披纱扇，抚掌大笑曰：“我固疑是老奴，果如所卜。”玉镜台，是公为刘越石长史，北征刘聪所得。

石崇邀客

《世说新语》

石崇每要客燕集，常令美人行酒。客饮酒不尽者，使黄门交斩美人。王丞相与大将军尝共诣崇，丞相素不能饮，辄自勉强，至于沉醉。每至大将军，固不饮以观其变，已斩三人，颜色如故，尚不肯饮。丞相让之，大将军曰：“自杀伊家人，何预卿事!”

韩寿偷香

《世说新语》

韩寿美姿容，贾充辟以为掾。充每聚会，贾女于青琐中看，见寿，说之，恒怀存想，发于吟咏。后婢往寿家，具述如此，并言女光丽。寿闻之心动，遂请婢潜修音问，及期往宿。寿蹻捷绝人，逾墙而入，家中莫知。自是充觉女盛自拂拭，说畅有异于常。后会诸吏，闻寿有奇香之气，是外国所贡，一著人则历月不歇。充计武帝唯赐己及陈骞，余家无此香，疑寿与女通，而垣墙重密，门閤急峻，何由得尔？乃托言有盗，令人修墙。使反曰："其余无异，唯东北角如有人迹，而墙高非人所逾。"充乃取女左右婢考问，即以状对。充秘之，以女妻寿。

上三国志注表

裴松之

臣松之言：臣闻智周则万理自宾，鉴远则物无遗照。虽尽性穷微，深不可识，至于绪余所寄，则必接乎粗迹。是以体备之量，犹曰好察迩言。畜德之厚，在于多识往行。伏惟陛下道该渊极，神超妙物，晖光日新，郁哉弥盛。虽一贯坟典，怡心玄赜，犹复降怀近代，博观兴废。将以总括前踪，贻诲来世。

臣前被诏，使采三国异同以注陈寿国志。寿书铨叙可观，事多审正。诚游览之苑囿，近世之嘉史。然失在于略，时有所脱漏。臣奉旨寻详，务在周悉。上搜旧闻，傍摭遗逸。按三国虽历年不远，而事关汉、晋。首尾所涉，出入百载。注记纷错，每多舛互。其寿所不载，事宜存录者，则罔不毕取以补其阙。或同说一事而辞有乖杂，或出事本异，疑不能判，并皆抄内以备异闻。若乃纰缪显然，言不附理，则随违矫正以惩其妄。其时事当否及寿之小失，颇以愚意有所论辩。自就撰集，已垂期月。写校始讫，谨封上呈。

窃惟绩事以众色成文，蜜蜂以兼采为味，故能使绚素有章，甘逾本质。臣实顽乏，顾惭二物。虽自罄励，分绝藻缋，既谢淮南食时之敏，又微狂简斐然之作。淹留无成，只秽翰墨，不足以上酬圣旨，少塞愆责。愧惧之深，若坠渊谷。谨拜表以闻，随用流汗。臣松之诚惶诚恐顿首顿首死罪谨言。元嘉六年七月二十四日，中书侍郎西乡侯臣裴松之上。

代李敬业传檄天下文

骆宾王

伪临朝武氏者，人非温顺，地实寒微。昔充太宗下陈，尝以更衣入侍。洎乎晚节，秽乱春宫。密隐先帝之私，阴图后庭之嬖。入门见嫉，蛾眉不肯让人；掩袖工谗，狐媚偏能惑主。致元后于翚翟，陷吾君于聚麀。加以虺蜴为心，豺狼成性，近狎邪僻，残害忠良，杀姊屠兄，弑君鸩母。神人之所共疾，天地之所不容。犹复包藏祸心，窥窃神器。君之爱子，幽之于别宫；贼之宗盟，委之以重任。呜呼！霍子孟之不作，朱虚侯之已亡。燕啄皇孙，知汉祚之将尽；龙漦帝后，识夏庭之遽衰。

敬业皇唐旧臣，公侯冢子。奉先帝之成业，荷本朝之厚恩。宋微子之兴悲，良有以也；桓君山之流涕，岂徒然哉！是用气愤风云，志安社稷。因天下之失望，顺宇内之推心，爰举义旗，誓清妖孽。南连百越，北尽三河，铁骑成群，玉轴相接。海陵红粟，仓储之积靡穷；江浦黄旗，匡复之功何远。班声动而北风起，剑气冲而南斗平。喑呜则山岳崩颓，叱咤则风云变色。以此制敌，何敌不摧；以此攻城，何城不克。

公等或家传汉爵，或地协周亲，或膺重寄于爪牙，或受顾命于宣室。言犹在耳，忠岂忘心？一抔之土未干，六尺之孤安在！倘能转祸为福，送往事居，共立勤王之勋，无废旧君之命，凡诸爵赏，同指山河。若其眷恋穷城，徘徊歧路，坐昧先几之兆，必贻后至之诛。请看今日之域中，竟是谁家之天下。移檄州郡，咸使知闻。

山中与裴迪秀才书

王维

近腊月下，景气和畅，故山殊可过。足下方温经，猥不敢相烦，辄便往山中，憩感配寺，与山僧饭讫而去。北涉玄灞，清月映郭。夜登华子冈，辋水沦涟，与月上下；寒山远火，明灭林外；深巷寒犬，吠声如豹；村墟夜舂，复与疏钟相间。此时独坐，僮仆静默，多思曩昔携手赋诗，步仄径，临清流也。当待春中，草木蔓发，春山可望，轻鲦出水，白鸥矫翼，露湿青皋，麦陇朝雊，斯之不远，傥能从我游乎？非子天机清妙者，岂能以此不急之务相邀？然是中有深趣矣！无忽。因驮黄檗人往，不一。山中人王维白。

春夜宴从弟桃李园序

李白

夫天地者，万物之逆旅也；光阴者，百代之过客也。而浮生若梦，为欢几何？古人秉烛夜游，良有以也。况阳春召我以烟景，大块假我以文章。会桃花之芳园，序天伦之乐事。群季俊秀，皆为惠连；吾人咏歌，独惭康乐。幽赏未已，高谈转清。开琼筵以坐花，飞羽觞而醉月。不有佳咏，何伸雅怀？如诗不成，罚依金谷酒数。

与韩荆州书

李白

白闻天下谈士相聚而言曰：“生不用封万户侯，但愿一识韩荆州。”何令人之景慕一至于此耶！岂不以有周公之风，躬吐握之事，使海内豪俊，奔走而归之，一登龙门，则声誉十倍，所以龙盘凤逸之士，皆欲收名定价于君侯。愿君侯不以富贵而骄之，寒贱而忽之，则三千宾中有毛遂，使白得颖脱而出，即其人焉。白陇西布衣，流落楚汉。十五好剑术，遍干诸侯；三十成文章，历抵卿相。虽长不满七尺，而心雄万夫。王公大人，许与气义。此畴曩心迹，安敢不尽于君侯哉！君侯制作侔神明，德行动天地，笔参造化，学究天人。幸愿开张心颜，不以长揖见拒。必若接之以高宴，纵之以清谈，请日试万言，倚马可待。今天下以君侯为文章之司命，人物之权衡，一经品题，便作佳士。而君侯何惜阶前盈尺之地，不使白扬眉吐气，激昂青云耶！昔王子师为豫州，未下车即辟荀慈明，既下车又辟孔文举。山涛作冀州，甄拔三十余人，或为侍中尚书，先代所美。而君侯亦一荐严协律，入为秘书郎。中间崔宗之、房习祖、黎昕、许莹之徒，或以才名见知，或以清白见赏。白每观其衔恩抚躬，忠义奋发。以此感激，知君侯推赤心于诸贤腹中，所以不归他人，而愿委身国士。倘急难有用，敢效微躯。且人非尧舜，谁能尽善？白谟猷筹画，安能自矜？至于制作，积成卷轴，则欲尘秽视听。恐雕虫小技，不合大人。若赐观刍荛，请给纸墨，兼之书人。然后退扫闲轩，缮写呈上。庶青萍、结绿，长价于薛、卞之门。幸推下流，大开奖饰。惟君侯图之。

右溪记

元结

道州城西百余步，有小溪。南流数十步，合营溪。水抵两岸，悉皆怪石，欹嵌盘屈，不可名状。清流触石，洄悬激注。休木异竹，垂阴相荫。此溪若在山野，则宜逸民退士之所游处；在人间，可为都邑之胜境，静者之林亭。而置州已来，无人赏爱；徘徊溪上，为之怅然！乃疏凿芜秽，俾为亭宇；植松与桂，兼之香草，以裨形胜。为溪在州右，遂名之曰右溪。刻铭石上，彰示来者。

蓝田县丞厅壁记

韩愈

丞之职所以贰令，于一邑无所不当问。其下主簿、尉。主簿、尉乃有分职。丞位高而逼，例以嫌不可否事。文书行，吏抱成案诣丞。卷其前，钳以左手，右手摘纸尾，雁鹜行以进，平立，睨丞曰："当署。"丞涉笔占位署，唯谨。目吏，问："可不可？"吏曰："得。"则退。不敢略省，漫不知何事。官虽尊，力势反出主簿、尉下。谚数慢，必曰"丞"，至以相訾謷。丞之设，岂端使然哉！博陵崔斯立，种学绩文，以蓄其有，泓涵演迤，日大以肆。贞元初，挟其能，战艺于京师，再进再屈千人。元和初，以前大理评事言得失黜官，再转而为丞兹邑。始至，喟然曰："官无卑，顾材不足塞职。"既噤不得施用，又喟然曰："丞哉！丞哉！余不负丞，而丞负余。"则尽枿去牙角，一蹑故迹，破崖岸而为之。

丞厅故有记，坏漏污不可读。斯立易桷与瓦，墁治壁，悉书前任人名氏。庭有老槐四行，南墙巨竹千梃，俨立若相持，水㶁㶁循除鸣。斯立痛扫溉，对树二松，日吟哦其间。有问者，辄对曰：“余方有公事，子姑去。”考功郎中、知制诰韩愈记。

送董邵南游河北序

韩愈

燕赵古称多感慨悲歌之士。董生举进士，连不得志于有司，怀抱利器，郁郁适兹土。吾知其必有合也。董生勉乎哉！夫以子之不遇时，苟慕义强仁者皆爱惜焉。矧燕赵之士出乎其性者哉！然吾尝闻风俗与化移易，吾恶知其今不异于古所云邪？聊以吾子之行卜之也。董生勉乎哉！吾因子有所感矣。为我吊望诸君之墓，而观于其市，复有昔时屠狗者乎？为我谢曰：“明天子在上，可以出而仕矣。”

桐叶封弟辩

柳宗元

古之传者有言，成王以桐叶与小弱弟，戏曰：“以封汝。”周公入贺。王曰：“戏也。”周公曰：“天子不可戏。”乃封小弱弟於唐。吾意不然。王之弟当封耶？周公宜以时言於王，不待其戏而贺以成之也；不当封耶？周公乃成其不中之戏，以地以人与小弱者为之主，其得为圣乎？且周公以王之言，不可苟焉而已，必从而成之耶？设有不幸，王以桐叶戏妇寺，亦将举而从之乎？凡王者之德，在行之何若。设未得其当，虽十易之不为病；要于其当，不可使易也，而况以其戏乎？若戏而必行之，是周公教王遂过也。吾意周公辅成王，宜以道，从容优乐，要归之大中而已，必不逢其失而为之辞。又不当束缚之，驰骤之，使若牛马然，急则败矣。且家人父子尚不能以此自克，况号为君臣者耶？是直小丈夫缺缺者之事，非周公所宜用，故不可信。或曰：封唐叔，史佚成之。

读司马法

皮日休

古之取天下也以民心，今之取天下以民命。唐虞尚仁，天下之民，从而帝之。不曰取天下以民心者乎？汉魏尚权，驱赤子于利刃之下，争寸土于百战之内。由士为诸侯，由诸侯为天子，非兵不能成，非战不能服。不曰取天下以民命者乎？由是编之为术。术愈精而杀人愈多，法益切而害物益甚。呜呼，其亦不仁矣。蚩蚩之类不敢惜死者，上惧乎刑，次贪乎赏。民之于君，犹子也。何异乎父欲杀其子，先给以威，后啖以利哉？孟子曰：“‘我善为阵，我善为战’，大罪也！”使后之君于民有是者，虽不得土，吾以为犹土焉。

野庙碑

陆龟蒙

碑者悲也。古者悬而窆，用木；后人书之，以表其功德，因留之不忍去，碑之名由是而得。自秦、汉以降，生而有功德政事者，亦碑之；而又易之以石，失其称矣。余之碑野庙也，非有政事功德可纪，直悲夫氓竭其力，以奉无名之土木而已矣！瓯越间好事鬼，山椒水滨多淫祀，其庙貌有雄而毅、黝而硕者，则曰将军；有温而愿、晳而少者，则曰某郎；有媪而尊严者，则曰姥；有妇容而艳者，则曰姑。其居处，则敞之以庭堂，峻之以陛级；左右老木，攒植森拱；萝茑翳于上，枭鸮室其间；车马徒隶，丛杂怪状；氓作之，氓怖之。大者椎牛，次者击豕，小不下犬鸡。鱼菽之荐，牲酒之奠，缺于家可也，缺于神不可也。一日懈怠，祸亦随作。耄孺畜牧栗栗然。疾病死丧，氓不曰适丁其时耶！而自惑其生，悉归之于神。虽然，若以古言之则戾；以今言之，则庶乎神之不足过也。何者？岂不以生能御大灾，捍大患；其死也则血食于生人，无名之土木，不当与御灾捍患者为比。是戾于古也明矣！今之雄毅而硕者有之，温愿而少者有之。升阶级，坐堂筵，耳弦匏，口粱肉，载车马，拥徒隶者，皆是也。解民之悬，清民之暍，未尝怵于胸中。民之当奉者，一日懈怠，则发悍吏，肆淫刑，殴之以就事。较神之祸福，孰为轻重哉？平居无事，指为贤良，一旦有大夫之忧，当报国之日，则恇挠脆怯，颠踬窜踣，乞为囚虏之不暇。此乃缨弁言语之土木，又何责其真土木邪？故曰：以今之言，则庶乎神之不足过也。既而为诗，以纪其末：土木其形，窃吾民之酒牲，固无以名；土木其智，窃吾君之禄位，如何可仪！禄位颀颀，酒牲甚微，神之飨也，孰云其非？视吾之碑，知斯文之孔悲！

英雄之言

罗隐

物之所以有韬晦者，防乎盗也。故人亦然。夫盗亦人也，冠履焉，衣服焉，其所以异者，退逊之心，正廉之节，不常其性耳。视玉帛而取之者，则曰牵于寒饿；视家国而取之者，则曰救彼涂炭。牵于寒饿者，无得而言矣；救彼涂炭者，则宜以百姓心为心。而西刘则曰："居宜如是！"楚籍则曰："可取而代！"意彼未必无退逊之心，正廉之节，盖以视其靡曼骄崇，然后生其谋耳。为英雄者犹若是，况常人乎？是以峻宇逸游，不为人所窥者，鲜也。

李白佚事

孟棨

李太白初自蜀至京师，舍于逆旅。贺监知章闻其名，首访之。既奇其姿，复请所为文。出《蜀道难》以示之。读未竟，称叹者数四，号为“谪仙”，解金龟换酒，与倾尽醉。期不间日，由是称誉光赫。贺又见其《乌栖曲》，叹赏苦吟曰：“此诗可以泣鬼神矣。”故杜子美赠诗及焉。曲曰：“姑苏台上乌栖时，吴王宫里醉西施。吴歌楚舞欢未毕，西山欲衔半边日。金壶丁丁漏水多，起看秋月堕江波。东方渐高奈乐何！”或言是《乌夜啼》二篇，未知孰是，故两录之。《乌夜啼》曰：“黄云城边乌欲栖，归飞哑哑枝上啼。机中织锦秦川女，碧纱如烟隔窗语。停梭向人问故夫，欲说辽西泪如雨。”

白才逸气高，与陈拾遗齐名，先后合德。其论诗云：“梁陈以来，艳薄斯极，沈休文又尚以声律，将复古道，非我而谁与！”故陈、李二集律诗殊少。尝言“兴寄深微，五言不如四言，七言又其靡也。况使束于声调俳优哉。”故戏杜曰：“饭颗山头逢杜甫，头戴笠子日卓午。借问何来太瘦生，总为从前作诗苦。”盖讥其拘束也。

玄宗闻之，召入翰林。以其才藻绝人，器识兼茂，欲以上位处之，故未命以官。尝因宫人行乐，谓高力士曰：“对此良辰美景，岂可独以声伎为娱，倘时得逸才词人吟咏之，可以夸耀于后。”遂命召白。时宁王邀白饮酒，已醉。既至，拜舞颓然。上知其薄声律，谓非所长，命为宫中行乐五言律诗十首。白顿首曰：“宁王赐臣酒，今已醉。倘陛下赐臣无畏，始可尽臣薄技。”上曰：“可。”即遣二内臣掖扶之，命研墨濡笔以授之。又令二人张朱丝栏于其前。白取笔抒思，略不停缀，十篇立就，更无加点。笔迹遒利，凤跱龙拏。律度对属，无不精绝。其首篇曰：“柳色黄金嫩，梨花白雪香。玉楼巢翡翠，金殿宿鸳鸯。选妓随雕辇，征歌出洞房。宫中谁第一？飞燕在昭阳。”文不尽录。常出入宫中，恩礼殊厚，竟以疏从乞归。上亦以非廊庙器，优诏罢遣之。

后以不羁流落江外，又以永王招礼，累谪于夜郎。及放还，卒于宣城。杜所赠二十韵，备叙其事。读其文，尽得其故迹。杜逢禄山之难，流离陇蜀，毕陈于诗，推见至隐，殆无遗事，故当时号为“诗史”。

花间集序

欧阳炯

镂玉雕琼，拟化工而迥巧；裁花剪叶，夺春艳以争鲜。是以唱云谣则金母词清，挹霞醴则穆王心醉。名高白雪，声声而自合鸾歌；响遏青云，字字而偏谐凤律。杨柳大堤之句，乐府相传；芙蓉曲渚之篇，豪家自制。莫不争高门下，三千玳瑁之簪；竞富樽前，数十珊瑚之树。则有绮筵公子，绣幌佳人，递叶叶之香笺，文抽丽锦；举纤纤之玉指，拍按香檀。不无清绝之词，用助娇娆之态。自南朝之宫体，扇北里之倡风。何止言之不文，所谓秀而不实。有唐已降，率土之滨，家家之香径春风，宁寻越艳；处处之红楼夜月，自锁嫦娥。在明皇朝，则有李太白之应制清平乐词四首，近代温飞卿复有《金荃集》。迩来作者，无愧前人。今卫尉少卿字弘基，以拾翠洲边，自得羽毛之异；织绡泉底，独殊机杼之功。广会众宾，时延佳论。因集近来诗客曲子词五百首，分十卷。以炯粗预知音，辱请命题，仍为序引。昔郢人有歌《阳春》者，号为绝唱，乃名之为《花间集》，庶使西园英哲，用资羽盖之欢；南国婵娟，休唱莲舟之引。时大蜀广政夏四月日序。

六国论

苏洵

六国破灭，非兵不利，战不善，弊在赂秦；赂秦而力亏，破灭之道也。或曰："六国互丧，率赂秦耶?"曰："不赂者以赂者丧；盖失强援，不能独守。故曰，弊在赂秦也。"秦以攻取之外，小则获邑，大则得城。较秦之所得，与战胜而得者，其实百倍；诸侯之所以亡，与战败而亡者，其实亦百倍。则秦之所大欲，诸侯之所大患，固不在战矣。思厥先祖父，暴霜露，斩荆棘，以有尺寸之地。子孙视之不甚惜，举以予人，如弃草芥。今日割五城，明日割十城，然后得一夕安寝，起视四境，而秦兵又至矣。然则，诸侯之地有限，暴秦之欲无厌，奉之弥繁，侵之愈急，故不战而强弱胜负已判矣。至于颠复，理固宜然。古人云："以地事秦，犹抱薪救火，薪不尽，火不灭。"此言得之。齐人未尝赂秦，终继五国迁灭，何哉？与嬴而不助五国也。五国既丧，齐亦不免矣。燕、赵之君，始有远略，能守其土，义不赂秦。是故燕虽小国而后亡，斯用兵之效也。至丹以荆卿为计，始速祸焉。赵尝五战于秦，二败而三胜，后秦击赵者再，李牧连却之；洎牧以谗诛，邯郸为郡，惜其用武而不终也。且燕、赵处秦革灭殆尽之际，可谓智力孤危，战败而亡，诚不得已。向使三国各爱其地，齐人勿附于秦，刺客不行，良将犹在，则胜负之数，存亡之理，当与秦相较，或未易量。呜呼！以赂秦之地，封天下之谋臣；以事秦之心，礼天下之奇才；并力西向，则吾恐秦人食之不得下咽也。悲夫！有如此之势，而为秦人积威之所劫，日削月割，以趋于亡。为国者，无使为积威之所劫哉！夫六国与秦皆诸侯，其势弱于秦，而犹有可以不赂而胜之之势；苟以天下之大，下而从六国破亡之故事，是又在六国之下矣。

谏院题名记

司马光

古者谏无官，自公卿大夫，至于工商，无不得谏者。汉兴以来，始置官。

夫以天下之政，四海之众，得失利病，萃於一官使言之，其为任亦重矣。居是官者，常志其大，舍其细；先其急，后其缓；专利国家而不为身谋。彼汲汲於名者，犹汲汲於利也，其间相去何远哉。

天禧初，真宗诏置谏官六员，责其职事。庆历中，钱君始书其名于版，光恐久而漫灭。嘉祐八年，刻于石。后之人将历指其名而议之曰："某也忠，某也诈，某也直，某也曲。"呜呼！可不惧哉！

答司马谏议书

王安石

某启：昨日蒙教，窃以为与君实游处相好之日久，而议事每不合，所操之术多异故也。虽欲强聒，终必不蒙见察，故略上报，不复一一自辨；重念蒙君实视遇厚，于反复不宜卤莽，故今具道所以，冀君实或见恕也。盖儒者所争，尤在于名实，名实已明，而天下之理得矣。今君实所以见教者，以为侵官、生事、征利、拒谏，以致天下怨谤也。某则以谓受命于人主，议法度而修之于朝廷，以授之于有司，不为侵官；举先王之政，以兴利除弊，不为生事；为天下理财，不为征利；辟邪说，难壬人，不为拒谏。至于怨诽之多，则固前知其如此也。人习于苟且非一日，士大夫多以不恤国事、同俗自媚于众为善。上乃欲变此，而某不量敌之众寡，欲出力助上以抗之，则众何为而不汹汹然？盘庚之迁，胥怨者民也，非特朝廷士大夫而已；盘庚不为怨者故改其度，度义而后动，是而不见可悔故也。如君实责我以在位久，未能助上大有为，以膏泽斯民，则某知罪矣；如曰今日当一切不事事，守前所为而已，则非某之所敢知。无由会晤，不任区区向往之至。

答谢民师书

苏轼

所示书教及诗赋杂文，观之熟矣。大略如行云流水，初无定质，但常行于所当行，常止于所不可不止，文理自然，姿态横生。孔子曰："言之不文，行而不远。"又曰："辞，达而已矣！"夫言止于达意，即疑若不文，是大不然。求物之妙，如系风捕影，能使是物了然于心者，盖千万人而不一遇也；而况能使了然于口与手者乎！是之谓辞达。辞至于能达，则文不可胜用矣。扬雄好为艰深之辞，以文浅易之说，若正言之，则人人知之矣。此正所谓雕虫篆刻者，其《太玄》、《法言》皆是类也，而独悔于赋，何哉？终身雕篆，而独变其音节，便谓之经，可乎？屈原作《离骚经》，盖风雅之再变者，虽与日月争光可也。可以其似赋而谓之雕虫乎？使贾谊见孔子，升堂有余矣；而乃以赋鄙之，至与司马相如同科。雄之陋如此比者众，可与知者道，难与俗人言也，因论文偶及之耳。欧阳文忠公言，文章如精金美玉，市有定价，非人所能以口舌定贵贱也。纷纷多言，岂能有益于左右，愧悚不已。所须惠力法雨堂字，轼本不善作大字，强作终不佳，又舟中局迫难写，未能如教。然轼方过临江，当往游焉。或僧有所欲记录，当为作数句留院中，慰左右亲念之意。今日至峡山寺，少留即去。愈远，惟万万以时自爱。

金石录后序

李清照

右《金石录》三十卷者何？赵侯德父所著书也，取上自三代，下迄五季，钟、鼎、甗 yǎn、鬲、盘、匜、尊、敦之款识，丰碑、大碣、显人、晦士之事迹，凡见于金石刻者二千卷，皆是正讹谬，去取褒贬，上足以合圣人之道，下足以订史氏之失者，皆载之，可谓多矣。呜呼！自王播、元载之祸，书画与胡椒无异；长舆、元凯之病，钱癖与传癖何殊。名虽不同，其惑一也。

余建中辛巳，始归赵氏。时先君作礼部员外郎，丞相时作吏部侍郎，侯年二十一，在太学作学生。赵、李族寒，素贫俭，每朔望谒告出，质衣，取半千钱，步入相国寺，市碑文果实归，相对展玩咀嚼，自谓葛天氏之民也。后二年，出仕宦，便有饭蔬衣练，穷遐方绝域，尽天下古文奇字之志。日就月将，渐益堆积。丞相居政府，亲旧或在馆阁，多有亡诗、逸史，鲁壁、汲冢所未见之书。遂尽力传写，寖觉有味，不能自已。后或见古今名人书画，一代奇器，亦复脱衣市易。尝记崇宁间，有人持徐熙牡丹图，求钱二十万。当时虽贵家子弟，求二十万钱，岂易得耶！留信宿，计无所出而还之。夫妇相向惋怅者数日。

后屏居乡里十年，仰取俯拾，衣食有余，连守两郡，竭其俸入，以事铅椠。每获一书，即同共校勘、整集签题。得书画、彝鼎，亦摩玩舒卷，指摘疵病，夜尽一烛为率。故能纸札精致，字画完整，冠诸收书家。余性偶强记，每饭罢，坐归来堂烹茶，指堆积书史，言某事在某书某卷第几页第几行，以中否角胜负，为饮茶先后。中即举杯大笑，至茶倾覆怀中，反不得饮而起。甘心老是乡矣！故虽处忧患困穷而志不屈。收书既成，归来堂起书库大橱，簿甲乙，置书册。如要讲读，即请钥上簿，关出卷帙。或少损污，必惩责揩完涂改，不复向时之坦夷也。是欲求适意，而反取憀栗。余性不耐，始谋食去重肉，衣去重采，首无明珠翡翠之饰，室无涂金刺绣之具，遇书史百家字不刓缺、本不讹谬者，辄市之，储作副本。自来家传《周易》《左氏传》，故两家者流，文字最备。于是几案罗列枕藉，意会心谋，目往神授，乐在声色狗马之上。

至靖康丙午岁，侯守淄川。闻金人犯京师，四顾茫然，盈箱溢箧，且恋恋，且怅怅，知其必不为已物矣。建炎丁未春三月，奔太夫人丧南来。既长物不能尽载，乃先去书之重大印本者，又去画之多幅者，又去古器之无款识者，后又去书之监本者，画之平常者，器之重大者。凡屡减去，尚载书十五车。至东海，连舻渡淮，又渡江，至建康。青州故第，尚锁书册什物，用屋十余间，期明年春再具舟载之。十二月，金人陷青州，凡所谓十余屋者，已皆为煨烬矣！

建炎戊申秋九月，侯起复，知建康府。己酉春三月罢，具舟上芜湖，入姑孰，将卜居赣水上。夏五月，至池阳，被旨知湖州，过阙上殿；遂驻家池阳，独赴召。六月十三日，始负担舍舟，坐岸上，葛衣岸巾，精神如虎，目光烂烂射人，望舟中告别。余意甚恶，呼曰："如传闻城中缓急，奈何？"戟手遥应曰："从众。必不得已，先去辎重，次衣被，次书册卷轴，次古器。独所谓宗器者，可自负抱，与身俱存亡，勿忘之！"遂驰马去。途中奔驰，冒大暑，感疾，至行在，病痁。七月末，书报卧病。余惊怛，念侯性素急，奈何病痁？或热，必服寒药，疾可忧。遂解舟下，一日夜行三百里。比至，果大服柴胡、黄芩药，疟且痢，病危在膏肓。余悲泣，仓皇不忍问后事。八月十八日遂不起，取笔作诗，绝笔而终，殊无分香卖屦之意。

葬毕，余无所之。朝廷已分遣六宫，又传江当禁渡。时犹有书二万卷，金石刻二千卷，器皿、茵褥，可待百客，他长物称是。余又大病，仅存喘息。事势日迫，念侯有妹婿任兵部侍郎，从卫在洪州，遂遣二故吏先部送行李往投之。冬十二月，金人陷洪州，遂尽委弃。所谓连舻渡江之书，又散为云烟矣！独余少轻小卷轴、书帖，写本李、杜、韩、柳集，《世说》《盐铁论》，汉唐石刻副本数十轴，三代鼎鼐十数事，南唐写本书数箧，偶病中把玩，搬在卧内者，岿然独存。

上江既不可往，又虏势叵测，有弟迒，任敕局删定官，遂往依之。到台，守已遁之剡。出陆，又弃衣被，走黄岩，雇舟入海，奔行朝。时驻跸章安，从御舟海道之温，又之越。庚戌十二月，放散百官，遂之衢。绍兴辛亥春三月，复赴越，壬子，又赴杭。

先侯疾亟时，有张飞卿学士，携玉壶过视侯，便携去，其实珉也。不知何人传道，遂妄言有颁金之语，或传亦有密论列者。余大惶怖，不敢言，亦不敢遂已，尽将家中所有铜器等物，欲赴外廷投进。到越，已移幸四明。不敢留家中，并写本书寄剡。后官军收叛卒，取去，闻尽入故李将军家。所谓岿然独存者，无虑十去五六矣！惟有书、画、砚、墨可五七簏，更不忍置他所，常在卧榻下，手自开阖。在会稽，卜居土民钟氏舍。忽一夕，穴壁负五簏去。余悲恸不得活，重立赏收赎。后二日，邻人钟复皓出十八轴求赏，故知其盗不远矣。万计求之，其余遂牢不可出。今知尽为吴说运使贱价得之。所谓岿然独存者，乃十去其七八。所有一二残零不成部帙书册，三数种平平书帖，犹复爱惜如护头目，何愚也邪！

今日忽阅此书，如见故人。因忆侯在东莱静治堂，装卷初就，芸签缥带，束十卷作一帙，每日晚吏散，辄较勘二卷，跋题一卷。此二千卷，有题跋者五百二卷耳。今手泽如新，而墓木已拱，悲乎！昔萧绎江陵陷没，不惜国亡，而毁裂书画；杨广江都倾覆，不悲身死，而复取图书。岂人性之所著，死生不能忘之欤？或者天意以余菲薄，不足以享此尤物邪？抑亦死者有知，犹斤斤爱惜，不肯留在人间耶？何得之艰而失之易也？呜呼！余自少陆机作赋之二年，至过蘧瑗知非之两岁，三十四年之间，忧患得失，何其多也？然有有必有无，有聚必有散，乃理之常。人亡弓，人得之，又胡足道！所以区区记其终始者，亦欲为后世好古博雅者之戒云。绍兴二年玄黓岁壮月朔甲寅，易安室题。

送郭拱辰序

朱熹

世之传神写照者，能稍得其形似，已得称为良工。今郭君拱辰叔瞻乃能并与其精神意趣而尽得之，斯亦奇矣！予顷见友人林择之、游诚之，称其为人，而招之不至。今岁惠然来自昭武里中，士夫数人欲观其能，或一写而肖，或稍稍损益，卒无不似，而风神气韵，妙得其天致。有可笑者，为予作大小二象，宛然麋鹿之姿，林野之性。持以示人，计虽相闻而不相识者，亦有以知其为予也。然予方将东游雁荡，窥龙湫，登玉霄，以望蓬莱，西历麻源，经玉笥，据祝融之绝顶，以临洞庭风涛之壮，北出九江，上庐阜，入虎溪，访陶翁之遗迹，然后归而思自休焉。彼当有隐君子者，世人所不得见，而予幸将见之，欲图其形以归，而郭君以岁晚思亲，不能久从予游矣，予于是有遗恨焉。因其告行，书以为赠。淳熙元年九月庚子，晦翁书。

指南录后序

文天祥

德祐二年二月十九日，予除右丞相兼枢密使，都督诸路军马。时北兵已迫修门外，战、守、迁皆不及施。缙绅、大夫、士萃于左丞相府，莫知计所出。会使辙交驰，北邀当国者相见。众谓予一行为可以纾祸。国事至此，予不得爱身，意北亦尚可以口舌动也。初奉使往来，无留北者，予更欲一觇北，归而求救国之策。于是辞相印不拜，翌日，以资政殿学士行。初至北营，抗辞慷慨，上下颇惊动，北亦未敢遽轻吾国。不幸吕师孟构恶于前，贾余庆献谄于后，予羁縻不得还，国事遂不可收拾。予自度不得脱，则直前诟虏帅失信，数吕师孟叔侄为逆。但欲求死，不复顾利害。北虽貌敬，实则愤怒。二贵酋名曰馆伴，夜则以兵围所寓舍，而予不得归矣。未几，贾余庆等以祈请使诣北，北驱予并往，而不在使者之目。予分当引决，然而隐忍以行。昔人云："将以有为也。"至京口，得间奔真州，即具以北虚实告东西二阃，约以连兵大举。中兴机会，庶几在此。留二日，维扬帅下逐客之令。不得已，变姓名，诡踪迹，草行露宿，日与北骑相出没于长淮间。穷饿无聊，追购又急，天高地迥，号呼靡及。已而得舟，避渚洲，出北海，然后渡扬子江，入苏州洋，展转四明、天台，以至于永嘉。呜呼！予之及于死者，不知其几矣！诋大酋当死；骂逆贼当死；与贵酋处二十日，争曲直，屡当死；去京口，挟匕首，以备不测，几自到死；经北舰十余里，为巡船所物色，几从鱼腹死；真州逐之城门外，几傍徨死；如扬州，过瓜州扬子桥，竟使遇哨，无不死；扬州城下，进退不由，殆例送死；坐桂公塘土围中，骑数千过其门，几落贼手死；贾家庄几为巡徼所陵迫死；夜趋高邮，迷失道，几陷死；质明，避哨竹林中，逻者数十骑，几无所逃死；至高邮，制府檄下，几以捕系死；行城子河，出入乱尸中，舟与哨相后先，几邂逅死；至海陵，如高沙，常恐无辜死；道海安、如皋，几三百里，北与寇往来其间，无日而非可死；至通州，几以不纳死；以小舟涉鲸波，出无可奈何，而死固付之度外矣。呜呼！死生，昼夜事也，死而死矣，而境界危恶，层见错出，非人世所堪。痛定思痛，痛如何哉！予在患难中，间以诗记所遭，今存其本不忍废。道中手自抄录：使北营，留北关外为一卷；发北关外，历吴门毗陵，渡瓜州，复还京口为一卷；脱京口，趋真州、扬州、高邮、泰州、通州为一卷；自海道至永嘉，来三山为一卷。将藏之于家，使来者读之，悲予志焉。呜呼！予之生也幸，而幸生也何所为？求乎为臣，主辱臣死，有余戮；所求乎为子，以父母之遗体，行殆而死，有余责。将请罪于君，君不许；请罪于母，母不许；请罪于先人之墓，生无以救国难，死犹为厉鬼以击贼，义也。赖天灵，宗庙之福，修我戈矛，从王于师，以为前驱，雪九庙之耻，复高祖之业。所谓誓不与贼俱生，所谓鞠躬尽力，死而后已，亦义也。嗟呼！若予者，将无往而不得死所矣。向也，使予委骨于草莽，予虽浩然无所愧怍，然微以自文于君亲，君亲其谓予何？诚不自意，返吾衣冠，重见日月，使旦夕得正丘首，复何憾哉！复何憾哉！是年夏五，改元景炎，庐陵文天祥自序其诗，名曰《指南录》。

与许口北

徐渭

昨漫往观锻，因伫柳下，思叔夜好此，久之不得其故。遂失二公高盖，悚惶悚惶。公与群公并膺贺典，生野人耳，以不贺为贺。承命作启与联，奉上。猥耳，抹却掷却。

小修诗序

袁宏道

盖诗文至近代而卑极矣，文则必欲准于秦汉，诗则必欲准于盛唐。剿袭摹拟，影响步趋，见人有一语不相肖者，则共指以为野狐外道。曾不知文准秦汉矣，秦汉人何尝字字学六经欤？诗准盛唐矣，盛唐人何尝字字学汉魏欤？秦汉而学六经，岂复有秦汉之文？盛唐而学汉魏，岂复有盛唐之诗？唯夫代有升降，而法不相沿，各极其变，各穷其趣，所以可贵，原不可以优劣论也。且夫天下之物，孤行则必不可无，必不可无，虽欲废焉而不能；雷同则可以不有，可以不有，则虽欲存焉而不能。故吾谓今之诗文不传矣。其万一传者，或今闾阎妇人孺子所唱《擘破玉》、《打草竿》之类，不效颦于汉魏，不学步于盛唐，任性而发，尚能通于人之喜怒哀乐，嗜好情欲，是可喜也。盖弟既不得志于时，多感慨；又性喜豪华，不安贫窘；爱念光景，不受寂寞。百金到手，顷刻都尽，故尝贫；而沉湎嬉戏，不知樽节，故尝病。贫复不任贫，病复不任病，故多愁。愁极则吟，故尝以贫病无聊之苦，发之于诗，每每若哭若骂，不胜其哀生失路之感。予读而悲之。大概情至之语，自能感人，是谓真诗，可传也。而或者犹以太露病之，曾不知情随境变，字逐情生，但恐不达，何露之有？且离骚一经，忿怼之极。党人偷乐，众女谣诼，不揆中情，信谗赍怒，皆明示唾骂，安在所谓怨而不伤者乎？穷愁之时，痛哭流涕，颠倒反覆，不暇择音，怨矣，宁有不伤者？且燥湿异地，刚柔异性，若夫劲质而多怼，峭急而多露，是之谓楚风，又何疑焉。

识张幼于惠泉诗后

袁宏道

余友麻城丘长孺东游吴会，载惠山泉三十坛之团风。长孺先归，命仆辈担回。仆辈恶其重也，随倾于江，至倒灌河，始取山泉水盈之。长孺不知，矜重甚，次日即邀城中诸好事尝水。诸好事如期皆来，团坐斋中，甚有喜色。出尊取磁瓯盛少许，递相议然后饮之。嗅玩经时，始细嚼咽下，喉中汩汩有声。乃相视而叹曰："美哉水也！非长孺高兴，吾辈此生何缘得饮此水？"皆叹羡不置而去。半月后，诸仆相争，互发其私事。长孺大恚，逐其仆。诸好事之饮水者，闻之愧叹而已。又余弟小修向亦东询，载惠山、中泠泉各二尊归，以红笺书泉名记之。经月余抵家，笺字俱磨灭。余诘弟曰：“孰为惠山？孰为中泠？”弟不能辨，尝之亦复不能辨，相顾大笑。然惠山实胜中泠，何况倒灌河水？自余吏吴来，尝水既多，已能辨之矣。偶读幼于此册，因忆往事，不觉绝倒。此事正与东坡河阳美猪肉事相类，书之并博幼于一笑。

报许牲之

宗臣

零霜握别，倏已残春，岁序殷流，离心超忽。忆昨沧洲聚首，风雨停卮，谑语雄谈，千古一快。红尘忽接，青山顿远。言念昔游，茫然兴叹。祖筵一酌，情共杯深，载锡之言，金声满楮。孤舟远情，彼此同之矣。春波正深，芙蕖渐绿。足下向所拟赋，可得遽闻乎？延结延结。

在京与友人书

屠隆

燕市带面衣，骑黄马，风起飞尘满衢陌。归来下马，两鼻孔黑如烟突，人、马屎和沙土。雨过淖泞没鞍膝，百姓竞策蹇驴，与官人肩相摩。大官传呼来，则疾窜避委巷不及，狂奔尽气，流汗至踵。此中况味如此。遥想江村夕阳，渔舟投浦，返照入林，沙明如雪，花下晒网罟，酒家白板青帘，掩映垂柳，老翁挈鱼提瓮出柴门。此时偕三五良朋，散步沙上，绝胜长安骑马冲泥也。

猫号

刘元卿

齐奄家畜一猫，自奇之，号于人曰虎猫。客说之曰："虎诚猛，不如龙之神也，请更名曰龙猫。"又客说之曰："龙固神于虎也，龙升天，须浮云，云其尚于龙乎？不如名之曰云。"又客说之曰："云霭蔽天，风倏散之，云故不敌风也，请更名曰风。"又客说之曰："大风飙起，维屏以墙，斯足蔽矣，风其如墙何？名之曰墙猫可。"又客说之曰："维墙虽固，维鼠穴之，墙斯圮矣。墙又如鼠何？即名曰鼠猫可也。"东里丈人嗤之曰："噫嘻，捕鼠者故猫也，猫即猫耳，胡为自失本真哉？"

浣花溪记

钟惺

出成都南门，左为万里桥，西折纤秀长曲，所见如连环、如玦、如带、如规、如钩，色如鉴、如琅玕、如绿沉瓜，窈然深碧，萦回城下者，皆浣花溪委也。然必至草堂而后浣花有专名，则以少陵浣花居在焉耳。行三四里为青羊宫，溪时远时近，竹柏苍然，隔岸阴森者尽溪，平望如荠，水木清华，神肤洞达。自宫以西，流汇而桥者三，相距各不半里。舁夫云通灌县，或所云江从灌口来，是也。人家住溪左，则溪蔽不时见，稍断则复见溪，如是者数处，缚柴编竹，颇有次第。桥尽，一亭树道左，署曰缘江路。过此则武侯祠，祠前跨溪为板桥一，覆以水槛，乃睹浣花溪题榜。过桥，一小洲横斜插水间如梭，溪周之，非舟不通，置亭其上，题曰百花潭水。由此亭还度桥，过梵安寺，始为杜工部祠。像颇清古，不必求肖，想当尔尔。石刻像一，附以本传，何仁仲别驾署华阳时所为也。碑皆不堪读。钟子曰：杜老二居，浣花清远，东屯险奥，各不相袭。严公不死，浣溪可老，患难之于朋友大矣哉！然天遣此翁增夔门一段奇耳。穷愁奔走，犹能择胜，胸中暇整，可以应世，如孔子微服主司城贞子时也。时万历辛亥十月十七日，出城欲雨，顷之霁。使客游者，多由监司郡邑招饮，冠盖稠浊，磬折喧溢，迫暮促归。是日清晨，偶然独往。楚人钟惺记。

陶庵梦忆序

张岱

陶庵国破家亡，无所归止。披发入山，骇骇为野人。故旧见之，如毒药猛兽，愕窒不敢与接。作自挽诗，每欲引决，因石匮书未成，尚视息人世。然瓶粟屡罄，不能举火。始知首阳二老，直头饿死，不食周粟，还是后人妆点语也。因思昔人生长王谢，颇事豪华，今日罹此果报：以笠报颅，以蒉报踵，仇簪履也；以衲报裘，以苎报絺 chī，仇轻暖也；以藿报肉，以粝报粻，仇甘旨也；以荐报床，以石报枕，仇温柔也；以绳报枢，以瓮报牖，仇爽垲也；以烟报目，以粪报鼻，仇香艳也；以途报足，以囊报肩，仇舆从也。种种罪案，从种种果报中见之。鸡鸣枕上，夜气方回。因想余生平，繁华靡丽，过眼皆空，五十年来，总成一梦。今当黍熟黄粱，车旋蚁穴，当作如何消受？遥思往事，忆即书之，持向佛前，一一忏悔。不次岁月，异年谱也；不分门类，别志林也。偶拈一则，如游旧径，如见故人，城郭人民，翻用自喜。真所谓痴人前不得说梦矣。昔有西陵脚夫，为人担酒，失足破其瓮。念无以偿，痴坐伫想曰：“得是梦便好。”一寒士乡试中式，方赴鹿鸣宴，恍然犹意未真，自啮其臂曰：“莫是梦否？”一梦耳，唯恐其非梦，又唯恐其是梦，其为痴人则一也。余今大梦将寤，犹事雕虫，又是一番梦呓。因叹慧业文人，名心难化，政如邯郸梦断，漏尽钟鸣，卢生遗表，犹思摹榻二王，以流传后世。则其名根一点，坚固如佛家舍利，劫火猛烈，犹烧之不失也。

西湖七月半

张岱

西湖七月半，一无可看，只可看看七月半之人。看七月半之人，以五类看之。其一楼船箫鼓，峨冠盛筵，灯火优傒，声光相乱，名为看月而实不见月者看之。其一亦船亦楼，名娃闺秀，携及童娈，笑啼杂之，还坐露台，左右盼望，身在月下而实不看月者看之。其一亦船亦声歌，名妓闲僧，浅斟低唱，弱管轻丝，竹肉相发，亦在月下，亦看月而欲人看其看月者看之。其一不舟不车，不衫不帻，酒醉饭饱，呼群三五，跻入人丛，昭庆断桥，嚣呼嘈杂，装假醉，唱无腔曲，月亦看，看月者亦看，不看月者亦看，而实无一看者看之。其一小船轻幌，净几暖炉，茶铛旋煮，素瓷静递，好友佳人，邀月同坐，或匿影树下，或逃嚣里湖，看月而人不见其看月之态，亦不作意看月者看之。杭人游湖，巳出酉归，避月如仇。是夕好名，逐队争出，多犒门军酒钱，轿夫擎燎，列俟岸上。一入舟，速舟子急放断桥，赶入胜会。以故二鼓以前人声鼓吹，如沸如撼，如魇如呓，如聋如哑，大船小船一齐凑岸，一无所见，止见篙击篙，舟触舟，肩摩肩，面看面而已。少刻兴尽，官府席散，皂隶喝道去。轿夫叫船上人，怖以关门，灯笼火把如列星，一一簇拥而去。岸上人亦逐队赶门，渐稀渐薄，顷刻散尽矣。吾辈始舣舟近岸。断桥石磴始凉，席其上，呼客纵饮。此时月如镜新磨，山复整妆，湖复颒面，向之浅斟低唱者出，匿影树下者亦出，吾辈往通声气，拉与同坐。韵友来，名妓至，杯箸安，竹肉发。月色苍凉，东方将白，客方散去。吾辈纵舟，酣睡于十里荷花之中，香气拘人，清梦甚惬。

柳敬亭说书

张岱

南京柳麻子黧黑，满面疤癗，悠悠忽忽，土木形骸，善说书。一日说书一回，定价一两。十日前先送书帕下定，常不得空。南京一时有两行情人，王月生、柳麻子是也。余听其说《景阳岗武松打虎》白文，与本传大异。其描写刻画，微入毫发，然又找截干净，并不唠叨。勃夬声如巨钟。说至筋节处，叱咤叫喊，汹汹崩屋。武松到店沽酒，店内无人，蓦地一吼，店中空缸空甓，皆瓮瓮有声。闲中著色细微至此。主人必屏息静坐，倾耳听之，彼方掉舌，稍见下人呫哔耳语，听者欠伸有倦色，辄不言，故不得强。每至丙夜，拭桌剪灯，素磁静递，款款言之，其疾徐轻重，吞吐抑扬，入情入理，入筋入骨，摘世上说书之耳，而使之谛听，不怕其齰舌死也。柳麻子貌奇丑，然其口角波俏，眼目流利，衣服恬静，直与王月生同其婉娈，故其行情正等。

治家格言

朱柏庐

黎明即起，洒扫庭除，要内外整洁。既昏便息，关锁门户，必亲自检点。一粥一饭，当思来处不易；半丝半缕，恒念物力维艰。宜未雨而绸缪，毋临渴而掘井。自奉必须俭约，宴客切勿流连。器具质而洁，瓦缶胜金玉；饭食约而精，园蔬愈珍馐。勿营华屋，勿谋良田。三姑六婆，实淫盗之媒；婢美妾娇，非闺房之福。童仆勿用俊美，妻妾切忌艳妆。祖宗虽远，祭祀不可不诚；子孙虽愚，经书不可不读。居身务期质朴，教子要有义方。莫贪意外之财，莫饮过量之酒。与肩挑贸易，毋占便宜；见穷苦亲邻，须加温恤。刻薄成家，理无久享；伦常乖舛，立见消亡。兄弟叔侄，须分多润寡；长幼内外，宜法肃辞严。听妇言，乖骨肉，岂是丈夫；重资财，薄父母，不成人子。嫁女择佳婿，毋索重聘；娶媳求淑女，勿计厚奁。见富贵而生谄容者，最可耻；遇贫穷而作骄态者，贱莫甚。居家戒争讼，讼则终凶；处世戒多言，言多必失。勿恃势力而凌逼孤寡；毋贪口腹而恣杀牲禽。乖僻自是，悔误必多；颓惰自甘，家道难成。狎昵恶少，久必受其累；屈志老成，急则可相依。轻听发言，安知非人之谮诉，当忍耐三思；因事相争，焉知非我之不是，须平心再想。施惠无念，受恩莫忘。凡事当留余地，得意不宜再往。人有喜庆，不可生妒忌心；人有祸患，不可生喜幸心。善欲人见，不是真善，恶恐人知，便是大恶。见色而起淫心，报在妻女；匿怨而用暗箭，祸延子孙。家门和顺，虽饔飧不济，亦有余欢；国课早完，即囊橐无余，自得至乐。读书志在圣贤，非徒科第；为官心存君国，岂计身家。守分安命，顺时听天。为人若此，庶乎近焉。

狱中杂记

方苞

康熙五十一年三月，余在刑部狱，见死而由窦出者日四三人。有洪洞令杜君者，作而言曰："此疫作也。今天时顺正，死者尚稀，往岁多至日十数人。"余叩所以，杜君曰："是疾易传染，遘者虽戚属不敢同卧起。

而狱中为老监者四，监五室。禁卒居中央，牖其前以通明，屋极有窗以达气。旁四室则无之，而系囚常二百余。每薄暮下管键，矢溺皆闭其中，与饮食之气相薄；又，隆冬，贫者席地而卧，春气动，鲜不疫矣。狱中成法，质明启钥，方夜中生人与死者并踵顶而卧，无可旋避，此所以染者众也。又可怪者，大盗积贼，杀人重囚，气杰旺，染此者十不一二，或随有瘳。其骈死者皆轻系及牵连佐证，法所不及者。”余曰：“京师有京兆狱，有五城御史司坊，何故刑部系囚之多至此？”杜君曰：“迩年狱讼，情稍重，京兆五城即不敢专决，又九门提督所访缉纠诘，皆归刑部，而十四司正副郎好事者，及书吏狱官禁卒皆利系者之多，少有连，必钩致。苟入狱，不问罪之有无，必械手足，置老监，俾困苦不可忍，然后导以取保，出居于外，量其家之所有以为剂，而官与吏剖分焉。中家以上，皆竭资取保。其次，求脱械居监外板屋，费亦数十金。唯极贫无依，则械系不稍宽，为标准以警其余。或同系情罪重者，反出在外，而轻者无罪者罹其毒。积忧愤，寝食违节，及病又无医药，故往往至死。”……余同系朱翁、余生及在狱同官僧某，遘疫死，皆不应重罚。又某氏以不孝讼其子，左右邻械系入老监，号呼达旦。余感焉，以杜君言泛讯之，众言同，于是乎书。

凡死刑狱上，行刑者先俟于门外，使其党入索财物，名曰斯罗。富者就其戚属，贫者面语之。其极刑，曰：“顺我，始缢即气绝。否则三缢加别械，然后得死。”唯大辟无可要，然犹质其首。用此，富者赂数十百金，贫亦罄衣装。绝无有者，则治之如所言。主缚者亦然，不如所欲，缚时即先折筋骨。每岁大决，勾者十四三，留者十六七，皆缚至西市待命。其伤于缚者，即幸留，病数月乃瘳，或竟成痼疾。余尝就老胥而问焉：“彼于刑者缚者，非相仇也，期有得耳。果无有，终亦稍宽之，非仁术乎?”曰：“是立法以警其余，且惩后也。不如此，则人有幸心。”主梏朴者亦然。余同逮以木讯者三人：一人予二十金，骨微伤，病间月。一人倍之，伤肤，兼旬愈。一人六倍，即夕行步如平常。或叩之曰：“罪人有无不均，既各有得，何必更以多寡为差?”曰：“无差，谁为多与者?”孟子曰：“术不可不慎。”信乎。

部中老胥，家藏伪章，文书下行直省，多潜易之，增减要语，奉行者莫辨也。其上闻及移关诸部，犹未敢然。功令：大盗未杀人，及他犯同谋多人者，止主谋一二人立决。余经秋审，皆减等发配。狱辞上，中有立决者，行刑人先俟于门外。命下，遂缚以出，不羁晷刻。有某姓兄弟，以把持公仓，法应立决，狱具矣。胥某谓曰：“予我千金，吾生若。”叩其术，曰：“是无难，别具本章，狱辞无易，取案末独身无亲戚者二人，易汝名，俟封奏时潜易之而已。”其同事者曰：“是可欺死者，而不能欺主谳者，倘复请之，吾辈无生理矣。”胥某笑曰：“复请之，吾辈无生理，而主谳者亦各罢去。彼不能以二人之命易其官，则吾辈终无死道也。”竟行之，案末二人立决。主者口呿舌挢，终不敢诘。余在狱，犹见某姓，狱中人群指曰：“是以某某易其首者。”胥某一夕暴卒，众皆以为冥谪云。

凡杀人，狱辞无谋故者，经秋审入矜疑，即免死。吏因以巧法。有郭四者，凡四杀人，复以矜疑减等，随遇赦。将出，日与其徒置酒酣歌达曙。或叩以往事，一一详述之，意色扬扬，若自矜诩。噫，渫恶吏忍于鬻狱，无责也。而道不明，良吏亦多以脱人于死为功，而不求其情。其枉民也亦甚矣哉！奸民久于狱，与胥卒相表里，颇有奇羡。山阴李姓，以杀人系狱，每岁致数百金。康熙四十八年，以赦出，居数月，漠然无所事。其乡人有杀人者，因代承之。盖以律非故杀，必久系，终无死法。五十一年，复援赦减等谪戍。叹曰：“吾不得复入此矣！”故例，谪戍者移顺天府羁候，时方冬停遣，李具状求在狱，至再三，不得所请，怅然而出。

聊斋自志

蒲松龄

披萝带荔，三闾氏感而为骚；牛鬼蛇神，长爪郎吟而成癖。自鸣天籁，不择好音，有由然矣。松落落秋萤之火，魑魅争光；逐逐野马之尘，魍魉见笑。才非干宝，雅爱搜神；情类黄州，喜人谈鬼。闻则命笔，遂以成编。久之，四方同人又以邮筒相寄，因而物以好聚，所积益夥。甚者人非化外，事或奇于断发之乡；睫在眼前，怪有过于飞头之国。遄飞逸兴，狂固难辞；永托旷怀，痴且不讳。展如之人，得勿向我胡卢耶？……集腋为裘，妄继幽冥之录；浮白载笔，仅成孤愤之书。寄托如此，亦足悲矣！嗟乎！惊霜寒雀，抱树无温；吊月秋虫，偎阑自热。知我者，其在青林黑塞间乎！康熙己未春日。

促织

蒲松龄

宣德间，宫中尚促织之戏，岁征民间。此物故非西产。有华阴令，欲媚上官，以一头进，试使斗而才，因责常供。令以责之里正。市中游侠儿，得佳者笼养之，昂其直，居为奇货。里胥猾黠，假此科敛丁口，每责一头，辄倾数家之产。

邑有成名者，操童子业，久不售。为人迂讷，遂为猾胥报充里正役，百计营谋不能脱。不终岁，薄产累尽。会征促织，成不敢敛户口，而又无所赔偿，忧闷欲死。妻曰："死何益？不如自行搜觅，冀有万一之得。"成然之。早出暮归，提竹筒铜丝笼，于败堵丛草处探石发穴，靡计不施，迄无济。即捕三两头，又劣弱，不中于款。宰严限追比，旬余，杖至百，两股间脓血流离，并虫不能行捉矣。转侧床头，惟思自尽。时村中来一驼背巫，能以神卜。成妻具资诣问，见红女白婆，填塞门户。入其室，则密室垂帘，帘外设香几。问者爇香于鼎，再拜。巫从旁望空代祝，唇吻翕辟，不知何词，各各竦立以听。少间，帘内掷一纸出，即道人意中事，无毫发爽。成妻纳钱案上，焚香以拜。食顷，帘动，片纸抛落。拾视之，非字而画，中绘殿阁类兰若，后小山下怪石乱卧，针针丛棘，青麻头伏焉；旁一蟆，若将跳舞。展玩不可晓。然睹促织，隐中胸怀，折藏之，归以示成。成反复自念："得无教我猎虫所耶？"细瞩景状，与村东大佛阁真逼似。乃强起扶杖，执图诣寺后，有古陵蔚起。循陵而走，见蹲石鳞鳞，俨然类画。遂于蒿莱中侧听徐行，似寻针芥，而心、目、耳力俱穷，绝无踪响。冥搜未已，一癞头蟆猝然跃去。成益愕，急逐之。

蟆入草间，蹑迹披求，见有虫伏棘根，遽扑之，入石穴中。掭以尖草不出，以筒水灌之始出。状极俊健，逐而得之。审视：巨身修尾，青项金翅。大喜，笼归，举家庆贺，虽连城拱璧不啻也。土于盆而养之，蟹白栗黄，备极护爱。留待限期，以塞官责。

成有子九岁，窥父不在，窃发盆，虫跃踯径出，迅不可捉。及扑入手，已股落腹裂，斯须就毙。儿惧，啼告母。母闻之，面色灰死，大骂曰：“业根，死期至矣！翁归，自与汝复算耳！”儿涕而出。未几成入，闻妻言如被冰雪。怒索儿，儿渺然不知所往；既而，得其尸于井。因而化怒为悲，抢呼欲绝。夫妻向隅，茅舍无烟，相对默然，不复聊赖。日将暮，取儿藁葬，近抚之，气息惙然。喜置榻上，半夜复苏，夫妻心稍慰。但儿神气痴木，奄奄思睡，成顾蟋蟀笼虚，则气断声吞，亦不复以儿为念，自昏达曙，目不交睫。东曦既驾，僵卧长愁。忽闻门外虫鸣，惊起觇视，虫宛然尚在，喜而捕之。一鸣辄跃去，行且速。覆之以掌，虚若无物；手裁举，则又超而跃。急趁之，折过墙隅，迷其所往。徘徊四顾，见虫伏壁上。审谛之，短小，黑赤色，顿非前物。成以其小，劣之；惟彷徨瞻顾，寻所逐者。壁上小虫。忽跃落襟袖间，视之，形若土狗，梅花翅，方首长胫，意似良。喜而收之。将献公堂，惴惴恐不当意，思试之斗以觇之。

村中少年好事者，驯养一虫，自名“蟹壳青”，日与子弟角，无不胜。欲居之以为利，而高其直，亦无售者。径造庐访成。视成所蓄，掩口胡卢而笑。因出己虫，纳比笼中。成视之，庞然修伟，自增惭怍，不敢与较。少年固强之。顾念：蓄劣物终无所用，不如拚博一笑。因合纳斗盆。小虫伏不动，蠢若木鸡。少年又大笑。试以猪鬣毛撩拨虫须，仍不动。少年又笑。屡撩之，虫暴怒，直奔，遂相腾击，振奋作声。俄见小虫跃起，张尾伸须，直龁敌领。少年大骇，解令休止。虫翘然矜鸣，似报主知。成大喜。方共瞻玩，一鸡瞥来，径进一啄。成骇立愕呼。幸啄不中，虫跃去尺有咫。鸡健进，逐逼之，虫已在爪下矣。成仓猝莫知所救，顿足失色。旋见鸡伸颈摆扑；临视，则虫集冠上，力叮不释。成益惊喜，掇置笼中。

翼日进宰。宰见其小，怒诃成。成述其异，宰不信。试与他虫斗，虫尽靡；又试之鸡，果如成言。乃赏成，献诸抚军。抚军大悦，以金笼进上，细疏其能。既入宫中，举天下所贡蝴蝶、螳螂、油利挞、青丝额……一切异状，遍试之，无出其右者。每闻琴瑟之声，则应节而舞，益奇之。上大嘉悦，诏赐抚臣名马衣缎。抚军不忘所自，无何，宰以“卓异”闻。宰悦，免成役；又嘱学使，俾入邑庠。后岁余，成子精神复旧，自言：“身化促织，轻捷善斗，今始苏耳。”抚军亦厚赉成。不数岁，田百顷，楼阁万椽，牛羊蹄躈各千计。一出门，裘马过世家焉。

异史氏曰："天子偶用一物，未必不过此已忘；而奉行者即为定例。加之官贪吏虐，民日贴妇卖儿，更无休止。故天子一跬步皆关民命，不可忽也。第成氏子以蠹贫，以促织富，裘马扬扬。当其为里正、受扑责时，岂意其至此哉！天将以酬长厚者，遂使抚臣、令尹、并受促织恩荫。闻之：一人飞升，仙及鸡犬。信夫！"

某公表里

《阅微草堂笔记》

同年项君廷模言：昔尝馆翰林某公家，相见辄讲学。一日，其同乡为外吏者有所馈赠。某公自陈平生俭素，雅不需此。见其崖岸高峻，遂逡巡携归。某公送宾之后，徘徊厅事前，怅怅惘惘，若有所失。如是者数刻。家人请进内午餐，大遭诟怒。忽闻数人吃吃窃笑，视之无迹，寻之，声在承尘上。盖狐魅云。